あんじゅう

三島屋変調百物語事続

宮部みゆき

角川文庫 17958

目次

序　変わり百物語

袋物屋の三島屋《みしまや》は、江戸《えど》は神田《かんだ》、筋違御門《すじかいごもん》先の三島町の一角にある。町の名前をそのまま店名にしているところからも容易に知れるが、主人の伊兵衛《いへえ》が振り売りから一代で興した店だ。それでも、看板を揚げて十一年を経て、昨今は袋物のふたつの名店、池之端仲町《いけのはたなかちよう》の越川《えちかわ》、本町《ほんちよう》二丁目の丸角《まるかく》に続いて指を折られるほどの隆盛ぶりで、店構えこそ小ぶりなものの、市中の粋人たちにはよく知られる店となった。

この繁多な店に、この年の秋のはじめ、伊兵衛の姪《めい》のおちかという娘がやってきた。歳は十七、伊兵衛の兄の一人娘で、実家である川崎宿《かわさきじゆく》の旅籠《はたご》〈丸千《まるせん》〉から、行儀見習いの名目で、伊兵衛と彼の女房お民《たみ》のもとへ託されてきたのである。

本来、裕福な商家が親戚《しんせき》の娘を行儀見習いに預かるというならば、嫁入り前のその娘を江戸の水で磨いてやるのが筋であり、唄《うた》に踊りにお茶お花と、習い事をさせるのはもちろん、芝居見物や神仏詣《もう》での物見遊山さえも見聞を広めることのうちに入る。

しかし、おちかは女中のように働くことを望んだ。忙しく、身を粉《こ》にして働く毎日を送りたい。実家の〈丸千〉でも、けっしてお嬢様暮らしをしていたわけではない。旅籠という商いはそういうものだ。だから働くことには身が馴染《なじ》んでいる、と。

伊兵衛とお民にも、おちかの気持ちはよくわかった。まだ色香の匂いも淡いこの姪が、一人で江戸へ出てくることになった事情が事情だったからである。

おちかは、良助《よしすけ》という幼なじみの許婚《いいなずけ》を失ったばかりだった。尋常な死に方ではなかった。殺されたのだ。しかも下手人《げしゅにん》は、おちかが幼いころから兄妹《きょうだい》同様に親しんでひとつ屋根の下に暮らしてきた男であり、その男松太郎《まつたろう》は、良助を手にかけた直後に己の命も絶ってしまった。

嫉妬《しっと》と失意と傷心が引き起こした悲劇である。おちかは心底打ちのめされ、一人生き残ったという咎《とが》に、我と我が身を責めさいなんでいた。伊兵衛とお民が秋の到来と共に迎え入れたのは、そういう、暗い影に包まれてにこりともしない娘だったのだ。

人は、身体を動かしていると物想いを忘れる。だからこそおちかは働きたがったのだし、同時にそれは、厳しく躾《しつ》けられ使われることによって己を罰したい、罰してほしいという切実な願いでもあったろう。

伊兵衛とお民は、くどくどとおちかを説いたり、腫《は》れ物《もの》に触るように扱ったりはしなかった。苦労者のこの夫婦には、そんなふるまいは空しく、最初《はな》から通じやしないとわかっていたからである。

夫婦はおちかの望むように、女中として働かせることにした。どうしたっておちかの辛《つら》い過去を詮索《せんさく》したがるであろう口さがない若い女中たちには暇を出し、物慣れた古参の女中のおしま一人を残して、おちかがせいぜい忙しがれるような舞台まで整えてやった。こんなときには、本人がしたいようにさせるのがいちばんの薬だ。

このころお民は、おちかが闇雲に良助の後を追ったりせず、我が身を責めるあまりに病みついたりもせず、事の起こった場所を離れて江戸へ出てきたことを、大手柄だと考えていた。どうしてなかなか、この娘《こ》は芯《しん》がしっかりしている。いっそしぶといと言ってもいい。それはまったく、悪いことではない。

哀しいことがあったからといって、そのたびに死んでいたら命がいくつあったって足りない。おちかの身に起こったことは度はずれた不幸だが、不幸比べをするのなら、世の中にはもっと過酷なことだってあろう。それでも生きていくのが人というものだ。おちかなら、きっとそれを体得する日がくるだろう――

一方の伊兵衛は、叔父《おじ》が年若い姪を案じているわけだから、さすがにお民ほど剛胆には割り切れない。このあたりが男と女の差でもある。磊落《らいらく》なふうを装ってはいても、思い詰めたようにきりきり働いて日々を過ごすおちかを見れば、彼の胸は痛んだ。

何かもう少し、してやれることはないか。

そんな折、たまたま伊兵衛の招いた客を、おちかがもてなさねばならぬことがあった。夫婦によんどころない急用が起こったからである。客は、伊兵衛の碁敵《ごがたき》であった。囲碁は伊兵衛が遅く覚えた道楽である。それだけに病は重く、彼は三島屋のなかに、「黒白《こくびゃく》の間《ま》」という座敷を設けて、暇をこしらえては好敵手と対峙《たいじ》することを楽しんでいた。

その日は伊兵衛の急用で、黒白の合戦はお流れになった。伊兵衛に代わってそれを詫《わ》びるため、女中から主人の姪に直って来客の前に出たおちかは、気の重いこの役目を、おそらくは本人にとっても思いがけず、よく務め、よく果たした。

帰宅した伊兵衛は、姪の口から、お客様が古い打ち明け話をしてくださったと、ひとわたり聞かされて驚いた。それは哀しく怖《おそ》ろしく、また怪しく不可思議な話であったからである。

伊兵衛は思った。これは縁だ。彼が親しんできた碁敵が、初めて顔を合わせたおちかに、永いあいだ密《ひそ》かに隠してきた古傷を見せて、語って聞かせた。おちかの側に、呼び寄せる何かがあったのかもしれぬ。二人のあいだに、通い合うものがあったのかもしれぬ。この人になら語ってもいい、と。いずれにしろ、これは導きというものだろう。

客が帰ったあとのおちかの沈みようが、それまでとは少し違ったふうに見えることも、伊兵衛の心を励ました。おちかはぐるぐると己を責める堂々巡りをやめて、一心に考え込んでいるのであった。

　伊兵衛は気がついた。今のおちかには、慰めや励ましよりも、むしろこうした形で世間というものに耳を傾けることこそが必要なのではないだろうか。

　彼は出来物《できぶつ》の商人である。こうと決めたら仕掛けは早いし、手配りもいい。さっそく懇意の口入屋《くちいれや》に頼んで、袋物屋三島屋が、江戸中から不思議なお話を集めておりますと、広く触れ回ってもらうことにした。秘密は固く守ります。胸の内に、永の年月封じ込めてきた事柄を、ひそやかに語りたいと思う方々よ。どうぞ三島屋をお訪ねください――と。

　こうして、一度に一人ずつ、一話語りの百物語の聞き集めが始まったのであった。

第一話　逃げ水

「叔父《おじ》さんたら、まだ続けるおつもりなんですか？」

今日から師走《しわす》という、忙《せわ》しなくもあり、その忙しなさに妙に気分が浮き立つような朝のことである。

おちかにとっては、親元を離れて初めて迎える年の瀬だ。実家の旅籠《はたご》とこの三島屋《みしまや》とでは商いがまるで異なるし、江戸市中の繁多なお店《たな》とあれば、この月の内に始末しておかねばならぬ事柄も、正月の支度にも、街道筋の宿場にはない決まり事があるかもしれない。習い覚えることがたくさんありそうだと、あらためて襷《たすき》を締め直すような気分で朝餉《あさげ》をとっているところへ、叔父の伊兵衛《いへえ》がいきなり言ったのだ。今日は八ツ（午後二時）に、「黒白《こくびゃく》の間《ま》」にお客様をひと組お招きしてあるよ、と。

「まだとは何だね、まだとは」

膳《ぜん》の上のものを飯粒のひとつも残さずきれいに平らげて、悠然と茶を飲んでいた伊兵衛は、さも心外だというふうに眉《まゆ》を吊《つ》り上げる。

「続けるに決まっているじゃないか。いったいいつ、私が言いましたかね。おちか、変わり百物語はもうやめだよ、などと」

だって——と、おちかは少しくちびるを尖《とが》らせた。

「この二月《ふたつき》でおまえが聞き取ったお話は、たったの五つだよ。それも、おまえ本人の話まで勘定に入れてだ。百まで、あといくつ足りないとお思いだね」

「足りないと言っては、鬼が笑いそうな数だわねえ」

叔母《おば》のお民《たみ》も、鬼より先に自分が笑い出しながら口を添える。

「このくらいの引き算ならば、新太《しんた》だって間違うまいよ。あと九十五だね、おちか」

新太というのはこのお店の丁稚《でっち》である。今年の春の出替わりで奉公にあがってきた新参者で、歳は十一。まだまだ頑是《がんぜ》無《な》い子供だが、お民とおしまの仕込みがよろしく、新どん、新どんと皆に追い使われながらよく働いている。ただ、どうにも読み書き算《そろ》盤《ばん》の覚えがよくない。だからこんな折にも引き合いに出されるのである。

「あたしはてっきり、ひと段落ついたものだとばかり思っていました」

伊兵衛が言ったとおり、おちかはこの不思議話の聞き集めのなかで、自分のことも語った。聞き手は女中のおしまで、場所は来客たちと同じ「黒白の間」だった。

それによって、おちかのなかではひとつの区切りがついた。伊兵衛もそれは承知している。

「おまえの気持ちが落ち着いたのは、もちろん、めでたいことだ。しかしねえ」

お民と顔を見合わせて、

「灯庵《とうあん》さんが、この件にはえらく入れ込んでいるんだよ。それもまあ、こちらからの頼みように力が入っていたからなんだけれども」

灯庵は三島屋出入りの口入屋だ。神田明神下《みょうじんした》に店を持つ坊主頭の老人で、脂ぎった蝦蟇《がま》のようなご面相の持ち主である。ただ人を見る目は確かだし、顔も広い。

「灯庵さんの店では、うちを訪ねてくるお客が順番待ちをしているそうだ。こっちから持ち込んだ話なんだから、せめてそのお客さんたちだけでもお迎えしないとね。私もバツが悪いじゃないか」

江戸中の不思議話を集めたいから募ってくれ——という伊兵衛からの依頼を受けて、灯庵老人は、瓦版《かわらばん》屋や岡っ引きの手下の小者たちにまで触れ回った。おかげで三島屋には、いっとき、そういう人びとが入れ替わり立ち替わり現れて、奉公人たちが目を剝《む》く仕儀となった。忠義一途《いちず》の番頭の八十助《やそすけ》などは、いったいうちのお店に何が起こっているのかと、青ざめていた。

「珍しいお稽古《けいこ》事ぐらいに思って、もうしばらく続けてみておくれよ、おちか」

最初のうちは夫の思いつきに剣呑《けんのん》な顔をしていたお民も、今ではそんなことを言う。

「おまえはどうやら、聞き上手らしいよ。それに、お客様を迎えるとなれば、お洒落《しゃれ》のし甲斐《がい》もあるじゃないか」

伊兵衛とお民には息子が二人いるが、今は二人とも他人様《ひと》の釜《かま》の飯を食うために三島屋を離れている。心寂しいお民には、おちかは恰好《かっこう》の娘がわりなのだ。

「お客様の数だけ、新しい着物をこしらえたっていい。楽しみだねえ」

すっかりその気になってしまっている。これでは、逆らっても仕方がない。

気持ちに区切りがついたからといって、女中働きまでやめたわけではなく、お飾りの居候《いそうろう》お嬢様になる気はまったくないおちかだ。午過《ひるす》ぎまではおしまと二人、忙しく過ごした。三島屋では主人夫婦が先に立って働いている。さらにお民は、家の仕切りと袋物の仕立てのふたつの仕事をこなしているから、食事時以外は無駄話をする暇もない。

「おちかさん、もう着替えないと間に合いませんよ」

八ツの鐘を聞いて、おしまが我に返ったようになっておちかを急《せ》かした。やっと昼ご飯の片付けが済んだところである。三島屋は通いの職人たちまで合わせて十人の世帯だが、日に三度その口を賄うだけでもかなりの手間だ。

おちかは急いで自分にあてがわれた六畳間の座敷に戻り、簞笥《たんす》を開けた。女中から主人の姪《めい》になるのだから、前掛けと襷を外すくらいではおっつかない。着物と帯と、半襟もとっかえて、結綿《ゆいわた》の髷《まげ》には、紅珊瑚《べにさんご》の簪《かんざし》を足す。

このごろときどき、この髷を、町場の裕福な商家の娘たちのあいだで流行《はや》っている唐人髷《とうじんまげ》に変えてはどうかと、お民が勧めるようになった。唐人髷は、おとなしい桃割《ももわれ》や結綿と違い、髷の前が開いて鹿《か》の子《こ》がはっきりと見える華やかな髪型である。自然と鹿の子の色や柄や材質にも競って凝るようになる。無論、女中にふさわしい髪型ではなく、お民もわかっていて謎をかけているのである。女中奉公をやめて、本当にうちのお嬢さんになっておしまいよ、と。黒白の間に来るお客の数だけ着物をこしらえようなどという考えも、根は同じだ。

叔父も叔母も、三島屋をここまで興すあいだには苦労が多かったろう。貧乏もしたろう。今だってけっして贅沢《ぜいたく》な暮らしぶりではない。無駄遣いというものは、伊兵衛にもお民にも無縁の言葉だ。

それでもおちかには贅沢をさせたい、着飾らせてやりたいと思うのは、叔父と叔母の思いやり、優しさ故だ。おちかに、若い娘らしい明るさを取り戻してほしいと願ってくれているのである。

有り難い。嬉《うれ》しい。叔父と叔母の気持ちは充分に心に染みる。でも、胸の奥で手を合わせるような気持ちで、おちかは思う。

——あたしには、まだまだそんなことは許されない。

この支度も、あくまでもお客様に失礼があってはならないからだ。

黒白の間へと急いで廊下を戻ると、ちょうどそこから出てきて唐紙を閉めたばかりのおしまと出くわした。

「あ、お嬢さん」

この女中は、おちかが来客用に着替えると呼び方を変える。

「お客様、もうお見えなんですね」

「はい、お通ししたところなんですけど」

おしまは声をひそめて前かがみになった。

「今日のお方は変わってますよ」

おしまがいくつであるのか、おちかは正確なところを知らない。おちかより二十は上だろうと見当をつけるばかりだ。背が高く、ふっくらとはしているが、女にしてはかなりいかつい顔立ちなので、若いときから老けて見られたと、本人が笑って言っていたことがある。

「変わってるって……」

珍しい方なのと問うと、おしまはかぶりを振る。

「見かけはよくいるお店者《たなもの》です。歳からして、どこかの番頭さんでしょうけれど」

丁稚を連れているという。

「お供なんでしょう」

「お供なら、一緒に座敷にあげたりしませんよ。外で待たせておくか、あとで迎えに来させたりするものです。うちの新どんだって、そうでしょう?」

おしまの言うとおりである。そういえば伊兵衛も、今日はお客様を二人お招きしていると言っていた。

「なかで、番頭さんと丁稚《でっち》さんが並んで座っているんですか」

「ええ。それに何だかその様子が」

「こう、番頭の方が丁稚を憚《はばか》っているように見える、というのである。

「こう、横目で見たりしましてね。丁稚さんの方はきょとんとしてるだけですけど」

あれはまだ野育ちのままですよと、訝《いぶか》るのと同時に、おしまは興味を引かれているようだ。

「もしかすると何かの趣向かもしれませんね。お話にかかわりがあるのかも」と、おちかは言った。「ともかく、お会いしてみないことにはわかりません」

はい、とおしまは下がって道を空けた。

「お嬢さん、とってもおきれいですよ。だけど今日の語り手があの丁稚さんだったら、猫に小判ですねえ」

よく言うものだ。おちかがつい笑い、おしまの肩口を指で押すと、おしまも忍び笑いを返した。

廊下から畳二枚分の次の間に入って、おちかは唐紙の前に正座すると、

「失礼をいたします」

なかに子供がいると聞いたから、覚えず、柔らかい声音《こわね》になった。いつもは主人伊兵衛の名代《みょうだい》ということで、この黒白の間には、できるだけ毅然《きぜん》として入るように心がけているおちかである。

「どうぞ」

応じたのは嗄《しわが》れた男の声であった。

おちかは唐紙を開けた。黒白の間は南向きで、雪見障子の外には庭がある。今は閉じられている障子に、師走《しわす》の午後の陽射しがやんわりと差しかけていた。

床の間を背に、二人の客はいた。おちかと同じようにきっちりと膝《ひざ》を揃えて正座している。それぞれの傍らに有田焼の手あぶりが据えてあって、炭が赤く熾《お》きている。

おしまの言うとおり、見るからにお店者らしい二人であった。古参の番頭と丁稚である。他の組み合わせは、ちょっと思い浮かばない。老人と孫というのでは、あまりにも芸がなさすぎるだろうし。

「三島屋伊兵衛の名代、ちかと申します。主人《あるじ》の姪にあたる者でございます」

おちかは手をついて深く頭を下げた。

古参の番頭ふうの男は房五郎《ふさごろう》と名乗った。そして隣の子供に挨拶《あいさつ》を促してから、

「これは手前どもの丁稚の染松《そめまつ》と申します」

当の染松は、促されたくらいでは通じない。

「これ、ご挨拶をせんか」

小声で叱られて、やっとぺこりとした。

その仕草に憎さげなふうはなかった。おしまの鑑定通り、まだ行儀を知らないのだろう。対丈《ついたけ》の縞《しま》の着物に小僧髷を結ってはいるものの、よそいきだから前垂れは外しており、それでなおさら山出しのまんまに見える。ほっぺたに泥がくっついていてもおかしくないほどだ。

おちかは彼に微笑みを返した。と、子供の目がまん丸になった。誰かに笑いかけられるなど、初めてのことであるかのようだ。

染松とは、丁稚の小僧さんにしては小粋《こいき》な名前である。

ある程度の構えの商家の主人は、代々同じ名前を襲名してゆく決まりがある。この三島屋でも、今は武者修行に出ている総領息子の伊一郎《いいちろう》が跡を継いだあかつきには、二代目伊兵衛を名乗るはずだ。

それとは別に、お店によっては、何かしらの験《げん》を担ぐなどの理由があって、奉公人にも特定の名を付けることがある。染松の場合もそうかもしれない。

ちょうどいい、それを話の端《はな》にしようと思ったとき、

「三島屋さん」

房五郎がおちかに向き直った。嗄れた声とは裏腹に、その目には思いがけない力があった。羽織姿も馴染《なじ》んでいる。

「灯庵から、こちら様のやり方と申しますか、この百物語の決まり事についてのお話は伺って参りました」

「ありがとうございます」

「ですから、お話の聞き手がお嬢さんだということは存じております。今の三島屋さんに、こんな粋狂に、いちいちご主人が出張ってこられる暇があるはずはございませんからな。まったく、ご繁盛で何よりでございますよ」

言い方に、ちくりと棘《とげ》があった。

「ただ、手前どものお店や主人《あるじ》の名前などは申し上げられません。伏せたままでもよろしゅうございますな」

「一向にかまいません。どうぞ、お好きなようになさってくださいませ」

おちかはもう一度頭を下げてみせた。

「ただ、お話を語っていただく上では、あれこれと伏せたままではご不便かもしれません。障りのないよう、この場限りのお名前を付けていただいても結構でございます」

三島屋がこの黒白の間でお客様からお伺いしたいのは、皆様がどこのどなた様であるかということではなく、お話の中身の方でございます。これまでも何度か前口上として言ってきたことだから、おちかはすらすらと口にした。嫌みなつもりは毛頭ない。なのに房五郎は、何か気に障ったかのように、苦々しい口つきになっている。

「灯庵の請け合うことだから信用して参りましたが」

お嬢さん――と、急に気色《けしき》ばむ。

「真実本当、嘘いつわりなく、あなたが何とかしてくださるんでしょうな？」

これには、おちかの方がきょとんとする番だった。

「は？」

「いえ、ですから、あなたが万事解決してくださるんでしょう？　私はそのように聞いて参ったのですよ」

解決とは何事だ。

「わたくしが、何を解決するんでございましょうか」

房五郎はみるみる焦《じ》れた。「はぐらかしちゃいけません。これでも私は忙しい身体ですし、金井屋《かないや》は」

言ってしまって、あっと口を止めた。

おちかはにっこりした。「このお話に出てくるお店は、金井屋さんという屋号にいたしますんですね。承知いたしました」

房五郎は苦り切る。染松は依然、目を丸くしたまま二人を見比べている。いたって邪気がない。

「その金井屋さんの、あなた様は」

「番頭でございますよ」

朱塗りの算盤《そろばん》を預かっておりますと、苦い顔のまま、そこだけちょっとばかり反っくり返って言った。

房五郎にとっては自明のことなのだろうが、おちかには〈朱塗りの算盤〉は聞き慣れない言葉だった。立派な算盤という意味合いで、つまりはお店《たな》の金の出入りを握っている大番頭の地位を示す符丁なのだろうと見当をつけるくらいである。

袋物屋や小間物屋のあいだでは、この言い方はしない。実家の営んでいる旅籠《はたご》業でもそうだ。だから金井屋は、それ以外の業種なのだろう。

おちかには、黒白の間で聞き役を務めるだけではなく、聞いた話をあとで伊兵衛に伝えるという役目もある。今日はそのとき、叔父《おじ》さんに訊《き》いてみよう。

房五郎がえらく押し出しのいい番頭だということも、金井屋の業種とかかわりがあるのかもしれない。うちの番頭の八十助さんもしっかり者で、三島屋の要石《かなめいし》だけれど、こんな貫禄《かんろく》は持ち合わせていないもの。

「ともかく私は、お店のために、一縷《いちる》の望みをかけるつもりで、こちらをお訪ねする順番を待っていたのですよ。ですからお頼み申します」

房五郎の言葉に、いよいよおちかは当惑した。灯庵では、何と言ってこの変わり百物語を売り込んでいるのだろう。

「金井屋さん」と、おちかはさらに座り直した。「どうやら、お話に掛け違いがあるようでございます」

「何ですと？」

「わたくしどもでは、確かに不思議話を聞き集めております。でもそれは、本当に聞くだけ、お話を拝聴するだけのことでございます。何か困難をほどいたり、謎を解いたりするわけではございません。もしも灯庵さんが、金井屋さんにそのように言ったということであるならば、それは間違いでございます」

既に気色ばんでいた房五郎は、はっきりと怒気を浮かべた。「それでは話が違う！」

「ですから、お話が掛け違っていると申し上げております」

おちかは丁寧に、やんわりと言った。一方的に湯気をたてている房五郎は、それでさらに目を吊《つ》り上げ、

「これじゃあ、まるで騙《かた》りというものだ」

吐き捨てた、そのときである。

染松が下を向いて、ぷっと笑った。

やはり邪気はなく、ただもう子供が素で面白がっているだけの、くすぐったそうな笑いだった。驚きが先に立たなかったならば、おちかもつられてふき出してしまったかもしれない。

「こ、この」

しかし房五郎は真っ赤になった。

「何を笑うか、この大莫迦者《ばかもの》が！　だいたい、みんなおまえが悪いんじゃないか」

今にも染松の襟首をつかみ、振り上げた手で叩《たた》こうとする。狼藉《ろうぜき》に、手あぶりがひっくり返りそうだ。

おちかは止めに入った。とっさのことなので、遠慮がなかったかもしれない。房五郎と染松のあいだに割り込んで、背中に染松をかばう恰好《かっこう》になった。

「おやめください、番頭さん」

世間では、年若い奉公人を年長者が打擲《ちょうちゃく》するなど珍しいことではない。それが躾《しつけ》だという風潮もある。が、三島屋では御法度《ごはっと》だ。伊兵衛もお民も、何より体罰を嫌う。そんなことをしなければ奉公人を躾《しつ》けられぬのなら、それはまず使う側に不明があるのだと考えている。

「他所《よそ》ではともかく、この三島屋の内でそんなことをされては困ります！」

おちかの制止にも、怒りのあまりわなわなとしている房五郎は、勢いが止まらない。染松を叩き損ねた手を持て余して、

「ああ、まったく！」

どうするかと思えば、己の額を強く叩いた。ぎょっとするようないい音が響いた。

「いったいどうして、こんなみっともない羽目になったもんだろう」

漏れ出た声は、胸を潰《つぶ》されかけているかのような苦しみにかすれていた。

気がつけば、背後の染松がおちかの帯にしがみついている。そしてその恰好のまま、小さく言った。

「堪忍しておくれよ、番頭さん」

おいらも、わざとやってるわけじゃないんだから。

おちかはゆっくりと首をよじり、肩越しに背中の子供の顔を見た。

染松は大きな目をしていた。口が半開きのままなので、すきっ歯が丸見えだ。同じ年頃の新太と比べて、小さくて色の悪い歯がとびとびに並んでいる。山出しのこの子の、金井屋へ来る前の貧しい暮らしが、あいだから透けて見えるようである。

「今、何て言ったのかしら」

問いかけに、染松は目を伏せた。怯《おび》えるよりも、急に恥ずかしくなったのか、おちかの帯から手を離して小さくなった。

「もしかして、今日のお話の主《ぬし》は、こちらの小僧さんの方ではございませんか」

おちかは房五郎に向き直った。押し出しのいい番頭は、顔の色を赤から青黒くして、こちらも恥じ入っているようだった。

「申し訳ございません。とんだ粗相をいたしまして」

おちかの胸はまだどきどきしていたが、それを顔には出さないコツを、少しばかりは身につけている。

「わたくしにお詫《わ》びいただくことはございません。それに、ここで起こったこと、ここで語られる事柄は、けっして外に出ることはございません。ご安心くださいませ」

手あぶりの位置を直して、おちかも二人の対面に戻った。先ほどまでより、心持ち染松の側に寄って座った。染松がまだ縮こまっていたからだ。

「それより、お茶はいかがでございましょう。女中を呼んでもようございますか」

着物の襟を整えながら、房五郎は無言でうなずいた。額に冷や汗が浮いている。

「お菓子もありますからね」

染松に微笑んで、おちかは手を打っておしまを呼んだ。この座敷では、客に茶菓を出す頃合が難しい。どういう形であれ、客の話の腰を折ることになるし、黒白の間の閉じた雰囲気を乱してしまう心配もあるからだ。そのあたり、おちかも心得ているし、おしまにも通じている。

やがて茶菓の盆を捧《ささ》げて黒白の間に入ってきたおしまは、芝居がかったようにしゃなりしゃなりと給仕をした。そっとおちかに目配せしてきたところを見ると、珍しい取り合わせの客に興味と不安があって、廊下で聞き耳をたてていたらしい。

——いけすかない爺《じじい》でございますね。

いい大人のくせにいきなり怒気を露《あら》わにし、子供を叩こうとした房五郎が気に入らないのだ。おちかも目顔で宥《なだ》め返した。

おちかのそばには、客の手あぶりよりもひとまわり大きな火鉢が置いてある。おしまはそこに五徳を据え、鉄瓶を載せて、またしゃなりしゃなりと下がった。一礼して唐紙を閉めるとき、目を凝らすようにして染松をじっと見て、それがまた大年増《おおどしま》女中のはんなりした立ち居振る舞いに見入っていた子供の目とぴったり合ってしまい、互いにまばたきをして急いでうつむいたのが可笑《おか》しい。どっちもどっちの、いたずら小僧のようだ。

「さ、召し上がれ」おちかは染松に菓子を勧めた。「ここではあなたもお客様ですから、遠慮しなくていいんですよ」

塗りの小皿にちんまりと載せてあるのは、三島屋がよく使っている近所の菓子屋の饅頭《まんじゅう》である。

「もう旬は過ぎたけれど、このお菓子屋さんではまだ栗饅頭をつくっているの。食べてごらんなさい。真ん中に大きな栗が入っているから」

染松は唾《つば》を呑《の》みそうな顔をした。すぐにも手を出したそうなのに、横目で房五郎の顔を窺《うかが》う。当の番頭は、すっかり白っちゃけてしまった顔を懐紙《かいし》で拭《ぬぐ》っていた。

おちかは察した。この房五郎という人も、日ごろからこんな癇癪《かんしゃく》持ちではないのだろう。こうして取り乱すには、何だか知らないがよほど困《こう》じる事情があるに違いない。

そしてそれは、どうやら、栗饅頭を前に手をもじもじさせている山出しの丁稚《でっち》小僧のせいであるらしい。年季の入った大番頭であるからこそ、それが面憎《つらにく》く、歯がゆく、つい頭に血がのぼってしまうということなのではあるまいか。

「確かに灯庵では」

親の仇《かたき》にでも会ったかのように湯飲み茶碗《ぢゃわん》を睨《にら》み据えていた房五郎が、顔を上げてひとつ息をつくと、言った。

「こちら様で謎をほどいてくれるというようなことは申しておらなんだかもしれません。それは私の早のみこみだったのかもしれん。灯庵はただ、こちらで話をしてみれば、何かの糸口になるかもしれないと申しただけだったと思えます」

意固地に弁解する口つきながら、落ち着きを取り戻しているようだ。

「ただ三島屋さんは、堀江町《ほりえちょう》の越後屋《えちごや》さんと懇意にしておられますな？」

堀江町の越後屋は草履問屋である。三島屋ではこの店と組み、意匠に富んだ草履の鼻緒を売り出し始めたところで、これがまた評判になっている。

おちかがはいとうなずくと、

「越後屋さんには、永く病みついていた人がいたでしょう。お内儀《かみ》の従妹《いとこ》だか義理の妹だか、親戚《しんせき》筋の」

「はい、存じております」

おたかという女《ひと》である。この変わり百物語の二番目の語り手で、語ったことによってさらに不可思議のなかに深く囚《とら》われ、五番目の話でそこから抜け出すことができた。二番目と五番目の話はいわば続きものになっており、おちかは五番目の話の方で、おたかと共に、話の核心と言える場所まで身体を持って行った。

妙な表現ではあるが、そうとしか言い様がない。足を運んで行ったのではないからだ。いっとき、この世の外で、まだあの世ではない場所へ赴いた。そしておたかと一緒に戻ってきた。そういう体験をしたのだった。

「その人が近ごろきれいに本復《ほんぷく》なすった」

「はい」

「それが三島屋さんのおかげだと、私は噂に聞いていたのですよ。だから——」

だから早のみこみをしてしまったのだと言いたいのだろう。

おちかとしては、越後屋のおたかのことがそんな噂になっているとは驚きだった。

「よくご存じでいらっしゃいますが、越後屋さんのことは、それほど広く噂されているのでございましょうか」

逆上が冷め、肩を落としている房五郎だが、ふと持ち直す感じになった。

「世間様に広く知られているわけではございません。もちろん、越後屋さんが言いふらしているのでもありません。むしろ伏せておられるようだ。ただ私どもの商いでは、ほかで知られていないことを知るのが肝要で……。ですから、噂という言い方では違いますか」

何と言えばいいだろうと自問自答している。世間に知られていないことを知るために、間者《かんじゃ》を使っているかのように聞き取れないでもない。金井屋は何を商っているのだろう。

「ともあれ、そういう前段があるもので、つい前のめりになってしまったのでございます。お許しください」

気がつくと、いつの間にか栗饅頭を頬張って、染松がまたきょとんとしている。

「美味《おい》しいでしょう?」

おちかが問うと、ほっぺたを饅頭でふくらましたままうなずいた。あわてて手で口を押さえるのが可愛らしい。

「よくわかりました」

おちかはにこやかに応じてから、真顔になった。

「それにしても、金井屋さんではたいそうお困りのご様子でございますね。こちらの小僧さんが、お店《たな》のなかで、何か障りを起こしているということでしょうか」

悪さをしていると言いかけたのを、寸前で変えて尋ねた。さっきの染松の〈わざとやってるわけじゃない〉という言葉は、軽いものではないと思ったからだ。

「ええ、障りも障り、大障りです」

落ちていた房五郎の肩が、お店の大黒柱らしい張りを取り戻してきた。染松を見る目にも険が戻る。

「しかし、信じていただけますかな？」

探るような表情に、おちかは口を結んで真顔でいることで応《こた》えた。

「突飛で、面妖《めんよう》でございますよ」

房五郎は、なおもおちかを試すように念を押す。間が空いた。すると、

「おいらが」と、染松が口を開いた。

「おまえは黙っていなさい」

頭ごなしに言われても、今度は縮みあがらずに、染松はおちかの方に目を向けた。助けを求める眼差《まなざ》しだ。

おちかは彼にうなずいて、

「あなたのお話も、あとでちゃんと聞きますからね」と言ってやった。

「こいつは嘘しか申しません」

房五郎はとことん染松が憎いらしい。いっぺん逆上して冷めたことで、かえって枷《かせ》が外れたのだろう。

「作り話と、己に都合のいい出まかせばかりを言う小童《こわっぱ》でございますよ」

「でも、こうしてお連れになりましたでしょう」

房五郎はひるまない。「これを三島屋さんに連れてくることが、私の話の何よりの裏付けになると思ったからでございますよ。そうでないと信じてもらえないほどのおかしな話なのです。ええ、目で見てもらいませんとな」

と言われても、染松はただの子供にしか見えない。

「何が目に見えますのでしょうか」

水が――と、房五郎は重々しく言った。

「水が、逃げるのでございます」

おちかも面妖な話には慣れてきている。房五郎が気張っているほどには、重たく受け取れない。

「どこから逃げますか」と、間の抜けた受け答えになった。

房五郎は真剣そのものだった。声にまた怒気が混じる。「井戸からも水瓶《みずがめ》からも花活《い》けからも、家中のありとあらゆる場所から逃げてしまいます」

この染松がいる家のなかでは、という。

「こやつが近づくと、その井戸から、その水瓶からは、また水が逃げます。逃げて、からからになってしまうのです」

忌々《いまいま》しそうに吐き捨てる房五郎に、おちかは最初に思いついたことを、ついついのどかに言ってしまった。

「それは不便でございますわねえ」

染松がぐいと下を向いた。笑いを堪《こら》えたのだと、おちかにはわかった。

房五郎がまた鬼のような顔になった。

「笑い事ではございませんよ！　ひと晩でもこやつを家に置いてご覧なさい。どれほど難儀か、三島屋さんにも身に染みておわかりになるでしょう」

こういうとき、真っ向からけんけん言われれば言われるほど可笑《おか》しくなるのが人の情である。おちかも笑いを堪えきれなくなったので、その笑みは染松に向けることにした。

「あなた、そんな手妻《てづま》みたいないたずらをしているの？」

染松はぶんぶんとかぶりを振る。ちゃんとお答えしないかと、房五郎が叱る。

「いいえ、かまいません。そんなにお叱りになったら、しゃべりにくくなってしまいますよ」

怒りん坊の番頭をいなしておいて、おちかはひと膝、染松に近寄った。

「いたずらじゃないのね？」

染松はうんとうなずいた。

「何か仕掛けはあるの？　本当に手妻じゃないのかしら。手妻は知っているでしょう？　見世物小屋には行ったことがあるかしら」

染松も少し、おちかの方に身を寄せた。

「水芸は、見たことがあります」

「そう。どこで見たの」

「大川のたもとの、掛小屋がいっぱいあるところ」

「両国広小路《りょうごくひろこうじ》だわね。あなたはまだ、江戸の町のことはよく知らないのね」

「江戸に来て、やっと半月です」房五郎は一人で怒っている。「何と永い半月だったことか！」

勝手に湯気をたてさせておこう。

「水芸には、誰が連れていってくれたの」

「富半《とみはん》さん。水芸人の水も逃げるかどうか、見てみようって」

おちかは目を瞠《みは》った。「逃げた？」

「逃げました」

染松はちょっぴり得意げである。

「富平さんもびっくりして、おまえはやっぱり本物のお旱《ひでり》さんだって」

富平は人の名前だろうと見当がつくが、〈お旱さん〉となると別格だ。

「お旱さんて、何のこと?」

「神様」と、染松はあっさり答えた。「おいらにくっついてる」

さすがに驚いた。この子は神を宿しているというのか。

「どこかの土地神様でしょうか」

おちかは房五郎を見返って尋ねた。番頭は口をへの字にしている。

「これの村の山の神だそうです」

祟《たた》り神ですよ、と言い切る。「旱と水涸《みずが》れをもたらす悪神です。だから厳重に封じられているのを、こやつが外に出してしまいおった。そして取り憑《つ》かれたのです」

とんでもない小童だ、そのとんでもないお荷物を金井屋におっつけて寄越した戸辺《とべ》様も戸辺様だと、また新しい人の名前が出てきた。

水は暮らしに欠かせないものだし、せっかく井戸から汲《く》んできた水が、汲んだそばからどこかへ消えてしまうのでは、炊事にも手を洗うにも喉《のど》を湿すにも不便きわまりない。しかも大元の井戸まで涸れるとあっては、人の生き死ににもかかわる大事だ。

話のとおりであるのなら、房五郎のいる金井屋は、この半月、さぞひどい目に遭ってきたことだろう。だから怒るのはわかるが、祟り神に憑かれたなどという度はずれた話は、もう少しゆっくり語ってもらわねば困る。

「染松さん、いいえ、染どん」

「はい」すきっ歯に栗の名残をくっつけて、染松はいたって素直にうなずく。

「あたしがしばらく番頭さんとお話をするあいだ、うちの台所で待っていてくれる？　廊下へ出て、左の突き当たりよ。さっきの女中さんがいると思うから、何ぞ御用があったらお手伝いしますって、言ってみてちょうだい」

「おねえさんにそう言いつかったって、言っていいですか」

おちかの「うん」にかぶせて、

「お嬢さんとお呼びせんか！」

染松は聞いていない。「さっきのおばさんに言えばいいんですね」

「あの人はおしまさん。おばさんなんて呼んだら怖いわよ」

染松は子供らしくころころ笑って、身軽に立ち上がった。

「うちには新どんという小僧さんがいるの。あなたと同じくらいの歳だから、その子が何か手伝ってって言ったら、仲良くしてあげてね」

「はい、わかりました」

言って、唐紙に手をかけ、くるりと振り返る。「おねえ――お嬢さん」

「なあに」

「その鉄瓶」

おちかのそばの火鉢の上を指す。

「もうちっと、避《よ》けといたがいいです」

湯が沸きすぎないよう、おしまが火鉢の炭には灰をかけていった。それでも鉄瓶の注ぎ口の先からは淡い湯気が出ている。

「水、逃げるから、危ないです」

拙《つたな》い言い様だが、真摯《しんし》だった。

「あと、そこの花の飾ってあるとこも」

床の間に活けてある小菊へと指を移す。

「きっともう空《から》だから」

容《い》れ物が小さいと、早いから。

山出しの子の生真面目な目に、おちかはうなずいた。そして染松が座敷から出るとすぐに、身を返して火鉢の鉄瓶の取っ手を持ち上げてみた。

あっと思った。

軽い。底の方に少し残っているだけだ。茶を入れ替えるための湯だから、おしまは鉄瓶をいっぱいにして置いていったはずである。沸いていたとしても、ここまで減ってしまうほどの時は経っていないのに。

急いで床の間の瀬戸物の花活けに近づいた。こちらは少ないどころではない。すっかり空だった。小菊を挿した剣山が剝《む》き出しになっている。

「ほら、申し上げたとおりでしょう」

房五郎がいささか意地悪に言う。口元は笑いに歪《ゆが》んでいる。

「今にご覧なさい。台所でも騒ぎが起こりますよ」

おちかは水気のない花活けの底を指でさすり、房五郎の顔を見た。それからまた花活けに目を落とし、さらに房五郎を見た。

「私のせいじゃない。あの小童《こわっぱ》です」

ひるむところが大人げない。

「驚きました」おちかはふうっと息を吐いた。「本当にびっくりです」

「あれを連れてきた甲斐《かい》がございました」

「この小菊はわたくしが活けたんです。昼食《ちゅうじき》のあとに」

「ですから染松の仕業なのですよ」

「よほど水あげのいい菊なのかしら」

「そんなことあるわけないでしょう！」

わかっている。房五郎がさも憎さげに笑うものだから、こっちも混ぜっ返してやっただけだ。

とりあえず花活《い》けを元のように置いて、おちかは切り出した。

「あの子はどこから来たのですか。いえ、村の名前は結構でございます」

「上州《じょうしゅう》北の、山のなかでございますよ」

山、山、山ばっかりの土地だという。

「田畑は少ないが、松や杉の産地でございましてな。杉は建家に使われますし、松は庭木としても価値があります。形がいいのですな」

その地の庄屋《しょうや》に、金橋《かなはし》という家がある。

「神君家康公の関東入りのころから続く旧家でございます。これが金井屋の祖でございまして」

仕切っている土地の産物が樹木であるから、金橋家は昔から材木問屋とつながりが深かった。それで分家のひとつが江戸へ出て、今の商いを興すことにつながったという。明暦《めいれき》の大火がきっかけだったというから、こちらも旧《ふる》い。

「しかし金井屋は材木商では」

「ございませんのですね。金橋家も仮名です。詮索《せんさく》はいたしません」

房五郎はこほんと空咳《からぜき》をした。

「染松はその金橋家の奉公人の子です」

七人兄弟姉妹《きょうだい》の末っ子で、

「父親は廏《うまや》番の下働き、母親は女中でございます。両親《ふたおや》共に、まあ馬よりは賢いかというぐらいの者でございますが」

ずいぶんな言い様である。

山村の庄屋とはいえ、自前の廏を持っているのなら、金橋家は相当な身上《しんしょう》だろう。

「子供たちもみんな、金橋家に仕えるのでしょうか」

「樵《きこり》や炭焼きになる者もあり、小作人として働く者もおります。もちろん、それでも金橋家に従う者であることに変わりはございません」

金橋家に食わせていただく身分だと、房五郎は言い足した。

「なのに、染どんだけは江戸に出てきた？」

「ですからそれが戸辺様のお指図で」

戸辺様とは山奉行配下の与力の一人だという。山奉行というのは山林を管轄する役所で、樹木が産物である土地ならば、その権限はかなり強かろう。庄屋に対して睨《にら》みがきくのも当然だ。

おちかは山村の暮らしを知らないが、宿場町で生まれ育ったので、縁のない土地のことでも、耳で聞き知っている事柄はある。川崎《かわさき》は東海道でも指折りの大きな宿場だから、国中から大勢の人びとが通りかかる。彼らが〈丸千《まるせん》〉に泊まり、宿のなかでてんでに世間話をしているのを聞きかじっているだけでも、おそらく一生訪れることがないであろう遠い郷《さと》のしきたりや風俗や産物について、それなりに知ることになるのだ。

「染どんを江戸に連れてきた富半さんという方は」

「金橋家の家人でございます。山頭《やまがしら》と申しましてな。山林で働く者たちを束ねる役目を務めるのですよ」

「では大切な役職ですね」

そんな富半が、染松一人のために仕事をおいて江戸へ出てきたわけである。山奉行の与力は指図に出張ってくるわ、大事な家人はお供についてくるわで、染どんは金橋家の御曹司よりも厚い扱いを受けたようである。

「そりゃあなた、あいつめは、行くところ行くところに水が逃げるという災いを呼ぶのですから、大事《おおごと》になって当たり前でございますよ」

江戸の商家のお嬢さんには見当もつきますまいがと、またぞろ憎さげな口つきになる。

「山がちの土地で水が涸《か》れるというのは、それはもう怖《おそ》ろしい災厄なのでございます。井戸が涸れたなら水売りを呼べばいいなんていうものではございません」

江戸市中でも、井戸から水が汲《く》めなくなったら大変である。現に房五郎だって、金井屋がそれで困っているからこそ、順番待ちまでしてここに来たのだろう。

まあ、言い返しても詮無いことだ。おちかは聞き流しておいて、問い返した。

「そんなに涸れましたか」

「それはもう」

大仰に目を剝《む》く房五郎だが、彼とてその場にいたわけではないはずだ。富半からの又聞きに決まっている。

「屋敷の井戸は涸れる、用水は涸れる、染松が薪拾《まきひろ》いに山に入れば、あれがうろついたあたりの湧き水が涸れる」

「ずっと涸れたままだったのでしょうか」

「数日は戻らなかったそうです。染松を土蔵に押し込めて、けっして水に近寄らないように見張っていても、すぐには戻らなかったということでした」

染松が憑《つ》かれてしまったという〈お旱さん〉は土地神だから、生え抜きの土地では力が強い。江戸ではさすがに同じようにはいかないということかと、おちかは考えた。

それにもうひとつ、江戸では他の土地と、水については事情が異なる。

「江戸の井戸は水道でございますから、いかなお旱さんでも、根っから涸らしてしまうのは無理なのかもしれませんね」

そうなのである。江戸は水利の悪い土地柄で、だからこそお上《かみ》は早くから水道という設備をこしらえた。おちかの暮らすこの神田三島町も、神田上水から引いた水道の水を井戸で受けて使っている。

そんな江戸市中でも、この十年ばかりで掘抜井戸が増えたそうだ。但しずいぶんと深く掘らねばならないし、手間も金もかかる。掘って水が出たはいいが海水混じりで、飲用には適さないということもある。

水道の水で産湯をつかったというのは江戸っ子の自慢話の種だが、一面、それは強がりとやせ我慢でもある。根っから江戸の者ではないおちかにはそう思える。

房五郎の意固地に歪んだ眉《まゆ》の谷間が、初めて緩みかけた。

——おや、このお嬢さんは存外わかりがいいようだ。

「左様《さよう》でございます。ですから戸辺様も、染松は江戸へ遣《や》るべしというお沙汰《さた》をなさったんでございます」

で、その受け入れ先に金井屋が選ばれたというわけなのである。

「とんだ貧乏くじでございますよ」

房五郎は怒るのをやめてげんなりしている。少し、気の毒な眺めだ。

「最初に話を聞いたときには、私どもも半信半疑でございました。田舎の者は迷信深《ぶこ》うございますからな。たまたま何かの拍子に水涸れが続いたのを、一途《いちず》にこの小僧の仕業だと思い込んでいるだけだろうとも思いましたし」

あにはからんや、金井屋でも立派に水は逃げ出した。

「水瓶《みずがめ》や鉄瓶や花活けの水は本当に逃げる――涸れてしまうのでしょうが、水道の水や湧き水は、涸れるというよりは逸《そ》れるのではないでしょうか。染どんが近づくと、いっとき、流れが変わってしまうということですね」と、おちかは言った。

山の湧き水だって、涸らしてしまう相手としては、神田上水よりも手強《てごわ》そうだ。

「さあ、理屈はわかりません」

ただの抗弁ではなく、房五郎には本当にそんなことはどうでもよさそうだ。

「とにかく、戸辺様が江戸の水道をご存じだったが厄《わざわい》で、金井屋はあの疫病神めを背負い込んだんでございます」

ぜひとも何とかしていただかないとと、また気張る。

「わたくしどもで何とかできるとは思えませんが、とりあえず、しばらくのあいだ染どんを、この三島屋でお預かりするというのはいかがでしょうか」

おちかの申し出に、房五郎は素直に驚いた顔をした。

「なんと、お嬢さんあんた、進んで疫病神を引き受けようというんですか」

あなたの一存で決めていいことではないだろうと、疑い深そうに言い足した。

「わたくしは主人伊兵衛の名代でございます。わたくしがそうしようと決めたことは、そのまま伊兵衛の意志と思っていただいて結構でございます」

おちかとしても、ふいと思いついたことである。何の見通しがあるわけでもない。ただ、

「三島屋でも水道の井戸から水が逃げるかどうか確かめてみたいものですし」

房五郎の染松に対する態度や、先ほどの激昂《げきこう》ぶりから察するに、あの子は金井屋のなかで、手ひどい扱いを受けていると思われる。水に近づかないよう、ひと間に押し込められているぐらいならまだしも、ああして怒鳴られたり叩《たた》かれたりすることもしばしばなのではないか。

染松は房五郎の大人げない勘気に思わずふき出してしまうほど根性のある子供なのに、叩かれそうになったときには本気で怖がっていた。あれは、脅されているだけでなく、本当に叩かれたり殴られたりしたことがあるからだろうと、おちかは思う。ならば、話を聞いただけで見捨ててしまっては、こちらの後腹《あとばら》が病もうというものだ。

「そういうことでしたら、金井屋では一向に差し支えございませんが」

なにしろ丁稚《でっち》としてはまるで役に立たない者だ、という。

「この半月、仕事を教えるも、躾《しつ》けるもございませんでしたからな。行儀も知りません。山猿のまんまでございますよ」

「それなら、山から郷へ迷い出てきた子猿をいっぴき飼うようなつもりでおりましょ

にこやかに、おちかはそう言ってみせた。

房五郎を送り出し、おちかが奥へ戻ってみると、勝手口のところに当の染松が座り込んでいた。しゃがんだまま両手でほっぺたを押さえて、いかにも手持ちぶさたの様子である。

「染どん、ちょっとこっちにいらっしゃい」

声をかけると、染松は立ち上がった。傍らに箒《ほうき》とちりとりが立てかけてある。見れば、勝手口の外のあたりはきれいに掃き清めてあった。

「掃除をしてくれたのね。ありがとう」

と、染松のすぐ後ろから、ひょいと新太が顔を覗《のぞ》かせた。

「あら、二人でいたの」

もう仲良しになったのと言いかけるところへ、新太が染松を押しのけるようにしてまっしぐらに飛んできた。土間の上がり口にいるおちかの裾《すそ》に、そのましがみついてきそうな勢いである。

「おじょ、おじょ、お嬢さん！」

おちかはかがみこんで新太を受け止めてやった。三島屋の丁稚どんは色を失い、目がおろおろと泳いでいる。

「あ、あいつ、とんでもないやつです」

後ろ手に染松に指を突きつけて、

「物干し場の柱にとまった雀を、石をぶっつけて落としちまったんですよ！」

染松はむくれたような顔をして、ぷいと背中を向けた。お勝手の外は裏庭で、物干し場になっており、そこにはよく雀が飛んでくる。おしまとおちかが、菜っ葉の切れっ端などをやるからである。

「雀も石みたいに落っこちて、ぴくぴくいって死んじまいました」

新太は今にも泣き出しそうだ。彼は雀たちが来るのを楽しみにしていて、春になったら雛《ひな》が見られるだろうかと話していたこともある。

「そう、それは可哀相なことをしたわね。だけど泣かないの。男の子でしょう」

お店の方へ出てお手伝いしてきなさいと、おちかは新太を上がらせた。入れ替わりに履き物をつっかけて、染松へと歩み寄る。が、その前に、くるりと向きを変えて台所の水瓶の蓋《ふた》をとってみた。

この台所には水瓶が三つある。右のひとつが飲用で、真ん中のひとつが煮炊き用、左のひとつが食材などを洗うためのものだ。順繰りに蓋を開けていって、おちかはそのたびにふうと息を吐いた。

三つとも、水がほとんど消えていた。

飲用と煮炊き用の瓶の底には、水の濁りと汚れを取り除くための小砂利が入れてある。朝、いっぱいに汲《く》んで、昼食のあとにまた汲み足して、使った分を補っておくのがこの家のならいだから、今は八分方以上の水が残っているはずのところだ。

なのに、ふたつの瓶では小砂利が見えている。三つ目の瓶では、おちかが袖《そで》をまくって手を差し入れると、手首まで濡《ぬ》らさずに、つるりとした底に触れることができた。

おちかが蓋を閉めて振り返ると、染松がこちらを見ていた。そして急いで背を向けた。今度はおちかの目から逃げるような素振りであった。

「お早さんは、喉《のど》が渇いているのかしら」

だからこんなに水を飲んじまうのかしらねと、独り言のように言ってみた。

「井戸の方はどうかしらね。染どん、あたしと一緒に見に行ってちょうだい。井戸がまだ無事なら、二人で水汲みをしましょう」

おちかはすいすいと歩《ある》って勝手口の敷居をまたいだ。染松は動かない。

「どうしたの？　手伝って」

「お嬢さん、そんな恰好《かっこう》で水汲みなんかするの」

なるほど、おちかは来客用におめかしをしている。

「着物が濡れたら乾かせばいいでしょう。汚れるわけじゃなし」

袂《たもと》を帯の端に挟み込みながら、おちかは笑って言い返した。染松は口を尖《とが》らせて下を向くと、文句を言う口調で短く尋ねた。

「番頭さんは？」

「金井屋さんならお帰りになりました。あんたは今日から、三島屋の奉公人です」

素直な驚きが、染松の顔に浮かんだ。

「おいらを置いてくれるの？」

「うん」

「どうして？」

おちかは逆に問い返した。「金井屋に帰りたい？」

染松の口がさらに尖った。今度は不平不満のせいではなく、さらに驚いたからのようである。

「何でそんなこと訊《き》くのさ」

「そうねえ、訊いたってしょうがないことだったね。金井屋さんではもうあんたを置けないって言っておられたから」

染松がどんな顔をするだろうと、おちかはちょっと目を凝らした。彼は何度もまばたきをして、口の端をへの字に下げた。

「あのお店にいないと、おいら、富半さんに叱られる」

「勝手なことをするって？」

おちかの問いは、見当外れのものだったらしい。染松は小声でこう続けたのだ。

「けっして村に帰っちゃならねえって言われてきたんだで」

里の話になったからだろう、染松の言葉にお国訛《なま》りが出た。

「うちでも、あんたをお里に送り返したりなんかしませんよ。それなら、富半さんの言いつけに背いたことにはなりません。他所《よそ》のお店に移ったというだけよ」

あんたお掃除が上手ねと、おちかは言った。

「丁寧に掃いてあるじゃないの。誰かにやり方を教わったの？」

姉ちゃんにと、染松は答えた。まだ下を向いたまま、拗《す》ねたように鼻息を荒くしている。

「いいお姉ちゃんね。さあ、まず箒とちりとりを片付けなさい。それと、雀はどこにいるのかしら」

「さっきの新太ってやつがどっかへ持ってった」

お墓を作ってやるっていって。

「雀は米を荒らすんだよ。あいつら目ざといから、一羽が食いもんに有り付くと、すぐ群で寄ってくるんだ。だから、めっけたら落としておかないとまずいんだで」

悪さでしたのではないと、一丁前に抗弁しているのである。

おちかはにっこりしてうなずいた。「あんたのお里ではそうなんだね」

だけど江戸の町では、そこまで雀を目の仇《かたき》にはしないのだと教えてやった。むしろ愛《め》でたりする。

「だから次からは、雀を見ても落としちゃいけません。それから、今の話をあとで新どんにもしてあげて、ごめんねって言うんですよ」

染松は下を向いたまま黙っていたが、

「こういうことを、郷に入《い》っては郷に従えというんです。わかったね？」

おちかがつと声を厳しくすると、蚊のなくような声ではいと言った。

おちかは水汲み用の手桶《ておけ》を提げ、彼を従えて井戸端へ向かった。井戸は隣の針問屋住吉屋《すみよしや》との共同井戸である。

水道の水は、上水から地べたの下の石樋《いしどい》や木樋を通り、枡《ます》で枝分かれして竹筒の呼樋《よびどい》から個々の井戸へと振り分けられている。埃除《ほこりよ》けの屋根を戴《いただ》いた大きな桶のような井戸のなかを覗き込むとき、おちかは思わず息を止めてしまった。これがすっかり涸《か》れていたら、うちだけでなくお隣にも大迷惑をかけることになる。

幸い、井戸には水が漲《みなぎ》っていた。呼樋からもちょろちょろと新しい水が流れ込んでいる。

思わず、安堵《あんど》の息を吐いた。

「みんな井戸だ、井戸だって言うけど」

染松がまた不満顔をしている。

「こんなの井戸じゃねえ。ただの溜《た》め桶じゃねえだが」

掘抜井戸ばかり見てきたこの子には、確かに江戸の井戸は間尺《ましやく》に合わない代物だろう。

「そうね。でも水の有り難みはどこでも同じなのよ」

水道の仕組みを教えてやりながら、二人で手桶に水を汲む。井戸とお勝手を行ったり来たりして、師走《しわす》の寒風のなか、三つの水瓶《みずがめ》が満ちるころにはおちかの手はかじかんでいた。

染松は、さして寒そうにも見えない。鼻の頭が赤らんでいるだけだ。

――それに、この子は大した力持ちだ。

水汲みを苦にする様子がまったくない。

台所でひと息ついて、おちかは言った。

「今はまだ無事だけど、こうしてあんたが近づいたから、これから、あの井戸の水も逃げてしまうのかしら」

何の含むところもなく訊いたつもりだったが、染松は責められたと思ったらしい。

「おいら、わざとやってるんじゃねえ」

「うん、それはわかった」

だけど、どうかしら。おちかは小首をかしげてみせる。

「あんたにくっついているお早さんは、神様なんでしょう。だったら、人の願いを聞き届けてくださることだってありそうなものよ。あんたがお願いしたら、水を涸らすことをやめてくださらないかしらね？」

これまで、彼の村でも金井屋でも、こういうことを口にした者はいなかったと見える。染松はたいそう驚いた。

「お願いするって？」

「拝むのよ。相手は神様なんだもの」

やってみましょうと、おちかは染松をまた黒白の間に連れていった。

「さ、座って。今度は床の間の方を向いて座るんですよ」

床の間には件《くだん》の花活《い》けのほかに、竹林の七賢人を描いた墨絵の軸が掛けてある。

「これを拝むのか？」

染松は不思議そうに軸を見る。

「それは叔父《おじ》さんが見よう見まねで描いた絵ですからね。いくら七賢人でも、御利益《ごりやく》のほどは怪しいわね」

伊兵衛は道楽っ気の乏しい人で、囲碁にはまり込むまでは、人に誘われて始めても長続きしたためしがなかったそうである。墨絵もそのひとつで、だからこの軸は貴重といえば貴重だが、それだけのものだ。

「お早さんはあんたのなかにおられるんだから、ここ」と、おちかは心の臓の上に掌をあてた。「あんたの真心があるところに向かってお願いするんですよ」

こちらも見よう見まねで、しかし伊兵衛の墨絵描きよりはよほど気を入れたふうに、染松は目をつぶり両手を合わせた。

ややあって、彼がぱっちり目を開けたので、おちかは尋ねた。「願いは届いた？ お早さんは何かおっしゃったかしら」

途端に、染松は口をとんがらかす。

「そんな顔ばっかりしてると、そういう顔になってしまいますよ」

不満そうというより、不得要領の染松は、その顔のまま口だけぴゅっと引っ込めた。

「あんた、面白い子ね」

笑うおちかをつくづくと見て、染松は拳骨で鼻の下をごしごしこすった。

「お嬢さん、変わってらぁ」

「うん、ちょっと変わってるかもしれない」

「黒白の間で聞いた話と、自分で語った話を、あたしは背中にしょってるから。

「おいらの言うこと、信じるだか？」

水がないままの花活けの小菊に目をやって、おちかは深くうなずいてみせた。

「お早さんは、何《なん》にも言わなかったよ」

だけどおいら、頼んでみたから。

「水がなくなると、みんな困るからな。おいらもそれくらいはわかるだ。けど村では、おいら、本気でお早さんに頼んでみたことなかった。お早さんは怒ってるのに、みんなそれに気がつかなくて、ずっとお早さんを粗末にしてきたんだから、バチがあたったんだって思っただ」

意外な話が飛び出してきた。

「お早さんはお怒りだったの？」

「うん。永いこと閉じこめられて、ほったらかしにされてたからな」

旱と水涸れをもたらす悪神だから厳重に封じられていたと、房五郎は話していた。

「怖い神様で、大事にお祀《まつ》りされていたんじゃないの？」

「ほこらはあったよ。そんで、腐って傾《かし》いじゃったような鳥居が立ってた。お供え物もなくってさ、荒れ放題だっただ」

こうして、染松は語り始めた。

「信じるよ」

上州北のこの村の名は小野木《このぎ》という。

そもそもは村だけでなく、山また山の土地ぜんたいを示す名で、旧くは庚之木と書いた。鉄を鍛える火を燃やすための木を意味するという。それならどんな木でもいいわけで、要は、伐《き》って燃やすぐらいしか役に立たない雑木の山ということだ。

染松がすらすらとこう語り、指先で宙《そら》に漢字も書いてみせたので、おちかは大いに驚いた。

「誰に教わったの？」

「お早さん」と、染松は答えた。「おいらは手習いをしたことないし、お寺さんの講にも行ったことがないから、何も知らなかった。みんなお早さんに教わったんだで」

ここで、おちかはつい早合点をした。ならば、荒れ放題だったという〈お早さん〉の祠《ほこら》にも禰宜《ねぎ》はいたのだ、と。

「その禰宜さんは、どんな人？」

染松はきょとんとした。「ねぎって何だ？」

「神主さんよ。神様をお祀りする役目をする人ですよ」

「お早さんのとこには、人なんかいねえってばよ」

焦《じ》れたような返答に、おちかも己の思い込みを悟った。え？　と思った。

「じゃ、あんたは〈お早さん〉に——神様にじきじきに、いろんなことを教わったと言ってるのね」

　染松はあっさりとうなずく。何とまあ。

「もしかしたら、あんたは〈お早さん〉と、今あたしとこうしてるのと同じように、おしゃべりすることができるのかしら」

　染松が神に憑《つ》かれ、神を身に宿しているというのは、もう少し何というか、一方的なもののように思っていた。だからさっきも、胸元に向かって拝めなんて言ったのだ。

「……できるよ」

　小声で応じて、染松は口をへの字にした。

「それだと、なんか悪いか。おかしいか。お早さんは、いつもおいらと一緒にいるだ。今だっているよ。お嬢さんの話を聞いてる」

「わかった。もう邪魔しないわ。ごめんなさいね。お早さんにもお詫《わ》びします」

「やっぱり、お嬢さんなんかにはわかんね」

　意固地な目つきで、染松は自分の膝頭《ひざがしら》を睨《ね》めつけている。そして、聞こえよがしにぶつぶつと怒った。

「富半さんの言ったとおりだで。小野木の話は、小野木の者《もん》にしかわからん。他所者《よそもん》に言ったって、笑われるか叱られるか、どっちかだって」

「でも番頭さんは信じてたじゃない？　金井屋さんは他所者じゃないわけね」

混ぜっ返しは裏目に出た。染松はさらにぶんむくれの顔である。

仕方がない。攻め口を変えよう。

「あんたの本当の名前は何ていうの」

むくれたまま、「平太《へいた》」と短く答えた。

「そう。金井屋さんには、丁稚《でっち》どんを染松と呼ぶならいがあるのかしらね。うちじゃ、そんな面倒《めんどう》なことはしないけど」

ではお平太さんと、おちかは座り直して頭を下げた。「どうぞお願いいたします。お話を続けてくださいな」

平太は上目遣いでおちかを見ている。おちかはにこりとしてみせた。

「あんたがお早さんに会ったのは、いつのこと?」

ここはおちかの笑顔が勝った。渋々ながら、平太は折れた。

「まだうんと暑いころ。えっと」

げしの日、という。夏至だ。

「庄屋《しょうや》さんとこで、おとうが世話してた馬がたいばにやられたんだ」

小野木では、夏の盛りに、〈たいば〉にやられる馬が出るんだ。

「材木をしょわせて歩いてると、急にいななないて、後脚で立ってくるくる回って、荷を振り落として駆け出しちまう。放っておくと一里も走って、息が切れて死んじま

おちかはつくづく、もとが旅籠《はたご》育ちでよかったと思った。たいばは知らないが、似たような話なら、〈丸千〉の泊まり客から聞いた覚えがある。

「それ、馬に悪さをするあやかしでしょう？　あたしは〈馬魔《ぎば》〉って聞いたけれど」

平太の顔がぱっと明るくなった。

「知ってるか？」

「うん。見たことはないけどね」

馬子に恐れられる魔性のものである。これに襲われたら、馬子はすぐさま馬の耳を切って血を流し、馬を正気づかせてやらないといけないという。

「小野木でもそうするよ。馬は耳を切るといちばん痛がるからな」

江戸にも出るんだなあと、平太は感嘆する。機嫌も直った。おちかは笑った。

「江戸では聞かない話だね。あたしも実家《さと》の旅籠でお客さんから聞いたのよ」

「お嬢さん、このうちの子じゃねえだか」

「そうよ。川崎の旅籠の娘なの。ここには居候してるだけよ」

平太はあらためてしげしげとおちかを見回した。

「ヘンだなあ」

「変でしょう。それで、たいばが出てどうしたの？」

平太はちょっとあわてた。目が泳ぐ。話の筋を見失ってしまったらしい。馬を引き合いに出しては気の毒だが、この子の話を聞き出すには、こっちが手綱をとっているのが肝心だと、おちかは思った。

「お父さんが世話していた馬がたいばにやられて、大変だったのね？」

「う、うん。そンでな」

やられた馬は、背に荷を負ったまま猛然と走り出し、馬子を振り切り、山道へと駆け入って姿を消してしまった。

「たいばにやられた馬の骸《むくろ》からは、またたいばが湧くから、何が何でもめっけないといけないんだ」

山頭の富半の手配で、村の男たちが総出で探すことになった。

「おいらも呼ばれて、山に入ったんだ」

馬を求めての山狩りである。

「子供なのにあんたも呼ばれたのは、それだけ頼りにされてたんだね」

「おいら、おとうにも内緒で、ときどき富半さんにくっついて山に入ってたから」

山頭の富半は、平太にとって重要な人物であるようだ。おちかは心に留めた。

「だからそのときも富半さんと一緒だったんだけども――」

山狩りを始めて一刻《いっとき》ばかりが過ぎたころ、ふと我に返って、平太はみんなからはぐれてしまったことに気がついた。

どっと、冷たい汗が噴き出した。

真昼のことだから、ただはぐれただけなら、平太もあわてはしない。驚いたのは、今まで独りではもちろん、富平に連れられても足を踏み込んだことのない、見覚えのない場所にいたからである。

——いったい、おいらはどこをどう歩いてきたんだ？

見回せば、雑木林の下藪《したやぶ》のなかを細々と続く獣道《けものみち》である。

山道を、重たい材木を運んで歩く小野木の馬たちは、筵《むしろ》で編んだ沓《くつ》に似たものを履く。またこのごろの小野木は晴天続きで、地面はからからに固く乾いていた。だから蹄《ひづめ》の跡がつきにくく、足跡は手がかりにならない。富平には、飼馬は藪を嫌うから、どんな細いところでも急な斜面でも、道に沿って探すようにと言われていた。

その教えからは逸《そ》れていない。なのに、何で独りになってしまったのだろう。

お～いと呼んでみても、雑木林の彼方《かなた》から応《こた》える声はなかった。甲高い鳥の声が鳴き交わしているだけである。

逃げたのははやという名の、平太が仔馬《こうま》のころから世話していた馬で、平太によく懐いていた。喧嘩《けんか》ばかりしている兄弟姉妹たちよりも、よほど仲がいい。はやがたいばにやられたと聞いたときには、平太は泣きベソをかいたほどである。

大人たちは荷の心配ばかりしていたが、平太にははやの身の方が案じられた。たいばにやられて奔走し、助かった馬はないというけれど、万にひとつの僥倖《ぎょうこう》ということもある。はやは頑丈な馬だ。奔走しているうちにたいばが抜けて、どこかで正気に返り、心細い想いをしているかもしれない。

だから平太ははやの名を呼びながら、しゃにむに山に分け入ってきたのである。前後を見ることも忘れていた。

両手を筒にして口元にあて、今度は長々とはやを呼んでみた。

埃《ほこり》っぽい夏の藪はしんとしている。

ともかく、もう少し見晴らしのいいところへ出よう。藪払いの手鎌を握り直して、平太は獣道をたどり始めた。ゆるゆるとした登り坂で、左右から立ち木の枝が張り出しているけれど、視界を遮るほどではなし、頭上には青空がくっきりと開けているのも頼もしい。進んでゆくうちに、冷や汗も山歩きの汗に変わった。

獣道はやがて、下草に隠れがちになってきた。道の片側が大きく崩れ、崖《がけ》になっているところも現れた。傾斜もきつくなるばかりだ。このまま行ってはかえってまずいか、引き返した方がいいか。馬だってこんな道を登れないだろうと思い始めたころ、

ぶるん！

鼻息を聞いて、平太は跳ねるように足を止めた。

「はやか？」

はやや〜いと、大声で呼んだ。

応えるように、ぶるぶるぶるんと馬がいななく。確かに聞こえる！

「はや、はやだな！」

そのころにはもう、歩くというよりはよじ登るようで、平太は両手足を使って進まねばならなくなっていた。それでも勇み立って登っていった。

ようよう登りきり、汗に濡《ぬ》れた顔を上げると、出し抜けに藪が消えた。痩《や》せた古木が立ち並び、その奥に道が開けている。どことも見当さえつかないこの山のてっぺんに出たらしい。

木立の陰から、はやの鹿毛《かげ》が覗《のぞ》いている。

「はや！」

ひと声呼んで駆け出すと、はやも平太の声を認めたらしい。首を振り尾っぽを振って、足を踏み替えている。

「はや、はや、めっけたぞ！」

足元は地べたから砂利に変わっていた。大ぶりのざくざくした砂利に足をとられそうになりながらも、平太はまっしぐらにはやのそばへと駆け寄った。馬も平太に跳ね寄ってきた。

「おめ、何でこんなところまで」

首の手綱をとって、平太は初めて気がついた。ここ、何だ？

――鳥居がある。

もとは白木だったのだろうが、雨水が滲《し》みて腐り、泥のような色に変じた古い鳥居だ。一人では立っていられない怪我人のように、大きく右に傾《かし》いでいる。深緑色の苔《こけ》がそこここにこびりつき、御幣のように垂れ下がっていた。

鳥居の先には、半ば崩れたような祠《ほこら》があった。岩をくり貫《ぬ》き、そのなかに小さな社《やしろ》を据えてある。目を凝らせば、燭台《しょくだい》や三方《さんぼう》のようなものが転がっているのが見える。

こんなところに神社があるのか。平太はまったく知らなかった。このうらぶれようからして、村の大人たちだって知らないんじゃないのか。知っていたら、もう少し手入れぐらいしそうなものだ。

はやは落ち着いていておとなしく、平太の顔に鼻面をこすりつけてくる。たいばはすっかり抜けたらしい。首をさすってやると、嬉《うれ》しそうにしっぽを揺らす。

身体のどこにも怪我はない。脚も痛めていないようだ。たいばを追い払うには、馬の身体から血を流させねばならないというのだが、はやは無傷だ。

「おまえ、よく無事だったたな」

首を抱き、顔をくっつけるようにして声をかけると、はやの柔和な目がまばたきをした。鼻息が温かい。いつものはや、誰よりも平太に懐いているはやである。

背中の荷はどうしたかと、やっと思いついた。見れば、鳥居の脇に背負子《しょいこ》ごとそっくり落ちていた。荷綱もそのままだ。江戸へ送るはずだった上等の材木が、どすんと転がっている。

ということは、はやはここへ登ってくるまでは荷を負っていたのだ。誰かがたいばを退け、はやを宥《なだ》めて荷をおろしてくれたのだろうか。

けど、誰が。

「――ここの神様かぁ？」

まさかと思いながらも、思わず声に出して問いかけてみた。

「そうだよ。オラだよ」

どこからか、女の子の声がそう応じた。

「女の子？」

話に聞き入っていたおちかが思わず口を挟むと、語ることに没頭していた平太も、その声で我に返ったようになった。

「うん。背丈も歳も、おいらと同じくらいに見えた」

薄暗い祠を背にして、ぽつんとしゃがみこんでいた。いつ現れたのか、どこから出てきたのかわからない。見返ったらそこにいたのだという。

「おでこと耳の上で髪を真っ直ぐに切ってて、その髪が真っ黒で、汗もかいてなくってさ。ほっぺたにさらさらってかかって。それをこうやって」

と、平太はぷいと首を横に振って、

「はらいのけながら、おいらの方を見てた。どんぐりみたいなでっかい眼だったで」

つまり可愛らしかったのだろう。平太の口調も微笑ましい。

「薄っぺらい白い着物で、帯も白いんだ。裁ち放しの晒《さら》しみたいな帯だ。着物はぶかぶかで、袖《そで》も丈も長いんだ。だぶだぶに余ってるんだ」

女の子の脚は着物に隠されて、見えなかった。それでもずいぶんと華奢《きゃしゃ》で、痩《や》せこけていることは見てとれた。

着物ばかりではなく、女の子の肌の色も抜けるように白かった。

一年中泥をなすったように煤《すす》けていて、この季節ならさらになめし革のように日焼けしているのが村の子供たちだ。だから平太はとっさに、これはよほどの偉い家の子供に違いないと思った。

「おめ、お供はいねえだか」

問いかけると、女の子は涼しげに髪を風になびかせたまま、さも不服そうに口を尖《とが》らせる。

「いるもんか。オラはずうっと独りだ」

「したって……」

こんな場所に住んでいるわけはない。

「いったい、どっから来たんだよ」

困る平太を尻目《しりめ》に、女の子は、愛らしく尖った顎《あご》の先をはやの方にしゃくってみせると、

「おまえの馬か？」と訊《き》いた。

「庄屋《しょうや》さんの馬だ」

「金橋の馬か」

女の子は憎々しげに吐き捨てた。

「そんだら、たいばを追っ払ってやらなけりゃよかった。金橋の馬なんか、みんな死んでしまえばいいんだ」

困惑を通り越して、平太は腰を抜かしそうになった。庄屋さんを呼び捨てにして、しかもあしざまに罵《ののし》る。本当にこの子は何ものなのだ。

「おめ、戸辺様の子なのか？」

平太にとっては、庄屋さんより偉いのは、小野木を管轄している与力の戸辺様だ。さらに上には山奉行がおり、いちばんてっぺんには殿様がいるが、城下は遠く、平太はまだ連れて行ってもらったことさえないから、どちらも思い浮かばなかった。

「戸辺？」

日陰にいるにもかかわらず、このとき、女の子の眼が底光りした。

「戸辺なんぞ、知らん。今の代官は誰だ。まだ佐伯《さえき》の家か。右衛門介《えもんのすけ》の首は、まだとれていないのか」

ますます平太にはわからない。これは、あとあとよく話を擦《す》り合わせていって知れることなのだが、この地でもかつては代官制度を用いていたことがあった。ところがこれが弊害が多い。気質獰猛《どうもう》で貪欲《どんよく》な者が、土地の権力を一手に握る代官の任にあると、山と村民を私《わたくし》して権勢を誇るようになり、また搾取に窮した村民たちの一揆《いっき》を招くこともあり、御家のためにならぬということで、山奉行直轄の今の制度に改められたのは、ざっと百年は前のことである。そのあいだには、国替えによる藩主の交代や、政変もあった。

無論、やっと十一歳の平太が知る由もない。女の子がそんな昔の話を口にしているとは夢にも思わないから、ただ戸辺様を呼び捨てにして憚《はばか》らない態度から、もっとうんと偉い家の子供なのだろうと思い込むばかりだった。

大変なことになってきた。この子はおかしなことを言い並べているが、要は山に迷い込んだのだろうと、平太は思った。

「はやを助けてくれたのは、おめなんだよな？」

女の子は鼻先をつんと上に向けて、

「だったら何だ」

「そんなら、はやに乗んな。おいらが庄屋さんとこへ連れてってやる」

金橋家に連れ帰れば、女の子の素性も家も知れるだろう。偉い人の偉い子供のことなんだから、庄屋さんなら知ってるはずだ。

すると女の子は、初めて怯《おび》えた顔をした。ちょっと身をすくめたようになる。

「金橋は嫌いだ」

眼はさっきと同じように怒っている。

「それにオラは、ここから離れられない」

これがあるから——と、斜《はす》な目つきで後ろの祠を見やった。

「これって」

平太にはさっぱりだ。崩れかけたような祠と、腐った鳥居と、お供えも花の一本もない古い社。こんなところに住む者がいるものか。

「ここがおめの家だってのか」

「違う」女の子は苛立《いらだ》ち始めた。「オラも好きでこんなとこにいねえ。けど、金橋のせいでここから出られねえんだ」

この子は庄屋さんの捨て子だろうかと、平太はまたあさっての方向へ考えを巡らせた。いかんせん知恵も経験も足りない。思うのは目先のことばっかりだ。

「けど、おいらは庄屋さんにはやの無事を知らせて、急いでとって返してこねえと、荷が置き去りになるし」

平太の力では、はやに材木を負わせることはできないのだ。

「おまえ、金橋の家人なのか」

「おとうは庄屋さんの厩番《うまや》だぁ」

おいらは馬子だと、平太はちょっぴり大きめに言った。本当は、まだ独りで馬を引くことを許されていない。

「ふうん」

女の子は平太を上から下まで検分し直して、眼を細め、地べたに落ちている材木の束を見た。

「そうか。そんならちょうどいい。金橋の荷なら、オラがもらう」

へ？　と平太は眼をしばたたいた。

「これは庄屋さんがお奉行様に納める材木だ。江戸へ送るんだよ」

「金橋の荷なら、オラのもんだ。金橋からの供え物だ。もらってやる」

思いがけずひび割れたような声をあげて、女の子は短く笑った。そのときだけ、にわかに老婆のように見えた。

平太は背中がぞわりとした。

「よし、馬は返してやる」

そのかわり——と、女の子はするりと立ち上がった。と思ったら、平太が息をひとつする間もなかったのに、すぐ傍らにぴたりと寄り添っていた。

ぎょっとして、平太は目を剝《む》いた。いつ動いた？

女の子は白い着物の長い袖から手を出して、平太の汗と土に汚れた二の腕を、むんずとつかんだ。さして力があるとも思われないのに、平太は身動きできなくなった。腰は引けているのに、その場から動けない。

女の子は平太に顔を寄せ、瞳《ひとみ》の底を覗《のぞ》き込むようにして、囁《ささや》きかけた。

「オラのことを、金橋にしゃべっちゃいけないよ。馬は迷ってるのを見つけた、荷は馬がどっかで振り落としちまってた。言っていいのは、それだけだ」

こんなに近くでしゃべっているのに、女の子の呼気は、平太の頰にかからない。平太の腕をつかんでいる手にも、まるで温《ぬく》もりがない。

「それで、おまえはまたここに来るんだ。金橋にも村の連中にも内緒で、おまえ独りで来るんだ。いいな？」

オラはおまえを気に入ったと、女の子はにやりとした。

「山に負けずに、ここへ登ってこられただけでも豪毅《ごうき》なもんだ。よっぽどこの馬が可愛いんだろう。おまえはいい馬子だ。褒美に、この馬は二度とたいばにやられないように守ってやる」

だからおまえも、オラの言うとおりにするんだよ——

「あんまり待たせるな。二、三日のうちに、きっとまた登《つ》ってくるんだよ」

あやすように甘くそう囁くと、急に目尻を吊り上げて、空いた手を伸ばし、ぴたり

とはやを指さした。

「約束を破ったら、この馬の生き肝をとるぞ。おまえの目玉をとったっていいんだ。

オラは、いっぺん触ったもんにならなら、どんなことでもできるんだからな。おまえも馬

も、どこにいたって逃げられねえぞ」

魅入られたようになって、平太はただ呆然《ぼうぜん》とうなずいた。

「おまえ、何て名前だ」

「へ、平太」

「そうか。なら平太、行け」

くちびるをすぼめて、女の子は平太の耳にふうっと息を吹き込んだ。途端に平太は

くらくらとして、その場にしゃがみこんでしまった。

気がつくと、女の子の姿は消えていた。傍らでは、はやがのんびりと首を垂れてい

る。平太は笑う膝《ひざ》を宥《なだ》めて何とか立ち上がり、はやの手綱をとった。

それから、どうやって山を下りたのか覚えていない。村まで行き着かないうちに、山番たちを連れた富平に行き会った。

「おいら、富平さんの顔を見た途端にぶっ倒れちまったんだって。富平さんは、おいらをおぶって連れて帰ってくれたんだ」

村に帰っても、まる一日、平太は昏々《こんこん》と眠った。目覚めると、起き上がれないほど腹ぺこになっていた。

「富平さんにもおとうにも、どうやってはやをめっけたのか、いろいろ訊《き》かれた」

平太はすっかり頭が霞《かす》んで、最初のうちはろくに話もできなかった。飯を食わせてもらってだんだん正気づくと、はやのことを思い出したが、山の祠《ほこら》で会った女の子の姿と声も蘇《よみがえ》ってきた。

もちろん、怖《おそ》ろしい約束のことも。

「だからおいら、女の子に言われたとおりのことしかしゃべらなかった」

事情を知らぬ富平たちには、不審な作り話には思われなかったろう。はやも平太も運がよかったということで、一件落着となった。

平太一人、恐怖を抱え込む羽目になった。

「さぞ怖かったでしょう。可哀相に」

おちかは、平太の産毛の光るほっぺたがひくひく引き攣《つ》っているのを見て、言わずにはいられなかった。

「──うん」

平太はうなずき、自分でもほっぺたが気になるのだろう。拳《こぶし》でぐいっとこすった。

「けど、何かちょっと……女の子のこと、面白かっただ」

おちかは微笑んだ。この年頃でも、男というのはそういうものか。

「それに、はやの恩人だしな」

「そうだね。でも、約束通りにまた独りで山に入るのは、すぐには難しかったでしょう。お父さんや富半さんたちの目を盗まないとならなかったんじゃないの？」

「そんなことはねえだ。みんな、おいらのことなんかそんなに心配しねえ」

村の大人たちは忙しい。

「けどおいら、やっぱり不思議だったから、富半さんに訊いてみたんだ」

富半さんは、村にお代官様がいたことを知ってるか。そのお代官様に、佐伯右衛門介というお人はいたか。

「富半さん、何だって？」

「えらいびっくりしてた」

──平太おまえ、何でそんなことを知ってる？　お代官様がいたのは、俺なんぞも生まれる前のことだぞ。

おちかはちょっと身を乗り出して、平太の方へ顔を近づけた。

「何て言って言い訳したの？」

「山道でひっくり返ったとき、そういう夢を見たって」

山の神様がおいらに夢を見せてくれたのかな、と言ったという。

「偉いねえ。よく考えついたね！」

褒められて、平太はとっさに嬉《うれ》しそうな顔をしたが、すぐ男の子らしい強がりを取り戻した。

「山じゃ、いろんな珍しいことがあるだ。不思議なことはたいてい、山の神様のせいなんだ。お嬢さんは山の子じゃねえから、知らねえだけだよ」

これは一本とられた。

「富半さんは、お代官様の名前までは知らねえって。庄屋《しょうや》さんとこの古い文書《もんじょ》を見れば書いてあるかもしれねえって言った」

「金橋家は、それぐらい旧《ふる》い家柄なんだね」

「うん。富半さんもそう言ってたよ。でね、教えてくれただ」

――このあたりの山はな、昔は粗末な雑木林ばっかりぼうぼうしてるだけの、使いどころのない山だったんだ。それを、土地を切り開いて肥やしたり、杉や松を植えたり、苦労に苦労を重ねて今みたいな銘木の産地に仕立て上げたのは、庄屋さんのご先祖なんだぞ。

なるほど、それで房五郎の話と平仄《ひょうそく》が合ってくる。金橋家が、為政者が替わっても代々小野木で権勢を保ち続けてこられたのは、そういう功があったからなのだ。

平太は、にわか仕込みの知識を頭に、再び山の祠に登った。はやの事件から、三日後のことであった。

「おいら、道がわからなくなってるんじゃねえかって心配だったんだけど」

富半たちとはぐれたあたりまでさしかかると、まるで糸に引かれるように、自然と足が進んだという。

その日も空はよく晴れて暑かった。南風が木々の葉を騒々しく鳴らしていた。

平太が傾いた鳥居をくぐり、祠の方へと歩み寄ってゆくと、

「来たか」

後ろから声がした。振り返ると白い着物の女の子が立っていた。また、唐突に現れたのだった。

「約束を守ったたな。感心、感心」

「おめが、はやの生き肝を抜くなんて脅かすからだ」

平太は強気で言い返した。本当を言うと、また女の子に会えてほっとしたし、ちょっぴり嬉しくもあったのだ。富半への言い訳だけでなく、平太自身、あれはみんな夢

だったのではないかと思うときもあったからである。

　女の子の髪は今日も涼しく風に揺れて、瞳《ひとみ》はぱっちりと明るかった。

「脅かしじゃねえ。本当にできる」

　こっちゃ来いと、女の子は平太の腕をつかんだ。そして平太の胸、心の臓の上に掌《てのひら》をあてた。

　突然の仕草に平太が固まっていると、

「うん、余計なことはしゃべってねえな」

　女の子は満足げに笑った。

「何だよ」

「おまえに触れれば、おまえの心がわかる。嘘をついてれば、それもすっかりわかる」

　平太から離れると、女の子は祠に近づいていった。そのとき平太は、初めて女の子が歩くのを見たわけだが、それがどうにも、普通に〈歩く〉動作とは違って見えた。

　女の子の脚は見えない。着物の下の、その動きがわかるだけだ。

　右、左と、足を交互に運んでいるように見えない。はっきり言うなら、足が二本あるように見えないのだ。さりとて、一本足でけんけんしているのとは、ぜんぜん違う。

　——うねうね。

　なめくじなんぞが這《は》うみたいにして進んでいるように見えた。女の子の華奢《きゃしゃ》な肩も、ちんまりした形のいい頭も、それにつられて左右に揺れるのだ。

またぞろ、平太の背中をぞわりが駆けのぼった。

女の子は平太に背を向け、着物の袖《そで》をまくり上げると、祠の奥に手を突っ込んだ。

「おい、何してるだ。そんなところを荒らしちゃ駄目だで」

平気のへいざで、女の子は祠から何かを取り出した。小さな拳にぎゅっと握りしめているのは、どうやら古びたお札《ふだ》の束のようである。

「平太、そら」

女の子はそれを平太に突き出した。

「これを持ってけ。こっそり隠しておくんだぞ。そいで、金橋の家の竈《かまど》で焼いて、灰にするんだ。その灰を、オラに持ってきておくれ」

平太は手を出さなかった。ことさらに両手を背中に回し、ぶんぶんとかぶりを振った。

「何だ、オラの言うことをきかないか」

はやの生き肝を抜くぞ、と脅かす。

「嫌だ」

「どうして嫌なんだ。はやが可愛くないか。おまえの目玉も惜しくねえのか」

「それはこの祠の神様のお札だろ」

触っちゃいけねえ。持ち出して焼いてしまうなんて、もってのほかだ。平太は女の子を睨《にら》み据えた。

「オラがいいと言ってる」

女の子は動じない。平太の怒りと恐怖の我慢が切れた。

「おめ、何ものなんだ？　どんな偉い家の子供でも、山の神様に逆らっちゃ、バチがあたるぞ！」

腹の底に力を溜め、精一杯声を励まし、強く出たつもりだった。なのに、お札を握った拳を突き出したまま、女の子は可笑《おか》しそうに声をたてて笑い出した。今度は、三日前のあの老婆のような声ではなかった。軽やかに愛らしい、見かけ通りの少女の笑い声である。

また脅されるよりも効き目があった。平太は拍子抜けして、息も抜けてしまった。

「心配するな。だからオラがその神様だ。この祠は金橋がオラのために設《しつら》えた祠《ほこら》だ」

鳥居も、社も、みんなそうだ。

「おめが、神様？」

「そうだよ。いちばん最初に言ったろ？」

確かにそうだった。三日前、はやを助けてくれたのはここの神様かという平太の戯《ざ》れ言《ごと》に、この女の子はこう返事をして現れたのだ。そうだよ、オラだよ、と。

あのときは、そんなのは耳を通り過ぎてしまっていた。だって、誰が本気にするものか。真に受けられるはずがない。

平太の口をついて出た問いかけは、

「何ていう神様なんだよ」

気づいてみれば、今の今までこの女の子の名前を訊《き》いていなかった。

「そうだなあ」

女の子は眩《まぶ》しげな、懐かしそうな目つきになった。

「今の小野木の者どもは、オラを何て呼ぶんだろう」

オラのことを覚えてる者は少ないかと、独り言のように呟《つぶや》く。

「おまえも金橋の家人なら、あの家で聞いたことはないか」

お早さん、と。

「さもなきゃ〈白子様《しろこ》〉だ。どっちか、聞き覚えはねえか」

どちらも、平太には初耳だった。

「知らね」

女の子は行儀悪くも舌打ちをした。

「チッ。金橋の恩知らずめが」

毒づく口調とは裏腹に、お札を握った女の子の腕が、にわかに力を失ってだらりと垂れた。小さな顔もうつむいた。それはいかにも無念そうで、痛々しく悲しげにも見えた。

平太の胸は騒いだ。

「そんな顔するなよ……」

何としても慰めてやらねばならないと思えてしまう。これを男気というのか。

「平太」

女の子はうつむいたまま平太を呼んだ。

「小野木の子は、お早さんの謂《い》われを教わらないか。白子様の昔話を聞かないか」

「どっちも聞いたことねえ」

見れば、女の子の目頭にはうっすらと涙が滲《にじ》んでいるのだった。平太はますます狼《ろう》狽《ばい》して、手をつかねるばかりである。

「な、泣くなって」

女の子の目から涙がぽとりと落ちた。

「オラはここから出たい。もう、こんなところに独りで閉じこめられてるのはたくさんだ」

「どうすれば出られるんだ？」

平太は思わず前のめりになる。

「だから」女の子はすかさず件《くだん》のお札の束を平太の鼻先に突きつけた。「これを焼いて灰にして、オラにくれ。そしたら、オラはここから離れられる。おまえなら、金橋の竈に近づけるだろう？」

勢いに呑《の》まれて（と同時に女の子の涙にも溺《おぼ》れて）、平太はお札を受け取ってしまった。

途端に、女の子の顔に笑みが戻った。

「それでいい。さあ、とっとと金橋に帰るんだ。けっして、オラの言いつけに背くんじゃないよ」

さあ、困った。

おいらは庄屋《しょうや》さんの馬子だなどと、見栄《みえ》を張ったのがいけない。廏番《うまや》の子供であるだけの平太など、金橋家の竈に近づくどころか、勝手口から出入りすることさえ難しいのだ。

金橋家の台所には、一日じゅう誰かしらが立ち働いている。平太なんかがうろちょろしていたら、盗み食いを狙っているのだろうと、疑われるに決まっている。女中たちに叱られたり追い払われるだけならまだしも、とっ捕まえられて絞られて、しかもそのお咎《とが》めがおとうの方にまで下りかかったら、取り返しのつかないことになってしまう。

古いお札を懐《ふところ》深く突っ込んで、連日、平太は独りで思い悩むことになった。今度ばかりは富半にも何も言えない。

無駄に日が過ぎてゆくうちに、平太の焦りと恐怖は募っていった。灯《ひ》ともし頃になると、今日こそはやの生き肝が抜かれてしまうのではないかと怖《おそ》ろしくなる。夜になれば薄べったい夜着の下で、己の目玉がくり抜かれてしまう夢を見る。朝が来て目が覚めると、今度は飛び上がるように起き出して、金橋家の廏に走ってゆく。はやの無事を確かめるまでは、生きた心地もしない。

——お早さんだか、白子さんだかよう。

心のなかで、必死に呼びかけた。

——短気をおこさないでおくれよ。おいら、約束を守ろうとしてるんだから。ホントに守ろうとしてるんだから。

そのときの想いを語る平太の顔には、切羽詰まった表情が蘇《よみがえ》っている。間近で見守るおちかには、その健気《けなげ》さが微笑ましかった。けれど、迂闊《うかつ》に笑ってはいけないと目元口元を引き締めていた。

「ひとつ訊いていい？」

目をしばたたきながら、平太はおちかを見た。

「どっか他所《よそ》の、たとえばあんたのうちの竈でお札を焼いて灰にして持って行こうとは思わなかった？」

「ごまかすのか？」

「うん、そうね」

平太の目がまん丸になった。「お嬢さん、なんてこと言うだ！　約束は、破っちゃならねえだ。いっぺん約束したら、守らなくちゃいけないんだよ」

つまり、そんな手を使うことなど思いもしなかったのだろう。

「あんた、偉い」と、おちかは言った。

お早さんはお見通しだから騙《だま》せないとか、そんなことをして露見《ばれ》たら怖いとか、そういう言い分ではなかった。

約束は守らなくちゃいけない。いい言葉ではないか。

「な、何だよ」

平太が照れてひるんだので、おちかも遠慮なく笑顔になれた。

「信義を重んじる立派な男だって、感心してるんですよ。だからまたむくれないでね」

「お嬢さんは、ヘンだ」

ヘンで結構。

「鼻の下をごしごしこするんじゃありませんよ。皮が剝《む》けちゃう。で、結局あんたはどうしたの？　どんな手を使って金橋様の竈《かまど》に近づいたの？」

工夫も策略もなかった。ただ、平太にツキが回ってきたのだ。お札を持ち帰って十日後のことである。

「庄屋さんのうちで、夏風邪が出たで。庄屋さんも奥さんも、倅《せがれ》さんたちまでばたばた寝込んじまって」

当然、屋敷の内は上を下への大騒ぎになった。家人も女中たちも忙しく、病人の看護のために、台所では昼夜に変わりなく湯を沸かし続ける。

「おいら、おとうに言ったんだ。大変なときだから、おいらも何かお手伝いしますって。富半さんにも言ったんだ」

病人が増え、長引けば看護する大人たちも疲れてくる。何かと手が足りなくなる。非常時だから、うるさいことも言っていられない。こうして、平太は首尾良く竈の火の番に有り付くことができたのだった。

「そンでも、お札の灰を持って祠《ほこら》に行かれるまで、半月もかかっちまった」

今度もまた糸に引かれるようにして山を登り、大いに冷や汗をかいた。

三度《みたび》まみえるあの女の子は、平太の目には、彼が祠に登り着くほんの少し前まで、今の今まで、

――泣いてたのか？

しゃがんで、ベソをかいていたように見えた。目も、鼻の頭も赤かった。

平太を見ると、着物の長い袖《そで》を跳ね上げるようにして立ち上がった。そして、また例の独特な身をくねらせるような動き方をして近寄ってきた。

「どんだけ待たすんだ！」

いきなりほっぺたを叩《たた》かれた。それでも平太は嬉《うれ》しかったし、女の子の泣き顔を見て、鼻先がつんとした。

ああ、約束を守れてよかった。

「これ」

腰からぶらさげた、古手拭《ふるてぬぐ》いで作った粗末な巾着《きんちゃく》を差し出した。お札を焼いた灰が、いっぱいに詰め込んである。

女の子は平太の手から巾着をひったくった。口紐《くちひも》を引きちぎらんばかりに強く引っ張って開けると、手を突っ込んで灰をつかみとる。

「確かに金橋の竈で焼いたな？」

「うん。おいら――」

経緯《ゆくたて》を語ろうとする平太には目もくれず、女の子は手のなかの灰を自分の顔になすりつけ始めた。お札を焼いた灰は真っ白で、ふわふわと軽く、灰というより羽根のようだった。だが女の子の額やほっぺたになすりつけられると、それはみるみるうちに真っ黒に変わっていった。

「おめ……何してんだ」

女の子は聞いていない。夢中になって、首筋や肩にも灰をなすりつけ始める。さらに着物を脱ごうとするので、平太の冷や汗がいっぺんに吹き飛んだ。

「何ぼやっとしくさる。手伝え！」

女の子は帯を解き、着物を脱いで赤裸《あかはだか》になった。

「オラの背中に灰を塗れ！」

そう言って後ろを向いてくれたので、まだよかった。またぞろ目が回りそうだ。

ずっと着物の下に隠されていた女の子の脚は、二本揃っていた。

「けど、足首のところで縛ってあったんだ。やっぱり白い紐で、ぎゅうっとひとつに括《くく》られてたんだ」

だからあんな動き方をしていたんだと、くらくらしながら、平太は納得した。

「さあ、これでいい！」

身体じゅう、くまなく灰を塗りたくって真っ黒になった女の子が、高らかに叫んだそのときである。

祠から風が吹き出してきた。

子供なりに山に慣れている平太にも、経験したことのない出し抜けの突風だった。

思わず身をかがめ、手で顔をかばった。

平太の後ろで、音をたてて鳥居が崩れた。祠の奥から社が転がり出てきて、地面に落ちて木っ端微塵《こっぱみじん》になったかと思うと、突風にさらわれて舞い上がった。古びた三方も転がっていって見えなくなった。さらに驚いたのは、先日以来、同じ場所に置き去りになっていたあの荷の材木までが、荷綱が緩みがたついて、生きもののようにてんで勝手に転がり出してしまったことだ。まるでこの風に手や指があり、意志があってそうしているかのようだった。

砂利や小石が舞い上がって飛び交い、平太は目を開けていることができなくなった。かがんでいるだけでは足元から風に持って行かれそうで、地べたに突っ伏して背中を丸めた。何かが飛び去りざまに肩口をかすめていった。

やがて——

出し抜けの突風は、出し抜けに止んだ。砂利がひとつぶ、平太の首の後ろにこんと当たって、あたりが静かになった。

おそるおそる頭を持ち上げ、身を起こしてみる。

女の子の姿は消えていた。

祠は崩れ、岩壁がひび割れ、元の形を失っていた。鳥居ももう、跡形もない。

夏の空は青く、雲の切れっ端が、見上げる平太の鼻の頭に触れそうなところに浮かんでいる。

首筋に、背後からするりと腕が回された。そして女の子の声が耳元で聞こえた。

「さ、オラを村まで連れて行け」

姿は見えない。だが平太に触れる手が、胴が、脚がわかる。女の子は平太におぶさってきたのだ。

「しばらく、おまえの身体を借りることにする。そのかわり、おまえに面白いことをさせてやる」

さ、立ちや。女の子に促され、平太はよろよろと立ち上がった。背中の女の子には、重さというものが一切なかった。しかし感触ははっきりとある。

「お早さんの山走りだ。しっかり顔を上げて、目を開いているんだぞ」

人の身にはできんことだ！

次の瞬間、平太は走り出していた。走って走って、登ってきた道を駆け下りてゆく。いっぱいに鞭《むち》をくらったはやよりも速い。それでいて道からは逸《そ》れず、行く手を遮る木立の枝は素早くかわし、獣道の瘤《こぶ》にも崖《がけ》の縁にも足をとられることはない。

走っている。走っているはずだ。だが脚が動いている感じがしない。足の裏にも、地面が触れない。それにこの速さは、ほとんど飛んでいるかのようだ。いや、それよりもむしろ、

――滑ってる？

平太は巨《おお》きく滑らかでつるりとした何かに変わり、身体ごとまっしぐらに山の斜面を滑り下りてゆくようなのだ。

背中で、女の子が笑っている。楽しげに軽やかに、歌うように笑っている。そして大声で叫ぶのだった。

「そら、これが山走りだ！　お早さんが山を下りるぞ！」

いつしか、平太も一緒になって笑い、歌い、叫んでいた。お早さんが山を下りるぞ、お早さんが山を下りるぞ！

風を受け、風に乗り、平太の頭のなかは真っ白になって、すうっと気が遠くなった。

――ああ、喉《のど》が渇いた。

水が欲しい、水が飲みたい。

目を覚ますと、家の寝床のなかにいた。枕元でおかあが青白い顔をしていた。

灰を提げて山に登ってから、まる一日が過ぎていた。そして金橋家と小野木の村では、水が逃げるという騒動が始まっていた。

伊兵衛の描いた竹林の七賢人を背に、平太はぼうっと、魂が抜け出てしまったみたいになっている。

語ったことで体験が蘇《よみがえ》り、陶然としているのだ。酔っぱらっているのだ。おちかは間近に子供の瞳《ひとみ》を覗《のぞ》き込んで、それが震えているのを見た。怯《おび》えているせいではない。また走っているのだ。平太の頭と心は、また山走りをしているのだ。

人の身にはできぬ速さで山を駆け下りる。歌いながら笑いながら、滑るように。

「大丈夫？」

そっと腕を叩いてやると、平太の瞼《まぶた》がゆっくりと下がり、それがまばたきに変わって、顔に生気が戻った。

「あれ？　おいら……」

おちかは平太に白湯《さゆ》を出してやった。

「思い出すだけで、また心をとられてしまうような出来事だったんだね」

平太は恥ずかしそうに首を縮めた。湯飲みを持とうとする手つきがおぼつかない。

「あんたが山から帰って寝込むのは、それで二度目のことでしょう。お父さんもお母さんも、さぞ心配したでしょうね」

「うん。でも」

平太が目を覚まし、無事なようであるならば、両親も深くは気に病まなかった。暑気あたりか腹へりだろう。やたらとそこらをほっつき歩くから悪いんだ。

もちろん、平太一人にかまけていられなかったということもある。

「水がなくなっちまうって、もう村じゅうが大騒ぎになってるって」

「あんた、すぐ打ち明けたの？　お早さんのこと」

平太は目を伏せてかぶりを振った。

「お早さんが、誰にも言うなって」

おいらのここで——と、掌でそっと胸を押さえる。

「ここじゃなくて、頭ンなかにいるような気がするときもあったけど」

「今も？」

「うん」

うなずいたけれど、ちょっぴり自信がなさそうな顔だ。

「江戸に出てきてからこっちは、お早さん、しゃべらなくなっちまったから。小野木にいるときは、よくしゃべってたのに」

寂しげに目が翳《かげ》った。

「あのときは、うちで目を覚ましたら、おかあがそばからいなくなった途端に、おいらの胸の奥でしゃべり出したんだよ」

——一日で正気づいたか。おまえ、オラが見込んだだけのことはある。

「山走りをやると、大の男でも三日は起きられないんだって」

平太はもちろん、声の主である女の子を探した。夜着に絡まったままきょろきょろしていると、笑われた。

——しばらくおまえの身体を借りると言ったろう。おまえは依代《よりしろ》だ。飯を食え。水を飲め。もっと元気をつけて、あっちこっち歩こう。おまえが歩くそばから、水が逃げる。

——小野木の水を、全部なくしてやる。オラが飲み干してやるんだ。

そうして平太はようやく、女の子が本当に神様であることを、〈お早さん〉の謂《い》われを、小野木の土地との因縁を、深く知ることになったのだった。

「昔むか〜し、庄屋《しょうや》さんのご先祖様が小野木の山を拓《ひら》いてるころ」

植林に励む人びとを悩ませたのは、毎年春と秋にこのあたり一帯を襲う強い雨と、そのあとに起こる鉄砲水だった。

「とりわけ鉄砲水は怖かったんだって。お嬢さん、鉄砲水って何だかわかるだか？」

「川が溢《あふ》れることでしょう？」

おちかの返答に、平太は厳《いか》めしい顔でかぶりを振った。

「違うよ。ただ水が出るだけじゃねえだ」

長雨で川の水かさが増え、山の地盤が緩み、土砂が崩れたり、木々が倒れたりする。増水で太くなった川の流れは、それらの土砂や倒木を浚《さら》って押し流すが、

「川がうねってるところとか、谷地《やち》で狭まってるところなんかだと、押し流しきれな

くなっちまうんだ」

するとと土砂や倒木がそこに溜《た》まり、川を堰《せ》き止める恰好《かっこう》になる。

「ずうっと堰き止めてるならいいだ。溜め池になるだけだから。けど、そういう堰き止めは、ちゃんとした土手じゃねえ。泥と木が積み重なってたまたまそうなってるだけだから、山の上の方からどんどん雨水が流れてくると、いつかは堰き止めきれなくなっちまう」

そして一気に決壊して溢れ出し、ごうごうと山を駆け下って、村のある裾野《すその》まで流れ落ちてくる。これが鉄砲水だ。ただの大水ではなく、土砂や倒木も含んでいるからなおさら怖《おそ》ろしい。これにやられては、田畑も人家もひとたまりもない。

「鉄砲水はな、長雨や強い雨が止んで、空が晴れて、地べたなんかが乾いたころになってから起こるんだ。早瀬や川に沿って来ることが多いけど、まるっきり見当外れのところで起こることもある」

土砂崩れが起きて、そこに雨水が溜まれば、どこであろうと条件が揃ってしまうからだ。

「だけど、鉄砲水が来るまで少しでも間があるならば、先回りして何とか手を打つことはできないのかしら」

無理だよと、平太はかぶりを振った。

「人の手じゃ堰き止めをどうすることもできねえだ」

小さな堰き止めなら人手を集めて少しずつ水をかい出したり、流れを塞《ふさ》いでいる土砂や倒木を取り除いて始末することができる。だが、それにはまず場所がわからなくてはならないし、わかったとしても、大雨のあとの山に入って、そこまでするするとたどり着けるかどうかが難しい。着いたとしても、足場が悪ければ危険なだけだ。

「それに、下手に堰き止めをいじって、かえって鉄砲水を呼んじまうことだってあるからさ」

小野木では、本当にそういう不幸な事例が起こっているのだという。

「難儀だね……」

思わず、おちかも腕組みをしてしまった。

「昔の小野木じゃ、せっかく植えた松とか杉を、何度も鉄砲水にやられたんだ。村も壊されて、人が大勢死んだって」

もともと小野木は水の豊富な山筋で、川は幾重にも枝分かれし、早瀬も湧き水も多い。なのに雑木の山のまま長いあいだ住み着く者がいなかったのは、鉄砲水の出やすいこの地形のせいだったという。

「いよいよ、これはもう山の神様にお願いするしかねえってことになっただ」

しかし、村にはまだ、小野木の地に詳しい者などいない。そう、このころ小野木はまだ〈庚之木〉であった。周辺に散在する村や、幾重にも重なった山の向こう、砂金のとれる土地に住み着いて鑪《たたら》を生計《たつき》としている山の民たちを頼り、ようよう、小野木の山には〈お白様《しろさま》〉と呼ばれるヌシ様がおられるらしいということを突き止めた。

「それでね、山の麓《ふもと》にお白様をお祀《まつ》りする立派な社を建てて、わざわざ城下から霊験あらたかだって評判の修験者《しゅげんじゃ》を頼んでさ」

「お白様の力で大雨が降らないようにしてくださいって、お願いしたのね」

違うよと、平太は拳《こぶし》でぽんとおちかを打つような真似をした。

「お嬢さん、やっぱりわかってねえだ。雨が降らなかったら、森も畑も枯れちまうだろが」

「だから、手頃な雨だけ降らしてくださいってお願いしたんでしょう？」

「雨に手頃があるもんかよ」

そうじゃなくて、鉄砲水が出なくなるようにお願いしたんだ、という。

「それ、難しくないかしら」

「造作ねえだ。堰き止めができたら、そこに溜まった水を、お白様にそっくり呑《の》んでもらえればいいんだもん」

あっと思った。確かに、理屈としては通っている。

「山のものは、もともとみんなお白様のもんだ。だから雨水だって呑んでもらえる。

お白様の腹ンなかに帰るだけだからな」

真新しい社で、修験者が護摩《ごま》を焚《た》き祈念を捧《ささ》げて五日目の夜、月夜の山がにわかに騒いだ。

「お白様の、最初の山走りだ」

ヌシが山を下り、村の社に入ったのだ。人びとの願いが届いたのだ。

「お早さん――このときはまだお白様だけど、みんながそりゃもう手厚く拝むんで、まあ、聞いてやってもいいかなって思ったんだってさ」

遊び仲間のことでも語るように、平太は言った。その目は明るく、頬は誇らしげに上気している。

「庄屋さんのご先祖さんとか、集まってた小野木の人たちみんなが見たんだ」

社の奥に座す、白い着物に白い帯、黒い切髪を散らした愛らしい女の子の姿を。

「ヌシ様は童子《わらし》のお姿だっていうんで、〈白子様〉って呼ぶようになったんだよ」

それ以来、小野木ではぴたりと鉄砲水が止んだ。どんな大雨が降り、大きな堰き止めができようと、溜まった水は一夜が明けないうちにきれいに干上がる。

山の開拓は進んだ。鉄砲水さえなければ、水脈の豊富な山は宝の山だ。十年、二十年、三十年と経つうちに、庚之木は小野木になった。村は栄えた。金橋家の財力も増した。村の守護である白子様の社は、いよいよ手厚く祀り上げられるようになった。

「白子様は、庄屋さんの家の神様にもなったんだよ」

金橋家の繁栄は白子様の守護あってのものだから、山の神、村の神だけではなく、家神、屋敷神としても尊ばれるようになったということだろう。

小野木の生み出す富が領主の目にも留まり、代官が置かれたのもこのころのことである。金橋家は庄屋として正式にこの地の差配を認められることになった。

万事、めでたい話である。

「なのに、何がいけなかったの？」

おちかの問いに、平太の瞳《ひとみ》からすっと光が消えた。おぼつかなげに指を動かし、

「お社を作って、えっと、五十七年経った年の秋のはじめに、な」

小野木一帯で大きな地震《じぶる》いが起こった。

「あたりの山の形や、川の流れが変わっちまうほどの地震いだったんだって」

銘木の森は手痛い打撃を受けた。また、人も大勢死んだ。金橋家の屋敷も、あろうことか白子様のお社までもが倒壊した。

小野木の人びとが狼狽《ろうばい》し、恐怖したのは言うまでもない。秋は長雨、大雨のある季節である。地震いに鉄砲水で追い打ちされては、村は壊滅だ。だが今は庄屋の屋敷まで倒れる有様《ありさま》である。お社も、瓦礫《がれき》を取り片付けるのが精一杯で、それさえ人手が足りなかった。

「このお社じゃ、白子様のお名前と着物にちなんで、真っ白な帷子《かたびら》をご神体にしてたんだけども」と、平太は言った。「お社が壊れちまったとき、帷子も匣《はこ》ごと潰《つぶ》されちまって、汚れて破れて」

それでも金橋家では何とかそれを取り出して、手元で祀ることにした。城下や他の村落に通じる道が地崩れで塞がれてしまい、このとき小野木はまったく孤立していたので、ご神体にあげる灯明《とうみょう》にも事欠くほどだったという。地震いで井戸水が濁り、汚れた帷子を浄《きよ》めることさえできない。

白子様がお怒りにならねばよいが——。

家屋を失った村人たちが、掘っ立て小屋に破れ筵《むしろ》を掛け、余震に怯《おび》えながら暮らすうちに、天候が傾き始めた。雨雲が寄せて来たのである。

大地震いから五日後、小野木の地に雨が降った。三日三晩降り続く長雨になり、人びとは崩れ落ちたままのお社を拝み、白子様の守護を願うしか術《すべ》を持たなかった。

しかし鉄砲水は出なかった。

やれ嬉《うれ》しや、お社が失くなっても白子様のご加護はある。村人たちは胸を撫《な》で下ろした。

日が経ち、曲がりなりにも村の復興が進むうちに、次の雨が来た。今度は一日であったが、槍《やり》ぶすまのような大雨だった。

それでも鉄砲水は出なかった。

いや、実を言うと出なかったのではない。このころにはようよう道も復旧し、他の村落との往来もかなうようになっていたので、じきに噂が届いたのだ。

山ひとつ向こうで、鉄砲水があったと。

「小野木から越えてゆくには便の悪い方角で、急な尾根だから、植林もしてなかったところだったんだ」

小野木から見れば、あさっての場所ということである。

「昔は金掘《かねほ》りの人たちが入ってたこともあったただけど、とっくに掘り尽くしちまってな。いるのは獣と鳥ばっかりだった」

そのときの鉄砲水は、過去に小野木を襲ったものと比べれば、ずいぶんと規模の小さなものだったそうだ。それでも、村に直撃していたら、また被害が出ただろう。

「白子様が鉄砲水を逸《そ》らしてくだすったんだって、村じゃ、また拝んでさ」

拝んで拝んで、感謝した。その感謝が、次の年の春に、ようよう新しいお社を建てることにもつながった。もっとも、元のような立派なものにはとうてい及ばぬ仮社ではあったのだけれど、村人たちの想いがなければ、それさえかなわなかったろう。

さて、そこから先、話は気が長くなる。一年どころか、五年、十年、二十年をひと束に括《くく》っての話になる。

平太はなぜか、言いにくそうな口つきになった。

「小野木にはね、ずうっと鉄砲水が出なくなったんだよ、お嬢さん」

「それほどの年月、ずっと？」

「うん、ずっとね」

雨の多い土地柄に変わりはなかった。山続きの他所《よそ》の土地、他所の村では鉄砲水を見ている。ただ、小野木は被害に遭わなくなった。少しずつ、村は豊かさを取り戻していった。

「庄屋《しょうや》さんも代替わりして、新しい庄屋さんになってさ」

最初に誰が言い出したのかわからない。わかったとしても、それはその人ひとりの考えではなく、村の者たちみんな――切れる頭から拙《まず》い頭まで、みんなの頭と心のなかにぼんやりと浮かんできつつあったものを、たまたまその誰かが口に出したというだけのことだったろう。

あの地震いで、小野木を囲む山は形を変えた。地形が変わったのだ。

「だから鉄砲水が逸れるようになったんじゃねえかって」

実際、早瀬の流れや水脈にも変化が起きていた。地震いの前には豊富だった湧き水が何箇所か涸《か》れてしまったり、井戸が使えなくなったり、新しい井戸を掘るために、水見《みずみ》をしなければならなくなった。

「〈水見〉ってのはね、このへんを掘ったら井戸が作れそうだって、場所を探して見当をつけることだよ。小野木じゃ、地震いがある前には、そんなのいっぺんだってやったことなかったんだって。どこを掘っても水が出たからさ」

以前よりも、小野木は水に困る土地になった。しかし鉄砲水の恐怖からは解き放たれたのだ。

「それは白子様のご加護じゃないの？」

尋ねるおちかを、平太は下からそおっと窺《うかが》うような目つきで見た。

「おいらはね、そう思うよ」

だが、当時の小野木の大人たちはそう思わなかったのだ。

「白子様のお社はね、いろいろ他に費《つい》えがあったから、そのときもまだ、仮社のまんまだったんだ」

地震いから二十九年が経っていた。

「いくらなんでもこのまんまはどうかって、庄屋さんとこにみんなで集まって相談して、そのときにね」

——もう、そこまでして白子様を仰ぐこともねえだろう。

とうとう、そんな言葉が飛び出した。

「白子様は、山のヌシだよ」

「うん、そうだよね」

「ヌシってのはね、本当は神様じゃねえんだって。ヌシは山の獣だから」

歳をとった獣だ。山でいちばん偉い獣だ。小野木ではそれを神様と仰いできた。願いを聞き届けてくれたから。

だが、元を糺《ただ》せば、それは神ではない。

白子様は確かに鉄砲水を防いでくれた。鉄砲水を起こしそうな堰《せ》き止めができると、そこに溜《た》まった水を呑《の》んでくれた。

裏を返せば、白子様がしてくれたのはそれだけのことだろう。

「だって地震いは防げなかっただ」

何となれば、地震いは山を治めている〈本当の神様〉の計らいだったからだ。

理屈は、付けるところに付く。

「このへんで、白子様には山に帰っていただこうってことになったんだよ」

おちかは思った。山賊に襲われる心配がなくなったので、用心棒が要らなくなったというのと同じじゃないか。

「お代官様からも、新しい社を建てるお許しは出なかったんだ」

村の社であっても、それを建てる費用を庄屋が負担するのであっても、代官の許可がなければ建てることはできない。

村の大人たちが付けた理屈に、小野木が生み出すようになった富を少しでも多く吸い上げたい代官の――ひいては領主の欲が上乗せされることになったのだ。

「ちょっと待って」と、おちかは指を一本立てた。「そのときのお代官様の名前、あたしに当てさせてくれない？」

佐伯右衛門介でしょう。

平太はバツが悪そうにうなずいた。「富平さんは、富平さんのお爺《じい》から、立派なお代官様だったって聞いたって」

「でも白子様のことは軽んじてたのね」

「身に染みて、鉄砲水が怖いってこと、わかんねかったんだよ」

それは代替わりした庄屋も同じだったのではないか。

「それじゃ、あんたが見つけた祠《ほこら》は、村のみんなが白子様に山に帰っていただくためにこしらえたものだったんだね」

「うん。これからはここが白子様のお住まいですよって」

山のヌシは納得したろうか。やれやれ、これでやっと面倒《めんどう》な用心棒稼業から解放されたと、喜んだろうか。

ひとたび神として村人に仰がれたことのある、幼い女の子の姿を借りたヌシは。

そうは問屋がおろさなかった。

「白子様、機嫌悪くしちまって」

平太の言い様を聞いていると、幼なじみの話でもしているかのようだ。

「だって、そんなの勝手だもんな」

けしからんとお怒りになったのだ。女の子だけに、拗《す》ねたのかもしれない。

「ご神体の帷子《かたびら》を祠に遷《うつ》すと、ほとんどすぐに、小野木じゃ水が涸れるようになっちまったんだって」

井戸が涸れる、湧き水が涸れる、灌漑《かんがい》用水が涸れる。

「白子様がみんな呑んじまうんだ」

家のなかの水瓶《みずがめ》まで空になる。

もっとも被害が甚だしかったのは庄屋の金橋家だった。白子様を屋敷神、家の神として祀《まつ》ったことのある家だから、白子様の怒りも激しかったのだ。茶碗《ちゃわん》の水もたちまち消えたというのだから凄《すさ》まじい。

平太は鼻からため息を吐《つ》く。

「そンときにね、庄屋さんだけでも、あいすみませんでしたって謝って、また白子様を大事にすればよかったんだけど」

人は勝手な生きものだ。願いをきいて便宜をはかってくれるあいだは有り難がり、言うことをきいてくれなくなれば途端に忌み嫌う。

「所詮《しょせん》はケダモノだ、理《ことわり》が通じねえって」

三十年前には、昔、白子様に願いを聞き届けてもらうために呼んだ修験者を、今度は白子様を封じるために呼び寄せた。

「そのころだよ。白子様のこと、〈お早さん〉て呼ぶように変わったのは」

白子様が次から次へと水を呑んでしまうので、小野木だけはあたかも旱に遭ったような景色になってしまったことから、誰からともなくそう呼ぶようになったのだ。

「さんが付いてるだけ、まだよかった」

混ぜっ返すつもりではなく、おちかはそう言った。平太はぷっと笑った。

「お早さんは、〈様〉じゃねえのが軽々しいって怒ったんだ」

怒っても怒っても、お早さんは修験者の力には勝てなかった。仮社は壊された。お早さんは山の祠に封じられ、以来、永い年月をそこで過ごすことになったのである。

次第に、遠く忘れ去られながら。

これらはすべて、富半さえ生まれる以前の出来事である。平太がたまたまたどり着いた祠が、荒れ果てていたのも無理はない。

いつの間にか平太は、彼に宿っているお早さんを慰めようとするかのように、小さな手で胸元を撫《な》でている。おちかもそれに倣い、胸に掌《てのひら》をあてて考えた。

お早さんが修験者に勝てなかったのはなぜだろう。霊力が弱かったのか。所詮はケダモノだったからか。人びとの信が離れたら、どれほど腹が煮えようと、すごすごと引き下がるしかなかったのだろうか。

「小野木は、今でも鉄砲水に遭わねえよ」

ぽつりと、平太は呟《つぶや》いた。

「村には立派なお社があるけど、そこの神様は、何か小難しい漢字ばっかり並べた名前の神様だ」

件《くだん》の修験者が、これこそ古《いにしえ》よりこの地の神であると託宣した神様だそうである。

「そんなところへ、あんたはこの夏、お早さんを連れて帰ってしまったんだね」

そして小野木では再び水が涸れ始め、人びとはやっと、はるか遠い昔に封じた小さな〈神〉のことを、驚愕《きょうがく》と狼狽《ろうばい》と共に思い出したわけである。

「だけど、ずいぶんよね」

おちかは思わず腕組みをした。

「今度という今度は、あいすみませんでしたって謝ればいいのに。これまでのご無礼をお許しくださいってね」

しかし、小野木の人びとが、金橋家が、山奉行与力の、おそらくは知恵者であろう戸辺様がしたことは、逆だった。お早さんを邪《よこしま》と決めつけ、平太もろとも江戸へと厄介払いしたのである。

「おいらもね、庄屋《しょうや》さんたちに、祠を直してお供えをして、よくよく頼んでくださいって言ったんだよ」

　頭から叱られただけだったそうだ。

「叱らなかったのは、富半さんだけだで」

　富半は平太を可愛がってくれていたし、彼の爺様から、その昔この地に現れた白子様が、たいそう可愛らしい姿をしていたことを聞いて覚えていた。

「わっしらのヌシ様はヌシ様ながら子供なんだから、大人が大人らしくふるまって、事を分けてお願いせにゃいかんでしょうって、口添えしてくれたんだけど」

　それも、甲斐《かい》はなかった。だからせめてもということで、富半は村を追われる平太についてきてくれたのだという。

「だけど、お早さんもよくあんたと一緒に来たねえ」

　山のヌシならば、土地を追われることにはもっと怒りそうなものだ。

「おいらにもわかんね。けど、お早さんはずっとおいらと一緒にいるよ」

　一向に、離れる様子はないという。

「江戸見物をしたかったのかもね」

　平太は大真面目に考え込んだ。ごめんね、ふざけただけよとおちかが謝る前に、

「もっと、水がいっぱいあるところに行きたかったのかもしんねえ」

心の内側に問いかけるかのように、ちょっと首をかしげて言った。

「おいらも、もしもお早さんがいなくって、独りで江戸に出されたら、寂しくってしょうがなかったし」

平太が〝独り〟ならば、そもそも江戸へと追いやられることはなかったのだから、言うことが混乱している。だが、おちかの胸に、今の言葉は温かく染みた。

「あんた、お早さんと仲良しなんだね」

平太ははにかんだ。女の子と仲良くしているところを、大人にからかわれた男の子そのまんまの顔だった。

「今、お早さんは何かおっしゃってる？」

お言葉があるなら伺いますと、おちかは平太の方に耳を寄せてみた。

「――水が欲しいって」

「わかった。ちょっと待っててね」

おちかは黒白の間を離れると、早足で台所へ向かった。水瓶を覗《のぞ》いてみる。水は満ちていた。ついで井戸端へ走った。ちょうどおしまがいた。青菜を笊《ざる》に積み上げて、水をかけて洗っているところだった。

「おしまさん、井戸は使えるよね？」

おしまはきょとんとした。いいのいいのと、おちかは笑った。

平太のお早さんは、平太の願いをきいて、我慢してくれているのだ。

さぞ喉《のど》が渇いたろう。おちかは両の袂《たもと》を帯に挟むと、手桶《ておけ》いっぱいに水を汲《く》んだ。

その夜。

夕餉《ゆうげ》の場で、おちかは叔父叔母《おじおば》に平太とお早さんの話を語った。

平太は新太と飯を済ませ、今夜から新太と同じ座敷で寝《やす》むことになっている。おちかたちがまだ膳《ぜん》を囲んでいるうちに、湯屋から戻りましたと二人で顔を見せにきたが、その様子では、まだ互いに互いを用心深く横目で窺《うかが》っているようだった。

「ありゃあ、犬と犬が、お互いの臭いを嗅《か》ぎ合ってるのと同じだね」

さて次は嚙《か》みつき合うか吼《ほ》え合うかと、伊兵衛は人の悪い評し方をする。

「それにしたって、今度もまたずいぶんと辛《つら》いお話だねえ」

時折、箸《はし》を使うのも忘れておちかの話に聞き入っていたお民は、遠くの山を眺めるような目になっている。

「親元から引き離されて、遠くから江戸へ出てくるだけでも心細かったろうに、そんな大変なものを背負って……」

叔母は勝ち気な人だが、こと子供の話になると情にもろいところがある。

「なあに、心配ないさ。うちでしっかり面倒《めんどう》みてやろう」

三島屋では、夜になっても水が逃げることはなかった。お早さんは我慢を続けてくれている。

おちかは、平太と新太のいる四畳半の座敷に、水瓶《みずがめ》をひとつ置くことにした。二人の丁稚《でっち》が最初に力を合わせて行った仕事は、その水瓶を台所から運ぶことだった。

平太には、その水が少なくなってきたら、いつでも好きに井戸から汲んできて足していいと言ってある。それでも夜のうちには空《から》になってしまうだろうから、朝は真っ先に水汲みに行くんですよと。

事情を知らない新太には、薄気味悪くも、滑稽《こっけい》にも感じられる座敷の水瓶だろう。平太は進んでその理由《わけ》を語るだろうか。二人がうち解けるきっかけになるかもしれないことなので、おちかは敢《あ》えて、新太には何も話さずにおいた。

「ああやって無事に湯屋から戻ってきたところを見ると、お早さんは湯は嫌いらしい」

伊兵衛は呑気《のんき》なことばかり言う。

「何なら、お店《たな》にも家のなかにも、あっちこっちに水瓶を据えておけば、お早さんもご満悦になるんじゃなかろうかね」

「嫌ですよ、まるで雨漏りでもしてるみたいじゃありませんか」

それらの水瓶に、一日じゅう水を足して回らなければならないとなると、手間もかがる。

「あたしもそれは心配なんです」と、おちかは言った。「平太を引き取ってくださったことは本当に有り難いですけれど、あの子にとっては、うちはいい奉公先ではないと思うんです」

おちかの心には、平太の言葉が引っかかっているのだった。

――お早さんは、もっと水がいっぱいあるところに行きたかったのかもしんねえ。

「お早さんが平太に宿ったまま素直に江戸へやって来たのも、小野木の地が、昔のような水の豊かな土地ではなくなってしまったとわかったからじゃないかしら」

「水がたくさんあるところでないと、本当の力が出せないのかもしれないよねえ」と、お民もうなずく。「馬の生き肝を抜くだの、平太の目玉をくり貫《ぬ》くだの、そんな物騒な言葉もみんな脅しでね。小野木にいたときのお早さんには、もうそんな力はなかったんじゃないのかねえ」

伊兵衛は顎《あご》の先を捻《ひね》りながら、「うむ」と応じた。「それはお民の言うとおりだろうな。お早さんには、小野木の人たちにバチをあてることもできなかったわけだし」

そしてつとおちかに目を向けると、

「どうしてだと思う？」と尋ねた。

おちかより先に、お民が答えた。「ですから、お早さんの力の源は水だから」

「それだけかねえ」

おちかは、黒白の間でも考えたことを口にした。「小野木の人たちの信心が離れてしまったことが、いちばんいけなかったんじゃないでしょうか」

「信心か」と、伊兵衛は呟《つぶや》いた。

「村人たちに嫌われたこと？」お民は忙しく考えている。「背を向けられたこと」

嫌われ、厭《いと》われることは、神様だって辛いだろう。

「そうかね。しかし、祟《たた》り神こそもっとも力の強い神様だというよ。小野木の人たちだって、平太と一緒に山を下りてきたお早さんが片っ端から水を呑《の》んでしまうことには、大いに恐れたろうし」

伊兵衛は何を言いたいのだろう。おちかはお民と顔を見合わせた。

「お早さんは泣き虫だよねえ」と、伊兵衛は微笑みながら言った。「こんなところに独りで閉じこめられているのはもうたくさんだと泣くし、平太がお札の灰を持って三度目に山の祠《ほこら》に登ったときには、待ちくたびれてベソをかいていた」

小さな女の子の泣き顔は、大いに平太の心を揺さぶったのだった。

「私には、その三度目のときのお早さんの泣きベソが、なんとも悲しく思えるんだ。ひょっとするとお早さんは、平太が言いつけを忘れて、もう戻ってこないと思っていたんじゃなかろうか」

永いこと忘れ去られていたヌシ様は、今度もまた忘れられて、平太に置き去りにされたのだ、と。

「しかし平太は律儀者だった。ちゃんと約束を守った。だからお早さんは、平太を乗せて〈山走り〉をすることができたんだ」

そうして小野木に帰ってきた。小野木でまた水を呑み込んでみせて、永い忘却からも帰還したのである。

「小野木の人たちも、お早さんを思い出した……」と、おちかは言った。「ならばお早さんは、力を取り戻すことができたはず。叔父さんはそうおっしゃりたいのね？」

「うむ。だがそうはならなかった。お早さんは平太と一緒に、あっさりと小野木の地を追い出されてしまった」

いったい——と、伊兵衛は天井へ目を上げる。

「神様でも人でもさ、およそ心があるものならば、何がいちばん寂しいだろう」

それは、必要とされないということさ。

「三十年前、お早さんが修験者に負けたのは、そのせいだよ」

この夏も、小野木の人たちを驚かせ、困らせることはできたものの、それ以上のことはできなかったのも、そのせいだ。

「お早さんはもう、小野木では必要とされなくなっていた。三十年前も今も、それはまったく変わっていない。だからお早さんは、本当の力を取り戻せないんだよ」

「必要って——それこそが信心でしょうよ」と、お民が口を挟んだ。

「信心そのものではないね。だが、信心の素《もと》となるものだ」

伊兵衛の言わんとすることが、おちかにはぼんやりわかってきた。寂しいお早さん。そのお早さんの涙に打たれた平太。今もひっそりと、お早さんと一緒にいる平太。

必要とし、必要とされる。平太はそれを、あの子なりに、〈水がいっぱいあるところ〉という言い方で表したのかもしれない。

「今後の平太の身の振り方を考えてやるには、そこが肝心だという気がするよ」

まあ、当座はうちで躾《しつ》けてやろうと、またぞろ呑気な口調に戻って、伊兵衛は言う。

「とりあえずは、新太と気が合ってくれるといいんだが」

「男の子のことですからね、一度や二度は取っ組み合いの喧嘩《けんか》でもやればいいんですよ。それがいちばんの早道よ」

平太がもし、また雀を落とすようなことでもしでかしたら、今度は泣いてなんかいないで飛びかかって張り倒してやれと、新太を焚《た》きつけてみようか。

「うちでは、あの子は平太でいいんですよね。染松なんて、丁稚《でっち》にはおかしな呼び名ですよ」

ああ、それそれと伊兵衛は破顔した。「先代だか、今の代だか知らないが、金井屋さんの旦那《だんな》には、馴染《なじ》みの芸者でもいるんじゃないのかね。その名前を丁稚にくっつけて、うっかり呼んでも障りがないようにしている、とかね」

お民は笑っているが、おちかはちょっぴり呆《あき》れた。もしもそれが当たっていたなら、男というものは、しょうがない。

「叔父《おじ》さん、金井屋さんの商いは何だと思います？」

おちかは〈朱塗りの算盤《そろばん》〉の意味が気になるのだが、伊兵衛にもわからないという。

「金井屋さんのなかの符丁だろうね」

「房五郎という人は威張りん坊のようだから、格別な意味はないんじゃないの。あんまり重く考えることはないよ」

お民は眉《まゆ》をひそめて言うのだった。この叔母《おば》は、子供にすぐ手をあげる男が大嫌いなのだ。

さて、その夜更けてのことである。

三島屋の人びとは、ただならぬ悲鳴に叩《たた》き起こされた。一度ならず二度、三度と叫んでいる。わあわあと叫ぶばかりで言葉がないが、新太の声に間違いない。

たちまち、主人夫婦とおちか、番頭の八十助、女中のおしまの五人は、狼狽《うろた》えているわ寝ぼけてはいるわで、狭い廊下で額をぶつけそうになったり押しっくらをしたり前になったり後になったりしながら、新太と平太の寝る四畳半へと駆けつけた。

「新太！」

真っ先に唐紙を開け放ったのは八十助だ。最初、勢いのよかったおしまは、一同が廊下で団子《だんご》のようになっているあいだにも新太の叫び声が続いたものだから、このときはほとんど腰が抜けかけていた。

おちかは二番手についた。

昔は納戸だった部屋で、窓のない四畳半には明かりも差し込まない。

「新太？　新太どうした？」

八十助が手探りで踏み込んでゆくと、

「番頭さぁん！」

新太が身体ごと飛びついてきたものだから、受け止めた八十助は仰向《あおむ》けにひっくり返ってしまった。おちかは八十助に足払いをくった恰好《かっこう》で前につんのめった。きゃっと言って倒れた目の先に、平太の顔があった。小さなお月様のように白い顔で、膝《ひざ》を抱き丸くなっている。

八十助に抱きついた新太は、それでもまだじたばたもがきながらわけのわからぬことを叫んでいる。しきりと後ろを指さしては、あれ、あれ、あれがあれがと泡を吹かんばかりだ。

おちかが据えた水瓶《みずがめ》である。

「水瓶がどうしたんだい？　新太、しっかりしなさい」

お民が新太を抱き取って、歯の根も合わずにがたがた震えているのを一喝した。

「おしま、新太を奥へ連れて行こう」

着替えさせてやりなさい、という。見れば新太はおもらしをしている。女たちはあわただしく新太をひったてて去った。

伊兵衛は、なぜか笑っている。堪《こら》えきれぬという顔つきだ。さすがのおちかも呆れたが、叔父が平太を見つめていることに気づいて目を返した。

平太はぬうっと下くちびるを突き出して、苦り切っていた。

「——何があったの？」

あいつがいけないんだよと、平太はむっつり言った。いくらか、弁解の口調である。

「厠《かわや》まで行くのが面倒《めんどう》だとか言って」

水瓶のなかに小便しようとしくさって。

「せっかくお早さんが気分よく納まってたのに、起こしちまったんだ。そうでなくたって、頭のてっぺんに小便たれられそうになったら、誰だって怒るだべ？」

だからお早さんが悪いんじゃねえよ。

とうとう伊兵衛が笑い出した。腹を抱えている。そのうちに平太も、尖《とが》り口のままえへへと笑い出した。

おちかは、そおっと水瓶を指さした。

「今も、いらっしゃるの？」

平太はかぶりを振った。

「もう出てきちまったよ。おいらと一緒にいる」

おちかは膝でずって行って、水瓶のなかを覗《のぞ》き込んでみた。やっと暗さに慣れた目に、底にわずかに残った水が見えた。

「お早さんも大変な災難だった」

伊兵衛は笑いすぎて目に涙を浮かべ、何とか呼吸《いき》を整えた。

「ご機嫌を直して寝《やす》んでくださいと、おまえからよくお願いしておくれ」

うん——と平太は頭を下げる。

「ところで番頭さんはどうしたんだべ？」

八十助である。まだひっくり返ったままなのだ。

「腰が、腰が」と呻《うめ》いていた。

水瓶のなかから、ぬるりと女の子が出てきたという。

新太の目にしたお早さんは、平太が語ったとおり、切髪に大きな瞳《ひとみ》の愛くるしい顔立ちをしていたらしい。

が、〈ぬるり〉というのがミソである。

「おへそから上は、おいらたちと同じだったんですけども」

足がなかった。

「なめくじとか蛇みたいに、こう、ぬるっとしてたんです。ゆで卵みたいに真っ白でちょっと透き通ってて、うねうねっと」

その半身をくねらせるようにして水瓶から出てくると、大きな目を怒らせて、

——こらぁ！

新太を叱りつけたそうである。

死ぬほど怖い想いをした新太には気の毒だが、一同はあらためて笑った。笑えなかったのは腰が痛い八十助だけだ。

お早さんの真のお姿は、どうやら蛇体であるらしい。山のヌシ様は巨《おお》きな蛇なのだ。平太が出会った祠《ほこら》では、ちゃんと足があって、ひとつに括《くく》られていたというが、それはお札によってそこに封じられていたことの印に過ぎなかったのだろう。

そういえば平太は、〈山走り〉のとき、走っているのではなく滑っているようだと話していたではないか。

あらためて、おちかは感じ入った。大きな真っ白い蛇が、背中に子供を乗せて、雑木をへし折り下草を薙《な》ぎながら、風を巻き起こして山から里へと下りてゆく——

「お詫《わ》びに、夜が明けたら真っ先にあの水瓶を隅から隅まできれいに磨きあげるんだぞ。それで、もう二度といたしませんと誓って、許していただきなさい」

やがて伊兵衛は、丁稚《でっち》小僧の頭をふたつ並べ、こっつんこをして言い聞かせた。

「おまえたち、これであいこだ。平太は新太に、雀を落としたことを謝る。新太は平太に、お早さんに無礼をはたらいたことを謝る。いいな？」

二人は気まずそうに、ごめんなさいを言い合った。

先ににやりとしたのは平太である。

新太はほっぺたを引き攣《つ》らせたままだ。すると平太が、新太の耳元に顔を寄せて何か囁《ささや》いた。新太の目がまん丸になった。

「ホントか？」

うんと、平太は真顔になってうなずいた。

次には、二人で顔を合わせて笑った。

翌朝、おちかが起き出してみると、二人の丁稚は助け合って水瓶を洗いあげ、水汲《く》みに励んでいた。

あとでおちかはこっそり新太を呼んで尋ねた。「昨夜《ゆうべ》、平どんはあんたに何て言ったの？　みんなには内緒にするから、教えてちょうだい」

平太は彼に、こう言ったという。

——おいらも、最初にお早さんに睨《にら》みつけられたときは、小便ちびった。

おちかも夜中の伊兵衛のように笑い転げてしまった。

こうして平太は三島屋に溶け込んだ。野育ちだ、役に立たぬと金井屋の房五郎は悪《あく》罵《ば》していたけれど、使ってみればそんなことはない。力は強いし、返事がいいし、よく働く。新太にかなわないのは、お行儀だけである。

運悪く腰を打って数日寝込んだ八十助を介抱したのも平太であった。この番頭は痩《や》せていて小柄なので、

「大丈夫か番頭さん？　厠なら、おいらがおぶって連れてってやるよ」

などと労《いたわ》られていた。

三日経ち、五日経ち、十日経った。半月が過ぎても、三島屋では一切、水が逃げることはなかった。お早さんは平太が新しい奉公先に馴染《なじ》んだことを知り、喜んでいるのかもしれない。我慢を続けてくれている。四畳半の水瓶は日に何度も空《から》になるので、おちかは気をつけて満たすようにした。台所と廊下の隅にも、新しくお早さん用の水瓶を据えた。

ちょっぴり残念なのは、あたしはまだお早さんに会えないということね——

水を足すついでに覗き込んでみても、見えるのは水のきらめきだけである。

丁稚を一人加えた三島屋は、つつがなく新年を迎えた。

年始回りと来客の応対にあわただしい三が日が過ぎ、初売りも大繁盛で大忙し、明日が七草《ななくさ》という日のことである。

金井屋の房五郎が訪ねてきた。

「手前どもも年始客で賑《にぎ》わいましてな」

挨拶《あいさつ》も早々に、険のある口つきをする。

「三島屋さんには、元気のいい丁稚小僧が一人増えたと噂に聞きました」

黒白の間の床の間には、まだ松と千両を活《い》けてある。房五郎はその花器にもちらりと目を投げた。

「一方で、三島屋さんとそのご近所で、水が涸《か》れる、水が逃げるという噂は、さっぱり聞こえて参りません」

それが悔しい、という顔だ。

「どうやら、染松の厄介な性癖は抜けたようでございますね。三島屋さんで矯めていただいたということならば、重々お礼はいたします」

染松を返していただきましょう。

「あれは手前どもの奉公人でございます」

お言葉ですがと、おちかはいずまいを正した。「昨年末に、あの子は三島屋でお預かりすることになったはずです」

「預けましたよ。あの性癖が手に負えぬからやむを得なかったのです」

治ったとなれば話は別です、という。

「手間賃なり染松の食い扶持《くぶち》なり、三島屋さんの、かかりはお支払いいたします」

「お金のことを申し上げているのではございません」

せっかくこの家に馴染んで、新太という仲間もできたところなのだ。また引き離すのは酷ではないかと、おちかは頑張った。

「まあまあ、お嬢さん」

房五郎は急に、おちかの機嫌をとるような顔つきになった。

「卑しい馬子のために、私とあなたが言い合いをするのも大人げない。染松はもともと金橋家の雇われ者。親も子も、金橋家に尽くすことこそが身の程でございます」

平太は卑しくなどない。

「金橋様がそうお望みなのですか」

「筋ですよ。筋目でございます」

今度は教え諭すような言い方をする。

「まだ若いお嬢さんにはおわかりにならんでしょうが、金の貸し借りと奉公人のやりとりには、商人《あきんど》にとって大切な道理というものがございます。その道理をそっちのけに、いちいち奉公人の側に立っておられては、お嬢さん、そのうち彼奴《きやつ》めらに舐《な》められますよ」

新年早々怒りたくなかったけれど、おちかはかっとなった。

「それならば、わたくしよりもよくよく商人の道理を心得ている叔父《おじ》に訊《き》いて参りましょう！」

言い捨てて、後ろ手で唐紙を閉めて出た。あんまり廊下を踏み鳴らしたので、何事かとおしまが覗いたほどである。

ところが、意外なことに伊兵衛は言った。

「じゃあ、平太を返しておやり」

「叔父さん！」

よしよし——と、こっちでも宥《なだ》められる。「確かに、成り行きからいったら、平太を金井屋さんに戻すのが筋目と言えば筋目だ。そんな鬼のような顔をするんじゃないよ、おちか。そういう顔になってしまったら困るだろう」

いつか平太に言ったことを、言い返されてしまった。

「あの子の身の振り方については、私も思案していると言ったろう？　これもその思案のうちだ。心配しなさんな」

伊兵衛は自信たっぷりなのである。

「金井屋さんには、こっちでの出来事など教えなくていい。平太には、いっぺん金井屋さんに挨拶に帰るだけだと、私が話そう」

「そんないい加減な」

「いい加減じゃないよ。見ていてご覧。あの子はすぐにも、うちに戻ってくるから」

平太には、今もお早さんがついているのだから。

「叔父さん、何をお考えなんです」

おちかは怪しんだ。

「さあね。お早さんのお考え次第だよ」

妙に楽しそうに、伊兵衛は懐手《ふところで》をした。

「私も房五郎という人にはちくと腹の煮えるところがあるけれど、仕置《しおき》のほどはお早さんにお任せしてみようじゃないか」

伊兵衛の命に、平太は逆らわなかった。本当に挨拶に帰るだけと信じたとは思われない。それでも素直に従った。

金井屋の房五郎に連れられてゆく後ろ姿は寂しげだった。あわただしく見送ったおちかは、とって返してやっぱり叔父さんに掛け合い直そうと思うのを堪《こら》えるのが辛《つら》かった。

新太は驚き、しょげかえった。短いあいだに、この二人はすっかり仲良くなっていたのだ。

「そのうち、おいらをちゃんとお早さんに会わせてくれるって言ってたのに」

半ベソをかき、七草粥《がゆ》もろくに口にしなかったほどである。

「平ちゃん、金井屋さんでまた苛《いじ》められやしないでしょうか、お嬢さん」

おしまも八十助も同じように案じている。律儀者の八十助は、これで新太が伊兵衛を恨みに思ったりしないよう、強いて説教などしていたけれど、おちかと二人になると、

「旦那《だんな》様も何をお考えなんでしょうな」

訝《いぶか》しそうに、癒《い》えた腰をさすっていた。


さて、二日後の朝のことである。

三島屋の表はすでに賑わい始めている。おちかとおしまが奥の掃除を終えてひと息ついているところに、新太が血相を変えて飛んできた。

「お、お嬢さん。熊が来ました!」

熊のような大男が、おちかに会いたいと、店先を訪ねてきたというのである。

とっさにピンとくるものがあって、おちかも表へと飛んで出た。〈熊〉には八十助が応対していて、きらびやかな三島屋の売りものに見とれてくださるはずの客たちが、

この大男と小さな番頭の組み合わせを、呆《あき》れたように口を開けて見物している。

「もしや、金橋家の富半さんでしょうか」

当たりであった。印半纏《しるしばんてん》に股引《ももひき》、がっしりとした肩と首、毛深い腕にもじゃもじゃの眉毛《まゆげ》、なめし革のように日焼けした顔。

見上げるような大男は、ぺこりと頭を下げた。土の匂いが、ぷんとたつようだった。

「へい、わっしが富半でございます」

どれほど勧めても、富半は三島屋の座敷にあがろうとしなかった。そんな身分ではないというのである。

おちかは彼を勝手口から台所へ通して、そこで向き合うことにした。平太のことを心配しているおしまも、一緒にいる。

「平太のことでは、こちらの皆様にはえらくご心配をいただきましたそうで、ありがとうござえます」

富半の言葉にもやや訛《なま》りがあった。

「あいつは今、わっしの宿に待たせてあります」

深川黒江町《ふかがわくろえちょう》の商人宿だそうだ。あのあたりには材木商が多い。

「じゃ、平どんはまた金井屋さんから追い出されてるんですか？」

おしまが急ぐ。富半は申し訳なさそうに頭をかくと、

「そういう次第になりました。んでぇ、わっしが連れ帰ることになったんでごぜえますが、その前にこちら様にはお礼を申し上げるべきだと思い直しまして」

「平どんは無事なんですか？　また折檻《せっかん》されたんですか？　小野木へ帰ることは本人も承知してるんですか？」

おしまがさらに急ぐので、おちかは窘《たしな》めた。

「そんなにきゅうきゅうお尋ねしちゃいけませんよ。順に伺いましょう」

へい――と、富半は大きな身体でかしこまり、日焼けのせいで細かな皺《しわ》がたくさん寄った目元を緩ませ、おちかを見た。

「お嬢さんは、平太が言っていたとおりの方でごぜえますなあ」

この五日に、富半は小野木から出てきた。金井屋への年始挨拶《あいさつ》という名目で、主人に願い出て許されたのだ。無論、平太のことが気になったからである。

すると平太はいなかった。三島屋に預けられていたからである。その間の事情と、金井屋でもやっぱり水が逃げたことを、富半は番頭の房五郎から聞かされた。

「あのお方は、いい厄介払いになったというようなことをおっしゃいましてなあ」

しかし富半は違った。

「まさかあなたも、筋の筋目のとおっしゃるんじゃないでしょうね」

まだ勢いの落ちないおしまが突っ込むのに、富半は苦笑いで答える。

「そんな堅苦しい話じゃあごぜえません。わっしはただ、平太がこちらではご迷惑をおかけせずにおれるなら、もしかするとお早さんがおとなしゅうなったのかもしれんと思いました。あるいは三島屋さんで、お早さんをおとなしゅうさせる、何かの工夫をなすったのかもしれん、と」

三島屋でも水が逃げているならば、困るのは金井屋と一緒のはずである。ならばと、富半は考えたのだ。

「番頭さんから、三島屋のお嬢さんは不思議なお話に慣れていて、その不思議を解いてみせるらしいとも聞かされておりましたから、なおさらでごぜえます」

だからそれは誤解だというのに、房五郎はまだそんなことを言っていたのだ。

「それに金橋の主人からも、江戸で平太の様子が落ち着いていたなら、いっぺん連れ戻してこいと言いつかってもおりました」

小野木の庄屋《しょうや》は、けっして奉公人に酷《むご》い人ではない。平太のことも哀れんでいた。〈水が逃げる〉という椿事《ちんじ》さえ収まったならば、親元に戻してやりたいという考えがあったのだ。

「あらまあ」おしまがくるりと目を動かした。「あたしはまた、庄屋さんというのはみんな、小作人や奉公人には鬼のような人だとばっかり思っていましたよ」

おちかは笑ったけれど、実は笑えない。何となく、そんなふうに思っていた。

ところが、富半がそれを房五郎に切り出してみると、朱塗りの算盤《そろばん》を預かるという番頭は、まったく違う受け取り方をした。金橋家の意向が〈平太を連れ戻せ〉ということにあるのならば、ただもう真っ直ぐにそうしなければならぬというふうに。

「それで番頭さんが、私が三島屋さんに行って平太を連れてくると」

融通がきかぬとは、こういうことを言う。

「わっしのような田舎者が掛け合っても駄目だとおっしゃいましてな」

——あんたじゃ、三島屋さんに言いくるめられるだけですよ。

房五郎という男は気が小さいのだ。平太に困らされているときは、三島屋に預けてしまって目先の難事が解決すると、ああ厄介払いできたと思う。なのに、金橋家からひとつ違うことを言われると、今度はそっちばかりに夢中になって、自分が預けた平太を、まるで三島屋に騙《かた》り盗《と》られたかのように思い始め、しゃにむに取り返そうとする。だからあんな居丈高な言い様にもなったのだろう。

お店者《たなもの》のこういう小心と、忠義の心は表裏ひとつだ。一概に悪いとばかりは決めつけられないが、しかし面倒《めんどう》な男だ。

「そうして一昨日《おとつい》、六日に平太を連れ帰られましてな」

平太はしょんぼりしていて、富半の顔を見ても、富半から「小野木に帰れるかもしれねえぞ」と言われても、喜ばなかったそうである。

しかも、平太が戻るとすぐに、金井屋では再び水が逃げ始めた。

お早さんはお怒りだ。金井屋と金橋家には、まだ怒っておられるのである。

「わっしもお止めしたんでごぜえますが」

富半は苦しそうに口を濁した。

「房五郎さんはまた怒って、平太を折檻なすったんですね？」

おちかの問いに、もじゃもじゃ眉毛を八の字に下げてうなずいた。

このときは、富半も金井屋に泊まっていた。すぐ平太を連れ出して他所《よそ》へ宿をとろうと思う余裕もなく、房五郎はさんざんに平太を叩《たた》き、叱りつけ、挙げ句に手足を縛って裏庭の物置に放り込んでしまった。

止める富半を、「おまえも金橋様と金井屋に仇《あだ》する気か！」と罵《ののし》ったという。

「わっしは夜、こっそり寝間を抜け出して、物置まで参りました」

物置の戸には大げさな錠前がかけられており、富半には開けてやることができなかった。声をかけると、平太の細い声が聞こえてきた。ああ、生きていると思うと、まずはひと安心した。

しかし平太は弱っていた。身体や心が弱っていたのではなく、困《こう》じ果てていたという方の意味である。

——どうしよう、富半さん。

お早さんはいよいよ激怒しておられる。

——このまんまじゃ、番頭さんが危ないよ。

おちかはおしまと目と目を見合わせた。おしまがつつとおちかに身を寄せる。

「危ないって、どう危ないんです」

富半にもそれはわからなかった。なにしろ相手は山のヌシ様である。霊力がある。

——お早さんはどこにいる?

——おいらから出ていっちまった。呼んでも返事がねえだ。

平太は平太で、もしもお早さんが番頭さんにひどいことをしたら、ここは江戸で、小野木の城下なんかよりもっと強い修験者がいるかもしれず、今度こそお早さんは退治されてしまうのじゃないかと、そっちを案じていた。

「で、どうなすったんです」おしまはおちかの肘《ひじ》につかまりながら急《せ》かす。

「どうもできませんわい。わっしは平太と二人、途方に暮れました」

そうこうしているうちに、金井屋の奥でわあっと人声がした。房五郎の声のように聞こえたが、すっとんきょうに裏返り、

「助けてくれ、助けてくれ!」

二度叫んだと思ったらぷっつり絶えた。

富半は雨戸を突き破らんばかりにして奥へ戻り、廊下を走った。先夜の三島屋と同

じような騒ぎが、金井屋でも起こったわけである。

そして駆けつけた房五郎の寝間で、富半は見たのだった。

「ひと抱えはあるようなぶっとい胴の」

と、両手で大きさを示してみせて、

「丈は六尺に余る真っ白い巨《おお》きな蛇が、番頭さんを頭から呑《の》み込んでおったです」

蛇の口先から、房五郎の手が覗《のぞ》いていた。空をつかむような恰好《かっこう》で固まっている。凍りついて見守る金井屋の人びとの前で、大蛇は赤い舌をちらりと出すと、その手の先まで呑み込んでしまった。

――げぷ。

大蛇は満足げに吐息した。その、子供の拳固《げんこ》ほどありそうな目が爛々《らんらん》と光った。その光に打たれ、人びとはアッと仰《の》け反《ぞ》ったかと思うとみんな気を失ってしまった。

我に返ったときには、大蛇は消えていた。

「わっしら、朝まで生きた心地がしませなんだ」

灯をともして大蛇を探そう、番頭を助けねばならぬとかけ声だけはあがるのだが、誰も立ち上がれない。

「富半さんも？」

おちかが尋ねると、大男はもじもじした。

「まるっきり動けないわけじゃなかったんでしょう」

富半は手練《てだ》れの山頭だ。山で起こること、山のヌシのことなら知識を持っている。金井屋にいる江戸者たちとは根性も違うだろう。畏《おそ》れ入ってしまって身動きできなかったはずはない。

「ああいうときは……騒いでも無駄だと思っておりましたんで」

うわあと、おしまが震えた。

朝になり、お天道様が照らしてくれると、金井屋の人びともようよう生気を取り戻し、動き出した。と、間もなく、今度は井戸端から女中の金切り声が聞こえてきた。察するところのあった富半は、人びとをその場に押しとどめておいて、一人で井戸端へ走った。

すっかり涸《か》れた井戸の脇に、房五郎が倒れていた。

「お早さんが吐き出したんですなあ」

房五郎は血の気が抜け、身体が冷たくなっていたが、息はあった。しかし赤裸であった。下帯ひとつ身につけていなかった。

さらに。

「毛が、ですな」

「わっしは……」

「毛が？」と、おちかとおしまは声を揃える。「どうしたんです」

「すっかり消えておりました」

身体じゅうの毛という毛が消え失《う》せて、つるつるになっていた。髪も眉も髭《ひげ》も、すね毛さえ失くなっていたのである。

毛が――と、おしまが呆然《ぼうぜん》と呟《つぶや》いた。

「つるつるに？」

それから、まるで噴火でもするみたいにどっと笑い出した。反り返って笑い、身を揉《も》んで笑い、腹を抱えて笑う。

やっぱり笑ってしまったおちかも、これにはさすがに気が咎《とが》めた。おしまさんたら、と窘《たしな》めたが、それでもおしまの笑いは止まらない。

「す、すみませんねえ」

本人も笑い涙を流しながら謝っている。

「いやあ……わっしも腰を抜かしそうになりましたんで」

富半も控え目に笑っている。

「今、房五郎さんはどうなさっているんでしょうか」

「今朝方やっと正気づきまして、命には別状ありませんようです」

受け答えもはっきりしているし、手足も滑らかに動く。ただ、大蛇に呑まれた前後のことは、まったく覚えていなかった。

「じゃあ、その……毛が失くなってしまったことについても」

どうしたことかと惑乱しているという。まわりも説明に困っているらしい。

ようやく笑いやんでいたおしまが、ここでまたぷっと噴いた。

「目が覚めたら、つるつる」

「おしまさん、人が悪いですよ」

「はいはい、あいすみません」

富半は平太を連れて金井屋を出て、今の宿に落ち着いた。平太は手当が要るような怪我はしていないが、飯を食わせて休ませているそうだ。

そこまで聞けば、おちかにはもう、気になることはあとひとつだけしかない。

「お早さんは？」

富半は、立派な大人が、実は嬉《うれ》しいのだけれどその嬉しさを外に表してはいけないことを承知しているときにする、とってつけたような大真面目な顔をした。

「戻ってきて、平太と一緒におりますだ」

「平どんがそう言ってるんですね？」

「へい。あいつは、一丁前にお早さんを叱っておりますだ」

——あんなことしちゃ、駄目だべ。

「今度こそ退治されちまうで、と」

その様が目に浮かぶようで、今度は三人とものびのびと笑い合った。

富半は大きな手で大きな顔を拭《ぬぐ》うと、肩の荷をおろしたように、ひとつ息をついた。

「最初に小野木で騒動が始まったときは、わっしも肝が冷えました。お早さんを宿したまんまじゃ、下手をすると平太は殺されてしまうかもしらんと思いましたで。けども、平太と江戸へ出てくることになって、ずっと一緒におりましたら、あれとお早さんはすっかり仲良くなっていて、離れたらどっちも寂しいんだっちゅうことがわかりましてな」

そう気づくと、平太の身の振り方こそ心配ではあったけれど、くよくよ悩むことはなくなった。

「だから、お二人で江戸は広い。小野木とは違う。何とかなるだろうと思ったのだ。

富半は大いにあわてた。「平太め、そんなことまで申し上げましたかあ」

水芸人には申し訳ないけれど、おちかも一緒に見物してみたかった。

「けども、わっしがそんなふうに緩んでいたせいで、平太が折檻《せっかん》されることになって、可哀相なことをしました」

「金井屋さんが悪いんですよ」と、おしまは容赦ない。「ちゃんと平どんの話を聞いて、お早さんにも丁寧にお願いすればよかったんです。うちじゃ、それでちっとも困ることはなかったんですから」

金井屋では、こうなった以上はもう本当に平太を置くことはできぬと言っている。だから富半は小野木に帰ろうとしているわけだが、

「その前に、平太がお世話になったこちら様に、ひと言お礼を申し上げたいと思いましたんで」

おちかは富半に、房五郎が平太を連れ帰ろうとしたとき、伊兵衛が口にした謎めいた言葉を説明した。

「するとこちらの旦那様《だんな》は、察しておられたんですなあ」

平太がまた金井屋で苛《いじ》められたなら、お早さんが黙っていないということを。

「どうやら叔父《おじ》には、平太のこの先についても考えがあるようなんです」

おちかは膝《ひざ》を揃えて座り直した。

「いかがでしょうか、富半さん。今度こそ本当に、平太をこの三島屋に預けていただけませんか。庄屋《しょうや》の金橋様には、神田三島屋の主人伊兵衛という者が平太の請け人となってしっかり後見するということで、お許しをいただけませんか」

おしまが目を輝かせて身を乗り出した。

「平どんだって、江戸にいたいでしょう。このままお早さんを小野木に連れて帰ったって、元の木阿弥《もくあみ》になるだけですもんねえ」

富半は長く考えなかった。その目が和らいでいる。

「実は平太も、お許しいただけるなら、またこちら様で働きたいようでごぜえます」

台所の水屋の陰で、かたりと物音がした。三人が振り返ると、新太が転んでいる。

じっと隠れて盗み聞きしていて、立とうとしたら足が痺《しび》れたらしい。

「よかったね、新どん」

おしまが囃《はや》すように声をかけた。

「また平どんと喧嘩《けんか》できるわよ！」

新太は照れ笑いしながら逃げていった。

それから一刻《いっとき》もしないうちに、平太は三島屋に戻ってきた。富半はその足で小野木に向けて発《た》った。

鏡開きでは、平太と新太は競い合ってたらふくお汁粉を食べた。お早さんの好みはわからないが、おちかは小さな椀《わん》のお汁粉を、四畳半の水瓶《みずがめ》のそばに供えてみた。翌朝見ると、それは空になっていた。甘いものが嫌いではないらしい。

小野木からは、すぐには報《しら》せがなかった。富半も姿を見せない。平太は三島屋で仕事を覚え、新太と一緒に忙しく、面白い日々を過ごした。新太はお早さんにも勘弁してもらえたらしく、冷たい霙《みぞれ》が降った朝、件《くだん》の水瓶に向かい、

「今日はえらく冷えますから、ちょっと温《ぬく》めましょうか？」

話しかけているところを、おちかは見た。

そうこうしているうちに、ようやく、小野木から文が届いた。

厳しい冬にこそ、山頭の仕事は多いらしい。富半は小野木を離れられず、文を寄越したのである。そこには、庄屋金橋家が出した麗々しい許し状も同封されていた。平太を正式に三島屋伊兵衛に預けるというのである。

「よかったね」と言いつつ、おちかは別の心配をした。「でも平どん、今度はちょっくらちょっと小野木に帰れなくなったよ。お父さんお母さんに会えないのは辛《つら》いでしょう」

平太は気丈だった。短いあいだに、すっかり江戸の奉公人らしくなった。

「帰っても、おいらのせいでおとうとおかあが肩身の狭い思いをするんじゃ、何にもなんねえもん。江戸でちっとでも稼げるようになって、仕送りする」

このころ、口入屋の灯庵老人が、三島屋を訪ねてきた。伊兵衛に呼ばれたらしい。真っ直ぐ彼の座敷にあがって、ひそひそ話している。かと思えば、袋物の職人たちに弁当を届けたり、薪《まき》割りをしたり、掃除をしたり、きりきり立ち働いている平太の姿を、物陰から窺《うかが》っていた。

おちかに会うと、「おや、お嬢さん」

おちかは丁寧に挨拶《あいさつ》した。

「あの子の身の振り方が決まるまでは、今のお話が続いてるってことで、次の不思議話の語り手は、うちでお待たせしてありますぞい」

本当にそんなに順番を待っているのか、おちかは今ひとつ信用できない。灯庵老人も禿頭《とくとう》である。いつ会っても、油を引いたようにてらてらしている。

「叔父さんは、灯庵さんに何をお願いしているんですか」

油頭《あぶらあたま》の老人は、蝦蟇《がま》のような笑い方をした。それこそヌシみたいである。

「それは伊兵衛さんにお聞きなさい」

おちかにはさらにひとつ訊きたいことがあった。

「詮索《せんさく》はいけないけれど、気になるんです。金井屋さんの商いは、何ですか」

質屋だと、口入屋はあっさり答えた。

「金橋さんは小野木の銘木で大儲《おおもう》けをして、江戸で質屋の株を買いなすったんだ。金井屋は、金橋家の分家筋にあたる」

そして急に粘っこい口調になると、おちかを諫《いさ》めた。「なあんだ金貸しかと、卑しむような顔をなすったが、いかんな。それにああいう商いでは、むしろ奉公人の躾《しつけ》にうるさいくらいでちょうどいい」

房五郎も、ただの意地悪ではないのだ。

「江戸者が、土地神様というものに慣れていないが故に軽んじて、間違いをおかした。それを笑いものにするのもいかん。あんただって、どういうはずみで神様を怒らせるか、わかったもんじゃないのだぞ」

不思議話の聞き集めなんぞをしていたら、なおさらじゃ。

説教をぶっておいてから、今度は酔っぱらった蝦蟇のように笑った。「房五郎さんもよほど懲りたらしい。あれから、いくらか目下の者たちに優しくなったよ」

ありがとうございましたと、おちかは頭を下げた。

それから数日後のことである。伊兵衛がおちかと平太を座敷に呼んだ。

「ほかでもない、平太の今後のことだ」

平太はちょっと身を縮めた。おちかも驚いた。

「このまま三島屋にいては、何か不都合があるんですか」

「平太に不都合はない。私らにもない」

しかし、お早さんには不都合だろうと、伊兵衛は言うのだった。

「平太、おまえは先《せん》に言ったそうだね。お早さんは、もっと水のいっぱいあるところに行きたいのだろう、と」

平太は不安そうにおちかを見てから、うなずいた。「はい、申しました」

水のいっぱいあるところ——それは即ち、お早さんが必要とされるところだ。

「だから、私がその手を考えてみたんだけども」

伊兵衛の顔に、いたずら小僧のような笑みが広がった。

「おまえ、船頭になる気はないか？」

江戸の船頭たちは、猪牙《ちょき》や荷足船《にたりぶね》で人や荷物を運び、川や堀割を行き来する。屋形船や花火船で、多くの人びとを楽しませる仕事もする。

「山がちの小野木では考えられないことだろうが、この江戸では、水路は道と同じなのだよ。そこらの細い堀割も、あの大川も、みんなそうだ」

伊兵衛の碁敵《ごがたき》の一人に、深川で荷足船の頭《かしら》を勤める人がいる。平太をそこへ寄越さないかという話があるというのだ。

「普段は醬油《しょうゆ》や塩を積んだ船を走らせているんだが、深川あたりの船屋の役目はそればかりじゃない。この神田は高台だから、すぐにはピンとこないだろうがね。あのへんは埋め立て地だから、大雨が降るとすぐに水が出る。御番所の本所《ほんじょ》深川方には、鯨《くじら》船《ぶね》という特別な拵《こしら》えの船が備えてあって、大水の際には人を助けたり、水辺の守りを固めたり、大切なお役目を果たしている。そのために、腕のいい船頭が要るのだ」

おまえも、そんなふうになってはみないか。

「お早さんという、強い味方もいることだしね」

確かにお早さんならば、大嵐のなかでも、船頭が安全に船を走らせることができるよう、助けてくださるだろう。大水が出たら、早々にそれを呑《の》んでくださるだろう。

おちかは心の目を開かれる思いだった。

お早さんが、必要とされるところ。

「最初は見習いだよ。船頭はみんな気が荒いから、うちより辛い思いもするだろう。男気がなくっちゃ務まらない仕事だ。しかし、おまえならできるだろうと、私は思う」

おちかは平太を見た。平太はまだ身を縮めていたが、さっきとは顔つきが違っているような気がする。

「おいらがそうしたら、旦那《だんな》さんは、お早さんも喜ぶとお思いですか」

伊兵衛は戯《おど》けるように両の眉毛《まゆげ》を上げ下げした。「さあねえ。それはおまえが、お早さんにお伺いしてみたらいいだろう」

大きな瞳《ひとみ》の、鼻先をつんと上げた女の子は、どう答えるだろうか。

ひと晩、平太は考えた。新太とも相談したらしい。

翌日になって、伊兵衛に返事をした。

「おいら、船頭になります。きっとなれるように、頑張って務めます」

この話のとりまとめには灯庵が入った。平太は三島屋の人びとと別れを惜しんで、深川へと向かった。

おちかはとうとう、お早さんには会えずに終わった。

その晩の夕餉《ゆうげ》の折、伊兵衛は平太のお祝いだと、珍しく晩酌をした。

「お早さんが海の水でも苦しゅうないと仰せなら、漁師にする手もあったんだがなあ」

例の呑気《のんき》な口調で、楽しげに言う。

「品川あたりの浜座敷に遣《や》ることも考えたんだよ。大潮のときでも、潮干狩りが楽しめようじゃないか」

「叔父《おじ》さんたら、そんなことばっかり」

おちかはお民と笑い合った。

「でもねえ、ちょっと気になるんですよ」

お民は母親のような目をしている。

「平太とお早さんは、これからもずうっと一緒にいるんでしょうか。いえ、一緒にいていいものなんでしょうかねえ」

人とヌシである。人と、小さくても神様である。

「いつかは別れることになるんだろう」と、伊兵衛は言った。「あの子が育ち上がって、近くにいる、生身の女の赤い蹴出《けだ》しに目を惹《ひ》かれるような年頃になったらさ」

神様というものは、人のそういう生臭さを嫌うだろうからね。

「だからといって、やたらに悲しむのも、また筋が違うだろう。人と人同士だって、出会えばいつかは別れるものだ」

「お早さんも、本当に必要とされるところに落ち着けば、平太と離れても、もう寂しくないでしょうからね」

おちかは自然と微笑した。いつか、白い着物の女の子が、平太にこう言って手を振る様を思い浮かべて。

——もう、おまえはオラがいなくっても平気だな。

サヨナラだよ、と。

サヨナラがいちばん辛《つら》かったのは、新太である。平太が去って、半月ばかりは見る影もなく落ち込んでいた。もう用のなくなった四畳半の水瓶《みずがめ》を片付けるときには、ため息ばかりついていた。

この話の真の締めくくりは、まだうんと先のことになりそうだ。平太が一人前になり、彼の颯爽《さつそう》と操る船に、三島屋のみんなで乗り込むときが来るまでは。

「そのときは、平太がいつもはどんな船に乗っていようと、屋形船にしてもらいましょう。ご馳走《ちそう》をたくさん運び込んで、賑《にぎ》やかに食べるのよ」

おちかはそう言って、新太を励ました。

そのお返しだろう、新太はひとつ、他の者たちには内緒の話をしてくれた。

「平ちゃんが、おいらをお早さんに会わせてくれたことがあるんです」

真夜中、お早さんが四畳半の水瓶に納まっているところを、新太は見たというのである。

あの、死ぬほど驚かされたときとは違っていた。新太は平太に促され、

――今なら、お早さんが、おまえに顔を見せてもいいって。

明かりもない四畳半で、おそるおそる水瓶のなかを覗《のぞ》き込んだのだ。

「どんな女の子だった？」

耳を寄せ、小声で聞き返すおちかに、新太もさらに声を落とし、でも抑えようのない喜色を滲《にじ》ませて、身振り手振りでこう言った。「目がまん丸で、ほっぺたが雪みたいに真っ白で、切髪がおでこでさらさら揺れていて」

それはもう可愛らしかった、と。

愛らしいものについて語るとき、語る者も愛らしくなる。新太の頬は上気して、照れながら誇らしそうでもあり、おちかもくすぐったくなってしまった。

水瓶のお早さんは、すまし顔だった。

――なんだ、おまえがオラに小便かけようとしたバチあたりな小僧か。

そして口を尖《とが》らせたけれど、すぐに笑ったという。

千の鈴を振るような、佳《い》い声で。

第二話　藪《やぶ》から千本

平太《へいた》が去った三島屋《みしまや》は、何とはなしに寂しくなった。

平太が来る前に戻っただけなのだから、気が抜けたという方が当たっているだろうか。八十助《やそすけ》とおしまはもちろん、作業場の職人たちでさえ、

「あの元気者はどうしてるかねえ」

などと懐かしんでいる。

ようよう立ち直ってきた新太《しんた》は、むしろ大人たちより我慢がいいようで、日々の働きぶりに変わりはない。それでも伊兵衛《いへえ》とお民《たみ》は、これまでの新太が年長者にばかり囲まれて、同じ年頃の子供がそばにいなかったことを省みたのか、彼を近くの手習所《てならいどころ》に通わせてやることを決めた。

「友達もできるだろうし、ついでに苦手な読み書き算盤《そろばん》も鍛えてもらえれば、一石二鳥だろう」

商家の子供ではなく、そこに丁稚《でっち》奉公にあがる子供が、奉公先から手習所通いをす

るのは珍しい。なかなか莫迦《ばか》にならない額の束脩《そくしゅう》（授業料）や謝儀がかかる。伊兵衛はそれを出してやるというのである。

新太が手習所に通うのは、朝のひと仕事を終えて、昼食《ちゅうじき》までの限られたあいだのことだ。それでも実際に通い始めればそのあいだ、三島屋では手が足りなくなるだろう。

「それでね、おちか。女中をもう一人、入れようと思うのだけれど」

叔父《おじ》夫婦に持ちかけられ、おちかに渋る理由はなかったけれど、

「でも叔父さん。あたしも今までどおりに働かせてくださいね」

これを機会におまえはお嬢さんになれと言われてはたまらない。

伊兵衛は苦笑した。「そう来るだろうと思ったよ。わかった、わかった」

新しい女中については、既に灯庵《とうあん》老人に頼んであるという。

「あの人は、普段は女奉公人の口入れはしないんだがね。うちは特に計らってくれるそうだ」

――なんせ難しいお嬢さんがおるから。

との仰せであったそうである。

「気難しいって、あたしのことですか」

「むずかしいだよ」

どっちにしろ、あの蝦蟇爺《がまじい》さんの言いそうなことではある。

「小僧さんを増やすんではいけないんですか。それこそ、新どんにはいい仲間になるでしょう」

「新太にとっては、誰が来たって、平太とお早《ひでり》さんにはかなうまいよ」

確かにそのとおりである。

「それにあの子も外に出てみた方がいい。商いに直《じか》にかかわる奉公人は、倅《せがれ》たちへの相談抜きで増やしたくないしね」

あいつらがやりにくかろうから、という。

叔父さん、そんなふうに考えていたのかと、おちかは少し驚いた。

三島屋の先行きのことである。今の伊兵衛の言い様《いよう》では、それは意外と近くに迫っている感じがする。実は何も不思議なことではないのだった。伊一郎《いいちろう》と富次郎《とみじろう》という二人の息子たちは立派な大人になっており、今は他所《よそ》のお店《たな》の釜《かま》の飯を食って修業しているけれど、いつ帰ってきてもおかしくないのである。

ただおちかには、倅たちに三島屋を預け、のんびり楽隠居を決め込む伊兵衛とお民を想像することはできない。きっと、倅たちと共に商いに励むことだろう。

――もしもそうなったら。

おちかはどうしようか。

三島屋へ戻ってきたならば、伊一郎にも富次郎にも、すぐ身を固める話が持ち上がるはずだ。それが手順というものだ。

　三島屋は、嫁を二人迎えることになる。そこでおちかは、どういう顔をしていればいいだろうか。

　従兄《いとこ》にあたるこの二人と、おちかは一度しか会ったことがない。江戸へ出てきたとき、二人がおちかに会いに来てくれたのだ。叔父叔母《おば》に似て優しい人たちだった。だから従兄たちとは、やりにくいとか、居づらいということはないと思う。ただ二人に嫁が来たならば、話は別だ。おちかは小姑《こじゅうと》の立場になりかねない。これはまさにやりにくい。勘弁していただきたい仕儀である。

　三島屋に落ち着いて、半年近くが過ぎた。変わり百物語の聞き手という不思議な役目にも、「叔父さん、まだやるんですか」と混ぜっ返したりしたものの、実は興味を覚えつつあるおちかだった。

　人は、心という器に様々な話を隠し持っている。その器から溢《あふ》れ出てくる言葉に触れることで、おちかはこれまで見たことのないものを、普通に暮らしていたなら、生涯見ることがないであろうものを見せてもらってきた。

　そこに惹《ひ》かれている。

　先のことなど、思ってもみなかった――というより、これまでのおちかには、三島屋の内の事情を慮《おもんぱか》るだけの余裕がなかったとも言える。

気がつくと、伊兵衛が眠る猫の子でも見るようにおちかを見つめていた。

「おまえもそういう、我に返ったような顔をするようにおなりだね」

良いことだ、と笑った。

「だが、その気煩いは早いよ。うちの倅どもだって、しばらくはおちかとひとつ屋根の下で仲良く従兄妹《いとこ》暮らしをしてみたいだろうから、嫁取りはまだまだだ」

見抜かれていたようである。

「富次郎なんざ、おまえと会ったあと、早くうちに帰りたいと騒いでいたからね。二人ともおまえを気に入ったんだよ」

おちかは小さく咳払《せきばら》いをして、いずまいを正した。

「それで、御用はこれだけですか」

伊兵衛も空《そら》とぼけた顔を作り直す。

「黒白《こくびゃく》の間《ま》は、しばらく私が碁に使うからね。おまえには、ひとつ気散じに出かけてもらおうかと思うんだ」

亀戸《かめいど》の梅屋敷を知っているかい？

「一月《むつき》ももう末だ。あの梅林が見頃だよ。臥竜梅《がりょうばい》も見事だろうねえ」

竜が身をくねらせているかのように、枝を低く張り広げた有名な梅の古木があるのだという。

「それは確かに見物《みもの》でしょうけれど、叔父さん、あたしは気散じになんか出かけなくても平気ですよ」

伊兵衛は大げさに目を剝《む》いた。「誰がおまえの気散じだと言った？」

新太のためだというのである。

「あれをお供に連れて出かけておくれよ。もちろん、気散じだけでもないんだ。新太に、お供として一人前のふるまいが身につくよう、躾《しつ》けてやっておくれ」

「それなら、あたしより叔母さんが」

「お民と私は、鷽替《うそか》えのときに亀戸天神様にお参りして、今年の梅見は済みました」

おちかは怪しんだ。叔父さんの目の底に、悪戯《いたずら》っ気《け》がきらきら跳ねている。

「あたしと新どんの二人で行けというわけじゃないんでしょう？」

「わかりが早いねえ。そうさ、お誘いがあったんだよ」

越後屋《えちごや》のおたかが、清太郎《せいたろう》と梅見に出かけるから、一緒にどうかというのだ。

「おたかさんとは、年始の挨拶《あいさつ》をしたくらいで、ゆっくり会っていないだろう。梅見をして旨《うま》いものを食って、おしゃべりをしておいでよ。手配はすべて越後屋さんでしてくださるそうだから」

もう出来上がっている話のようである。

「お民が、梅屋敷土産の梅干しを欲しがってるからね」

叔母さんも承知なのだ。となれば、是非もない。

「わかりました。行かせていただきます」

「あんまり楽しそうじゃないねえ」と、伊兵衛はからかい顔をする。

「いえいえ」

「出かけるのは、今月の晦日《みそか》か来月の朔日《さくじつ》か、どっちかになるよ」

伊兵衛の座敷を出て襷《たすき》を掛け直すと、おちかはふうとため息を吐《つ》いた。

越後屋は、堀江町にある草履問屋だ。清太郎はその若旦那《だんな》で、おたかは彼と血のつながりはないが、姉のような人である。

金井屋《かないや》の房五郎《ふさごろう》も言っていたけれど、この二人は黒白の間を通しておちかと縁ができた。その結果、三島屋と越後屋にも縁が結ばれて、三島屋で意匠を凝らした草履の鼻緒を越後屋に卸したり、越後屋の品物を三島屋で小売りしたり、商いでも密なやりとりが続いている。

おちかは、共に不思議な話をくぐり抜けたことで、おたかと親しい。まわりの者たちには、二人は姉妹のようだと言われるが、そのように見えて不思議はないと、自分でも思う。清太郎の真面目な人柄も好ましく、おたかと彼の睦《むつ》まじいのは、これもまた目に麗しい眺めだ。

それでもため息が出てしまうには、おちかなりの理由《わけ》があった。

おたかは少女のころに、ある因縁深い屋敷に憑《つ》かれた。彼女の心はその屋敷に囚《とら》われ、身体は大人になったものの、心は少女のままで、十五年以上の時が経った。

去年の九月、三島屋を訪れ、黒白の間でおちかに自らの話を語ったときのおたかは、屋敷に憑かれ操られたおたかであったのだ。おたかを通して、その屋敷に巣くう薄暗いモノが、おちかに誘いの手を伸ばしてきたと言ってもいい。

幸い、おちかとおたかは寄り添ってこの屋敷から逃げのびて、依代《よりしろ》を失った屋敷は崩壊し、消《き》え失《う》せた。そしておたかは己を取り戻した。房五郎も言っていたとおり、「きれいに本復《ほんぷく》した」のである。

越後屋では、それこそ気散じと元気づけに、おたかを物見遊山《ものみゆさん》や芝居見物に連れ出したり、新しい着物を仕立てたり、あるいは習い事をさせたりして、止まっていた年月におたかが味わい損ねたすべてのものを取り返してやろうとしている。おたかもよくそれに応《こた》えている。

そしておちかは、折々にそんなおたかに会っては親しみを深め、慰められてきた。おたかが人生を取り戻したことで、おちかもどれだけ救われたか知れない。だからおたかが本復したばかりのころは、頻繁に越後屋を訪ねていて、その分、おしまにはずいぶんと迷惑をかけてしまった。

これではいけないと覚ったのは、ちょうど平太がやって来たころで、これがいい折になった。年始の挨拶以来、おちかが越後屋に顔を出していないのも、そういう流れからのことだった。

実のところ、おたかは、件《くだん》の屋敷に囚われていたあいだの出来事を、ほとんど忘れ去っている。失った家族のことも覚えていない。一人でずっと、どこか遠いところに行っていて、やっと帰ってこられたという記憶しかないのだ。

それでもおちかのことだけは、その〈どこか遠いところ〉で出会い、自分と一緒にこちらへ帰ってきた人だというふうに覚えており、だから親しみがある。理屈抜きで、おちかさんはあたしのとても大事な仲間だという気がすると、おたかは言うのだ。

二人で親密に語らっていると、おたかの方から、

——あの遠いところにいるあいだ、あたしは何をしてたのかしら。おちかさんと一緒に何をして、どうして帰ってこられたのかしら。

と、問いかけてくることもあった。

おちかは越後屋の人びとと相談して、おたかの問いかけには、「あたしもよく覚えてないんですよ」と答えることにした。おたかにとって、忘れているということは、ひとつの慈悲であろうと思えるからだ。強いて思い出させるのは酷というものだ。だから越後屋ではおたかに、あなたは永いこと神隠しに遭っていたんだよと言い聞かせて、おたかもそれで得心している。

そして、おちかは考えるようになった。おたかとの絆《きずな》は、このままだんだんと緩めていった方がいい。無下に断ち切ることはないけれど、少しずつ緩めて遠ざかり、互いに互いの暮らしをしっかりと踏み固めてゆくことに専心するのが、どちらにとっても望ましいやり方なのではないか。

おちかが徒《いたずら》に慰めを求め、いつまでもおたかにべったりするのは、間違いだ。

——黒白の間の話は。

聞いて聞き捨て、語って語り捨て。

それが正しい姿勢なのではないか。

このことは、伊兵衛もお民も承知している。おちかの考え通りにしなさいと認めてもくれている。

だから、つい先ほどの伊兵衛の言《げん》、

——あんまり楽しそうじゃないねえ。

というからかい顔には、別の理由がある。伊兵衛の口元は笑っていたけれど、こちらはこちらで、おちかには重大な理由だ。おたかとの絆云々《うんぬん》より、もっと重たいかもしれない。

清太郎のことである。

おたかが本復したあと、ほとんど間を置かず、越後屋から、おちかを彼の嫁にという申し出が来た。こっちの方が、鼻緒の商い話がまとまるよりも早かったほどである。

おちかにしても、青天の霹靂《へきれき》ではなかった。おたかを連れ戻すについては、清太郎の力が大きかった。彼がおたかを想い、おちかを頼りにしつつも案じてくれたことを、今も有り難く思っている。その力があったからこそ、おたかとおちかはあの屋敷から戻ることができたのだ。

しかし、それが縁談につながるとなると、話は別だ。

清太郎が嫌いなのではない。ただ、今のおちかは、まだそんな気持ちになれないのだ。〈まだ〉でさえ飾り言葉で、これから先、いつになったらそういう気持ちになれるかどうかもわからない。一生、なれないかもしれない。

この縁組みに大いに乗り気だったのは越後屋の主人夫婦で、だからぱっと噂も立った。一方、おちかの辛《つら》い過去を知っている清太郎は控え目だった。が、彼の好意はおちかにも感じ取れた。それだけに申し訳なくて、言い訳にも窮した。

結局、こういうときには伊兵衛より頼りになるお民が割って入って、おちかにはもうしばらく時が要るのだと話してくれて、この急な縁談は消えたというより、棚置きになった。商いのこともあるし、おちかとて、越後屋の二人といきなり縁切りしようとは思っていない。

——でもねえ。

打ち揃って梅見のお誘いか。

棚置きにしたものは、いつでも取り出せるのである。

久しぶりにおたかとゆっくり語らえることは嬉《うれ》しいけれど、清太郎と顔を合わせるのはどうにも気詰まりだ。それがおちかのため息と、伊兵衛のからかい顔の所以《ゆえん》なのだった。

伊兵衛にしてみれば、髪をおろしたわけでもあるまいし、おちかにも、ひとつぐらいそういう華やいだ悩みがあった方がいいというくらいの存念だろう。お民もきっとそうだ。そういえばおしまでさえ、

「あんまり生真面目に思い詰めないで。こういうことはなるようになりますから」

などと、楽しそうに笑いながら言っていたことがある。

――あたしにも、お早さんがいてくれたらいいのになあ。

おちかにも清太郎にも、

――コラぁ！

と大声を出し、

――おのれらには、まだ早いわ！

叱ってくれたらいいのになあ。

そんなことを考えて一人笑いをしたら、ちょっぴり持ち直したおちかだった。

梅屋敷の散策は、二月の朔日《さくじつ》と決まった。その日が近づくと、お民はおちかに着せる衣装を決めるのに大騒ぎをした。

「亀戸は、北十間川《きたじっけんがわ》を舟で行くんだよ。あんたの顔色と、水の色によく映る色目は何かしら」

梅見に行くのだから梅の柄は野暮《やぼ》だ。するとそこへおしまも口を出し、紅梅柄の小《こ》袖《そで》を着たお嬢さんが梅屋敷にいたら、梅の精が降り立ったように見えて、かえって趣向があるんじゃないですか。それもそうだねえ。でも、梅だけ抜きの総花柄でもいいんじゃないかい。本物の梅と揃うと、百花繚乱《ひゃっかりょうらん》の景色になるよ。この際ですからお嬢さんを三島屋の看板娘として売り込んで、小物も贅沢《ぜいたく》に揃えましょう。おしまったら、そんなことであたしが抜かるとお思いかい云々かんぬん。

話が盛り上がるばかりでまとまらないので、最後はおちかが自分で決めた。

二月の朔日はよく晴れた。

風はまだ冷たく、空の色にも早春らしい硬さがある。薄氷が消えたばかりの水の色合いだ。

おちかは縮緬《ちりめん》地よろけ縞《じま》の小紋に、二筋《ふたすじ》の献上の帯を締めていた。よろけ縞は遠目には無地に見えるほどの細かい柄なので、幅の広い二筋の帯の縞がきりりと映える。

色目は小紋が淡い紅梅の色、帯はさらに淡い紅に、黒い独鈷《とっこ》花皿の刺繍《ししゅう》が浮き立って見える。草履の鼻緒にもこの帯の端切れを使って揃えた。帯紐《おびひも》は黒に近いような濃《こ》紫《むらさき》に抑え、半襟は白梅《しらうめ》の白に、よく見れば梅の刺繍をほどこしてある。着物と帯はお民からの借りものだが、小物はすべて、この日のためにお民が誂《あつら》えてくれた。

さらにもうひとつ、三島屋独自の売りものである肩掛けを添えた。庭や船路はまだ冷えるだろうと、これもお民の発案だ。肩掛けといっても幅が一反《たん》分あり、両端に飾り刺繍がついている。広げて巻けば首から背中の半ばまで覆い、防寒にも埃除《ほこりよ》けにもなる品物である。色はくっきり紅梅の色。最初はあまりに鮮やかで、派手すぎるかと思ったおちかだが、大変な人出の梅屋敷では、これが便利な目印になることが、あとでわかった。

「せいぜい大勢の目に触れるように着回してきておくれよ。季節の境目には重宝なものだから、うんと力を入れて売り出そうと思ってるんだからね」

「まあ、本当に梅の花の精のようですよ、お嬢さん」

「新太、お供をしっかり頼んだよ」

「浮かれて迷子になるんじゃねえぞ、新太」

叔父叔母《おじおば》とおしまと八十助と、かまびすしい見送りを受けて、おちかは出かけた。

新太はおしまが洗い張りをかけた元禄《げんろく》模様のよそいきに、草履は新調だ。鼻緒は梅の枝の色である。小さな風呂敷《ふろしき》包みを背に、初の遠出に顔を赤くしているのが可愛らしい。

越後屋の二人とは、柳橋《やなぎばし》の船宿で落ち合った。乗り合いではなく、越後屋で仕立てた屋形船だ。船頭のほかに、梅屋敷見物に慣れた船宿の案内人が一人ついてくれた。

おちかにとっても初めての物見遊山《ものみゆさん》だが、これが贅沢な仕切りであることはわかる。案内人は物慣れた風情《ふぜい》の銀髪の老人で、名は勝三郎《かつさぶろう》という。梅屋敷を訪ねるのだから、本日はこの皺《しわ》顔ながら、梅勝《ばいかつ》とお呼びくださいと切り出した口上も滑らかだ。軽い昼食をいただきながらの船中で、堀割沿いの風景からずうっと説明してくれた。

正月以来に顔を合わせたおたかは、春を迎えてひと際美しく、艶《つや》やかな頬をしていた。年明けから小唄《こうた》と三味線を習い始めたという。

それを披露してもらおうというので、

「実は三味を用意してござんすよ」

梅勝に言われて、頬を染めて固辞したおたかだけれど、

「それなら、たんと梅の気を浴びた帰りの船路ならよろしゅうございましょう。お約束ですよ」

重ねて請われ、はにかみながらも承知してくれた。

おたかの幸せぶりは、おちかの目に、やっぱり掛け替えもなく嬉しく映った。それ

はそばにいる清太郎も同じだろう。目を細め、優しくおたかとおちかに話しかける彼の様子には、これまでと変わったところは見られない。馴《な》れ馴れしくなく、よそよそしくもない。おたかを姉と、おちかを妹と遇しているとも言える。端からは、確かにそのように見えるかもしれない。まあ、仲のいい姉兄妹《きょうだい》の三人連れだと。

ちょうど船路だ。おちかは、お早さんのことは伏せて、平太について話した。縁あって三島屋で預かった小僧さんが、船頭になるんですよ。これには、越後屋の二人以上に梅勝が興味を抱き、いい合いの手で話を引き出してくれたので、おちかは平太と新太が仲良しだったことも語り、かちんこちんに固まっていた新太を、これまた梅勝が上手にやりとりに引き入れてくれて、座はいっそうほぐれた。

「私《あたし》も船頭あがりでございますからね」

小僧さん、あんたが三島屋さんの大番頭になるころには、平太さんは私みたいになってるかなと、梅勝は一同を笑わせた。

梅の見頃と好天に、梅屋敷はたいそうな賑《にぎ》わいであった。

船中でおちかは、三島屋からの贈り物として、おたかにお揃いの肩掛けを手渡した。大喜びのおたかは、さっそくそれを肩に掛け、二人はなおさら姉妹のようになった。

なにしろ園中四方数十丈の広大な庭である。見所を落とさぬよう、するすると案内してくれる梅勝を先に立て、おちかとおたかを挟んで後ろに清太郎、さらにその脇に新太がついて、人混みのなかを、満開の梅林を仰ぎながらそぞろ歩きを楽しんだ。

あまりの景色に、最初から声を失ったようだった新太は、水戸《みと》光圀《みつくに》公命名とも言われる臥竜梅の前で、とうとう涙ぐんでしまった。

「この世に、こんなきれいなものがあるんですね……」

ほっぺたを濡《ぬ》らしている新太に、おちかは鼻紙を出してやった。梅勝が彼に笑いかける。

「小僧さん、きれいなものは、この世にこそいっぱいあるんですよ。とりわけ、あんたみたいな子供にとってはね」

はいと、新太は素直にうなずいた。

おたかはおちかの手を引いて、ほらあっち、ほらこっちとはしゃいでいる。新太にも、同じ年頃の子供同士のように話しかけて、応じる新太が、

「越後屋のお嬢さん」と呼ぶと、

「まあ、あたしはお嬢さんじゃないのよ。おたかでいいわ。何なら、おたかちゃんでもいいくらいよ」

どぎまぎする新太こそ、梅の花の精のように見えると、おちかは微笑んだ。この春、初めて咲きました。

たまさか、梅勝とおたかと新太が先に行き、おちかと清太郎が二人になった。彼は

涼しい目をしておちかにうなずきかけ、

「あるいは、嫌なことを訊《き》くと思われるかもしれませんが」

あの屋敷の庭も、このように美しかったのでしょうかと言った。

おちかはすぐには答えられなかった。ごまかしたのではなく、本当にすぐには思い浮かばなかったのだ。

美しいことは美しかったけれど、時の停まったあの屋敷の庭には、人の心に響くものがなかった。緑に溢《あふ》れ、花木にはあらゆる花が咲いていた。桜、梅、椿にさざんか、紅白の躑躅《つつじ》。花びらははらはらとこぼれたけれど、おちかの心は動かなかった。

「こんな……生き生きした景色ではありませんでした」

おちかの答えに、清太郎はうなずいた。

「それなら、やっぱり来てよかった」

清太郎の両親は案じていたという。梅満開の庭を歩いたら、あるいはおたかが、ひょっこりと件《くだん》の屋敷を思い出してしまうのではないか、と。

「でも手前は、大丈夫だと思っておりました。姉はもう、あの屋敷とはすっぱりと切れておりますから」

おちかもひとつ、深くうなずいた。

梅林の小道の脇に、梅を背景に客の絵姿を描く似顔絵描きが、朱の唐傘を広げて床《しょう》几《ぎ》を据えている。おたかは新太の手を引いて、今しもそこですまし顔をこしらえている、若い娘客を見物しているところだ。

歩み寄ってゆくと、ちょうどおたかが絵師に声をかけた。

「ねえ、絵描きさん。この肩掛けを娘さんの肩に置いたら、さらにいい色映りになりませんかしら」

無闇に持ちかけたのではなく、どうやら絵師の目線が、ちらちらとおたかの肩掛けに飛んでくることに気づいたらしい。

「そりゃ結構なお申し出でございますが、拝借できますか」

「ええ、喜んで」

おたかは手ずから肩掛けを娘の肩に移すと、神田三島町の袋物屋三島屋謹製の売り出し物でございますよと、よく通る声を出した。まわりの見物人たちも、ほうと言う。

「あたしたち、お茶をいただいて参りますからね。絵が出来上がるまで、しばらくお貸しいたします」

三島屋でございますよ三島屋と、また繰り返す。梅勝と新太もそれに乗って、どうぞご贔屓《ひいき》のほどをと調子よく口上し、笑いをとった。

「姉《ねえ》さん、いつの間にそんな商売上手になったんです?」

清太郎に囃《はや》されて、おたかは上機嫌だ。

「あたしも少しは働かなくっちゃね」

園の主人が茶釜《ちゃがま》で出す渋茶はここの名物である。おたかとおちかはお土産の梅干しを買い込んだ。

「新どん、お団子も美味《おい》しいけど、このあとご馳走《ちそう》をいただきますからね。ほどほどにしておきましょうね」と、おたかが言う。

「ご、ご馳走ですか」

「そうよ。〈大七《だいしち》〉へ行くんです」

名のある料理茶屋である。

「て、手前も？」

「もちろんよ。今日は無礼講ですよ」

茶所《ちゃどころ》で一度、絵描きのもとへ引き返すあいだに二度、行き会った見物客に、おちかは肩掛けを褒められた。おたかに先んじられたところだから、こちらも気張って三島屋の品だと言い広めた。

絵描きはちょうど客の切れ間で、煙管《きせる》で一服つけていた。肩掛けのお礼にお二人を描かせてくださいという。おちかは最初あわてて辞退したのだけれど、おたかが是非にと身を乗り出した。

「いいじゃないの、何よりのお土産になりますよ」

気恥ずかしかったけれど、おちかもすまし顔をしておたかと並んだ。絵描きの筆さばきは鮮やかで、みるみるうちに美人絵が出来上がってゆく。

「お嬢さんがた、今まででいちばんの見物人が集《たか》ってござんした」

梅勝は鼻高々であった。

散策を終え、一同を〈大七〉に送り届けて、梅勝は桟橋で待つという。

「七ッ（午後四時）にお迎えにあがります」

楽しい時は瞬く間に過ぎていた。

「いい具合にお腹が減ったわ」

入れ込みの小あがりで案内を待つ。おたかは疲れたふうもない。新太を相手に、どんなお料理が出てくるだろうねと囁《ささや》き合っている。

そのときおちかは、向かいの腰掛けに、見覚えのある顔を見つけた。

男女と、若い娘の三人連れである。男女はそれぞれ伊兵衛とお民と同じくらいの年配で、娘はおちかより二つ三つ上だろう。

気づいたのはおちかだけではない。先方も「おや」「あら」というように目をしばたたき、急いで何か囁き合うと、年配の婦人がにこやかに声をかけてきた。

「奇遇でございますねえ、三島屋さん」

おちかは先に腰掛けを離れ、先方に近づいて丁寧に挨拶《あいさつ》した。年配の男の方も小腰をかがめた。

「こういうところでばったりお目にかかるのは、乙なものでございますな」

いつもご贔屓にあずかりましてありがとうございます、という。

「こちらこそ、お世話になっております」

おたかと清太郎を振り向いて、おちかは言った。「お隣の住吉屋《すみよしや》さんです」

三島屋の隣家、針問屋住吉屋の夫婦なのである。主人は仙右衛門《せんえもん》、おかみはお路《みち》という。

おちかは夫妻とは面識があり、住吉屋に一人娘がいることも知っていたが、会ったことはなかった。今、お路と並んでいるこの娘がそうだろう。目のあたりが仙右衛門に、細面のところがお路によく似ていた。

「梅《うめ》と申します」と、当の娘が口を開いた。「三島屋さんのおちかさんですね。初めてお目にかかります」

にっこりすると見えなくなってしまうほどの細い目だが、そこに何ともいえない愛《あい》嬌《きょう》があった。

越後屋の二人も座を立って、挨拶が入り乱れる。新太は誰かが頭を下げるたびに一緒にぺこぺこして忙しい。

「この時季にここに寄られるなら、やっぱり梅屋敷のお帰りでしょう。伊兵衛さんとお民さんは？」

「梅見は亀戸の天神様でもう済んだと、今日はわたくしだけ参りました」

お路は清太郎とおちかの縁談の噂を知っているのだろう。事情は察したという表情《かお》になっている。

「それで越後屋さんとご一緒にね」

住吉屋の夫婦は目を細める。

「私どもでは、これが名前のとおり二月《きさらぎ》の生まれでございましてな。毎年、この時季になると梅屋敷詣《もう》でをするのですよ」

仙右衛門にこれと呼ばれたお梅は、まさにその花の精のように、端から端まで紅白の梅の柄に着飾っていた。豪奢《ごうしゃ》な支度だが、嫌みはない。育ちの良さが、梅の香りのようにその身体から漂っている。

――お隣のお嬢さんは、本物の箱入り娘なんだよ。

お民が話していたことがある。

――身弱というわけではないんだけれど、いろいろ事情があるようでね。あまり外に出ないんだよ。

その事情とやらも、いくらか承知しているような口ぶりだった。

「それでも、親子三人水入らずの梅見は、この春でしまいなんでございますよ」

お路が口を添え、お梅はぱっと頬を赤らめて、イヤだわおっかさんと呟《つぶや》いた。おちかもすぐ察した。

「お嬢さんはお嫁入りが決まられたんですね。おめでとうございます」

おめでとうございますと、越後屋の二人も如才なく応じる。お梅はますます紅梅のようになり、袖《そで》をいじってはにかんでいる。

「そのことでは、一度きちんと三島屋さんにご挨拶に伺うつもりでおりました。こんなところで粗忽《そこつ》な口上をする恰好《かっこう》になりまして、あいすみません」

「とんでもものうございます。叔父《おじ》と叔母《おば》に、しっかり申し伝えておきます」

ちょうどそこへ女中と下足番が近づいてきて、住吉屋の案内にかかった。お先に失礼を、それではごめんくださいと言い合って、おちかたちは親子三人を見送った。

「まあ、愛らしいお嬢さんだこと」

おたかは自分のことのように嬉《うれ》しげで晴れやかな笑顔だ。

「さぞきれいな花嫁御寮《ごりょう》になることでしょうねえ」

そのとき、おちかは妙なものを見た。

住吉屋の三人の長腰掛けの端に、こちらに背を向けて座っていた女が、すうっと立って彼らの後についていったのである。

これまで一同が賑《にぎ》やかにやりとりしているうちは、振り返りもしなかった女だ。住吉屋さんにも紹介する気振《けぶり》さえなかったから、てっきりほかの待合い客だとばかり思っていた。なのに今見れば、女は、住吉屋の親子三人から少し遅れながらも、離れぬように従っている。薄紫の着物に銀鼠《ぎんねず》色の帯で、華やかなお梅の影のようだ。

さらに下足番が、廊下を進んでゆく住吉屋の人びとのために、

「白梅の間、四人様ごあんな〜い」

と、奥へ声を張りあげた。ならば、あちらは四人連れで間違いないのだろう。

不可解だった。

おちかが不審を覚えるのは、住吉屋と件《くだん》の女の態度ばかりではない。その女は、着物の色合いをさらに暗くした濃紫色のおこそ頭巾《ずきん》で、すっぽりと頭を覆っているのだ。頭巾の巻きが深いので、顔まで陰になってしまっている。

ほんの刹那《せつな》だが、人ではないようにさえ見えた。ほっそりと背が高く、柳腰の女の後ろ姿にも、影の薄い感じがある。

「あの人、お連れだったんですね」

越後屋の二人と新太を振り返ってみたけれど、三人とも気づかなかったらしく、おちかの言う意味がわからないようだ。

「どなたのこと？」

おたかがぽかんと問い返すので、おちかは笑ってごまかしてしまった。

おちかたちにも案内がかかった。紅梅の間だ。おたかは嬉しそうに新太を急《せ》き立て、臆《おく》する新太を励ましている。

「何を遠慮してるの。こういう機会に、大人らしいふるまいを身につけるようにって、三島屋さんが計らってくださったのよ」

新太はへどもどしていて、磨き込まれた廊下で足を滑らした。

「お、おしまさんからもそう言いつかってきたんですけども」

「だったらいいじゃありませんか」

紅梅の間に落ち着き、これは新太への配慮だろう、大仰な膳《ぜん》ものではなく、目にも楽しい弁当仕立ての料理を前にしてからも、おちかの心にはくすぶるものが残った。

翌日のことである。

朝早くから、新太は昨日の楽しかったこと嬉しかったことを、八十助やおしまに語っている。老練な番頭と女中も楽しげに聞いていたが、

「きちんとお嬢さんのお供をしたんだろうね？」と、釘《くぎ》を刺すことも忘れない。

「あたしらも昔、旦那《だんな》様とおかみさんに料理茶屋へ連れていっていただいたことがあるんだよ」

おしまが言うので、おちかも初めて、叔父叔母には以前からそういう習慣があるこ

とを知った。

「作業場の職人さんたちは、やれ花見だ花火見物だ紅葉狩りだって、折々に集まって宴会なんかができるけど、あたしら奥とお店《たな》の者には、そういう機会がないだろう？　だから旦那様が計らってくださるんだ。他所《よそ》のお店じゃないことだよ。有り難いと思いなさいよ」

よく働けば、またそういう楽しいことがあるよと、おしまは言い含めた。新太はこれ以上ないほど神妙な顔をして、

「はい！　早くお店の役に立てるように、おいら、手習所通いもしっかりいたします」

小さな手を握り合わせてうなずいた。

朝食の場でおちかも、叔父叔母にまず昨日の礼を述べた。伊兵衛とお民は、新太の首尾については安心しているのか、もっぱら越後屋の二人の様子を聞きたがる。

「お二人ともお元気ですよ。それより叔父さん、叔母さん」

隣の住吉屋さんですと、おちかは切り出して、〈大七〉でのことを話した。

「お梅さんがお嫁に行くことは、あたしも知っていますよ」

箱入り娘が、いよいよ箱から出るんだよと、笑いながら言う。

「お路さんとあたしは、作業場の方でちょいちょい油を売り合ってるからね。だいぶ

前から、今度の縁談の話は聞いてました」

お民の言うとおり、叔母とお路は親しい。お隣で、針問屋と袋物仕立ての間柄で、歳も近いときているから、自然と馴染《なじ》んでよく付き合っているのだ。

おちかは三島屋にやって来たとき、その事情が事情だったから、近所への挨拶《あいさつ》回りはしなかった。実際、三島屋に居着くことができるかどうかも定かではなかったからである。

だから住吉屋の夫婦とも、作業場でたまたま顔を合わせて挨拶したことがあるだけだ。昨日のような邂逅《かいこう》がなければ、よそいきの言葉を交わす機会もなかったろう。

「住吉屋さんがお梅さんのお嫁入りの段でわざわざ挨拶に来てくださるというのなら、この際、あらためておまえのお披露目もしようかね」と、伊兵衛が言う。

「後先になって、かえってきまりが悪いですもの、やめてくださいな」

退けておいて、おちかは〈おこそ頭巾の女〉のことを語った。

「叔母さん、心あたりがおありですか。どうしたって、普通のお連れのようには見えなかったの。ずうっと気になってしょうがないんです」

確かに妙だねと、伊兵衛もお民を見やる。

「どうやら察しがつくようだね」

お民は正直者で、白地《あからさま》に「つきます」という顔をしているのだった。

黒目をくるりと上にあげ、なるほどねえなどと、一人で納得してうなずいている。

「外まで連れて出たとなると、念が入《い》ってるわねえ。お路さんも、今度という今度はこの縁談を守りたいと願ってるんだわ」

大変だわねえ、と呟く。

おちかと伊兵衛は顔を見合わせた。

「独り合点は狡《ずる》いよ。私らにも教えてくれないか」

「叔母さん、何かご存じなんですね」

その二人を並べ見て、

「おまえさんもおちかも、よくよくの知りたがりだったんだわね」

と、お民は惚《とぼ》けてみせる。

「だけどこれは、あたしがうかうか口に出していいことじゃないんだよ。ちゃんと理由があるんだから」

そうねえ――と、またひとしきり一人でうなずいて納得する。

「いちばんいいのは、お梅さんが無事に片付いたら、お路さんに黒白の間に来ていただくことだろうね」

おちかはびっくりした。「これは、そういうお話なんですか」

「だいたいは、ねえ」

変わり百物語のひとつになるほどの？

「だって、あんたも不思議がってるじゃないか」

「それはそうですけど……」

「お路さんには、あたしから頼んでみよう。あの人も、あたしにさえすっかり打ち明けたわけじゃないんだろうと思うの。なにしろ、永いこと胸塞《むねふさ》ぎだったんだからね。ここらで肩の荷をおろすのには、おちかが聞き手になるのが、いっそ親切かもしれない」

謎のようなことを言うついでに、あんたも早く嫁ぐ気になるよう急き立ててもらいましょうと、余計なことまで言い足した。

「それなら叔父《おじ》さん、叔母《おば》さん、この際だから、あたしもひとつ申します」

黒白の間の話は、聞いて聞き捨て、語って語り捨てだと、おちかは言った。

「ですから、住吉屋さんがもしも胸塞ぎを晴らしにおいでくださるならば、このおちか、けっしてそのお話を外には漏らしません。お約束いたしますとお伝えください」

きりりと真顔になったおちかに、伊兵衛とお民は笑い崩れた。

「まあ、そんなに力まなくても」

「一本とられたのはわかったよ」

清太郎さんのことは、もう訊《き》かないよと、伊兵衛は言った。

「諦《あきら》めたわけでもないけどね」

そういうのを、諦めが悪いという。

「しかし驚いた。お隣にも不思議話がござったか。灯台もと暗しとは、このことだ」

「世間は狭いんですよ、おまえさん」

口々に言って、三島屋の忙しい一日が始まった。

大事な娘の嫁入り支度で、お隣はさぞあわただしくなることだろうと、何かと耳を澄ますようになってしまったおちかだが、住吉屋の様子にとりたてて変わりはなかった。おしまに訊いても、何も気づかないという。

但し、三島屋に来て永く、おちかより近所に顔の広いおしまは、意外なことを教えてくれた。

「あたしなんか、住吉屋さんの箱入りお雛様《ひなさま》みたいなお嬢さんのお顔を拝んだこともないんですけどね」

お梅さん、おいくつだと思います？

「三十歳ぐらいじゃないかしら」

とんでもないと、おしまは大仰に身体ぜんたいでかぶりを振った。

「二十八か、九になるはずですよ」

おちかより十以上も年上になる。

「まさか！　とてもそんなふうには見えなかったわ」

「浮き世の風にあたってないからですよ。お稽古《けいこ》事にさえ通ってなかったんです。手習いはもちろん、唄《うた》も踊りもお花も、みんな師匠をおうちに呼んでたんですから」

極端な箱入りである。禁足みたいだ。

「とっても可愛らしくて、気だてのよさそうなお嬢さんだったから」

悪い虫封じかしらと、おちかは言った。

おしまは声をひそめる。「封じるのが間に合わなくて、いっぺん、虫に喰《く》われちゃったんじゃないかって、近所じゃずうっと噂してたんです。だから押し込めで」

近くで咳払《せきばら》いの声がした。二人でぱっと振り返れば、八十助だ。

「おしまさんもそういう物言いをすると、意地悪なご近所雀そのものだね」

おしまはぺろりと舌を出し、首をすくめて逃げ出すついでに、うちの番頭さんは地獄み〜と、鼻唄で歌う。おちかは笑ってしまった。

後になって、お梅に済まなく思った。手放しで幸せそうな笑顔が少し羨《うらや》ましくて、意地悪になっていたのはあたしの方かもしれない。

三月の十日になって、〈大七〉での言葉のとおり、住吉屋夫婦が三島屋へ挨拶に訪れた。伊兵衛とお民が出迎え、おちかも女中から主人の姪《めい》に直ってその場に座した。

堅苦しい席ではなく、話はいたって気さくに進んだ。仙右衛門とお路に何かと褒めあげられ、おちかはいささか面《おも》はゆかった。

「うちのお梅も、おちかさんみたいな花の盛りに嫁がせたかったんですけれど」

三十路《みそじ》に届くような大年増《どしま》になって、ようやく良縁に有り付きましたと、お路はお民に微笑みかけた。お民も、心得顔で微笑みとうなずきを返す。

「そういう次第なので、大げさな支度は控えることになりました。嫁ぎ先での内祝言《うちしゅうげん》でございます」

華やかな花嫁行列はない、ということだ。

「それでもお梅を送り出す際には、少しばかり騒がしいことになりましょう」

「騒がしいどころか、嬉《うれ》しいことですよ。わたしどもも、お梅さんをお見送りしてよろしゅうございますか」

お民の問いに、住吉屋夫婦は目を合わせて喜色を浮かべた。

「そうしてやっていただけますか」

「お梅も喜ぶと思います」

花嫁のお梅は、十五日の明け五ッ（午前八時）に駕籠《かご》に乗り込み、住吉屋を発《た》つという。

「勝手口から出ますので……」

お路は少し声をひそめ、ここでまた、お民の心得顔を恃《たの》むような目をした。

お民は期待を裏切らない。「住吉屋さんのしきたりなんでございますよね」と、すんなり受け入れる。

おちかは内心の驚きを隠すために、つと目を伏せた。夜逃げではあるまいに、花嫁御寮が家の裏口から出立するというのは、年若いおちかにとっても奇妙な話に聞こえる。

いったい、住吉屋ほどの身代《しんだい》の商家で、一人娘の婚礼に花嫁行列がないことがまず異例だ。お梅が歳がいっているからというのも、こじつけがましい。それもこれも、お民がいくらか知り置いていて、〈うかうか口に出していいことじゃない〉という事情のせいとしか思われない。

——何があるのかしら？

またぞろ意地悪な目引き袖《そで》引きになってはいけないと思いつつ、興味がわいてきた。

「荷送りは前日でございますね」

「はい。十四日の、これも明け五ツからいたします」

「ではそれまでに、三島屋から、ささやかではございますが、お祝いの品をお届けいたしましょう」

胸の前でぽんと両手を合わせると、お民は脇の伊兵衛を仰いだ。

「おまえさん、住吉屋さんからこの吉事のお話を伺ってから、わたしはこっそり支度にかかっていたんですよ」

「だろうと思った」

伊兵衛も笑い、住吉屋の夫妻に言った。

「こういうことには、お民は抜かりがございませんのでね。お嬢さんのお祝いにふさわしいものを調えてあると思います」

喜びを通り越して、お路はにわかに涙ぐんだようになった。

「ありがとうございます。ねえ、本当にお民さんにはよくしていただいて」

そして、思わずだろう、こう漏らした。

「今度ばかりは、その支度が無駄にならずに済みそうで、わたしもどんなに嬉しいか」

住吉屋仙右衛門が少したじろいだ。伊兵衛とおちかは、揃って何も聞こえなかったようなふりをする。

二人のおかみは手を取り合わんばかりの様子である。

「それでねえ、お民さん。実は、もうひとつお願いがあるんです」

「何かしら」

「花嫁が駕籠に乗り込むときに、お民さんに〈水浴びせ〉をお頼みしたいんですよ。

あなたは男の子を二人あげておられますからね。お梅もあやかれますように」

お民はふたつ返事で請け負った。「承知しました。お任せくださいまし」

それからも細かいことをあれこれ打ち合わせて、仙右衛門とお路は引き揚げる。

夫妻を戸口まで送ったおちかは、そこでもう一度驚くことになった。

「おちかさん」

去ったばかりのお路が足を止め、何か思い決めたみたいにくるりと踵《きびす》を返すと、おちかのそばに引き返してきたのだ。そして素早く囁《ささや》きかけた。

「あなたが聞き手になっておられるという変わり百物語の趣向――」

お民さんから伺いました。

「お梅が嫁ぎましたら、わたしも加えていただきます。今日は種々《くさぐさ》、お若いおちかさんには妙に思える事柄があったでしょうけれども、どうかそれまでは内々に、呑《の》み込んでいてくださいまし」

おちかは柔らかく口を結ぶと、お路の目を見た。住吉屋のおかみの瞳《ひとみ》はまた潤みかけている。

「かしこまりました」

一礼して、おちかは答えた。安堵《あんど》したようにうなずいて、お路は、ひと足先をゆく夫を追いかけて、角を曲がって消えた。

それからというもの、三島屋も何となく華やぎ、浮き立った気分に包まれた。お民のうきうきした気持ちが、お店《たな》ぜんたいに行き渡ったからである。おちかも、お梅の荷送りまでに届ける祝いの品を揃えるのを手伝うため、いつもより頻繁にお店と作業場のあいだを行き来した。

荷送りというのは、花嫁が持参する家具や道具や着物の数々を、先に婚家に届けておくことである。昔は嫁入りと同日に行ったそうだが、それでは煩雑になるからだろう、今ではもっぱら前日に済ませてしまう。ただ、荷送りの行列は行きと帰りで違う道を通るとか、けっして後戻りはしないとか、昔と変わらぬ決まりもある。

婚礼の次第というものは、武家の有職故実《ゆうそくこじつ》を負《にな》った小笠原《おがさわら》流が主流で、それが民間にも浸透して今日の形になっているという。そのあいだに簡略化されたところもあるし、付け加えられたこともあると、お民が教えてくれた。

「〈丸千《まるせん》〉にいたころも、お嫁入りを見たことはあったろう？」

川崎宿《かわさきじゅく》の、おちかの実家《さと》である。

「ありますよ。宿場の内の婚礼もあったし、問屋場から人や馬を駆り出すような、大がかりな花嫁行列を見たこともあります」

〈丸千〉は旧《ふる》い旅籠《はたご》なので、そういう花嫁一行の休憩処として使われたこともある。

「じゃあ、水浴びせも知ってるね」

これは、出立する嫁に水をかけるという風習である。

「話には聞いていますけど、うちの実家の方ではやってませんでした」

「お婿さんを石でぶったり、花嫁の輿《こし》に石をぶつけたりするのは？」

それは見たことも聞いたこともない。

「そんなこともするんですか？」

「土地によってはあるんですよ。江戸市中だけでも、いろいろさ。まるでお盆みたいに、お嫁さんを出したあとで送り火を焚《た》くところもあるよ」

それぞれに謂《い》われのある輿入れの習俗だけれど、今ではお上《かみ》に禁じられているのだと、お民は言う。

「だから、実家の方では廃れてたのかしら」

「だろうね。水浴びせも、本当はいけないんだけど、まあ、屋敷の内でそっとやるからには、いきなりお役人様が飛んでくるなんてことはないだろう」

禁じられたのは、つい行き過ぎたり、野蛮になるからだそうである。

「石で打つなんていうのはその最たるものだね。お祝い事は、他人様《ひとさま》の悋気《りんき》を呼ぶものでもあるんだよ。宴会に招かれなかった人たちが、こういうしきたりにまぎれて騒ぎを起こすことだってあるし」

「叔母《おば》さん、詳しいですね」

「これも商いの内だもの」

花嫁に水を浴びせるのは、女が月の障りの折、家族とは別火《べっか》(別の火種を使うこと)にすることから、月の障りを〈火〉に見立て、それを〈水〉で止めることによって子宝を願うのである。

「ああ、だから、お梅さんにも男の子が生まれますようにって、叔母さんが頼まれたのね」

「うちのみたいに、出来のいい男の子がね」

お民は鼻を高くした。そしてそのまま、ちょっと固まった。

「そういえば、いっとき、富次郎を住吉屋さんの婿にっていうお話があったんだ」

また急に思い出したものである。

「すっかり忘れてた」と、本人も照れている。「すぐ立ち消えになっちまった話だったからね」

ここにも理由《わけ》がありそうである。

「住吉屋のおかみさん、黒白の間に来てくださるそうです」

お路の囁きについて話すと、お民は喜んだ。「ああいう忙しい人は、話の通りが早くて助かるよ」

「ですから、今はあたし、叔母さんにもいろいろ聞かないことにしておきます」

「あんたもわかりが早くていい」

お梅の荷送りは、粛々と行われた。春の天気は変わりやすいが、幸いにも好天が続き、翌十五日もうららかな日和に恵まれた。伊兵衛とお民、おちかは刻限より早めに住吉屋へと赴いた。

花嫁を乗せる駕籠《かご》は、既に住吉屋の裏庭に着いていた。裏木戸を通ることができないから、驚いたことに生け垣の一部を除いてある。生け垣だからまだ易いが、板塀だったら壊さねばならぬところだ。こんなにまでして勝手口から出ることにこだわるのは、よほどのしきたりである。

これもまた黒白の間までの我慢で、おちかは強いて問いかけなかった。この駕籠に、お紋付袴《もんつきはかま》姿の男たちは、嫁ぎ先からお梅を受け取りに来た者だろう。梅の両親はついて行くことができない。お梅に従って婚家へ入るらしい女中が一人、住吉屋の屋号の入った小さな行李《こうり》を負って、駕籠のそばに控えている。

あらためて住吉屋にお祝いを述べ、しばらく待つうちに、家の内から花嫁が現れた。仲人《なこうど》の婦人に手を引かれ、しずしずと歩んでくる。

美しい。息を呑んだおちかだが、

――あら。

おかしい、と思った。

綿帽子で顔が見えないが、あれがお梅だろうか。梅屋敷で見かけたときよりも、よほど背が高く見える。白無垢《しろむく》姿だから、感じが違うのか。

お民が進み出て、たおやかな仕草で手桶《ておけ》の水を柄杓《ひしゃく》に汲み、白無垢の肩先に近づける。形ばかりだから、ざぶりと直《じか》にかけるのではない。柄杓にもう片方の手を添えて、そこから指先で撥《は》ねかけるようにした。白無垢に水滴がきらきら光る。

おちかとお民の背丈は同じくらい。梅屋敷で見かけたお梅は、おちかよりやや小柄だった。それなのに今のお民は、ちょっと背伸びするようにして、花嫁の肩先へと柄杓を持ち上げている。

やはり、この花嫁はお梅より背が高い。

それに、このほっそりとした柳腰。お梅も華奢《きゃしゃ》な人だったけれど、それとは違う。

おちかは思い出した。〈大七〉の待合いで、住吉屋の親子三人の後を、影のようにひっそりとついていった女。あの女の体つきと、この花嫁はよく似ていないか。

おちかはじっと叔母を見つめた。間近にいて、お民は気づかないのだろうか。

と、お民が綿帽子のなかを覗《のぞ》き込むようにして、微笑みながら花嫁に何か声をかけた。綿帽子がお民の方を向いて、軽くうなずきを返す。

途端に、お民の表情が止まった。笑みが笑みのまま固まって張りついてしまった。

すかさずというふうに仲人の婦人が寄ってきて、花嫁の手を取り駕籠へと導く。鮮やかな紺色の半纏《はんてん》に紅白の襷《たすき》をかけた駕籠かきが、駕籠の前後に恭しく膝《ひざ》をついて待ちかまえている。

お民が柄杓を返して退いた。勝手口を出たところに並んでいる住吉屋仙右衛門とお路が、腰を折って深々とお民に頭を下げた。

そしておちかは、もっとびっくりするものを見た。

勝手口の内側に、両親の背中に隠れるようにして、お梅が佇《たたず》んでいるのだ。もちろん花嫁衣装ではない。付き添いの女中と見紛《みまご》うような地味な身なりだ。

おちかは目を丸くした。その強い目線に気づいたのか、お梅がこちらを見た。一瞬、目と目が合って、お梅はさっと奥へ引っ込んだ。仙右衛門とお路が面《おもて》を上げ、お梅の立っていた場所を隠してしまった。

駕籠には花嫁が乗り込むところだ。膝を折り、両袖《そで》を手でたくし上げている。仲人の婦人が白無垢の裾《すそ》を持つ。

撥ね上げてある駕籠の垂れに触って、綿帽子が少しだけまくれ上がった。花嫁の横顔が見えた。

お梅ではない。別人だ。

しかし、それだけなら、もうおちかは驚かなかったろう。腰が抜けそうになるほどの驚きは、別にあった。

花嫁は化粧をしていなかった。白粉《おしろい》も紅もない。

その素顔は、見事なあばた面だった。

あまりのことに、おちかは突っ立ったまま、ただまばたきばかりしていた。

駕籠が出て行く。木遣《きや》り歌もない、静かな出立だ。見ようによっては葬儀にさえ似ている。送る人びと、行列に加わる人びとの笑顔も、こうなるとどこかしら、わざとらしく感じられる。

お民につんつんと袖を引かれるまで、おちかは呆然《ぼうぜん》としていた。

「さ、おいとましますよ」

今日は叔母ばかりでなく、叔父《おじ》もまた万事心得ておりますという顔つきだ。おちかは逆らわず、とってつけたように住吉屋の夫婦にお祝いを述べると、ほとんど逃げるように歩き出した。

去り際、また勝手口の陰からお梅が覗いていることに気づいた。両手を合わせて口元にあて、何だかこちらを拝んでいるような恰好《かっこう》だった。

木戸から裏通りへ出ると、

「どうしたの、そんな開けっぴろげに驚いて」と、ようやくお民が口を開いた。

「あばた面を見るのは初めてかい？」

おちかは口を半開きにしたまんま、何度もかぶりを振った。

あばたは疱瘡《ほうそう》の痕《あと》である。江戸でも、おちかの生まれ育った川崎宿でも、いやこの国中で、けっして珍しいものではない。疱瘡は、流行病《はやりやまい》のなかではもっとも怖《おそ》ろしく、人を選ばぬ病である。

「これは江戸だけのやり方かしら。花嫁の輿入《こしい》れの際に、魔を祓《はら》うためにね、あばたのある女《ひと》についていってもらうんだよ」

伊兵衛もうんうんとうなずいている。

「だ、だけど叔母さん」おちかは思わずつっかえた。「あの女は花嫁さんに成り代わってたじゃありませんか」

しかもあの女《ひと》は、

「あたしが〈大七〉で見かけた人です」

この世の者ではないように音もなく、お梅の影のように忍びやかだった女だ。おこそ頭巾《ずきん》は、あばた面を隠すためだったのだろう。

「だからさ、それが」と、お民はぐっと声を低めた。「住吉屋さんだけのやり方なんだよ。そこに事情があるんだ」

おかみのお路が、永いこと胸塞《むねふさ》ぎだったという事情だ。いずれ黒白の間に来て語ろうという事情である。

三島屋に帰ると、伊兵衛はやれやれと声をあげて息をついた。

「おしま、おちかに水をやっておくれ」

何だか葬式に出たようだったねえと、おちかの心を代弁してくれた。

それでもどうやら、住吉屋の一人娘お梅の嫁入りは、無事に済んだようなのだった。

詮索《せんさく》は無用だ、お路さんがおまえを訪ねてくるまで、おとなしくお待ちよ。お民に諭されて、その後のおちかは、強いて心に蓋《ふた》をして、あれこれ考えるのをよしにした。我慢のしどころというのは、こういうときのための言葉だろう。

おちか自身は、十八になろうという今までのところ、疱瘡からは免れている。疱瘡にかかるのは、多くは幼い子供たちだけれど、大人になればもう大丈夫ということはない。だからこの先も油断はできない。実家の旅籠《はたご》〈丸千〉では、出入りの酒屋の嫁が、二人目の赤子をお腹に宿しているとき疱瘡にかかり、母子ともに命をとられてしまったという、悲しい景色を目にしたこともある。

疱瘡は残酷な病だ。まず死病であり、とりわけ子供はこれで命を落とすことがもっとも多い。さらに命は助かっても、失明したり、ひどいあばたを残すことがあるのが、ほかの流行病と大きく異なる。だから人びとがこれを恐れることは甚だしい。

おちかの育った川崎宿は、江戸に近い宿場町ということもあり、多くの人びとが出入りして様々な知識をもたらしてくれるので、疱瘡が流行病であるということはよく知られていた。

しかし、知ったところで防ぐ術《すべ》はない。せいぜい、どこかで疱瘡が出たという話を聞いたら、しばらくそこから遠ざかるというくらいしか手がないのだ。

一方で、疱瘡は〈疱瘡神〉が引き起こす災厄であるという信仰も根強い。人びとは疱瘡を免れるために疱瘡神を祀《まつ》って拝み、疱瘡にかかってしまった場合には、少しでも軽く済むように、また拝む。それはおちかの生まれ育った土地でも、この江戸市中でも変わりはない。

そういえばおちかを江戸に寄越すとき、両親はいろいろと案じてくれたけれど、そのなかにも疱瘡のことがあった。

——三島屋さんの近くの疱瘡神様を祀った神社を教えてもらって、できるだけ早くお参りに行くんだよ。

——せっかく今まで免れてきたんだ。これからも無事で済むように、私らもよくよく拝んでいるからね。おまえも信心を怠ってはいけないよ。

あのころのおちかは、己の身がどうなろうとかまわなかったし、死病で命を落とすならいっそ幸いだぐらいの荒《すさ》んだ気持ちでいたから、右から左に聞き流していたような気がする。今となっては親の心子知らずで、申し訳ない。

親が子供の疱瘡を恐れるのは当たり前だが、その子が女の子の場合は、また格別になる。何度も言うように、あばたという痕が残るからである。

俗に、女の子の美醜は疱瘡を済ませてみるまでは決めかねる、という。どんな器量よしも、あばたで台無しにされてしまうことがあるからだ。

〈疱神《いもがみ》に 惚《ほ》れられ娘 値《ね》が下がり〉

そんな川柳《せんりゅう》まであるほどだ。あばたの多い商家の娘が、法外な持参金を付けてもらってやっと嫁ぐ、という話もある。良縁に恵まれた娘が、婚礼の直前に疱瘡にかかって破談になるという例もある。

——あの女《ひと》は。

お梅に成り代わっていたあばたの花嫁は、どういう素性の者なのだろう。魔を祓うという役割も、おちかには酷《むご》く思えた。

恥じらうように慎《つつ》ましく咲く梅の花のあとには、天下に咲き誇る桜が続く。その桜が刹那《せつな》の我が世の春を謳歌《おうか》したあとには、市中を洗いあげるような新緑の波が押し寄せる。

季節がそのころになって、ようやく、住吉屋のお路が三島屋を訪れた。隣家のおかみとしてではなく、お民と〈油を売りっこする〉ためでもなく、黒白の間の客としての来訪である。

お民は、いつもと変わったふうもなく、明るい顔でお路を迎えた。

「黒白の間には、あたしは一緒にいられないんだけれども、よろしいかしら」

別段、厳しい決め事があるわけではなし、おちかとしては、もともと親しい間柄のお民とお路なら、並んで向かいに座ってくれたってよかった。だがお路は、ちょっと空《くう》に目を凝らして考えてから、

「ええ、今日はわたし一人でお話ししましょう。お民さんの前じゃ、やっぱり恥ずかしいですからね」

「それならお邪魔はいたしますまいよ。退散、退散」

お民は快く笑って引き下がった。間もなくおしまが茶菓を運んできて、しずしずと礼をして去った。

春過ぎて、表は初夏の陽気である。単衣《ひとえ》にはまだ早いものの、日向《ひなた》ではどうかすると汗ばむほどの強い陽射しだ。黒白の間も、風通しがいいように、庭に面した障子を広く開け放ってあった。

三島屋の庭は、伊兵衛の好みで野趣が強い。だから昨秋、どこからか曼珠沙華《まんじゅしゃげ》がうっかり紛れ込んできて咲いても、おかしく見えなかった。そのおかげで変わり百物語は始まったのである。

今は躑躅《つつじ》の全盛だ。白い躑躅と紅《あか》い躑躅が、ひと株ずつ並んで咲いている。

「あの躑躅」と、お路がそれに目を留めて指さした。「わたしどもの庭にも、同じ一

対の山躑躅があるんですよ。地主さんのお好みでね、紅白で験もいいし、下手に植え替えたりせずに、ずっと咲かせてやってくださいよと言われました」

住吉屋も三島屋と同じく、貸家なのだという。並んだこのふたつの家は、造作も広さも庭の眺めも、ほとんど同じだそうだ。

「ここに住み始めたのはわたしどもの方が三年早くて、十五年を数えます。三島屋さんの前は、こちらは紙問屋さんでした」

その紙問屋が別に家作を持って立ち退いたところに、三島屋が入ったのである。

「そういえば、歳もわたしの方が、お民さんより三つ上なんだったわ」

普段は忘れているけれどと、お路は少し照れたように口元に指をあてた。

「お互いさま、火事にも遭わず大きな災難もなし、仲良く暖簾《のれん》を並べて商いを続けてこられて、幸せでございました。本当にありがとう存じました」

嚙《か》みしめるようにしみじみと呟《つぶや》く。その表情と口調に一抹の寂しさが混じっているのを、おちかは感じ取った。それに、今の言い様では、暇乞《いとまご》いでもしているかのようである。

「はい、これからもお隣同士、どうぞよろしくお願い申し上げます」

おちかが手を揃えて頭を下げると、案の定、お路はこう続けた。

「それがね、おちかさん。住吉屋は早晩お店《たな》をたたむんですの。わたしども、本家に帰ることになりましたので」

やはり、さっきのは本当に別れの挨拶《あいさつ》だったのだ。

「叔母《おば》はそのことを……」

「まだお話ししてないんです。わたしも切なくて」

お路は、ようやく庭先からおちかの顔へと目を移した。

「これには、いろいろと込み入った経緯《ゆくたて》がございましてね。それも、通りいっぺんにお話ししたぐらいでは、作り話だと思われてしまうような」

だからなかなか、言えませなんだ。

「これまで、お民さんにはずいぶんとわたしの愚痴を聞いてもらってきましたが、あれも、この経緯のなかではほんの一端でございましてね」

ちょっと苦笑いして、お路は丸髷《まるまげ》の鬢《びん》のあたりを指で押さえた。

「つまり、お梅の縁談がまとまったかと思えば潰《つぶ》れ、まとまったかと思えば潰れるを繰り返して、本人もわたしどもも、胸が潰れるような思いをしてきたということでございますけれど……おちかさんも、それはお察しでしょうね？」

お路の髪に白髪が目立つことに、おちかは気づいた。明るい座敷で相対し、間近に見ているからだろうか。いやいやそれなら、お梅の嫁入り前に挨拶に来たときだってそうだった。

短いあいだに、お路は老けたのか。

「先日来のお話で、少しだけ」

「お民さんからお聞きではありませんか」

「叔母は、住吉屋さんが黒白の間においでになるまでは、自分からは何も言わないと申しておりました」

お路の目が嬉《うれ》しそうに細くなった。

「お民さんらしいわ。耳には樋《とい》が、口には錠前がある方ですからねえ」

〈耳に樋〉は、余計なことは聞き流すという意味だろうし、〈口に錠前〉は、もちろん口が固いという意味だろう。

お路は湯飲みを手に取ると、胸の前に捧《ささ》げ持《も》ったまま、小首をかしげた。

「そういうお民さんだからこそ」

と、湯飲みに向かって言う。

「わたしも、深い根っこのところから打ち明けるのが憚《はばか》られたのかもしれません。信じてもらえなかったら悲しいし、信じてもらえても、それでお民さんに忌まれたら、もっと悲しいですからねえ」

そういう心模様は、おちかにもわかる。

「不思議な話を心に抱え持つ人なら、みんな同じ悩みを持つのではないでしょうか。

わたくしはそう思います」

お路は目を上げると、「まあ」と小声で言って、微笑んだ。

「百物語の聞き手のあなたがそうおっしゃるなら、そうなんでしょう。人が気に病むことは、所詮《しょせん》、似たり寄ったりなんでしょうからねえ」

肩の力を抜いたようである。

「今度こそお梅が縁づいて落ち着いたなら、これまでの出来事の一切合切は、主人とわたしの胸ひとつに収めようと思っておりました。でも、それだと何だか喉《のど》が詰まるようでもございましてね。いっぺんぐらいは吐き出したい。だけど滅多《めった》な相手、滅多なところでは吐き出せません。するとお民さんが」

「うちの主人が粋狂でやっておりますから、いつでもどうぞと勧めてくれたんです。──百物語で語ればいいでしょう。

聞き手が姪御《めいご》さんだということには、最初は面食らいましたけれど」

おちかは小さく恐縮した。

「でも、それがいいんでしょうね。仙右衛門も申しておりました。山姥《やまんば》のような婆様《ばば》や抹香臭い坊主が相手より、よほど語り甲斐《がい》がある、何なら私が行こうなどと」

お路の笑みが明るさを増した。おちかも笑みを返して、軽く一礼した。

「ありがとうございます。この黒白の間でのお話は、語って語り捨て、聞いて聞き捨てが決まりでございます」

お路はうなずき、ひとつ息を整える。

「はじめから申し上げますと、ずいぶんと遡《さかのぼ》ります。三十一年前、わたしが本家の次男坊の仙右衛門に嫁いだところからでございますから」

針問屋住吉屋の本家は、本町《ほんちょう》二丁目にある。江戸市中でもっとも賑《にぎ》やかで、もっとも多くの、そして多種類の問屋が軒を連ねる町筋だ。住吉屋は大店でこそないが、そのなかでも古株に数え上げられる方だ。仙右衛門の父親が四代目で、兄の多右衛門《たえもん》が五代目になる。

「仙右衛門とは年子の二人兄弟でして、仲良く丈夫に育ち上がりました」

兄弟は前後して嫁をとった。お路の兄嫁は、お累《るい》という。嫁同士も一歳違いで、やはり気が合い、反りが合った。

「てんでに所帯を持った長男と次男がひとつ屋根の下で暮らすなんて、珍しいことですけれどね。それくらい仲睦《むつ》まじかったんですよ。賑やかでいいってくらいで」

兄弟の父親、住吉屋の四代目主人が病みついており、商いからは手を引いていたこともあって、多右衛門と仙右衛門は助け合い知恵を寄せ合って商いに励んだ。お累とお路も気を揃えて奥を仕切り、舅姑《きゅうこ》にも二人でよく仕えた。住吉屋はこのまま、兄弟主人が舵《かじ》取るお店で栄えていくように、誰もが思った。

ところが――

「嫁いで二年で、兄夫婦がようやく子宝を授かったんでございますが」

月満ちて生まれてきたのは双子だった。

「瓜《うり》二つの、可愛い女の子の双子だったんですよ」

お路の目元が、ちょっと翳《かげ》った。

「おちかさんはご存じかしら。昔から、商人には双子を嫌う向きがございますの」

商家に限らない。武家でもそうだ。話だけなら、おちかはけっこう知っている。これも旅籠《はたご》の客たちからの耳学問である。

「存じています。だからどうのということは、身近ではございませんでしたが」

そっくりの双子は〈家を分かつ〉〈身代《しんだい》を割る〉といって忌む。〈畜生腹〉などという、とても嫌な言い方をすることもある。犬や猫は一度に多くの仔《こ》を産むからだ。

「子供が多いのは幸せなことなのに、なぜ双子に限って悪く言われるのか、不思議に思います」と、おちかは言った。「〈身代を割る〉のではなしに、〈身代がそっくり倍になる〉と考えれば、おめでたいことでしょうに」

お路は笑った。「そうですよねえ。ものは言い様、考え様です。ただ、本当に難しいことがあったのかもしれませんね」

「難しいこと、ですか」

「ええ。ひとつでも歳が違えば、兄弟姉妹で上下ができます。お金にしろ家作にしろ、身代を譲るときにも、それが目安になりますでしょう? でも、双子だと上下がつけられませんもの」

家のなかが揉《も》める原因《もと》になりやすい、ということか。

「ですから、犬や猫みたいだなんていう悪口は、後付《あとづけ》ですよ。だって、犬や猫は双子どころじゃありませんでしょう」

つるつるとしゃべりながらも、お路の目は暗い。

「本家の姑《しゅうとめ》は、そんなに気難しい人ではなかったんですが、信心深くてねえ。いえ、信心じゃないわね、迷信ですよ」

お累が産んだ初孫の双子を大いに嫌い、恐れた。それまでは気に入っていたらしいお累のことも、

「牛馬のようだと、途端に遠ざけるようになりました。根っからの町育ちで、牛や馬がどんなお産をするかなんて、見たことも聞いたこともないくせにねえ。牛や馬は、めったに双子を産まないんですよ」

そういうお路の方は、よく知っている。

「わたしは農家の生まれなんです。本家の遠縁にあたる家で、手前味噌《てまえみそ》のようですが大地主でしたから、お嬢様育ちでございますよ。でも、鄙《ひな》のお嬢様ですからね。土臭

いことも、たくさん知っています」

　このてきぱきとした人が若い嫁だったころ、今のような口ぶり手振りと表情で、迷信に目を塞《ふさ》がれた姑に直談判《じかだんぱん》している様を、おちかには易々《やすやす》と思い描くことができた。

――お義母《かあ》さん、そのおっしゃりようは、義姉《ねえ》さんにあんまりです。お義母さんのお言葉は、理屈にも合いません。牛や馬だって、そんなに双子を産みません。お義母さんはご存じないでしょう。

「それでもねえ、理《り》が通らないところが信心、じゃなくて迷信で」

　住吉屋は、双子をめぐって、思いがけぬ暗雲に包まれることになった。

「義父《ちち》は既に亡くなっておりましたので、義母《はは》を諫《いさ》める人がおりません。叱ってくれる人もおりません。義母は言いたい放題で、義姉《あね》のことも双子のことも、もう顔を見るのも嫌らしいの一点張りでした」

　怒って悩んで、多右衛門と仙右衛門は鳩首《きゅうしゅ》した。

「それで、仙右衛門とわたしが双子の一人をもらい子にして、分家を立てることを決めたんです。それで何とかお義母さんに勘弁してもらおうと」

　昔からこういうときは、どちらか一人を里子に出すとか、いっぺん他所《よそ》に預けて、あらためてもらい子にするなどの算段があるのだ。迷信には迷信なりの救済策があるとでも言おうか。住吉屋の場合は、仲のいい兄弟の夫婦同士だから、

「他所へやってしまうより、ずっといいでしょう。わたしたちにも異存はありませんでした。分家のことだって、いずれは考えなくてはならなかったでしょうから」

こうして、お花とお梅と名付けられた双子の女の子は、別々に育てられることになったのだった。

「ただ、そのころは、分家といっても形ばかりですよ。本家の近所に貸家を借りて、仙右衛門とわたしと、お梅の三人で移り住みました。仙右衛門は毎日お店《たな》に通い、お累さんはお花を抱いて、お梅に乳をやりに通ってくるんです」

お累とお花は、陽のあるうちは、ほとんど貸家の方で一緒に過ごしていた。

「なにしろ、義母は双子を産んだお累さんのことも嫌うようになっていましたからね。本心では追い出したかったんですから、義姉は本家にいると、針の筵《むしろ》でしたでしょう。逃げるようにうちに来て、夕暮れになって本家に戻るときには振り返り振り返り、涙ぐんでいました」

その状態は、一年後、お累が長男の小一郎《こいちろう》を産むまで続いたのだそうだ。

「跡取りの男の子の顔を見て、やっと義母も気が和《やわ》らいだんでしょう。気抜けもしたのか、小一郎がはいはいするようになる前に、ぽっくり逝《い》ってしまいました」

但し、その臨終の折に、念を押すことは忘れなかった。

——わたしが死んだからって、お梅を本家に呼び入れたりしたら、承知しないよ。

双子のことを許したわけじゃないんだ。わたしの目はごまかせないよ。

「情の強《こわ》い人でした」と、お路は嘆息した。

「今思いますとね、あれは迷信のせいばかりじゃなかったんじゃないかしら。やっぱり姑というものはね、何かかんか、嫁が憎いんですよ」

遠い眼差《まなざ》しになっている。まだ経験のないおちかは、みんながみんなそうではないでしょうがと言いかけて、やめた。

「義姉は今でも折々に、臨終のときの義母の顔を夢に見るそうです。こう、白目を剝《む》きましてね。双子を許したわけじゃないよって、凄《すご》むんだそうです」

──わたしの目はごまかせないよ。

「義兄《あに》も仙右衛門も、自分たちの母親のことでございますからね。呆《あき》れもし、あらためて腹も立てたでしょうが、死んでしまえばみんな仏様です。哀れを覚えるところもあったでしょうよ」

しんみりしたかと思えば、お路はすぐ、きりりと目元をきつく戻した。

「でもねえ、すっかり仏様になってくださればいいけれど、なりきらなかったら、生きてるときよりかえって厄介でしょう」

姑のおかしな念が残って、お花とお梅に障ってはいけない。とりわけ、お累はそれを恐れた。

「わたしも不安でした。あの婆さんならやりかねないと思いましたし」

手加減のない言い方だが、切実である。おちかもうなずいた。

「お察しいたします」

覚えず、大真面目な合いの手になった。

「主人たちにもよくよく掛け合いまして、今度こそ本当に分家して、住吉屋を二つにすることを決めました。お得意先にもきちんと挨拶《あいさつ》しましてね、少しばかり持っていた地所も分けましたし、もちろん金子《きんす》も分けました。何から何まで、すっかりきれいに二つに分けたんです」

お梅は、正式に仙右衛門とお路の娘になった。この夫婦にはその後も子供がなかったので、結局、お梅は分家の一人娘となったのである。

「神田《かんだ》に移って参りましたのも、そのころでした。鎌倉町《かまくらちょう》の家でした」

分家は本家に劣らず繁盛した。仙右衛門は商いに長《た》けていた。

「鎌倉町の家は古家で、手狭にもなりましたのでね、こちらに移ってきたのが十五年前ということなんでございます」

ひと息いれるお路のために、おちかは茶を入れ替えた。

お路は楽しそうにおちかの手つきを眺めながら、

「さっきお嬢さん、おっしゃいましたわね」

双子は身代《しんだい》を割るのではなく、身代を倍にするのだと考えればいい、と。

「まあ話のわかるお人だと思いました」

「ありがとうございます」

「わたしどもの考えも、同じことだったんですよ。長男と次男だから、本家と分家という呼び方にはなるけれど、二つに割ったら、どっちも気張って大きなお店にしよう、身上を築こうって。それならお店は倍になる。倍にしてみせれば、亡くなった義母の怒りも静まるだろう」

普通は、血を分けた間柄であっても、こと身代が絡むと、そんなふうには考えられないものだから、揉めるのだ。住吉屋多右衛門と仙右衛門の兄弟とそれぞれの嫁は、気が合い仲が良くて、互いに互いを思いやることができたから、幸せだった。

「お花とお梅についても、できるだけ同じように育てようと思いました。どっちに上下ができてもいけない。お花にしてやれることはお梅にもしてやろう。お花が持っているものはお梅にも持たせよう」

二人の娘には、父母が二人ずついるようなものだった。

「またこの二人も仲良しで、外見が鏡に映したようにそっくりなだけじゃなくて、気だてもそっくりだったんです」

同じものを欲しがり、同じものを嫌う。同じことを習いたがり、同じことを怠ける。

二人が物心ついて、ちょっと悪戯《いたずら》っ気を出すようになり、

「十歳のころでしたか、手習所の帰りに、こっそり入れ替わったんです。そうして、お梅が本家に、お花がうちに、澄まして帰ってきたんですが」

夕餉《ゆうげ》どき、本人たちが舌を出して白状するまで、どっちの家でも誰も見抜けなかった。

「このときは、いつも優しい義姉が色をなして怒りました。わたしも腰を抜かしそうになりましたよ。だって」

入れ替わったとはいえ、お梅がいっとき、本家に入ったのだ。

「お累さんは、もしもお梅に何か起こったなら、気づかなかった自分のせいだって、真っ青になりました。それで、入れ替わりを言い出したのがお花だというんで、けんけん叱りつけましてね」

双子は互いをかばい合い、抱き合って泣いて謝った。

「あの娘《こ》たちは、もちろん、義母の今際《いまわ》の際《きわ》の言葉など存じません。二人の耳に入れていいことじゃございませんからね。わたしども、固く伏せて参りました。それでも、義姉の本気が伝わったんでしょう」

――ごめんなさい、おっかさん、おばさん。もうけっしていたしません。

――約束します。ごめんなさい。

健気《けなげ》で愛らしくも可哀相な景色だ。話で聞いているだけでも、胸が痛くなる。語るお路も目が潤みかけていた。

「わたしども、四人で指切りげんまんをいたしました」

〈指切りげんまん、嘘ついたら、針せんぼん、呑《の》～ます〉

お累とお路とお花とお梅。

「二度とそういう悪戯はしない。お花は分家に来てもいいけれど、お梅は本家には足を踏み入れない。固く約束したんです」

それでも、その後しばらくのあいだ、お累とお路は、お梅の身に変事が起こるのではないかと、生きた心地がしなかった。ふとした折に、姑《しゅうとめ》の白目を剝いた顔と、苦しい息の下から吐き出された言葉が蘇《よみがえ》ってくるのである。

――双子のことを許したわけじゃないんだ。わたしの目はごまかせないよ。

「幸い、このときは何事もありませんでした」

双子の姉妹はすくすくと育った。伸びやかに美しく、さらに仲睦《むつ》まじく。

本家と分家。鏡に映したような娘たちが育つ、二つの家。

「何から何までそっくり同じ。繁盛ぶりも、幸せぶりも」

言って、お路は小さく笑った。

「ただ、本家には小一郎がおりますでしょう。お花の弟です。お梅にはおりません。

ですから、これも釣り合いをとるために、うちでも男の子をもらい子しようかって、何度か本気で考えたものなんです」

しかし、これは果たせなかった。

「難しすぎるんですよ。だって、小一郎によく似た子供でなくっちゃ意味がありませんからね」

おちかは驚いた。「あ、そこまで徹底なさろうと？」

「そうでないとねぇ」お路は口の片端をひん曲げる。「お店《たな》が倍になることになりませんでしょう。似てない男の子を入れたら、かえって釣り合いが崩れますし」

すべてを等しくして、お店を倍にする。それが双子のため、お梅を守るためになる。

こうなると、亡くなった姑の言葉は、ほとんど呪いである。

語りが始まって以来、お路は多右衛門と仙右衛門の母親のことを、〈姑〉〈義母《はは》〉と呼ぶばかりで、名を呼ばない。それで話が滞るわけではないし、嫁の立場では〈姑〉と呼ぶ方が話しやすいのだろうと思っていたのだけれど――

違うのだ。口にしたくないのだ。姑の名は、住吉屋を呪縛《じゅばく》している名前なのである。

湯飲みを手元に置いて、お路は顔を上げた。「そんなことまで気を兼ねて、いろいろ按配《あんばい》しておりましたのにね」

皮肉なことが起こりましたと、ため息と一緒に吐き出した。

「ちょうど、わたしどもがこちらに家移りして、ようよう落ち着いたころでした。十五年前の夏、梅雨が明けてほどなくで」

お花とお梅は十四歳であった。

「親の欲目ではございますが、子供の可愛らしさが、見惚《みと》れるほどの娘の美しさに変わり始めた年頃でございますのに」

突然、お花が死んだ。

「病でございました」

両肩をすぼめ、お路は無念そうに眉《まゆ》をひそめる。

「具合が悪くなったかと思ったら、ほんの五日ばかりで逝《い》ってしまったんです」

とっさに、おちかは口に出した。「疱瘡《ほうそう》でございますか」

口走ったのは、あのあばた面の花嫁のことがあったからだ。何となく、あれが関連しているように思えたのである。

お路もそれは察しているのだろう。おちかの目を受け止めると、そのままゆっくりかぶりを振った。

「お花もお梅も、疱瘡には揃って五つのときにかかったのですけどね。運良く、たいそう軽く済んだのです。麻疹《はしか》のときもそうでした。一緒にかかって、一緒に治るんですよ」

「それでは――」

「夏風邪でした」

ただの夏風邪で、お花は急死したのだ。

「お累さんが言うには、おや咳《せき》をしているなあと思ったら高い熱を出して、あれよあれよという間に重篤になりましたそうで」

俗に〈夏風邪は莫迦《ばか》がひく〉という。それほど珍しく、めったにないからだ。そのかわり、稀《まれ》にかかると重くなる。

「悲しいも何も、呆気《あっけ》にとられるばかりでございました」

語るお路の瞳《ひとみ》が、心なしか色が薄くなっている。当時の虚《うつ》ろな思いが、そこに表れていた。

おちかとしては、問わずにおれない。

「でも、お梅さんは」

お路は大きくうなずいて応じる。

「幸い、ぴんぴんしておりました」

麻疹も疱瘡も二人一緒だったのに、この夏風邪はお花一人を襲ったわけである。

とはいえお梅も、お花を葬った後は危うかった。終日泣き暮らし、食事もせず、痩《や》せ衰え弱り果ててしまったから。

「わたしも一緒になって泣きました。お累さんも、このうえお梅まで失っては生きていかれない、どうか元気を出しておくれと」

二人の母に抱かれ、かき口説《くど》かれて、

「ようよう、お梅も立ち直ったんでございました」

しかし、お路とお累は気を抜けなかった。これまでは何でも同じ、何でも等しいお花とお梅だったのである。その片割れが呆気なく散ってしまった以上、残ったお梅の方も——と思った。

「ただ時期がずれているだけなのかもしれませんでしょう」

お累とお路は、お梅から目を離さずに厳しく見張り、その一方で思いつく限りの神仏詣《もう》でをしたし、拝み屋や巫女《みこ》の類《たぐい》でも、評判を聞けば飛んでいった。金に糸目はつけず、どんな苦労も厭《いと》わなかった。

「身代《しんだい》を傾けたっていい。わたしらの手でお梅を守り通すんだって、義姉《あね》とわたしは誓い合ったんでございますの」

美しくも有り難い母の愛である。

が、しかし。

「こんなことを申し上げるのも何ですが、それはちょっと……筋が違うように思えるのですが」と、おちかは訊《き》いた。

「その場合、今度はいったい何からお梅さんを守るんでございましょうね?」

住吉屋の人びとは、お店を倍にすることで、姑の怒りから、二人の娘を守ろうとしてきた。〈倍〉にこだわるからこそ、二人に同じものを与え、同じ身の上になるように努力してきたのだ。すべてを等しく、と。

だが、人の力では、寿命ばかりはどうすることもできない。お花が死んだからといって、必ずお梅も後を追うとは限らない。麻疹や疱瘡に一緒にかかったのは、二人が仲良しで、共にいることが多かったから、たまたまそうなっただけであろう。お花を殺した夏風邪からお梅が逃れたのも、たまたまであろう。

そう、たまたまということが、世の中にはあるのだから。

それを忘れて、お花に起こったことは必ずお梅にも起こると、しゃにむに恐れるのは本末転倒であろう。〈倍〉と〈同じ〉にこだわるあまりに振り回されて、何が目的なのかを見失っているのだ。

お路はふき出した。

「ええ、あなたのおっしゃるとおりなんですよ」

今ではわかります、と続ける。

「ホントにわたしたち、いつの間にかおかしな方向へ迷い込んでおりました」

お路とお累ばかりではなかった。多右衛門も仙右衛門も同様で、だからそのころの

住吉屋の本家と分家は、お梅をしっかり囲い込んで、戦に備える砦《とりで》さながらに身構えていたのだが、

――みんな、おかしいよ。

言い出したのは、ほかでもない、お花の弟の小一郎であった。当時十三歳である。

――お花ねえちゃんが死んだからって、何でお梅ねえちゃんも死ぬもんか。おっかさんたち、言ってることもやってることもおかしいじゃないか。

幼いながらも総領息子である。ひと声で、踏み迷う大人たちを正気に戻した。

「わたしどもも、それで目が覚めました」

何をやたらに恐れているのか。自分たちは何をしているのか。

怖いのは姑《しゅうとめ》のあの怒りと呪いであって、お花が亡い今となっては、呪いはむしろ薄れるのではあるまいか。

「義母が許さぬと憎んでいた双子は一人欠けて、残ったのはお梅ばかりでございます。こうなれば本家も分家もない。跡取りの小一郎と同じく、お梅も大切な住吉屋の娘なんでございますよ」

夭折《ようせつ》したお花の分まで、お梅を幸せにしてやろう。そう考えるのが筋ではないか。

「一度に改心いたしましてね。こうなったら、いっそ住吉屋を元通りひとつにしようかという話にもなりました」

そうなればお梅は、実の両親とも、育ての親である叔父叔母《おじおば》とも、共に暮らすことができる。弟の小一郎とも、もう離れている必要はないのだ。

「本家と分家をひとつにまとめてこそ、ホラご覧くださいまし、身代が倍になりましたと、義母《はは》にも胸を張って言ってやることができますしね」

そのこだわりはとれないわけである。

この話は、お梅と弟の小一郎が共に強く望んだこともあり、翌年の夏、お花の喪が明けたところで本決まりとなった。

「本家では、これからは六人家族になるんだから家の建て増しをしよう、ついでに旧《ふる》くなった建具も換えて、見違えるようにしようと」

お路はふと、遠くにある明るいものを眺めるような目つきになった。

「あれは楽しゅうございました。家の普請直しなど初めてでございますから、大工や建具屋と相談するというだけでも、珍しいやら晴れがましいやら」

お累とお路は、あれやこれやと夢をふくらませすぎて、主人たちに叱られた。

「普請道楽は道楽の極みというくらいで、金をかけようと思えばきりがありません。おまえたち、その金がどこから出ると思っておいでだね、と」

言いつつも、多右衛門と仙右衛門も嬉《うれ》しそうだったという。

「今思えば、わたしどもみんな、そうやって楽しい方に目を向けて、気持ちをまぎらわそうとしていたんでございます」

多右衛門とお累の心中には、溶けぬ葛藤《かっとう》があったのである。お花を失った痛手は深い。しかし、だからこそお梅と一緒に暮らせるようになった。一人の娘を失って、一人の娘を取り戻した。もう失ったお花を嘆いてばかりはいたくない。が、お梅を得た喜びに浸れば、途端にお花が哀れになる。

「これは本人のお梅も同じでございますよ。むしろ、あの娘《こ》がいちばん難しい心持ちだったかもしれません」

当時、こっそりお路に漏らしたことがあるという。

——自分で望んだことだけれど、あんまり幸せで、お花ちゃんに済まないような気もするの。

「わたしはわたしで、お梅のためにはこれでよかったと思う半面、少しばかり嫉妬《やきもち》もございました」

ああ、やっぱり実の親の方がいいのかと思うのである。お梅の幸福に輝く笑顔に、ふとお路の心は痛んだのである。

「実の親と一緒に暮らせるとなると、こんなに手放しで喜ぶんだねえ。今までわたしも、真実お腹を痛めた子供を育てるように育ててきたつもりなんだけど、やっぱり足らなかったかねえって。思わず仙右衛門に愚痴をこぼして、また叱られたりもいたしました」

——つまらんことを口に出すな。お梅はわたしらのことも実の親と同じに思っているからこそ、これからも一緒に暮らしたいと望んでいるんじゃないか。

「あんまり説教がましいもんで、わたしもカッとなりましてね。言い返しましたの」と、お路は続けた。「今は引き比べなくたって、一緒に暮らすようになったら、嫌でも引き比べるようになりますよ。ああわたしらは実の親じゃないんだって、毎日毎日身に堪《こた》えて感じるようになるんですよって」

言い出したら止まらなくて、

「みんなで暮らそうなんて、いい考えじゃない。わたしらには辛《つら》いだけだ、あなただっておわかりでしょうに」

ぶちまけてしまったのだった。

仙右衛門は顔を白くして、黙ってしまった。以来、このことでは夫婦は口をきかなかった。しかし表向きは平穏のまま、本家の建て増しの話は着々と進み、資材も建具も揃い、紅葉の色づくころになって、いよいよ普請が始まったのだが——

「ですからね」

明るかったお路の声と表情が、にわかに日陰に入ったようになった。

「あんなことが起こったとき、わたし、とっさに思ったんですよ。これは主人の差し金じゃないのかしら。うちの人も、本心では本家に戻るのが嫌になってきて、でも、今さらそんなこと、言い出せたもんじゃありませんからね、こんな回りくどい手を使っているんじゃないかしらって」

おちかは、ゆっくりと問いかけた。

「あんなこととは？」

今度は日陰から日向《ひなた》を見るように、お路は眩《まぶ》しげな半眼になった。

「お花が帰ってきたんです」

最初のうちは、住吉屋の人びとは気づかなかった。気づいたのは、本家に出入りしていた大工や建具屋の職人たちである。

「だからこそわたしも、主人があの人たちに因果を含めて、作り話をさせているんだろうと思ったんですよ」

職人たちは、折々、住吉屋のなかで〈お嬢さん〉に遭遇していたのである。つまり、家の内で若い娘を見かけて、あれはこの家のお嬢さんだろうと思った。だから丁重に挨拶《あいさつ》もすれば、気も遣っていた。

「本家の方じゃ、お花が亡くなっていることなんか、わざわざ言いやしませんからね。職人たちだって、仏壇を見て、ああ新しい位牌《いはい》があるなあと思ったって、それだけのことでしょう。ついさっき庭先で、おはようございますって声をかけた娘がその仏様だなんて、思うはずございませんからね」

だからすぐにはわからなかった。普請が進んでゆくうちに、何かの拍子で職人たちの口から〈お嬢さん〉のことが話題になり、それを聞いた住吉屋の側で、

「何だかおかしい、あの人たちが言う〈お嬢さん〉って誰のことだって、初めて騒ぎになったんです」

おちかは小さくうなずいてから、穏やかに割り込んだ。「もしかしたら、職人さんたちが見かけたのはお梅さんなのではありませんか？　お花さんが亡くなってからは、お梅さんも本家に出入りなさっていたのでしょうから」

お路はしゃんと背中を伸ばし、顎《あご》の先で線を引くように、ぐいとかぶりを振った。

「いいえ、お梅じゃございません」

お梅のはずがないんですと、お路は拳《こぶし》を握ってさらにかぶりを振った。

「まず申し上げますけれど、お花が死んだ後も、お梅は本家に、出入りしていなかったんですの。わたしがさせませんでした。お累さんも、本音ではすぐにもお梅を引き取りたかったんでしょうけれど、自分からは言い出しませんでした」

ひとつには仙右衛門とお路への気兼ねがあったのだろうし、

「何より、義母の念が怖かったからです」

許したわけじゃないという、死に際の恨み言である。

「だからこそ、一度は二つに割った住吉屋を、ひとつにまとめる甲斐《かい》もあったんですよ。それならば、お梅一人が本家に戻ることにはなりません。身上が倍の新しい本家をつくって、そこにわたしどもみんなで暮らすんだという形ならば、義母の遺言に背くことにはなりませんからね」

ややこしいが、筋としてはそうなるか。難儀なことだ。

「それに、娘の姿が違いますの」

お路の目の色が変わってきた。いきんで、肩に力が入っている。

「着物が違いますの。それを聞いて、わたしどももあっと思ったくらいですから」

職人たちが見かける住吉屋の〈お嬢さん〉は、朝顔の柄の浴衣《ゆかた》に水色のくくり帯を締めていた。朝、午《ひる》、晩、庭で見かけても座敷で会っても廊下ですれ違っても、いつもその出《い》で立ちだという。

「庭の紅葉が紅《あか》くなっているんですよ。季節外れもいいところでしょう」

朝顔柄は、お花が特に好んだ浴衣であった。死出の旅路にも、

「亡くなったのが夏でございましたからね。新しく朝顔柄の浴衣を仕立てて、着せてやったんです」

水色のくくり帯と一緒に。

「職人たちも、おかしいとは思ったそうなんです。だけど、まさか一足飛びに幽霊だ

とは……思いませんわよねえ」

お嬢さんがいつも浴衣を着ているのは、病人だからだろうと、彼らは思っていた。それに、この〈お嬢さん〉は何《なん》にもしゃべらない。あっしらが挨拶してもお返事さえなさらない。ふっと現れてこっちを見ていたかと思うと、またふっといなくなる。よっぽどはにかみやなのか、あるいは、いくらか気の病なのかもしれない。そういうふうにも思ったから、

「なおさら、本家の人たちには言われなかったんです。こちら様には、ちょいと様子の変わったお嬢さんがおられますねなんて、それは言い出しにくかったでしょう」

いったん話が届くと、多右衛門とお累は驚愕《きょうがく》した。無論、分家の方でも大騒ぎになったが、

「さっきも申しましたけれど、わたしには格別の存念がございましたから、一途《いちず》に、お花があの世から舞い戻ってきたとは思いませんでした」

かわりに、お路は夫を問い詰めた。あなた、お梅が怖がって本家に戻りたくないと言い出すように、おかしな企《たくら》みをしてるんじゃありませんか。

「主人は怒りました。とんでもない邪推だと、大変な剣幕でしたわ。でもわたしは退《ひ》きませんでした。きっと仙右衛門の仕業だと思い込んでいたんです」

いいえ、そう思いたかったのかもしれないと、言葉を嚙《か》みしめるようにして、お路

は言い直した。

「なにしろお梅は泣いております。お花ちゃんが帰ってきた、お花ちゃんの魂が本家に戻ってきた。懐かしくて泣いているのか、怖がって泣いているのか、本人にもわからないような泣き方でした。可哀相だし不安だし、わたしもよくよく取り乱していたんでしょうね」

しかしほどなく、住吉屋に現れる浴衣姿の娘は間違いなくお花であり、ただの見間違いや、誰かの画策などではないということがはっきりした。

「お花が、分家《うち》にもやって参りましたの」

まずは女中が見かけた。季節外れの浴衣姿の若い娘が、裏木戸のそばに佇《たたず》んでいた。水色のくくり帯が、葉の枯れ落ちた植え込みの向こうにくっきりと見えた。

「本家の騒動は、うちでも隠しようがございません。女中も存じておりました。ひと目で誰だかわかったそうで」

女中は洗い物の途中だったが、息せき切って裸足《はだし》で家のなかに飛び込むと、

――本家のお嬢さんです！

あそこに、あそこにと、泡を吹きながら後ろ手に指さして、

――真っ白い顔をして、ぽっかり目を開いて立っておられました！

恐怖のあまり卒倒してしまった。

「わたしは裏木戸へ飛んで参りました」

今も走っているかのように、お路は呼気を荒くしている。

「誰もおりませんでした。わたしは庭先をぐるぐるうろうろ探し回って、駆けつけてきた店の者たちも一緒になって、お花の名前を呼びながら、それこそ縁の下まで覗《のぞ》いてみたんです」

すると今度は、家のなかできゃっと叫び声がした。お梅の声だった。

「そのときは仙右衛門もわたしのそばにいたんでございますが、主人の顔から血の気が引く音が聞こえるようでございました」

夫婦は先を争い、つんのめるようにしてお梅の座敷へ駆けつけた。お梅は、絎台《くけだい》を出して縫い物をしているところだったが、半ば腰を抜かしたようになって、縫いさしの着物の上に倒れかかっていた。

「おっかさん、今そこに」

お花ちゃんがいたんですと、お梅も指さしてみせた。手が震えて止まらない。

「そこの障子の陰から、ひょっこり顔を覗かせたんです。確かにお花ちゃんでした。あたしとそっくりの顔だもの、見間違いようがありませんって」

——それにあの、朝顔の浴衣！

驚きと恐怖に、お梅は泣くことさえできず、ただただあえぐばかりだったという。

「抱き起こしたときのお梅の手の冷たさといったら、あの娘《こ》まで死人《しびと》になってしまったみたいでした」

語りながら、お路は身震いした。両肘《りょうひじ》を掌《てのひら》で包むようにして、身をすくめる。

おちかは宥《なだ》めるように静かに尋ねた。「そのとき、お花さんはただ顔を見せただけだったのでしょうか。何か言ったり、何かなすったりはしなかった？」

そのときはねと、お路はうなずく。

「でも、以来ひんぴんと現れるようになりましてね。だんだんと、しゃべったり、わたしらの目の前で動き回ったりするようになって参りました。生きていたころと同じようにね、笑ったりもするんですの。ですけども――」

お路は膝《ひざ》をずらすと、おちかの方に身を寄せた。

「いったい、そこにいるのが生身の人か、それとも幽霊なのか、どうして見分けがつけられると思います？」

おちかは、己のこれまでの体験を振り返ってみた。

「見た目には変わりませんのよ」と、お路は続ける。「在りし日の姿のままなんです」

おちかが、越後屋のおたかの一件に絡んで出会った幽霊たちもそうだった。こちらが、その人びとが既に死んでいることを知っているから、これは幽霊だとわかる。だが、もしも知らなかったなら？

おちかの出会った心優しい幽霊たちや、懐かしく悲しい幽霊たちは、生きている人と見分けがつかなかったかもしれない。

「お花さんも、浴衣さえ着ていなかったなら、見分けがつけられそうにないほど生き生きとして見えたのでしょうか」

「それは、ね。ええ、そうなんですよ」

ちょっとぎくしゃくと、お路は含みのあるうなずき方をした。

「だから、職人たちが気づかなかったのは、無理もないんです。あの衆は、わたしどもとは違って、いつもちらりと見かけただけでしたしね」

でも、よく見ればわかります。

そして、お路は急におちかに顔を近づけた。いっぱいに目を見開いている。

「ずっと、こうしているんですもの」

まばたきをしないんですよ。

「最初に女中が、本家のお嬢さんがぽっかり目を開いていたと叫んだのも、それなんです。件《くだん》のお花のいちばんおかしなところを、正しく見てとっていたんですわ」

幽霊はまばたきをしない？　そんなことはなかろうと、おちかは内心訝《いぶか》った。その、お花の幽霊に限っての話じゃないのか。

「それに、声もちょっと小さいんです。遠いと申しますかね」

笑い声も遠かったと、お路は言う。

「まばたきしないまんま、笑うんですよ。けらけらって」

「楽しそうに笑うんですか」

「はい。生きていたころと同じようにね」

それが何より怖《おそ》ろしかった――と、お路は両腕で身体を抱くようにした。

「言うことも邪気がありませんでね。本当に生きていたころのまんま、ちょっと遊びに来ましたっていうふうで。叔母《おば》さんおはようとか、今日はいいお天気ねとか」

「本家の方ではいかがだったんでしょう」

「あちらでも、義兄《あに》と義姉《あね》の前に、ぽかりと姿を見せるようになりましてね。笑ったりしゃべったりしていたそうです」

両目を開けっ放しにしたままで。

「あのころ、お花もお梅もお琴を習っておりましてね。同じ師匠《せんせい》についておりました。お稽古《けいこ》のある日に、本家でお琴の置いてあるそばに現れまして」

――おっかさん、今日はお稽古があるから、その前にお浚《さら》いしておかなくっちゃ。

「そう言ったかと思ったら、ふっと消えて、あわてたお累さんがうちへ遣いを寄越したんですが」

それより早く、お花は分家のお梅の面前に現れていた。

「一緒にお浚いしようって、お梅を誘うんですよ。お梅は真っ青になって逃げ出しましたわ」

お花の幽霊が出没するようになって以来、お梅は夜もろくろく眠れず、どんどん衰弱していった。

「仲良しだった双子の片割れが、あの世から帰ってきたんです。ただそれだけなら、たとえ幽霊だって、ちっとは嬉《うれ》しいものかもしれません。懐かしいものかもしれません。まばたきしないことにだって、そのうち慣れたかもしれませんよ。でも、お花とお梅の場合は事情が事情です」

おちかにも、それは充分に察しがついた。

——あんまり幸せで、お花ちゃんに済まないような気もするの。

お花が死んだことで、残ったお梅はすべてを得た。二組の両親の愛情、住吉屋の富。お梅と共に暮らすことを望んでくれた、可愛らしい弟の小一郎までも。

「お梅は後ろめたかったんです」

この世にある幸せの取り分を、お花の分まで取ってしまった。二人で分け合うはずだったものを、独り占めにしてしまった。

「まして今般、お梅はとうとう本家の両親のもとへ帰ろうとしていたところでございますよ」

お花ちゃんは、きっとあたしを恨んでる。恨みがあるから、あの世へ行かれずに戻ってきたんだ。お梅は、闇雲にそう思い詰めてしまったのである。

「でも」と、おちかは首をかしげた。「当のお花さん──の幽霊は、まるで邪気がないんでございましたよね？」

恨み言のひとつも言うわけではない。生きていたときそのままに、楽しげに本家で暮らし、分家に遊びに来ているだけだ。

「そうなんです。ですから、可愛らしいやら、要領を得ないやらでね」

お路は太い息を吐き出した。

「それでね、わたくし」と、軽く胸を叩《たた》くと、「度胸を決めましたの。こうなってはもう、真っ直ぐ本人に訊《き》いてみるほかに手はない」

幽霊に問い質《ただ》すわけだ。なぜ迷い出てきたのか、と。

「筋目としては、本来、お花の親がやるべきことなんでございましょうけどね。多右衛門さんもお累さんも何かというとお花が哀れだってめそめそするばっかりで、てんで頼りになりませんでしたから、その役を買って出ましたの。もう、あなた任せでは意地が焼けるばかりでございましたから」

おちかは驚かなかった。まわりの人びとの意気地のないのに業《ごう》を煮やして、えいっとばかりに腹を決めたというのは、いかにもこの語り手らしい気がした。

「それで、いかがでございましたか」

おちかが大真面目に先を促すと、お路は軽く顎《あご》を引き、微笑した。

「おちかさんも動じないお人ですわねえ」

わたしはそういう人、好きですよ。

「お民さんとよく似てるわ」

「かもしれません」と、おちかも微笑した。

お路がお花と向き合った――いわば対決したその日、市中には雪が降っていた。

「二月の末の雪でした。牡丹《ぼたん》雪とはよく言ったもので、真っ白な牡丹の花びらのような雪が、ひらひら降りしきっていたんです」

雪見障子越しにそれを眺めていたお路は、初めて気がついた。

「お花の身体が、半分ほど透けてるんです。あの娘《こ》の身体の向こうに、雪が降っているのが見えるんですの」

途端に、涙が溢《あふ》れそうになった。

「ああ、この娘はやっぱりこの世のものではないんだと、今さらのように胸が詰まりました」

お花の幽霊が着た切り雀で、この寒さでも浴衣《ゆかた》一枚なのも哀れであった。

今日はあなたに大事なお話があるんだから、ふいっといなくなったりしないでくださいよと、お路は切り出した。

「いつものように、お梅のところに遊びに来た気分らしいお花は、にこにこしておりましたわ」

あいかわらず、目は開けっ放しであった。

――ねえ、叔母さん。

愛らしい笑顔のまま、まばたきしない目を宙に浮かせて、お花の幽霊は呟《つぶや》いた。

――お庭に出て、お梅ちゃんと一緒に雪兎をこしらえたいわ。

たくさん積もっているもの、という。

――お汁粉が食べたいな。叔母さんのお汁粉は美味《おい》しいから、大好き。

「あの娘たちが小さいころ、寒い日にはよくお汁粉を作ったんですの」

――叔母さん、あの赤い綿入れはどこかしら。お梅ちゃんとお揃いの。

お路が凍ったように座り込んでいる前で、お花は次から次へとそのような言葉を繰り出し、楽しげに言い募るのだった。

「わたしはずうっと聞いておりました。お花は脈絡のないことをしゃべり散らしておりました。それに耳を傾けているうちに、はっとしました」

これまでは、お花が現れたとなるとみんな狼狽《うろた》え騒いでしまって、彼女の言葉をすべて聞き取らなかった。彼女の仕草を、しっかり見つめてもみなかった。

だから気づかなかったのだ。

「これはお花の幽霊なんぞではない。わたしにはわかりました」

幽霊というほど、実《じつ》のあるものではないのだ、と。

「実のあるもの？」

こと幽霊を指して、およそ似合わぬ言い回しである。

「ですから、ねえ」

自分でもしっくりこないのか、お路も焦《じ》れたようになる。言葉にならないものを何とか示そうというように、忙しく手振りをしてみせる。

「幽霊はつまり人の魂でしょう。魂だからこそ愛惜や怨念《おんねん》を抱くわけです。生きている人と同じように感情を持っていて、それに従って動くわけでございましょ？」

おちかの知っている限りでは、そうだ。

「はい、そう思います」うなずいて、急いで続けた。「ついでながら申し上げますが、わたくしが知っている幽霊——亡者の類《たぐい》は、怖ろしい怨念を抱いているものであっても、人らしく見えました。つまり、ちゃんとまばたきをしておりました」

座ったまま、お路はぴょんと跳ねんばかりにして膝《ひざ》を打った。「そう！」

そうなんですよと勢いづく。

「ですから、わたしどもは間違えていたんです。まばたきしないから幽霊だなんて、とんだ考え違いでございました」

姿形は人にそっくりだけれど、まばたきしないものは、ほかにある。

「何だと思います？」

おちかはすぐ答えを見つけた。こっちも、ぱっと目の前が晴れたようだった。

「人形でございますね！」

「はい、はい、はい！」お路は手を打った。「ええ、そうなんです。人形なんですよ。わたしの目の前に座っているお花の幽霊もどきは、わたしどもが覚えているお花の思い出を集めてこしらえられた、継《つ》ぎ接《は》ぎの人形だったんでございます！」

だから言うことに邪気がなかった。まとまりもなかった。意図も感じられなかった。切れ切れの言葉や、ちょっとした仕草。それを集めただけだったから。

「で、ですけれど」

さすがのおちかも困惑した。幽霊みたいだが幽霊ではなく、実のない人形だと？

「そんなもの、誰がどうやってこしらえられましょう？」

お路の顔から、汐《しお》が引くように喜色が失《う》せた。目が鋭く、口元の線がきつくなった。

「この世の者にはできませんわね」

雪見障子の座敷でお花と向き合い、これは人形だ、中身がうろの木偶《でく》に過ぎぬと、お路が気づいたそのときである。

お花の姿形が歪《ゆが》んだ。半ば透けていた身体が、輪郭から崩れ始めた。

「水面《みなも》が揺れると、そこに映った人影も歪んで消えてしまうでしょう？　あれとそっくりでございました」

驚き呆《あき》れて声もなく、ただ口を開けて見守るお路の前で、お花はすっかり消え失せた。そしてどこからか聞こえてきた。

「ええ、まるでわたしの耳の底に、直《じか》に響いてきたようでした」

亡き姑《しゅうとめ》の、今際《いまわ》の際のあの苦しい声が。

――お梅を本家に入れようとしたね。

わたしは許さないと言ったのに。

――おまえたち、約束を違《たが》えようとしたね。わたしの目はごまかせないよ。

姑の言葉を諳《そら》んじてみせるお路の声の残響が消えるまで、おちかは身動きすらできなかった。

黒白の間に、冷え冷えとした気が漂う。

「亡くなったお姑様《かあさま》が……その念が、お花さんの人形の操り手だった？」

ぐいと下顎を引き、奥歯を嚙《か》むようにして、お路はうなずいた。

「そうして、わたしどもを悩ませていたんでございます」

住吉屋の人びとの心のなかにあったお花の思い出を寄せ集めて、お花に似た幻をつくりあげていたのだ。

「あのお花は、最初はちらちらとしか現れずに、わたしどもが職人たちから話を聞いて、それはお花の幽霊だ！　と騒ぎ始めてからは、ずっと頻繁に出てきて、話もするようになりました。それも、あれが思い出でできた幻だったからなんですわ」

お花のことを思い出す人の数が増え、その念が強まるほどに、幻も、より、もっともらしくなっていったというのだ。

「なんて執念深いんでしょう。なんて意地悪なやり方なんでしょう」

思い出し笑いというのがあるが、今のお路は思い出し怒りをしている。

「悔しいけれど、悪賢いやり方でもございますわ。だってそうでしょう？　仮に義母《はは》の幽霊がわたしどもの前に現れて、おまえたちが約束を違えたから祟《たた》ってやると言ったなら、どうかしら」

住吉屋の人びとは恐れるだろう。ああ業が深いと驚き、嘆くだろう。

「でも、悲しみはいたしませんわ。哀れみもいたしません。お累さんとわたしは、恐れることさえないかもしれません。ただ腹が立つだけですわよ。このクソ婆《ばばあ》め、まだねちねちとそんなことを言うかって」

怒りの勢いで、口も悪くなっている。

「それでも、お花が相手では勝手が違います。ええ、わたしたちみんな、お花には弱い。お花の姿をしたものが現れたからこそ、わたしども、悲しいやら苦しいやら後ろめたいやらで、悩まなくていいことまで悩んでしまったんです」

　確かにそうだろう。おちかも同感だ。

　いったいに、この住吉屋の二組の夫婦とお梅は、深く互いを想い合い、結束が強いあまりに、どうかすると思い込みに走り、勝手にあわてしまうきらいがある。お花が急逝した折、次はお梅の番かと、とりのぼせてしまったのがいい例だ。

「それにしても、お姑様《かあさま》の死霊も、ずいぶんと手の込んだことをなさいましたね」

　茶化《ちゃか》すつもりは毛頭ないが、思わず呟いてしまったおちかである。言ってしまってから、これはいけない、気を悪くされるかしらと思ったが、

「暇なんですよ」と、お路は吐き捨てた。「死霊は、ほかにやることがありませんからね。わたしどもを苛《いじ》めるためだけに、いくらでも力を使うことができましょう」

　あまりにも真剣な口調なので、おちかには返す言葉がなかった。

「ところで、そこで小一郎が面白いことを申しましたの」

　今度もまた、住吉屋の内でいちばん冷静だったのは、この総領息子であった。

　――あのお花ねえちゃん、何となくおかしいなあとは思っていたけど。

　そうか、お祖母様《ばあ》が化けていたのか。

「でも叔母《おば》さん、化けていたというのなら、本当にお祖母様なのかどうかも怪しいよ、

真の正体は狐か狸かもしれないよ、なんて」

我慢しきれずに、おちかは笑ってしまった。お路も、目を怒らせたままながら、小さくふき出した。

「上手《うま》いことを申しますでしょう。義兄《あに》と仙右衛門なんぞ、すっかりその気になってしまいましてね。まあ主人たちにしてみれば、自分の母親が祟っているなんて思いたくないでしょうから、いい逃げ道が見つかったわけでございますよ」

そうだ、小一郎の言うとおりだ。お花に化けていたのは、きっと狐狸《こり》妖怪《ようかい》の類に違いない。ならば巫女《みこ》や修験者に頼んで調伏することができるだろうと、勇み立った。

「で、調伏を？」

いえいえと、お路は鼻先で言った。

「そんなことをする前に、義母がわたしどもの夢枕に立ちました」

住吉屋の人びとが、みんな同じ夢を見たのである。

「今度は小細工抜きで、義母そのままの姿でございましたわね。夢の中身は、人によって少しずつ違っていたようでございますけれど、大筋ではひとつでした」

おまえたちを許してはいないという、件《くだん》の恨み言である。

「特にわたしとお累さんには、まあ、念の入った意地悪を言いましたよ」

――お店《たな》を倍にしてみせるだと？　お花とお梅を、同じように立派に育ててあげてみせるだと？　笑わせてくれるじゃないか。

「お花は死んで、おまえたちの企《たくら》みは破れた。それでもわたしは勘弁しないよ。お梅を本家に入れたら、すぐにも取り殺してやるから見ておいで」

お路の語りにも凄《すご》みがあった。

「ああ、ついでに小一郎は叱られたそうでございます。何が狐だ、狸だ、祖母の言うことが信じられないのか、この不孝者めと」

そこまでいくと、ちょっと呆れる。笑い話にしようにも、苦みが強い。

おちかはため息をついた。

「亡くなったお姑様に、どうしてそこまで皆さんに祟る理由《わけ》があるのでしょうか」

お路はおちかを見つめて、鬢《びん》をするりと指で梳《す》くと、軽く頭を下げた。

「ごめんなさいね。これからお嫁に行こうというおちかさんを、無闇に脅かすつもりじゃないんですけど」

理由なんてありませんよ、という。

「お話のはじめに申し上げましたでしょう？　そもそも姑というものは、何かかんか、嫁が憎いんですよ。嫁も姑が邪魔なんです。それはそういうものなんです」

おちかには、合いの手の入れようもない。

「でもね、毎日いがみ合って暮らすのも辛《つら》いでしょう。だからみんな、憎いの気に入ら、諦《あきら》め合って、譲り合って、何とか折り合って、ないの鬱陶《うっとう》しいのと言いながらも、何とか折り合って、しまいには許し合っていくんです。ええ、そういうものなんでしょう」

しかし住吉屋では、そこまでたどり着く以前に、不幸な掛け違いが起こった。

「住吉屋の義母は、気難しい人ではなかったと申しました。それは本当です。むしろ、おとなしい人でしたわ。わたしもお累さんも、お花とお梅が生まれるまでは、姑とは言い合いのひとつもしたことがございませんでした」

それだけに、お累が双子を産んだ途端に、不吉だ、もう家には置かれぬ、出ていけ、目障りだと騒ぎ立てる姑の姿は、驚きでもあり、浅ましくも見えた。

「にわかには信じられませんでしたよ。何だこの人は、いったいどうしたんだ、これが本性なのかと、わたしなんぞ、最初のうちは怒るより嘆くより、狐につままれたような気分でございましたからね」

もとから意地悪な人だったなら、嫁の側にも用意がある。慣れがあるとでもいおうか。

「でもね、まるで豹変《ひょうへん》でございましたから」

かえって、どうにも気持ちが収まらなかったのである。

「迷信をふりかざして、やっていることは要するに嫁いびりですよ。わたしにはそうとしか思われませんでした」

俗に、〈物言わぬは腹ふくるる業《わざ》〉という。普段は黙って何でも呑《の》み込んでいる人の方が、実は芯《しん》が強《こわ》くて厄介なのだと、お路は思った。ああ、嫌らしい。

「結局、主人とわたしがお梅を連れて出ることで、義母とはいわば手打ちになったわけです。でもわたしは恨んでおりましたし、お梅のためにも腹を立てておりました。通い乳をしては泣いて帰るお累さんが気の毒で、怒りは募るばっかりでした」

おちかは口を閉じ、静かに膝《ひざ》に手を置いて、語るお路を見つめていた。黒白の間では、こういうことがある。人が己の話を語るとき、語るにつれて、最初のうちは言えなかったことが、ずるずる出てくるのだ。語りそのものが力を得て、伏せられていたものを翻し、隠されていたものを明るみに引っ張り出す。

「お累さんだって、わたしほど白地《あからさま》にはしてませんでしたけど、そりゃあ怒っていましたよ。こっちにそれだけの真っ黒な気持ちがあるんですもの、義母にも通じないわけがありません」

互いにせっせと気持ちを転がして、黒い雪だるまのように大きく育てた。それが姑《しゅうとめ》の死に際に、件の遺言となって、くっきり表れたのだった。

「死に目を穢《けが》すような、怖《おそ》ろしい言葉でございますよね。みっともないとも思いました。また腹も煮えましたわ」

だからお店を倍にし、お花もお梅も同じように立派に育てあげようというのも、

「それで許してもらおうなんていう、殊勝な気持ちじゃございません。少なくともわたしは、あの婆《ばばあ》めに負けてたまるか、今に見ていろというぐらいの思いでございました」

ひと息に言い切ると、お路は我に返って、急に恥じ入った。

「まったく、ひどい嫁でございますわ」

その声に、湿った響きはなかった。

おちかはつと座を離れると、お路に半ば背を向けて長火鉢と鉄瓶に向かい、新たに茶を入れ替えた。ゆっくりと、静かに所作をした。そのあいだに、お路にも少し落ち着いてもらえるだろう。

それに、おちかは考えていた。

このお話は、本当に幽霊譚《たん》なのだろうか。

おちか自身、ここで話に聞くばかりではなく、不可思議な体験をしている。〈幽霊〉としか呼びようのないものに会ったこともある。在りし日の姿と声をそのままに、亡き人がおちかの目の前に現れ、親しく口をきき、笑ったり涙を流したり、励まし合ったり、互いに許しを請うたこともある。

一方で、怨霊《おんりょう》とも悪霊とも思える存在に対峙《たいじ》したこともある。

おちかの体験も数多いわけではない。己の限られた見聞のみから、お路の話を裁いてしまうのは軽率で乱暴だ。それは充分、心得なければならない。

しかし、ここまでずっと聞いてきて、住吉屋をめぐるこの話は、何だかしっくりこないのである。

お花の人形のような幻をつくりあげ、それを幻と見抜かれたら、正体を露《あら》わにして恨み言を述べたという。皆の夢枕に立ち、怒って叱って、脅しつけたという。

それは本当に、住吉屋の姑の幽霊だったのだろうか。

実は、言葉の真の意味での夢に過ぎないのではあるまいか。夢という言葉がふさわしくないならば、〈想い〉と言い換えてもいいだろう。

亡き姑の想いではない。不幸にも夭折《ようせつ》したお花の想いでもない。それを見送った住吉屋の人びと――わけてもお路とお累という、二人の嫁であり母親である女人《にょにん》の胸に宿る〈想い〉である。

幽霊譚に辻褄《つじつま》を求めるなど、そもそも間違っているのかもしれない。だがおちかの体感は、どうにもこの話のなかに、据わりの悪いものを覚えている。人の心の動きとして、素直に筋が通らないような気がするところがある。

――もしもあたしが。

住吉屋の姑の妄念で、自分に逆らった嫁や伜《せがれ》たちを苦しめようと、哀れにも早死にしたお花の姿を借りて現れるならば。

――けっして人形には見えない、ちゃんとしたお花さんになるだろう。お累が、お路が、一瞥《いちべつ》しただけで涙に暮れ、駆け寄ってかき抱こうと手を差し伸べるようなお花になるだろう。

お梅を驚かせ、恐れさせるなら、在りし日のお花の姿そのままで現れ、そのままの声でお梅に話しかけ、どうしてわたし一人が命を失ってしまったのかしら――とでも嘆かせた方が、ずっと効き目があるだろう。

目が開きっ放しで、蝶々《ちょうちょう》のようにふわふわと頼りなく、他愛《たあい》ない台詞《せりふ》ばかりまき散らすお花は、最初《はな》から出来損ないである。住吉屋の姑の妄念に、そんな半端なものの姿を借りて、この世に現れ出なければならぬ理由《わけ》があるだろうか。

先ほどおちかは、お路に言った。お姑様は、ずいぶんと手の込んだことをなさったものだと。するとお路は、打ち返すようにすぐさまこう応じた。死霊は暇で、ほかにすることがないからだ、と。

ほとんど笑い話のような言い分だというだけでなく、これは、生きている人間の理屈に寄り過ぎた考えではあるまいか。しかもお路の口調には、迷いの欠片《かけら》もなかった。ぴしりと決めつけて、その場に言い捨てだった。それについて深くおちかと語り合いたくないために、言い逃げしたようにも聞こえた。

本当はお路も、おかしいと感じているのではないのか。頭ではっきり考えていなくても、心のなかの奥深くでは、自分の――ひいては住吉屋の人びとがみんなで共有しているこのお話、この解釈はおかしいと、わかっているのではないのか。

亡き姑の幽霊だの怨念だの、そんなものは、本当はどこにもないのではあるまいか。あるのはただ、住吉屋に生きている人びとの想いだけ。まばたきをせず、浴衣《ゆかた》一枚着た切り雀のお花の幻も、そこから生じたものなのではあるまいか。

そうして考えてみると、最初にお花の幻を見たのが、住吉屋本家に外から入ってきた職人たちであったというところに、深い意味を見つけることもできそうだ。お花の幻はなぜ真っ先に、彼女を失って嘆き悲しんでいる懐かしい両親のもとに現れなかったのか。彼女への懐かしさと、後ろめたさとに煩悶《はんもん》するお梅の枕元に立たなかったのか。どうして縁もゆかりもない、ただの大工や建具職人たちの目に見えたのだ？

事情の欠片も知らぬ彼らの言うことなら、住吉屋の誰も疑いを差し挟む余地がないからだ。

いや実際には、お路も一度はこれを疑ってみせた。夫の仙右衛門が、本家に戻るという思いつきを後悔し、この話を潰《つぶ》すために職人たちに嘘をつかせているのではないか、と。そうではないと〈はっきりした〉のは、浴衣姿のお花が、いよいよ住吉屋の人びとの前にも現れたからである。

この念の入《い》った段取りに、おちかはやっぱり、引っかかる。

それにお路のこの疑いには、はからずも当時の住吉屋分家、本家、そしてお梅の本音が表れているような気がする。

お路と仙右衛門は、お梅が産みの親と暮らすようになれば、自分たちは寂しい思いをすることになるだろうと恐れていた。だがそれは、彼ら夫婦だけの不安ではあるまい。お累と多右衛門もまた、お梅と弟夫婦の強い絆《きずな》を目のあたりにして嫉妬《しっと》を覚え、そこに割り込むことの難しさを感じるようになるかもしれないと恐れていた――そういう懸念がまったくなかったはずはない。

無論、どちらの夫婦にも、懸念や不安ばかりがあったはずはなかろう。喜びも期待も、お梅の幸せを願う想いも強かった。だからこそ、悪い方の感情は、けっして露わにしてはならなかったのだ。

これはお梅にしても同じである。二組の両親を持つことが、ただただ手放しで嬉《うれ》しかったはずはない。双方と等しく睦《むつ》まじく暮らしてゆけるだろうか。自分が原因で、二組が反目するようなことになってはいけない。よくよく心して暮らしていかねばならないけれど、自分にそれができるだろうか。彼女にも煩悶はあったはずだ。

その上にお梅は、他の誰よりも重く、亡きお花への後ろめたさを背負っていた。姑《しゅうとめ》の遺言の内容だって、お梅が一切知らなかったはずはない。お路は隠し通したというけれど、お花もお梅もずうっと赤子のままではないのだ。育ち上がるうちに、自分たちのいっぷう変わった境遇について、二人で密《ひそ》かに話すことだってあったろう。古株の奉公人たちを通して、こっそり探ろうと思えばできたろう。

お梅が感じるお花への後ろめたさは、祖母が残した呪いへの恐怖から生じていたのではないのか。だとすれば、これもまた、白地《あからさま》には口にできないことになる。

言うに言われぬ入り組んだいくつもの想いが、おかしなお花の幻をつくりあげた。それを幽霊と呼び、それを操っているのが亡き姑の妄念だと解釈することで、住吉屋の人びとは、ぎりぎり本音を吐かずに、どこにも亀裂《きれつ》を生じさせずに済んだ——

「ああ、いい香り」

おちかの入れ替えた茶を嬉しそうに味わって、お路はひと息ついている。

「本当にねえ……」

掌《てのひら》で大事そうに湯飲みをくるみ、その手を膝《ひざ》に置いて、お路は庭に目をやった。

「美味《おい》しいお茶、きれいな躑躅《つつじ》、いいお天気。そういう小さなことこそが幸せなんでございますよね。でも、ひとつでも悩みを抱えていると、どうしたってそこから目が逸《そ》れてしまうんですよ。足りないこと、辛《つら》いこと、思い煩うことばかりで頭がいっぱいになってしまって」

おちかは静かにうなずいてみせた。

「まあ、そういう経緯《ゆくたて》で」

しとやかな手つきで湯飲みを置くと、お路は顔を上げた。

「わたしども、本家と分家をひとつにするのを諦《あきら》めました」

そうだろう。当然だ。

「本家の普請直しは、途中で放り出すわけにも参りませんから仕上げてしまいましたけれど」

取りやめにした途端、職人たちも、お花の幽霊を見ることはなくなったという。それもやっぱり、そうだろう。そんな必要がなくなったからである。

「結局、元通りの暮らしに戻ったんでございますけどね……」

おちかには、ひとつお路に尋ねたい事柄があった。小一郎のことである。お花とお梅の弟であるこの人（当時はまだ〈この子〉だったろうが）は、結束が強いばかりにひとつの思い込みに染まりやすい住吉屋のなかで、ただ一人、冷静な眼差《まなざ》しを持っている。お花が呆気《あっけ》なく死んだあと、次はお梅だと狼狽《うろた》える大人たちのそそっかしさを指摘し、落ち着きを取り戻させたのは大変な手柄である。

その小一郎もお花の〈幽霊〉を見たのだろうか。彼はこの一件に、どんな意見を吐いたのだろう。ずっと知りたくて耳をそばだててきたのだが、ここまでのところ、お路の話に小一郎はあまり登場しない。お路が彼について語らないのは、わざとではないのだろうけれど、とても気になる。

尋ね方も難しい――と、呼吸を計っていたら、お路が語りの続きを始めた。

「ようよう落ち着いたころになりまして、小一郎が病みついてしまったんですよ」

これはこれは。そうきたか。

「いったい、どうしてまた」

「わかりませんの。何の病かはっきりしないんです。ただ微熱が続いて、頭が痛いと。薬を飲ませても滋養のあるものを食べさせても、一向によくなりません」

みんなで不安を嚙《か》みしめているところへ、当の小一郎が言い出した。

――夢のなかで、お祖母《ばあ》様に会いました。

「義母《はは》が、小一郎よ、住吉屋を護《まも》るために、一家の煩いであるお梅の命を絶てと命じたというんです」

――本家と分家は、何から何まで同じ。お花とお梅も何から何まで同じにすると、おまえの両親《ふたおや》どもは誓いました。そうして住吉屋を倍にするのだと、きれいなことを言ったのです。

だが、お花はもういない。

――お梅だけが残り、誓いは破れた。わたしの怒りは収めようがない。この上は跡取りのおまえの手でお梅を誅《ちゅう》して、どうかわたしを成仏させておくれ。

亡霊が懇願したというのである。

「それで小一郎さんは」

「まさか、従うわけがございませんわ。お梅を殺すなんて、そんな」

お路は目を剝《む》いてみせた。

「それでも、義母は毎晩のように小一郎の夢に現れて、せっついて責めさいなむといううんです。小一郎が、それぱかりはお許しくださいと頼んでも、まるで聞く耳を持たないんです」

このままでは小一郎の命が危ない。彼はだんだんと瘦《や》せ衰えて、枕もあがらない。

「それでとうとう、わたしども、小一郎を本家から出すことを決めました」

「養子に出された？」

「はい」お路は沈痛に下くちびるを嚙む。

「義母が小一郎に祟《たた》るのは、あれが住吉屋の跡取りだからです。ならば、跡取りでなくせばいいんですからね」

「小一郎さんは、すぐ承知なさいましたか」

「はい。お店《たな》を案じていましたが、命には代えられないと、とりわけお梅がすがるようにしてかき口説《くど》きましたので」

たった一人の弟のことだもの。

「鎌倉町に、本家の得意先というだけでなく、家ぐるみで親しくしている豊島屋《としまや》という畳表問屋がございます。小一郎をそちらに頼むことになりました」

豊島屋では、最初のうちこそ、込み入っている上に異なことづくしの住吉屋の事情に面食らったが、病みついた小一郎の顔を見ると、即座に承諾した。

「豊島屋さんには女の子しかおりませんので、ゆくゆくは小一郎を婿にとると言ってくださいまして」

住吉屋を出た小一郎は、みるみる回復した。ひと月もすると元気になり、豊島屋での暮らしにも無理なく馴染《なじ》んだ。

「わたしどもには、お梅一人が残ったわけでございます」

お路の口調が引きずるように重たくなった。「しかもお梅と一緒に、義母の怒りもそのまま残ってしまいました」

「残った——のでしょうか」

思わず問い返したおちかを、お路は陰鬱《いんうつ》な目つきで見返した。

「今度はお累さんが夢を見たんです。また義母が現れて、おまえたちは自分で立てた誓いを破った上に、わたしの願いもきこうとしないと、悪し様に罵《ののし》ったそうですわ」

二組の夫婦は、頭を寄せて考えた。いったいどうすれば、しぶとい姑の怒りから、お梅を守り通すことができるだろうかと。

「それでわたしが言い出したんです」

お路の目に暗い光が宿る。

「義母がそんなにも破約、破約と言い立てるなら、約束通りにしてやろうと。本家も分家もいっそう商いに励んで、等しく身代《しんだい》を増やそう。そしてお花も元に戻そうと」

「戻す？」

「死んだ者は生き返りませんわよ」

だから、人形をこしらえたのだ。

「こちらも義母の真似をしたんですよ。お花そっくりの人形を作って本家に置いて、義兄《あに》とお累さんが一緒に暮らすんです。わたしどもがお梅と暮らしているように、そっくり同じことをするんです」

そのために、腕のいい人形師を雇った。

「幸い、お梅という生きた見本がおりますからね。高い材料にも、費《つい》えを惜しみませんでしたし。おかげで、それはもうわたしどもでさえ息を呑《の》むような、素晴らしい出来栄えの人形になりましたわ」

こうして、お花とお梅は再び並び立った。

「義兄とお累さんは、すぐ馴染みました。本家の奉公人のなかには、気味悪がって怯《おび》える者もおりましたけれど、そんな者にはすぐ暇《いとま》を出しましたから、ほどなく、うちの事情を呑み込んで、人形にも〈お嬢さん〉と仕えてくれる者ばかりになりました」

お累などはむしろ、愛《いと》しい我が娘が帰ってきたと喜んでいた。

「人形だからって、置きっ放しじゃありません。食事の膳《ぜん》は両親と囲みますし、夜はきちんと着替えて床に就きます」

肌は絹。髪は本物を植えていたので、化粧も髷《まげ》の結い替えもできる。

「年頃ですから、お花だの踊りだの、習い事もいたします。お梅が習うことは、お花の人形も習います」

ただ、師匠のもとに通うとなると、どうしても多くの相弟子の目に触れることになるわけで、いろいろと支障がある。そこで、師匠の方を家に呼び、習うようになった。ようよう、おちかは得心がいった。だからお梅は住吉屋に籠《こ》もっていたのだ。外に出ることができなかったのだ。

「そうしますと、先《せん》に〈大七〉でお目にかかったような折は？」

「わたしどもがお梅を連れて何処かへ出かけたら、日にちを空けず、本家でもお花の人形を連れて、同じところへ出かけます」

駕籠《かご》に乗せて運んでゆくのだ。

「ですから、お梅も頻繁に出歩くことはできません。出先で嫌がられることもありましたからね」

人形を連れてこられては、腰を抜かしそうになるところだってあって当然だ。

「〈大七〉は事情をよくわかってくれたので、ずっと贔屓《ひいき》にしておりましたの」

「それでも人形のお花さんは、梅屋敷の庭を散策することはできませんね？」

「意地悪なことをおっしゃるわねえ」

さすがに、お路はちょっと笑った。

「ええ、そうですよ。それくらいは仕方がありませんでしょう」

お梅は梅が盛りの庭を歩く。お花の人形は、駕籠に乗せられたまま梅屋敷のまわりをぐるりと回る。無論、両親も一緒に。

「でもね、わたしどもも、ただの勘やあてずっぽうで、〈これくらいなら大丈夫〉〈これだと、お花とお梅が同じにならない〉と、見分けていたのではないんです。ちゃんと印《しるし》というか、見分ける目処《めど》がございました」

それが、〈針〉だというのであった。

「針って……住吉屋さんの商いものの針でございますか？」

「はい。ほかに針がございます？」

目に力を込めて、なぜか睨《にら》むように、お路はおちかを見つめて応じた。瞳《ひとみ》に宿る暗闇が、一段と濃くなった。

「わたしどもがお花とお梅に与えるものが同じにならないと、お花の身体に針が立つんです」

人形のお花の、手足ばかりか額や頬や首筋にまでも、無数の縫い針が突き刺さるというのだった。

「初めて見たときは、お累さんは卒倒しかけたそうですよ。無理もありませんわ。数え切れないほどの針がどこからともなく現れて、お花に突き刺さっているんですから」

お花の針山ですよと、思い出したように身震いして、お路は言った。

「いくら娘として扱うと言っても、本家のお花は人形でございます。自分から動き回るわけもありませんからね。何かの拍子に、まわりの人たちがふいと離れたり、目が届かなかったりいたしますでしょう。そういう隙に、針が立つんです」

それが〈印〉なのだという。

「お花とお梅が同じになっていないぞと、義母《はは》が知らせているわけですよ」

それだけではない。この針が立つのは、前触れでもあった。

「お花に針が立つと、早いときには一刻《いっとき》も経たないうちに、遅いときでもひと晩の後には、お梅にも異変が起こるのです」

お梅の額や頬や首筋や手足、要するに、お花の身体の針が立っていた部分に、真っ赤な湿疹《しっしん》が浮いて出るのだった。

背筋にぞくりと嫌なものを覚えながらも、おちかは声を励まして尋ねた。

「まるで、無数の針で刺された痕《あと》のような湿疹？」

そうとしか考え様がない。

さっきよりいっそう強く下くちびるを噛《か》みしめて、お路は深くうなずいた。

「――さぞ痛いのでございましょうね」

お路はまたうなずく。こめかみに力が入っている。

「あまりにも酷《むご》くて、真っ直ぐ目もあてられないほどでした」

人形のお花の身体に立つ針の数は、そのときによって違っていた。

「二人の娘の差が大きいほどに、針の数も増えるのです」

たとえば、針が現れた最初のときは、こんな具合だった。

「二人に新しい着物を仕立てたんです。もちろん、そっくり同じものにしたかった。けれど、お梅が気に入った反物が、ひとつしかございませんでね。金糸の織り込まれた市松模様だったんですが……仕方ないので、お花の方には銀糸の市松模様を選んだんです」

すると、着物が仕立て上がってくるや、お花の左頬と右の肘《ひじ》から下にびっしりと針が立った。ほどなく、お梅の身体の同じ部分に湿疹が出たのだった。

「それくらいなら軽い方なんです。うんと重いときには、湿疹が身体のぜんたいに及びまして、お梅は高い熱を出して寝込んでしまいました」

それは、お梅が習っている三味線の師匠がお浚《さら》いの会を開くことになり、お梅がどうしても出たいと二組の両親にねだったときのことだった。

「料理屋を借り切って、お客様も大勢お招きして、それはそれは賑《にぎ》やかなお浚い会になるというので、お梅も無理は承知でわたしどもにせがんだんです。いつも籠《かご》の鳥のあの娘《こ》が哀れで、わたしどもも駄目だとは突っぱねきれませんでね」

師匠に頼み込み、金子も包んで、お梅にだけは舞台を二度踏ませてもらう手はずを整えた。

「一度目はお梅として、二度目はお花として出ればいい。わたしどもが、そのように名を呼び分ければいいだろう、と。今思えば浅はかな思いつきでございましたけれど、当時はそれで、うまく義母の怨霊《おんりょう》の目をごまかせると思ったんです。お梅のおねだりを聞いてやりたかったし」

ここに至って初めて、お路は〈怨霊〉という言い方をした。

お浚い会のお梅は、時に十六歳であった。初々しく美しかった。肩衣《かたぎぬ》を付けて濃い化粧をほどこし、頬を紅潮させたお梅に、集まった客たちから感嘆の声が飛んだそうである。

ところが。

「お梅としてのお浚いを終えて、次はお花として出ようと楽屋で休んでいるときでございます。あの娘の手に湿疹が表れました。驚いたお累さんが本家に遣いを走らせますと、まさに本家からお浚い会に駆けつけようとしていた女中と、途中でばったり会ったんです」

――お花お嬢さんの身体じゅうに針が立っております！

結局、お梅は二度目の舞台を踏めなかった。湿疹がみるみるうちに広がって、瞼《まぶた》まで塞《ふさ》がり、立つことも歩くこともできなくなってしまったのだ。

「わたしが抱きかかえて駕籠に乗せました。そのときのお梅は、もう口も満足にきけませんでした」

語るお路の目尻《めじり》に、いつの間にか光るものが宿っていた。

「すっかりよくなるまで、ひと月近くかかったでしょうか。お医者様も、何が障ってこんな湿疹がどっと表れているのか、さっぱりわからんと首を捻《ひね》るばっかりでした。

そりゃそうでしょうね」

鼻声で言って、お路は肩を落とした。

「お浚い会をめぐる騒ぎは、お花の身体に最初の針が立ってから、三月《みつき》ほど後のことです。わたしども、それで芯《しん》から懲りましたので、もう小細工はすまいと決めました。それでも、それから先も一年ぐらいは、まだまだ要領を得ませんで、ちょっとしたことでし損じては、お梅に辛《つら》い思いをさせてしまいました」

どれほど気をつけていても、防ぎきれない場合もあったという。

「出替わりで本家に入った新しい女中が、お花の人形を侮りましてね。どうせ人形なんだから言いつけたりするまいと、決められたとおりの世話をしなかったんで、お梅が苦しんだこともありました」

分家のお梅が髪を洗ったら、本家のお花の人形の髪も洗う。髪型を結い替えたら、同じように結い替える。初物がお梅の膳《ぜん》に載ったら、すぐさまお花の膳にも載せる。本家と分家はそのために、頻繁に女中や丁稚《でっち》を走らせてはやりとりをしていた。

「お稽古《けいこ》事は、どのようになさっていたんでしょうか」

「師匠《せんせい》の人柄によりましたわね。口が固くて話のわかる師匠なら、ある程度までこちらの事情を打ち明けて、お梅とお花の人形を並べてお稽古をしてもらうことができました。それが難しい場合には、お稽古のたびに、本家から分家へお花の人形をそっと運び込んで、隣の座敷に隠すようにしておりました」

「それで差し障りはなかったのですね」

お路は苦笑した。「針は立ちませんでしたわ。でも、お花の人形が並んでいると、師匠の方から、これはやっぱり気味が悪くて我慢できないからやめさせてくれと言ってくることもありました」

習い事の師匠に限らず、呉服屋だの小間物屋だの、住吉屋に出入りする商人たちに

も、

「よろず気を遣って、謝礼もはずめば、時には口止め料に似たものも払わなくてはなりませんでした。苦労は多ございましたよ」

もろもろ察するに余りある。が、誰よりも、気晴らしにふらりと散歩に出ることさえままならぬお梅が、いちばん苦労したはずである。

「針はいつも、出し抜けに現れるんでございますか」

問いかけたおちかを、お路はわずかに目を細めて見つめた。

「ものの喩《たと》えに、〈藪《やぶ》から棒〉と申しますでしょう」

唐突に物事が起こる、あるいは切り出されることの喩えである。

「まさにそのとおりでございました。わたしとお累さんは、〈藪から千本〉と申しておりましたの」

軽く抑揚をつけ、お路は小声で歌った。

「嘘ついたら、針千本、呑《の》～ます」

指切りげんまんの唄《うた》である。

「その針千本が、藪から飛び出してくるんです。怨霊の潜んだ、わたしども生きている者には踏み込むことのできない、真っ暗な藪からね。針問屋の姑《しゅうとめ》が憎い嫁どもにかける呪いとしては、こちらの方がぴったりでしょう」

昔、幼いお花とお梅が指切りをして、共に歌ったことのある童歌が、呪いとなって住吉屋を覆っていた――

「それでも、たとえ怨霊だって、針はどこからか調達しなくてはなりませんね？」

おちかはできるだけ穏やかに問うたつもりだったが、お路はぴりりと眉根《まゆね》を吊《つ》り上げた。

「調達という言い方がふさわしいかどうかわかりませんが、ええ、そうでしょうね。でも針はわたしどもの商いものですよ。売るほど持っているんです。お忘れかしら」

言って、嫌みな笑い方をした。

「店先にも蔵にも、いくらだって積み上げてございました。義母《はは》はそれを使ったんです」

「確かめてご覧になりましたか」

「そりゃあ、しましたよ」

すぐ返答したものの、お路はちょっとひるんだように見えた。

「確かめるも何も、お花の身体に針が立つときは、必ず商いものの針が荒らされていましたからね。木箱の封が切られて、中身が抜き取られているんです」

住吉屋では売りものの縫い針を、十本一組にして紙で包み、それを五十包み、百包み単位で小さな木箱に入れて保管していた。

「その木箱が開けられていた？」

「ええ」

「紙包みは破られていたのでしょうか。きれいに剝《は》がされていたのでしょうか」

お路は怪しむようにおちかを見る。「どっちの場合もありました。どっちだって同じでしょうよ」

声が高くなった。おちかは軽く頭を下げ、そうですねと微笑した。

「つまらないことをお伺いしました。お話の腰を折ってしまって、お許しください」

二人は刹那《せつな》、互いの目の奥を覗《のぞ》き合うように見つめ合った。

おちかには、けっして〈つまらないこと〉を訊《き》いたつもりはない。とても大事な、この話の肝心要《かなめ》に触れたつもりだった。だからこそ、お路の声も尖《とが》ったのではないか。

お花の身体に針が立つたびに、住吉屋の商いものが使われていた。実体のある、この世の品物が使われていた。

ならば、それは怨霊の仕業ではなく、この世に生きている誰かの仕業だと考えても、一向に差し支えないはずである。おちかは、それを問いかけたかったのだった。

だが、お路には容《い》れてもらえそうもない。急に気色《けしき》ばんだその顔が、お路の本音をよく表している。

変わり百物語の聞き手の役目は、語り手の話をひたすら聞くことにある。話を深く聞き出すために問いを投げかけることはしても、議論したり、ましてや言い負かしたり、相手の考えを変えようとするのは間違いだろう。そんなことをしても何の益もない。少なくとも、この件では。だからおちかは素直に引き下がることにした。

「そうしますと、以来これまで、住吉屋さんではずっとその――しきたりと申しますか約定《やくじょう》と申しますか」

「呪い避《よ》けでございますわね」と、お路は素早く言った。「祟《たた》り封じでもようございます」

「それを続けて、お梅さんを護《まも》っていらしたのですね。お梅さんも、ひたすら辛抱を重ねていらしたのですね」

お労《いたわ》しいことですと、おちかは心を込めて言った。その気持ちに嘘はなかった。お路にも通じたらしい。表情が和らいで、目尻に涙が溜《た》まる。

「可愛い娘のためです。親が子供のために苦労するなんて、当たり前のことですよ。でもお梅はね、本当に不憫《ふびん》で……。我慢、我慢の積み重ねで」

お路は目元を押さえた。

「それだって、万事が収まったわけじゃございません。もうお察しでしょうけれど、どんなに厳しく見張って祟り封じをしようと、お梅が育ち上がるにつれて、どうしようもない難事が起こって参りました」

確かにある。ひとつだけ。

「お梅さんの縁談でございますね」

年頃になり、お梅がどこかに嫁ぐということである。

「人形のお花に、同じ縁談をあてがうことができましょうか。二人をぴったり同じにすることができましょうか」

お路の語る声に、嘆き節が混じってきた。これもここへきて初めてだ。

「わたしどもを思いやって、お梅は、あたしは一生お嫁になんか行かない、ずっと住吉屋に、おとっつぁんおっかさんのおそばにおりますなんて言ってくれたものです。だけどそれじゃあ、あまりにあの娘が可哀相すぎるじゃありませんか。何から何まで、ちっとも本人の咎《とが》じゃないんです。たまたま怖《おそ》ろしい巡り合わせで、呪いを受けてしまっただけなのに」

それでもお梅が二十歳になるまでは、二組の両親も、思い切って動くことができなかった。下手なことをして、今度こそお梅が命を失うような羽目になったら、悔やんでも悔やみきれない。ひたすらお梅を懐《ふところ》に隠して、大事に護ることに専念した。

「でもね、おちかさんにはまだわからないでしょうけれど、どれほど世間様から隠れていようと――いえ、隠れているからこそなおさら、お梅にとって、歳をとるというのは、とても酷《むご》いことだったんです」

娘盛りを誰にも知られず、華やかな想いも心ときめく出会いもなしに、無為に過ごしてしまうのだから。

「それにわたし、あるとき考えたんですよ。お梅はむしろ、何とかしてお嫁に行った方がいいんじゃないかしらって。だってそうでしょう。お嫁に行けば、お梅は住吉屋の者ではなくなります。住吉屋の者でなくなれば、義母の呪いからも逃れられることになりませんか」

おちかはうなずいた。「でもそれですと、お店《たな》は絶えてしまいますね」

お花は亡く、小一郎は他家に養子に行った。住吉屋の跡を継ぐのはお梅ばかりだ。

「かまうもんですか！」と、お路は言った。ほとんど叫ぶような声だった。

「お梅を幸せにすることができないのなら、住吉屋の身代《しんだい》に意味などございません。価値もございません。わたしども、もっと早くそう腹を決めるべきでした」

二組の両親はこっそりと相談を重ね、用心深く縁談を求め始めた。

「有り難いことに、住吉屋は市中でかなり名の通ったお店でございます。こちらがその気になれば、縁談は次から次へと舞い込んで参りました」

それらの話のなかから、これという人を選びに選んで、お梅が初めて見合いの席に出たのは、二十一歳になったばかりの初春のことであった。

「お梅とて、嬉《うれ》しくないはずはございません。でも、最初のうちはうんと申しませんでした。怖ろしかったのでしょうし、わたしどもにまた苦労をかけることになると、遠慮していたんですよ。それを、必ず間違いのないようにするから、大丈夫だから安心してわたしたちに任せなさいと、うんとかき口説《くど》いて承知させたんでした」

今、おちかに語るお路の口調には、お梅をかき口説いたときにもきっとこうだったのだろうという勢いがあった。

「義兄《あに》の多右衛門は若いころからお茶を嗜《たしな》んでおりましてね。お累さんにも心得がございました。その師匠《せんせい》からいただいたお話で、先様《さきさま》も同じ師匠のお弟子さんで、両国薬研堀《やげんぼり》にある菓子屋の跡取り息子でございました」

若い男女は、師匠の初釜《はつがま》の茶席で顔を合わせた。

「色白の、それこそ上品な干菓子のような様子のいい息子さんで、歳はお梅と同じ二十一。二人が並ぶと、まるでお雛様《ひなさま》でございましたわ」

うっとりと、お路は目を遠くへ泳がせる。

「先様はすぐお梅を気に入りました。ええ、そうなるだろうとわかっておりました。うちのお梅でございますもの」

胸を張り、鼻を高くするお路は、ただもう娘自慢をする母親の顔だ。

「お梅にも否はございません。初めての恋でございました」

しかし、話がまとまりそうだとなると、そこから先が問題である。

「わたしども、大急ぎでまた人形をこしらえました」

なるほどと、おちかは察した。「お梅さんのお相手にそっくりな人形ですね？」

それをお花の人形の婿にしようというのである。

「その人形の夫婦を本家の若夫婦として遇しようということです。分家のお梅は嫁に行く。本家のお花は婿をとる。世間によくある形でございますよ」

当のお花が人形でないならば、確かに当たり前のやり方である。

「多右衛門さんとお累さんは、しっかり覚悟を固めていましたよ。わたしと仙右衛門だって気持ちはひとつだった。人形の夫婦を人形と思わず、生身の人に対するように暮らしてゆく。何もかもお梅のためです」

しかも、この人形との芝居暮らしに、限りがないとは限らない。

「さっきも申しましたけれど、お梅が嫁ぎ先の家の者になれば、義母《はは》の呪いも及ばなくなるかもしれません」

住吉屋の二組の両親は、さしあたりその目処《めど》を、嫁いだお梅が初子《ういご》を産むまでと考えていた。

「そういうお考えがあったから、お梅さんにも、大丈夫任せなさいとおっしゃったのですね」

「ええ、そうですとも」

強く応じて、しかしお路はにわかに顔を歪《ゆが》めた。

「ところがねえ……目算通りには運ばなかったんです」

婿の人形が本家に運び込まれ、お花と初顔合わせを済ませた翌朝のことである。

「お花の身体じゅうに針が立ちました」

件《くだん》のお浚《さら》い会の折を思わせるような針の数であった。

「お梅さんは」

「ええ、その日の昼前にはもう寝込んでおりましたわ」

悔しくて悔しくてと、お路は拳《こぶし》でとんと膝《ひざ》を叩《たた》いてみせた。

「何が不足だというんです？　何が同じじゃないというんでしょう？　わたしはもう腹が煮えてどうしようもなくって、義母の位牌《いはい》に抹香を投げつけてやろうかと思ったくらいです」

ひどい湿疹《しっしん》に、お梅の美しい顔は腫《は》れあがった。高熱が出て、またぞろ命の瀬戸際にまで追い詰められた。

「ようよう本復《ほんぷく》するころには、お梅は芯《しん》から怖《お》じ気《け》づいておりました。縁談は断ってくださいと泣きましてね」

前にも増して閉じこもり、一時は、窓から外を眺めることさえなくなってしまったという。

「わたしども、また思案しました」

お花に婿をとり、お梅が嫁に行くという違いがいけなかったのか。ならば、分家でも入り婿をとったらいいかもしれない。

「それだとお梅は住吉屋から出られなくなりますが、幸せになってくれるならかまいません」

「では、お試しになったのですね？」

「お梅を励ましてその気にさせるまで、一年近くかかりましたけれど」

今度もまた、相手を探すことに苦労はなかった。二度目の見合いも首尾は上々、婿はすぐにも決まりそうに思われた。

「で、また人形をこしらえました」

「こしらえましたら？」

お路はいっそう顔を歪めて答えた。

「また針が立ちました」

一度目のときほどの数ではなかったが、お梅の顔は腫れあがり、しばらく足が立たなかった。

まじまじと見つめるおちかに、お路は歯を食いしばるようにして言う。

「お梅もお累さんも泣くばっかりでしたけれど、こう見えてもわたしは負けん気が強い気質《たち》です。お梅のためにも、ここで引き下がってなるものかと思いました。あんないい娘が、意地悪な義母のしつこい怨念《おんねん》に縛られて、ひとつの恋も成就しないまま、あたらいかず後家に甘んじるなんて、そんな不幸があっていいはずがありません」

思い出し怒りに目尻《めじり》が痙《ひき》つれている。

「何がいけなかったのか。何が同じになっていないのか。わたし、思案に思案を重ねました」

お路は拳を固く握り、胸元にあてた。

「お相手の人形をこしらえるのに、手間取っているのがいけないのではないか。あるいは、お相手の人形が似ていないのではないか。似てはいても、人形としての出来がよくないのではないか」

数え上げるように言うたびに、拳を軽く、胸にぶつける。

「お花をこしらえるときには、お梅という見本がございました。けれども、見合い相手の人形は、わたしどもが先様に会ったときに見覚えた顔や背恰好《かっこう》を拠《よ》り所《どころ》にするしかございません。ですから、瓜《うり》二つの人形にはならないのですよ。さりとてあんまり手間をかければ、お梅の話の方が進んでしまいます。それは、お花の婿が決まらぬうちに、お梅の婿だけ決まってしまうということに等しいでしょう」

お路が拳で胸を打つのに合わせて、自然とおちかもひとつずつうなずいてしまう。

「はい、はい、それで」

「まずは、ともかく職人を急がせよう。それと、見合い話がまとまりそうな流れになったら、何とでも口実をつけて、あるいはこっそりと内緒にでも、絵師を呼んでお相手の似顔絵を描かせよう。人形職人には、それを手本にさせればいいのです」

「ではまたお見合いを？」

そんなつもりはなかったが、おちかの問いかけに、（お梅さんが気の毒だ）という響きがあったのだろう。お路はキッとおちかを見やると、急に肩を落とした。

「お梅には本当に……可哀相ではございましたけれど」

「お続けになったのですね？」

「だってあの娘《こ》の幸せのためです」

その抗弁は、おちかの耳には、（姑《しゅうとめ》に負けてなるものか）と聞こえたけれど。

「失敗して針が立てば、寝込んで苦しむのはお梅です。あの娘が嫌がるのは当然ですよ。わたしだってわかっていました。そんな怖いお顔をなさらないでくださいな」

おちかは思わず、自分の頬に触った。

「いいえ、失礼いたしました。わたしなどが咎《とが》め立てするつもりは毛頭ございません。ただ——」

お路は萎《しお》れて「はあ」と言う。

「湿疹で苦しむのも辛《つら》いでしょうが、それと同じくらいに、お見合いの相手にほのかな恋心を抱いたと思ったら話が潰《つぶ》れるということを二度繰り返したことも、お梅さんにはこれ以上ないほど辛い経験だったろうと思ったのです」

さらに見合いを重ねるならば、そういう辛い思いも重なることになる。

「わたしだって……それも承知の上でございましたよ」

お路の声が、これまでいちばん小さくかすれた。

「ですから、充分にあいだを置きました。お梅を励まして立ち直らせるまでに、それくらいの時がかかりました」

「では、やっぱりその後もお見合いを」

「人形作りに工夫を凝らしながら、二度目のお見合いのあと、二年半のあいだに三度試みました」

三度とも針が立った。どれも数は少なく、お梅の命に別状はなかったが、数日は痛みと痒《かゆ》みに苦しまなければならなかった。

「お梅はもう諦《あきら》めると申しました」

音《ね》をあげたのだ。無理もない。都合五度もよく頑張ったと、おちかはむしろ感心する。

「差し出がましいことを申し上げますが、ほかの手段はお考えになりませんでしたか。

たとえば、小一郎さんのように、お梅さんも他家に養女に出されるとか」

住吉屋が絶えてもいいというのなら、その手があるではないかと思ったのだ。萎れたまんま、お路は恨めしそうに上目遣いでおちかを見た。

「わたしどもが、それを思いつかなかったとでも?」

ゆるゆるとかぶりを振って、

「無駄でしたの。養女に出す話をしているだけで、お花の身体に針が立つんです」

加えて、お梅がひどく嫌がった。

「今さら独りぼっちになるのは怖い、と」

二組の両親と離れたくないというのだ。

「考えてみれば、そのころでもうお梅は二十四、五ですよ。世間様から見れば、薹《とう》のたった娘です。しかもあの娘は、住吉屋の外を知りません。他人に混じったこともございません」

嫁に行き、愛し愛され頼りになる夫を得て、子供を望むというあてがあるならまだしも、そうした喜びの一切は抜きで、ただ一人で他家に遣《や》られては、身の置き所がないと泣いたという。

その気持ちはわからないでもないけれど、おちかは（用心深く顔に出さないようにして）心のなかで首を捻《ひね》った。今の窮状から何とかして逃れ出よう、この手詰まりをどうにかしようと思うなら、歳がいくつになっていようと、世間知らずで恥をかくことがあろうと、自ら動いてみるくらいの元気が出せないものか。ほかの誰でもない、自分の幸せのためなのだ。

――それが、呪いの呪いたる所以《ゆえん》なのかしら。

その呪縛《じゅばく》に、前向きに生きる力が、じわじわと失われてゆく。徒《いたずら》に時が過ぎ、決断するべき節目を見逃してしまう。

――あたしも他人様《ひとさま》のことは言えない。

背中がひやりとしたおちかである。

「それで結局」

お路の声が聞こえて、おちかははいと座り直した。

「わたしども、決めましたの。いえこれはうちの主人が言い出したことなんですが」

こうなったらもう、見合いの相手に最初《はな》からすべて打ち明けてしまおう、と。

「これまでの経緯《ゆくたて》を？」

「はい。お花の人形も見せようと。そして、平《ひら》にお頼みするんです」

お梅は、これこれこういう因縁を背負った娘です。お梅を妻に迎えたいとお望みならば、どうぞお花の人形も連れていってやってください。そうして、お梅を慈しむように、お花の人形も慈しんでやってはくださいませんか。

「お梅の夫はお花の夫。それでぴったり同じになるでしょう?」

「皆様がそのご相談をしたら――」

お路は大きくうなずいた。「針は立ちませんでした」

呪いの理屈に合っているのか?

「主人は、事情をすべて承知して、それでもいいという男でなければお梅は託せないとも申しましてね」

以来、今般お梅がめでたく嫁ぐまでに、見合いの回数は六度を数えた。

「どれもみんな、まとまりかけるんですよ」

はじめのうちは上手《うま》くいくのだ。

「皆さん、お梅に惚《ほ》れ込んでくださいましてね。何の人形のひとつやふたつ、しかもお梅さんにそっくりの、お梅さんの大事な姉妹の人形なのだから、気味が悪いなんてことはない。必ず大事にしますって」

しかし、いよいよ輿入《こしい》れが迫ってくると、雲行きが怪しくなるのだ。

「お婿さんも天涯孤独じゃございませんからね。本人がよくても、まわりが嫌がって、話が頓挫《とんざ》することもありました。お婿さん本人にしても、最初は威勢がよかったのに、婚礼が近づくにつれて、だんだん気がくじけてくるということもありました」

習い事の師匠でさえ、充分な謝礼をもらい、万事承知でいても、お梅とお花の人形が並んでいることにだんだん耐えられなくなって、逃げてゆくことがあったのだ。

「夫婦になるとなれば、なおさらですわ」

これが、お梅の縁談がまとまりかけては潰れ、まとまりかけては潰れるのを繰り返してきたことの真相なのだった。

「いっそ江戸を離れた方がいいと、わざわざ上方《かみがた》から見合い話を持ってきてもらったこともあるんですけどねえ……」

それでもこの上方婿は、輿入れの五日前までは踏ん張ったそうである。

「お花の人形に着せる花嫁衣装が出来上がってきたところで、くじけてしまいました」

苦い口調ながら、お路の顔には笑みがある。だからおちかも微笑を返した。

「それがこの度、六度目でやっと成就いたしましたのはね、おちかさん」

あの、あばた面の女《ひと》のおかげでございますよ。

「疱瘡《ほうそう》にかかって、顔や身体の目立つところにひどいあばたが残るというのは、とても不幸なことでございます。とりわけ女の場合は、どんな器量よしでも台無しになってしまいますからね。こんな悲しいことはありません」

言って、お路はちょっと首をかしげてみせた。

「おちかさんは、花嫁道中にああいう女を同行させて、〈魔を祓《はら》う〉役目を果たしてもらという習慣を、先《せん》からご存じでしたかしら」

「お梅さんの輿入れの際に、叔母《おば》から教えてもらいました。実家《さと》の方では見たことのないしきたりでございました」

「土地によって、いろいろと違いがございますからね。じゃあ、びっくりなすったでしょう」

「はい」一瞬迷ったけれど、おちかは素直に言葉を続けた。「少し酷《むご》いことであるようにも思いました」

「わたしもそう思いますよ。美しい花嫁御寮と並んで、あばた面をさらす役割を担う女は、どれほどか辛いでしょう。でもね、そもそもどうしてこんなしきたりができたかと考えてみると、徒に酷いばっかりでもないんです」

なぜ、あばた面が魔を祓うのか。

「疱瘡の神様というのは、疫神《えきがみ》様のなかでも飛び抜けて強い力をお持ちなんだそうですの」

疱瘡が怖《おそ》ろしい病であるからこそだ。

「そして、疱瘡にかかってひどいあばたが残った人というのは、疱瘡の神様の力を、ほかの人たちよりたくさんその身に受けた人なんですよ」

だから、あばたと共に、邪《よこしま》なモノや魔を祓い退ける、強い力をも得たというのだ。

「神様の力の一部を預かって、そのご加護を受けているわけでございますから」

「神様のご加護……」

「ええ。あばたはその印です。疱瘡の神様の御使《みつか》いの印。その力で、ほかの禍《わざわい》や疫病を寄せつけないんです」

だから丁重に遇される。

「わたしどもでも、あの女——もう名前で呼んでもよろしいでしょうね。お勝《かつ》さんという人ですが、それはそれは大切におもてなしいたしましたのよ」

お梅を護《まも》ってもらっているうちは、かの女は神の使いであり、神様と同じ尊い存在だから、人の名で呼ぶことは憚《はばか》られたというのであった。

おちかはゆっくりとうなずいた。「なるほど、わかって参りました」

お路はにっこりした。「それでも、普通は輿入れのときについてきてもらうだけです。しきたりではね。花嫁道中という晴れのときに、魔につけ込まれないように備えるというだけですが」

住吉屋分家では、そこからさらに踏み込んだのだ。

「六度目のお見合いの話が来たときに、お勝さんにうちへ住み込んでもらいました。そして、いつでもぴったりとお梅のそばについていてもらったんです」

そうして、〈住吉屋の呪い〉から、お梅を守護してもらっていたのだという。

「じゃ、〈大七〉でご一緒だったのも」

「はい。家からついてきてもらったんです」

思わず、おちかは問い返した。「でも、皆さんあの場では、お勝さんはお連れではないようにふるまっておいででした」

神の使いと敬い、丁重に遇しているようには見えなかった。お勝など、その場にいないようなふうだった。

お路は平然としている。

「だって、へだてなく親しくするのもおかしいでしょう。わたしどもはただの人ですが、お勝さんは違います」

鬼神は〈敬して遠ざける〉ということなのである。

「実はね、そうやって呪いを退けたらいいんじゃないかというのは、小一郎の考えだったんです」

彼は先年春、正式に畳表問屋豊島屋の婿になった。

「入り婿ですから花嫁道中はございませんでしたが、仲人役の人の口利きで、祝言に、あのお勝さんが付き添ったんです」

おかげさまでつつがなく、盛大な祝言でしたと、お路は嬉《うれ》しそうに続けた。

「それがきっかけで、小一郎も思いついたようなんです。お勝さんに住吉屋に入ってもらえば、お梅を護ることができるんじゃないかって」

住吉屋の人びとには、思いもよらぬ提案だった。

「頭で考えるほど上手くいくとも思われませんでしたしね。祝言の折のしきたりで、呪い封じをするなんて。お勝手の道具じゃあるまいし、そんな便利に使い回しができるわけもないって、怪しむ気持ちの方が大きかったくらいです」

しかし、何度も悲しい破談を味わい、そろそろ三十路《みそじ》が見えてきたお梅が、

「せっかく小一郎が言ってくれてるんだし、試してみたいと……。もう、すがるような目をして申しましてね。それでわたしどもも、お勝さんに来てもらうことを決めたんです」

そしてお梅は、六度目の見合いに臨んだのだった。

「四度目、五度目のときには、お梅は最初《はな》から尻込《しりご》みしてましして、説き伏せるのに大骨を折りました」

六度目のとき、お梅は言ったそうである。

——おっかさん、これが最後です。

「もうこれっきり、あたしは見合いはいたしませんと。だからこそ、小一郎の言うとおりにしてみよう、駄目でもともとだという気分だったんでしょう」

このときのお梅は果断であった。

「お勝さんを頼りにする以上、お勝さんの力だけにすがって、ほかの小細工はなしにしてくださいと申しました」

だから先方に呪いのことは打ち明けなかったし、お花の人形も見せなかった。見合いの席の隣の座敷に、お花の人形を侍《はべ》らせるようなこともしなかった。人形はまったく締め出しておいた。

「代わりに、お勝さんに付き添っていてもらいました」

それでもまだ針が立つのなら、いっそきっぱり諦《あきら》めがつくと、お梅は言った。

話は今度もするすると進んだ。過去にも、呪いの針千本さえ立たなければ、お梅は見合いにし損じたことはなかったのだ。相手はいつもお梅に惚《ほ》れ込み、縁談がまとまることを望んでいたのだ。

「で、針は」と、おちかは訊《き》いた。

ひたとおちかを見つめ、わざと気を持たせるように間を置いて、お路は答えた。

「立ちませんでした」

誓って一本もと、誇らしげに言う。

「話がまとまって、お梅が嫁入り支度にかかってからも、針は立ちませんでした。それまでのことが嘘のようでございました」

縁談から締め出しはしたものの、本家では、掌《てのひら》を返してお花の人形を粗末に扱うような真似はしなかった。多右衛門とお累が、亡き娘に生き写しのこの人形に、すっかり情が移っていたということもある。

「毎日着替えさせ、一緒に膳《ぜん》を囲んで、これまでと同じようにふるまっておりました。そしてじっと様子を見ておりました」

針が立つ気配は、まったくなかった。

「わたしどもも、なかなか気を緩めることはできませんでした。ずっと用心しておりました。荷送りもこっそり静かにいたしましたし、花嫁行列を勝手口から出したのも、ここでわたしどもが手放しで驕《おご》っては、また呪いが強くなって、お勝さんの力でも祓いきれなくなってしまうかもしれないと案じたからでございます。まことに薄氷を踏むような思いでございました」

しかし、幸いすべて杞憂《きゆう》に終わった。お梅は無事に嫁いだのだ。

「あの日、お勝さんが花嫁衣装を着て、駕籠《かご》に乗り込んで行かれましたね？」

「ええ。念には念を入れて、そういたしました。いちばん肝心なときですからね」

「嫁がれた先で、お梅さんは」

お路の頬が、笑みでふっくらと和らいだ。「落ち着いております。幸せですわ」

「お勝さんはご一緒なのですね？」

うなずいて、しかしお路は言った。「今はもうおりません。つい一昨日《おとつい》、丁重にお帰り願いました」

一昨日の未明、お累が夢を見たからだ。

「義母《はは》が現れましてね。言ったそうです」

――悔しいけれど、おまえたちに力負けした。お梅はもう他家の者になってしまったし、住吉屋はこれで絶える。あとはおまえたちが好きなようにするがいい。

「何ですか、夢のなかでもずいぶんと影が薄くなっていたそうでございますよ」

ちょっと哀れですわねと、さして思い入れもないように、鼻先で呟《つぶや》いた。

「ともあれ、これでめでたしめでたしです。お勝さんには、どれほど感謝しても足りません」

そうか。あの女《ひと》は見事に役目を果たして去ったのかと、おちかはしんみり思った。

「それでわたしども、残された四人で一緒に暮らそうと決めましたの。ただ、本家も分家もお店《たな》はたたみます。これからしばらく、後始末で忙《せわ》しなくなるでしょう」

得意先に挨拶《あいさつ》をし、奉公人たちの身の振り方を決めてやらねばならない。

「皆様、どうなさるのですか」

お路はいたって明るい目を上げた。

「商いをやめても、蓄えも少しばかりの家作もございますからね。四人でお花の菩提《ぼだい》を弔いながら、ひっそり暮らして参ります」

先祖の供養も欠かしませんと、微笑んで言い足した。

「隠居暮らしも、四人もいれば賑《にぎ》やかでしょう。もっとも、義兄《あに》夫婦は仏門に入りたいようなんですよ」

お花と、お花の人形のためにね――」

「人形はずっと本家にあったんですが、これも一昨日を限りに、うちの菩提寺に預かっていただきました。お累さんは、壊したり焼いたりするのは忍びないようです。和尚《おしょう》様には、そうした方がいいと勧められたんですけども」

なかなか割り切れるものじゃありませんと、お路も少し寂しげになった。

「まあ、長いお話になりましたこと」

吹っ切るように背中を伸ばすと、座り直して手を揃える。

「しかも面妖《めんよう》なお話で。いえ、おちかさんはもっと怖いお話をご存じなのかしら」

重荷をおろし、お路は軽やかである。

「この変わり百物語はまだ始まったばかりでございますので、わたしもたくさんのお話を伺っているわけではありません。かなり……面妖なお話でございました」

これが真の呪いや祟《たた》りや幽霊譚《たん》なのかというところが、とりわけ。

「ひとつお伺いしてようございますか」

「どうぞ。何か語り残しがございましたかしら」

「いえ、お勝さんのことです」

おちかの心の目には、あのすらりとした立ち姿が浮かんでいる。

「あの女は、自分の持つ力について、どのように思っているのでしょう。皆様とは、それについてお話しになりましたか」

とんでもないと、お路は手を振った。

「もったいないし畏《おそ》れ多いし、わたしどもはあの女に頼るばっかりでございましたから、そんな問《と》い質《ただ》すようなことができるもんですか」

お勝は穏和で物静かで、無口な女だという。お梅はすぐに馴染《なじ》んだが、それも親しくうち解けるというのではなかった。

「大切な守り神様ですからね。わたしどもは一歩下がって、いつも控えておりました」

お勝は居心地が悪くなかったのだろうか。そういう処遇《あつかい》に慣れているのだろうか。

疫神《えきしん》の守護を得て、人びとにすがられる立場というのは、日々、どんなものなのだろう。同じ人の身でありながら、魔を祓《はら》い禍《わざわい》を退ける御使《みつか》いだと恃《たの》まれる。敬われ、しかし遠巻きにされ、役目が終われば独り、去ってゆくだけ――

「お勝さんにもお身内がおられるのでしょうね」

首を捻《ひね》るお路は、はぐらかしているのではなく、本当に知らないようだ。

「お歳からして、お子さんだっているかもしれません」

「あの女《ひと》は嫁いでいないでしょう。もらい手があるとは思えませんもの」

お勝への感謝の念はあっても、それとこれとは別なのか、お路の言い様は冷酷だった。お花の人形への想いとは違い、こちらの切り替えは早いと見える。

「あら、でもおちかさん」

何を合点したのか、お路はつと目をしばたたいた。

「もしかして、お勝さんを雇おうとでもお思いなのかしら」

おちかは驚いた。どういう意味だ？

「雇うとおっしゃいますと」

「ですから、魔を祓うためにですよ。あなたも、うら若い身で、こんな百物語なんぞを一人でなさっていたら、怖いことだってございましょう？　お勝さんのようなお守りがそばにいてくれたら、心強いんじゃありませんか」

思ってもみなかったことである。が、確かにそれは一案かもしれない。

それより何よりおちかは、だんだんとお勝に会ってみたくなってきた。できるならここへ来てもらって、ゆっくり話すことはできないだろうか。

お勝の側から見た経緯《ゆくたて》を聞いて、初めてこの話は閉じるのではなかろうか。

「日ごろ、お勝さんはどんな暮らしをなさってるんでしょうね」

口にするそばから、お路には訊《き》いても無駄だとわかった。困っている。「お民さんに訊いてごらんになれば」

「豊島屋さんで仲人役をなすった方なら、ご存じでしょうか」

「というより」お路はなぜか、廊下の奥を窺《うかが》うような仕草をした。「お民さんに訊いてごらんになれば」

「は？　叔母《おば》にでございますか」

「ええ。こちら様は灯庵さんとお付き合いがあるでしょう？」

口入屋の蝦《が》蟇《ま》老人である。

「はい、ございますが」

「小一郎の祝言の折、仲人さんは、灯庵さんの伝手《つて》でお勝さんを雇ったんでございます。ああいう人の周旋も、やっぱり口入屋の仕事なんですよ。うちでも灯庵さんに周旋料を払いましたからね」

蝦蟇老人はそんなに顔が広いのか。商売の範囲も広いのか。

「ですから、お民さんに灯庵さんを呼んでもらえば、お勝さんのことを教えてもらえるんじゃないかしらねえ」

この日、おちかが叔父《おじ》叔母と囲んだ夕餉《ゆうげ》の膳《ぜん》には、飯ではなく粥《かゆ》が載った。おしまを下がらせて、給仕はお民がしてくれた。身内三人の水入らずである。

「夕方、お路さんが帰るとき、おちかがずいぶんと疲れているようだったから」

柔らかな粥は口当たりが優しく、身体も温めてくれた。叔母の心遣いが嬉《うれ》しい。

「ありがとうございます」

自分では、さほど感じていない。いろいろと考え残すことが多いので、沈んでいるように見えたのだろう。それとは裏腹に、三島屋を去るお路の足取りは軽々と、ほとんど颯爽《さっそう》としていた。

黒白の間で来客が語った話を、今度は叔父叔母に語り聞かせることも、おちかの役目なのだが、

「入り組んだ話なら、語る手間もかかるだろう。何も今日のうちに、急いで教えてくれなくってもいいんだよ」

遠慮がちに、伊兵衛は言う。お民もうなずく。だが言葉とは裏腹に、叔父叔母の目は爛々《らんらん》と――では言いすぎだが、かなりの興味に輝いていた。お隣の住吉屋さんには、いったい何が起こっていたのか。

おちかはつぶさに語った。

話を聞き終えると、伊兵衛とお民は申し合わせたように深いため息をついた。

「大仕事だったたねえ」

お民はついと立って水屋を開け、水引《みずひき》がかけてあるきれいな菓子箱を取り出した。

「今日、お路さんが持ってきてくれたお祝い返しだよ」

蓋《ふた》を開けると、紅白の大福餅《もち》が並んでいる。半分がたなくなっていた。

「おやつにみんなで分けたんだけど、あとはおちかにあげる。疲れをとるには、甘いものがいちばんだ」

おちかは笑ってしまった。

「一人でこんなに平らげたら、たちまちお多福になっちゃいますよ」

「それでも、まず紅白のをひとつずつおあがり。幸せのお裾《すそ》分《わ》けだからね」

そう言いつつ、お民の口つきは少し苦い。

「本当に、今度こそお梅さんが無事に嫁いでくれてよござんしたよ」

「叔母さんは、縁談が壊れる理由《わけ》については、ちっともご存じじゃなかったんですね」

「色恋だけじゃない厄介な事情がある、というくらいだったね」

「そりゃまあ、おまえとお路さんが、紅梅焼きを食って茶を飲みながらしゃべり合えるような話じゃないからねえ」

「あら嫌だ。あたしらは仕事場で、そんなふうにしたことなんかありませんよ」

油を売るにも売りようがある。奉公人たちの手前もあると、お民は夫に、真面目に抗弁する。

「わかった、わかった」伊兵衛は大げさに宥《なだ》めるふりをして、「ところでおまえは、誰の仕業だと思う？」

声をひそめて問いかけた。

「お花さんの人形に、几帳面《きちょうめん》に針を立てていたのは、誰だろうね」

お民も夫の目を探り返す。「おまえさんこそ、誰だと思います？」

おちかは大福を頬張りながら、叔父と叔母の顔を見比べた。

伊兵衛が先に手をあげた。「男の私には難しいあてものだが、やっぱり怪しいのはお累さんだろう」

「そりゃ、ね」と、お民は息をついた。「でも、お路さんだって怪しいですよ。本家に出入りすることができたんですからね」

下手人《げしゅにん》が一人とは限らないと、二人で口を揃えて言い合うのだった。ひとつひとつの場合に、それぞれの理由と下手人がいたのだろうし、いて不思議もない。

「最初の針はお累さんだろう。お淩《さら》い会でちやほやされるだろうお梅さんの幸せを、お花さんに成り代わって妬《ねた》んだのさ」

「人形のお花さんに入れ込んじまって」

「でもそれなら、本家の多右衛門さんだって同じだろうなあ」

「住吉屋さんのなかでは、あるときから、この呪いが当たり前のことになっちまったんでしょう。そうすると、誰が何のために利用したって不思議はありませんよ」

盛んにやり合う叔父叔母に、おちかは口元を拭《ぬぐ》って、言葉を挟んだ。

「でも……人形に針が立つたびに、お梅さんは、それはそれは辛《つら》い目に遭うんですよ。そんな酷《むご》いこと、実の親であれ育ての親であれ、親というものが望むでしょうか」

伊兵衛とお民は、一緒に目を丸くした。

「おちか、わかっていないのかい？」

「お花さんの人形に針が立つことと、お梅さんに湿疹《しっしん》が出ることは、ぜんぜん別の話だよ」

湿疹は、お梅さんの心から出てくるんだ――と、お民が拳《こぶし》で胸を叩《たた》いてみせた。

「人形に針が立ったと知って、お梅さんが、ああお花ちゃんが怒ってる、あたしを恨んでるんだと思うから湿疹が出るのさ。お累さんやお路さんが望もうが望むまいが、かかわりなしにね」

「呪いというのは、そういうものだ」

「それに」と勢いよく続けて、お民は躊躇《ためら》うようにくちびるを湿した。

「それに、何ですか」と、おちかは促した。

「こんなことを言うと、お民叔母さんも底意地の悪い人だと思われるかもしれないけどね、お累さんやお路さんが、お梅さんが湿疹で辛い思いをすることを、いつもいつも悲しんでばかりいたとは限らないよ」

そのことなら、おちかも考えていた。

「嫉妬《やきもち》の焼き合いのせいですね？」

たとえば、お路がお累とお梅の母子を妬んだ気持ちは、そっくりそのままお路とお梅を妬むお累の気持ちにひっくり返すことができる。お梅は実の母のわたしより継母《ままはは》の方が好きなんだろうか、と。

万事がその調子だ。愛《いと》しいと思えばその分だけ憎くなることもあろう。住吉屋という器のなかに、呪いという封印で閉じこめられた二組の父母と一人の娘は、亡き姑《しゅうとめ》とお花という二人の亡霊まで抱き込んで、ぐつぐつと煮詰まり続けてきた。

お民はまじまじとおちかを見つめた。

「ねえ、あなた」

おちかに目を据えたまま、伊兵衛の手を取る。

「うちのおちかは、短いあいだにずいぶんと世間ずれしてきましたよ」

「うむ、大したものだ」

お民に手を預けて、伊兵衛は笑い出した。おちかはけっこう、後ろめたい。

「おかげさまで、このまんまですと、世間ずれがすぎて床ずれになりそうです」

「まあ、そう言わんで続けておくれよ。まったく興趣が深いよ、この百物語は」

所詮《しょせん》は嫉妬《しっと》が根っこにあるのだと、気を取り直してお民は言った。

「一人の娘に二組の両親。ひとつの身代《しんだい》を割ってつくった二つのお店《たな》。表向きはどうあれ、お腹の底じゃ競い合い、比べ合い、勝った負けたの繰り返しだったんでしょうよ。そのうちにじわじわと溜《た》まってゆく口に出せないものを、どこかで、何かの形で外に吐き出さなくちゃならなくなった。それが〈藪《やぶ》から飛び出す千本の針〉ですよ」

針を含んだ薄暗い藪の奥には、住吉屋の人びとがみんなして隠れていた。

「あたしはお路さんとは気が合うし、あの人が好きですよ。けど、狭い世間だからね。住吉屋のことで、耳障りな噂を聞いたことはありました」

本家と分家の間は、実はあまり滑らかではない。本家の嫁のお累という人は気が弱いので、格下の分家の嫁のお路にいいように仕切られて恨んでいる。多右衛門と仙右衛門の兄弟も然《しか》りで、元のお店の身代を二つに割ったことを、今も多右衛門は納得していない――

「噂が真実《ほんとう》なのか、ご本人たちが言うことが真実なのか、あたしにはわかりません。どっちも少しずつ本当で、少しずつ嘘だったり、都合の悪いところが省かれていたり、小さなことが大げさにふくらまされていたりするんだろうけどね」

あたしだって、世間様にどんなふうに噂されているかわかったもんじゃないしと、お民は急に殊勝な顔になった。

「だからこのことは、いい教訓だね」

「うちにも倅《せがれ》が二人いるからなあ」

伊兵衛が唸《うな》るように言って、うなじを掻《か》いた。

「いずれあいつらが嫁をもらって——つまり他所《よそ》様から他人《たにん》様が入ってきて、新しい所帯をつくればさ、今まで思ってもみなかったようなことで揉《も》めたり、喧嘩《けんか》したりすることだってあるだろうよ」

「覚悟しておきませんとねえ」

「そういうときに無理な我慢をすると、その無理が積み重なって、いずれは骨が軋《きし》んでくる、か」

お民はいっそ怒ったように、声を強めた。「お累さんもお路さんも、双子は駄目だなんてゴタクを並べるお姑さんがそんなに憎かったのなら、そのときその場で、つかみ合いの喧嘩でもやっちまえばよかったんですよ。嫁同士でだって、気に食わなきゃ引っ掻き合いでもすりゃよかったんだ。下手に我慢するからこんがらがるのよ」

伊兵衛がちょっと眉《まゆ》を上げ下げした。

「そうは言うがね。なかなかみんな……世間の嫁さんというものは、おまえのように威勢よく生きられるものじゃないんだよ」

おちかはそっと言い添えた。「結局、この話に幽霊の出番はありませんでしたね。

今までいちばん生臭い、だからこそ身につまされる、この世のお話でした」

そんなおちかをつくづく眺めて、「どうしよう」と、お民が呟《つぶや》いた。

「もしも伊一郎と富次郎がおちかを取り合ったら、あなた、どっちの味方をします？」

おちかは膳《ぜん》の上の器を乱すほどあわててしまい、伊兵衛は大声で笑い、お民は笑い事じゃありませんと一人で突っ張る。

「そ、そんな悪い冗談より、叔母《おば》さん、どうぞ灯庵さんに頼んでくださいよ」

互いに〈いい顔〉を見せ合うことに懸命になるあまり、どうやったら〈いい顔〉をやめてしかめっ面をすることができるかわからなくなってしまった住吉屋の人びとを救った、あばた面の神の使い、お勝のことだ。

「どうしても会ってみたいんだね」

「はい。そうでないと、あたしの胸のつかえが下りません」

心得たと、伊兵衛が請け合った。

とは言うものの、

「しばらく待った方がよさそうだね。住吉屋さんが立ち退いてからでないと、お勝という人も、うちに寄りつきにくいだろう」

という次第で、おちかは十日ほど待たされた。それでも十日で済んだのは、住吉屋が、まさに鳥が飛び立つようにあわただしく、お店をたたんで家移りしていったからである。

——これからは二組の夫婦で、それでもやっぱり〈いい顔〉で、寄り添って暮らしていくんだろう。

針を含んだ藪は、ここへ置き去りだ。空き家となった隣家の屋根を眺めながら、おちかは思った。もう、置き去りのままでありますように、と。

お勝を迎えるとき、黒白の間の花活《い》けに菖蒲《しょうぶ》を飾った。端午《たんご》の節句《せっく》にはまだ気が早い。けれど、朝早くから近所の手習所に通う丁稚《でっち》の新太が、途中の堀割の岸にひと群《むれ》の菖蒲が伸びかけていると教えてくれたのを見に行ったら、その初々しい緑が目に嬉《うれ》しかったので、ほんの少し手折《たお》らせてもらったのである。

立ち姿の美しいあの人には、菖蒲がよく似合うと思った。

〈大七〉で見かけたときと同じように、お勝は頭巾《ずきん》ですっぽりと頭を覆い、顔の半ばを隠していた。うつむきがちに勝手口から奥へ通り、しずしずと歩んで黒白の間に入った。

「失礼をお許しくださいませ」

一礼してから、頭巾を取った。

おちかが息を呑《の》むようなことはなかったし、まばたきもしなかった。今さら見間違いようのない顔である。が、驚かなかったといえば嘘になる。

こうして間近に相対すると、お勝は美しいのだった。それこそ人形さながらに、目鼻立ちが整っているのである。肌も抜けるように白く、漆黒の髪は豊かで艶《つや》やかだ。疱瘡《ほうそう》の神様は、美人がお好きと見える。

「勝と申します」

微笑むと、目元にかすかな小皺《こじわ》が浮いた。

口入屋の灯庵老人は、三島屋のこの趣向について、かなり詳しくお勝に話しておいてくれたらしい。くどくどした前置きは要らなかった。

おちかは語った。住吉屋の話、それを聞いたおちかの考え、叔父叔母《おじ》と語り合ったこと。すべて隠さず大いに語った。お勝は優しくうなずきながら聞き入って、おちかが一人でしゃべった。黒白の間で、おちかが一対一でこんなに語るのは、おしまに身の上話をしたとき以来である。

まるで思いの丈を打ち明けるように語って、「ですから、どうしてもお勝さんにお会いしたかったのです」

ひと息つくと頬が火照り、喉《のど》が渇いていたほどだった。

お勝は、息せき切って外から家に帰り、ただいまおっかさん、今日はこんなことがあったんだよと語る子供を見るように、目に笑みを湛《たた》えておちかを見つめている。

「こちらのご主人様もお内儀《かみ》さんも」

そしてお嬢様も――

「ご賢察でございますね」

声音《こわね》も艶やかで麗しい。

「わたくしも、住吉屋様のお申し出のような役目を仰せつかることは初めてでございましたから、いくら灯庵さんからの口入れでも、最初は固くお断りするつもりでおりました。わたくしでは、とてもお役に立つまいと思ったからでございます」

それでも、一度でいいからお梅に会ってやってくれ、そしてあの娘を哀れと思うなら、そばにいてやってくれと、お路に直談判《じかだんぱん》で泣きつかれ、

「住吉屋様にお伺いいたしまして、すぐと考えが変わりました」

このときのお梅は湿疹《しっしん》を病んでいたわけではなかったけれど、

「繰り返し湿疹ができたところは、とりわけ肌の柔らかい腕の内側などでございますが、うっすらと痣《あざ》になっておりました。お梅様はわたくしにそれを見せてくださいました」

身が震えるほどに痛ましく思った。

「それでお引き受けになったのですね」

小さめに結った銀杏《いちょう》返しの髷《まげ》をかしげて、お勝はしとやかにうなずいてみせる。

「わたくしは神の使いでも、神様の力を分けていただいた者でもございません」

ただの縁起物でございます。

「縁起物……」

「わたくしのような者に、魔を祓《はら》う力があると信じてくださる皆様がおられれば、そこでは役目を果たすことがかないます。縁起物とはそういうものでございます」

婚礼や花嫁道中に呼ばれるのも、しきたりを信じる人びとがいるからこそだ。

「近ごろでは、そういう方々は少なくなりました。むしろ、めでたい席にわたくしのような者が侍《はべ》ることを忌む皆様も、増えてきておりますくらいで」

だから、このしきたりも、おいおい廃れてゆくでしょう、という。

「ですから住吉屋様でのひと働きは、わたくしの、縁起物としての最後の大仕事になるかもしれないとも思っておりました」

「お隣では、気まずい思いをなさいませんでしたか。神様みたいに祀《まつ》り上げられて」

「いえいえ」お勝は目を細める。「神棚に据えられていたわけではございません。それでは身の置き所もございませんし」

だいたいはお梅のそばにいて、話し相手になったり、一緒に縫い物をしたり、お梅の稽古《けいこ》事にも立ち会ったり、

「わたくしは少しばかりお琴の心得がございますので、お梅様とご一緒に奏でて楽しむこともございました」

間近にやりとりするうちに、おちかには感じるところがあった。不躾《ぶしつけ》にお勝の身の上に踏み込むわけにはいかないが、この人はもしかすると武家の出なのではないかしら。そうでなくても、御殿勤めをしていたことがあるのではないかしら。

「お嬢様のお耳に、琴の調べが届くことはございませんでしたか」

おちかはちょっと赤面した。「お隣のことですから、きっと聞こえていたのでしょう。わたしがわたわたと騒がしくしていて、気がつかなかっただけで」

「日ごろ、お嬢様はお忙しいのですよね」

あばたはお勝の顔だけではなく、首筋にまで散っている。が、お勝が今つと手をあげて口元を押さえると、渋い藤色の着物の袖《そで》がするりとずれて、手首の奥が見えた。練り絹のように白い肌だった。

なぜお勝が口元を押さえたかと言えば、楽しげな笑いを堪《こら》えたのである。

「お梅様は、よくお嬢様のことをお話しになっていました」

「わたしの？」

〈大七〉で出会うまで、こちらはお梅のことなど何も知らなかったのに。

「籠《かご》の鳥のお梅様には、外の世間の噂話は何よりのご馳走《ちそう》だったのでございましょう。

お隣の三島屋さんに、若くて可愛い姪御《めいご》さんがいる、あの人が初めて来たときには、うちの手代や番頭までこっそり顔を見に行った。たいそうな器量よしらしい。なのにどういうわけか、女中のような態《なり》をして、女中のように働いているらしい」

――変わった娘さんよね。

「そんなことまで噂になっていましたか」

堪えきれなくなったらしく、お勝は柔らかな声で笑った。

「あんまりお梅様が噂するので、わたくしも、お隣のお嬢様はどんな方なのかと気になって仕方がありませんでした」

お目もじできて嬉しゅうございます。あらためて頭を下げ、面を上げると、お勝は寂しいような眼差《まなざ》しになっていた。

「お梅様はきっと、生き生きと毎日を暮らすお嬢様が、とても羨《うらや》ましかったのでしょう。お噂はすべて、嫌なものではございませんでした」

お梅はまるで、会ったことのないおちかに片恋をしているかのように、おちかのことを知りたがり、好んで語ったそうである。

「それくらい、お梅様という方は子供のように素直で、隠し事のないお嬢様で」

愛《いと》おしむような口調だった。

「ですからわたくしにも、短いあいだに、住吉屋様の内々の事情を、先様からお聞かせいただいた以上に深いところまで……いえ、先様がお聞かせになりたくないところまで、察することがかないました」

お梅の気持ちを知り、住吉屋の日々の暮らしを知り、お路を知り仙右衛門を知って、

「わたくしも、お嬢様方がご賢察になったのと同じように考えておりました。住吉屋様の呪いの針は、まず間違いなく、この世の人の手によるものでございましょう。ただその人は、一人とは限りませんし、怖《おそ》ろしい悪だくみをしているわけでもございません」

おちかは深くうなずいた。一度で足らずに、二度三度とうなずいた。

「呪いに囚《とら》われているだけなのでございますよ。ですからそれを終わりにするには、誰かが別のまじないをかければよろしいのです」

住吉屋という閉じた器を開ける、新しいまじないを。実は住吉屋の人びとも、心底それを欲しているのだから。

「それが、わたくしのするべき仕事でございました」

縁起物だから、できること。

「わかってしまえば、難しいことではございません。幸いわたくしは、縁起物としては手練《てだ》れでございますし」

「あの蝦蟇《がま》の灯庵さんが太鼓判を押すんですものね」

「はい、有り難いことに」

二人で目を見合わせ、笑い合った。

「やっぱり、お会いできてよかった」

「こうしてお話をさせていただくことで、わたくしも胸がすっきりいたします。やはり、今までにない大仕事に、心に溜《た》まっているものがございました」

お嬢様にお会いして、初めてそれがわかりました、という。

「あの、お勝さん」

言いにくい段階《くだり》になり、おちかも片恋を打ち明けるようにどきどきしてきた。

「これから……どうなさるんですか」

ずっと縁起物を生計《たつき》としてゆくつもりかとは、さすがに訊《き》けない。

「おうちの、方とかは」

お勝は穏やかに応じた。「わたくしは身内の縁に薄うございまして」

独り身だと言っているのだ。

「そしたらあの」

へどもどするおちかに、お勝は小首をかしげて微笑んでいる。

「次はうちに、来ていただくことは」

優しい笑みをそのままに、お勝は言った。「お嬢様は、百物語の聞き手をなさっておられる」

「はい」

「お一人では心細く、怖ろしくなることがおありなのですか。それでわたくしのようなお守り——魔を祓う縁起物をお求めなのでございましょうか」

おちかは強くかぶりを振った。「違います！　そうじゃないんです。わたし、怖い思いなら、とっくにしています。この世のものではないものと渡り合ったこともあります。それはみんな、身から出た錆《さび》なんです。だからむしろ、怖い思いをすることで、その錆がとれてゆくというか」

うまく言えなくてもどかしい。

「一人で平気なんです。平気なんですけど、ただお勝さんには……」

いっそう優しく、お勝は訊いた。「わたくしの身の上を哀れんで、労《ねぎら》ってやろうとお思いでしょうか」

「いいえ、そんなんじゃありません！」

覚えず、甲高い抗弁となった。

張り詰めたようなわずかな間を置いて、お勝が畳に両手を揃えた。

「お許しくださいませ。お嬢様がそのようなお気持ちであるとは、わたくしも毛頭思ってはおりません」

「ごめんなさい」

おちかは小さく言った。何だか、子供に戻ったような気分だ。

「やっぱりわたし、一人じゃ心細いのかもしれません。そんなふうに思ったことはなかったんですけど」

「これまでにも不思議なお話を聞いていらしたのに？」

「はい。でも住吉屋さんの呪いは、幽霊とか祟《たた》りとか、亡くなった人の怨念《おんねん》とか、そんな類《たぐい》のものではありませんでした。それがかえって怖ろしかったんです」

ゆっくりと、お勝はうなずく。「幽霊らしい幽霊といったら、いつもこの世の人の都合のいいときにばかり現れる、お姑《しゅうとめ》さんぐらいなものでございましたものね」

「そうですよね？　都合よく夢枕に立って」

お勝はころころ笑った。「夢のことばっかりは、あとから確かめることができませんものね。夢に見たと言われたら、左様《さよう》でございますかと言うしかございません」

おちかは身を乗り出した。「住吉屋の皆さんが、一度に同じ夢を見たというのは、どう思います？」

「どなたかお一人が言い出したことに、皆様で合わせてしまったのでしょう。あるいは、語り合ううちに、本当に同じ夢を見たと思い込んだのかもしれませんが」

「その夢が、そのときはみんなにとって必要だったから？」

「そのように、わたくしは思います」

おちかもそう思うのだ。ますますお勝が好きになってきた。

「じゃ、お花さんの幽霊はどうかしら？　あれもしまいにはお姑さんの仕業になってしまいましたけど、最初のうちは、浴衣《ゆかた》を着て水色の帯を締めたお花さんの姿を、出入りの職人たちが確かに見たって」

お勝の笑みは揺るがない。「本当に職人たちが見たのかどうか、わかりませんそう。おちかが聞いたのは、あくまでもお路の〈話〉だ。

「わたくしはお梅様から、そのころのことを、少し違う筋書きで伺ったことがございますし……」

お勝はちょっと遠い目をした。

「そのくだりを語られるとき、お路様はお嬢様に、最初は、本家に戻りたくない仙右衛門さんが、何か職人たちに言い含めてさせていることではないかと思ったとおっしゃったのですよね？」

実のところ、それが真実なのではないかと、お勝は言う。

「ちょっぴり本音が出たんですね」

おちかの言い様は、いくらか意地悪だったかもしれない。お気を悪くなさいませんようにと、お勝に宥《なだ》められた。

「お勝さんは、今まで、幽霊やあやかしの類を見たことはおありですか」

かぶりを振り、お勝はおちかを見つめた。

「ただの一度も？」

「はい、ございません」

「でも、ご自分は確かに魔を退ける縁起物だと」

「わたくしが担っているものを信じてくださる方にとっては、縁起物としてお役に立てましょう」

はじかれたように、おちかは座り直した。「それなら、どうぞわたしにも力を貸してください！」

この世の魔にも、あの世の魔にも、おちかが等しく、ひるまず向き合ってゆくために、お勝にそばにいてほしい。語り合ううちに、ひしひしとその気持ちが強くなってきた。

「お嬢様には、お嬢様にお力添えし、お嬢様をお護《まも》りになる皆様がおいででしょう」

確かに叔父《おじ》がいて叔母《おば》がいる。おしまもいてくれる。おたかも清太郎もいるだろう。でも、そこにお勝もいてほしいのだ。

余計なことは言わず、ただおちかは頭を下げていた。やがて、穏やかなお勝の声が聞こえてきた。

「灯庵さんに伺いましたが……こちら様では、女中を一人お求めとか」

おちかの目の前が明るくなった。

「ええ、今も探しています」

それならばと、お勝はうなずく。

「わたくしを女中として奉公させてはくださいますまいか。そうしていつもお嬢様のおそばにおりましょう。お嬢様に近づく魔を祓《はら》いましょう」

にっこり笑って、「お嬢様が百物語の聞き役に飽いたり、お嫁に行かれたり、いつか、わたくしという縁起物が要らなくなる、そのときまで」

黒白の間で初めて、おちかは手を打って喜んだ。「ありがとう！」

「まあ、お嬢様。独り決めはいけません。旦那《だんな》様とお内儀《かみ》さんからお許しをいただかなくては」

「許しなら、もらってきます！」

おおかた、そんな風向きだろうと思っていましたよ――

驚くどころか、お民は委細承知の顔をしていた。黒白の間のおちかの隣に、既にしてお内儀が新参者の女中に対するにふさわしい威厳を漂わせて座している。

「うちの人が、そろそろおちかも助太刀が欲しい頃合だろうと言ってたしね」

お見通しだったのか。これだから叔父も叔母も油断がならない。

「ああ、これで気の合うおしゃべり仲間のお路さんとはお別れだなあと思ってたんだけどね。あの人、思いがけないお土産を残してってくれたわ」

話はテキパキまとまったが、

「でもお勝、縁起物としての生業《なりわい》は、これできっぱりよしにしちまうのかい?」

「はい。このような良いお話をいただかずとも、もうやめようと思い決めておりました。灯庵さんにもお話ししてあります」

「そりゃまた、どうして」

「わたくしは永年、花嫁御寮に付き添って参りましたが、今般、住吉屋さんの件で初めて、花嫁衣装を身につけました」

そのとき、これで切りがいい、この生業からは足を洗おうと思ったという。

「そう。そうだね、いい切りだ」

なぜか、お民は噛《か》みしめるように言った。

「あんた、きれいな花嫁姿だったよ」

「ありがとうございます」

黒白の間の天井を仰いで、お民はふうと息をつき、苦笑する。

「あのときは仰天したけどねえ。だってさ、花嫁衣装を着てるのは別人で、当のお梅さんはどうしたのかと思えば、駕籠《かご》のなかにちっちゃくなって隠れてるんだもの」

え！　と、おちかは叫んだ。お民とお勝が揃って飛び上がるほどの大声だ。

「お梅さんは、あの駕籠に乗ってたんですか？」

お民と顔を見合わせ、お勝があわてたようにうなずく。

「はい。わたくしが花嫁衣装を着ていたのは、無事に輿《こし》入《い》れ先に着くまで、念には念を入れてお梅様をお護りするためで」

住吉屋のなかでお梅の美々《びび》しい花嫁姿を見せつけると、また藪《やぶ》から針が飛んでくるかもしれないと、お路が案じたからである。

「念が入《い》りすぎだけどね。まあ、今となっては、その気持ちもわからないでもない」

あの場では、驚きを顔に出さずにいるためにせいぜい澄ましていたけれど、なかなか骨だったと、お民は言う。

「だからあたしもあれ以来、お路さんがここへしゃべりに来て種明かししてくれるのを心待ちにしていたんだ」

「それでも、お嫁入りするのはあくまでもお梅様でございます。ですから駕籠にはご一緒に……」

ならば、おちかが勝手口に見かけた娘は誰だったのだ？

冷や汗をかきながら、おちかはそのときのことを二人に語った。付き添いの女中のように地味な身なりの、お梅とそっくりの顔のことを。

しばしの沈黙の後、お民が口を切った。

「お花さんだ」

ほかに誰がいよう？

「今度こそ誰にも邪魔されずに、お勝という縁起物のまじないに護られて、お梅さんが幸せになれるようにって」

見送っていたんだ。

見守っていたんだ。

でも、どうしておちかに向かって、拝むようにしていたのだ？

「お騒がせして済みませんって、謝ってたんじゃないかしらね」

お民は冗談のように言い放ったが、気がつけばお勝は涙ぐんでいる。お優しい――

と呟《つぶや》いて、指で目元をそっと拭《ぬぐ》った。

おちかは気づいた。お民の、袖《そで》から覗《のぞ》く手首のあたりに鳥肌が浮いている。

「おお、怖い」と、胴震いする。

やっぱり、幽霊も出たじゃないか。

「いくら優しい魂でも、あたしはあの世のものは苦手なんですよ！」

ぴしりと、お民は三島屋の新しい女中に向き直った。

「お勝、よしなに頼みましたよ。おちかと三島屋には、あんたが必要だ」

第三話　暗《あん》獣《じゅう》

江戸の町に梅雨が訪れた。

どんよりじめじめとして、気が鬱《ふさ》ぐ。

実家《さと》にいたころも、おちかはこの季節が好きではなかった。妙に身体がだるく、食が進まず、思うように動けない。

「天気のせいだけじゃなく、そろそろ疲れが出てきたんだろう。ゆっくりお休みよ」

叔父《おじ》と叔母《おば》に甘やかしてもらい、おちかは三島屋《みしまや》に来て初めて、まる一日、昼間も寝間にいて横になりながら、軒《かつ》を打つ雨音を聞くという贅沢《ぜいたく》を味わった。

幸い、このころには、お勝がもうすっかり馴染《なじ》んでいた。おちかは気兼ねこそすれ、手が足りなくなる心配はせずに、休むことができたのである。

お勝は、いわばおちか直々の〈抜擢者《ばってきもの》〉だから、最初のうち、お民《たみ》はしきりと気にしていた。

——おしまが妬《や》くんじゃないかねえ。

これはとんだ取り越し苦労だった。それぞれに浮き世の苦労を乗り切ってきたおしまとお勝は、すぐに一目置き合ったらしい。その様、あたかも二人の剣豪の如くと評したのは伊兵衛《いへえ》である。

むしろ手間がかかるのは、番頭の八十助《やそすけ》をはじめとする男衆《おとこし》たちとのかかわりの方だ。仕事場の職人たちでも、女たちはからりとお勝を受け入れたが、やはり男たちには、お勝のあばた面が痛ましいのか、あるいは気味が悪いのか、どうにも難しい。

お勝は慣れたもので、気にするふうはなかった。嫌がられているところへ、無理にすり寄ることもない。自然と、仕事場の世話にはおしまが多くあたるようになり、お勝は三島屋の奥を切り回し、その手分けもすんなりと行き届いている。

「仲良しは吉だけど、決まりとしては、おしまを女中頭にしようかね」

お民が切り出すと、二人は言ったそうだ。

「女中頭は、おちかお嬢さんですよ」

「わたくしどもは、お嬢さんの手下です」

おちかとしては、有り難いやら荷が重いやらである。

さて、こんな三島屋に、しとしと雨の降るある日、椿事《ちんじ》が起きた。

丁稚《でっち》の新太《しんた》は毎日、朝の五ツ（午前八時）から午《ひる》の九ツ（正午）まで、近くの手習所《てならいどころ》に通っている。

手習所が始まるのは六ツ半（午前七時）で、昼ご飯の休みを挟んで八ツ（午後二時）まで手習いがあるのだが、新太はお店《たな》の仕事があるので、こういう形で通うことを、師匠に許してもらったのだ。それでも商家の丁稚どんの手習所通いは珍しいことなので、習子《ならいこ》仲間に苛《いじ》められるのではないかと、おしまはかなり案じていた。

「三島屋では当たり前のことが、他所様《よそ》では違うんです。というより、三島屋が珍しいんでございますよ」

奉公人の処遇に厚い、というのだ。

まず日ごろの食事にけちくさいことを言わない。おやつも毎日出る。加えて、何かの節目には料理屋に連れて行ったり、主人の持ちで物見遊山《ものみゆさん》に出したりするし、病となればすぐ医者を呼ぶ。これが珍しいのだという。

「もちろん、同じように好《よ》くしてくださるお店もございますよ。でも少ないです。普通は、奉公人にはもっと辛《から》くて当たり前なもんです」

「うちも仕事には辛いじゃないの」

「それとこれとは話が別ですよ」

手習所には様々な家から子供たちが通ってくるから、新太は貧乏長屋の子供たちとも、商家の息子や娘たちとも机を並べることになる。武家の子供だっているかもしれない。そういうなかで、自分の恵まれていることを知らず、新太がぺろりと三島屋の内のことをしゃべったら、どんな拍子にやっかまれたり、生意気だ贅沢だと憎まれる羽目になるかわからない。

「大丈夫だよ、子供は子供同士でうまくやるもんだ」

八十助は笑っていたが、おしまの心配はなかなかやまなかった。

当の新太はいたって明るく、日々の手習いを楽しんでいる。友達もできたらしい。それでようよう、おしまも気を緩め始めたところだったのに——

その新太が怪我をして帰ってきたのだ。

「新どん、いったいどうしたの！」

おちかとお勝は、仕事場へ昼の弁当を運んで戻ってきたところだった。勝手口を開けようとしたところで、内からおしまの悲鳴のような詰問が響いてきたのだ。

あわてて駆け込むと、おしまがしゃがんで新太をかき抱いている。

「あ、お嬢さん」

かき抱かれた新太は大いに恥ずかしそうで、困り果てている。だがその顔は確かに、

「まあ、立派な青たん」

右目のまわりが真っ青で、腫《は》れ上がって目が半ば隠れている。鼻筋も腫れて鼻血が垂れている。

おしまは既に泣き声だ。

「ほかに怪我は？　あんた、おでこにもこぶができてるじゃないか！　ほかに痛いとこは？　ないの？　言ってごらん！」

「そんなにぐらぐら揺さぶったら、新どんの目が回ってしまいますよ」

お勝が笑いながら割り込んだ。おちかも、おしまには悪いがふき出した。だって、当の怪我人も照れている。右手を背中に隠しているが、そこに濡《ぬ》れ手拭《てぬぐ》いを握りしめていた。きっと、おしまに見つかる前に、少しでもどうにかしようとしたのだろう。

「ちょっとそこに座って。おしまさん、薬箱をお願いします。軟膏《なんこう》が要りますね」

お勝が手際よくおしまを引き離した。おしまはつんのめらんばかりに、大変、大変と騒ぎながら廊下を走ってゆく。

「あいすみません」

新太の額のたんこぶは、見事にぷっくりふくらみてっぺんが赤らんで、ひりひりと痛そうだ。鼻血もまだ垂れてくる。おちかは急いで手拭いを湿し直し、あてがってやった。

「まあまあ、派手に喧嘩《けんか》したこと」

お勝は手早く、優しい手つきで、新太の傷の具合を検《あらた》めた。お勝は子供の世話も上手だ。そういえば新太も男衆の端くれだが、番頭たちを尻目《しりめ》に、この子だけはすぐとお勝に親しんだのも、だからかもしれない。

「あっちこっち打ち身になってるようだけど、骨は無事ですね」

「喧嘩じゃないんです」と、新太はあわてて言った。「いえ、言い訳しようというんじゃありません。でも喧嘩じゃないです。直《なお》ちゃんも、悪気なんかなかったんです」

「直ちゃんて子にやられたのね」

「ですから、直ちゃんは悪くないんです！」

色をなしてかばいだてする新太に、おちかとお勝は目配せしあった。お民が薬箱に加えて八十助まで引っ張って連れてきて、

「何だ、それくらいの傷なら唾《つば》でもつけときゃ治る。それよりおしま、早くみんなの昼飯を頼むよ」

という次第で、詳しい経緯《ゆくたて》は、昼ご飯と一緒に披露された。

新太の通う手習所は通りをふたつ渡った先の白壁町《しらかべちょう》にある。小さな貸家で、外には「手習処」という看板があるだけで名称はないが、近所では〈しずかどころ〉と呼ばれている。師匠が静香《しずか》という女先生であることと、この師匠がめっぽう厳しくて、手習いのあいだに習子たちがよそ見やおしゃべりなどしようものなら、たちまち物差しをふるってびしびしと躾《しつ》けるので、みんな息を殺して静かに学んでいる――というところからついた通り名である。

静香先生はかなりのお歳だ。御家人の後家さんで、夫を亡くした後の生計《たつき》のためと、

日々の暮らしの張りを求めて手習所を開いたそうなのだが、武家の人だから、婆様《ばば》とはいえ筋金入りである。読み書き算盤《そろばん》だけでなく、躾《しつけ》にも厳しい。だから習子たちには恐れられているが、親たちには評判がいい。特に女の子は、静香先生に預ければ、どんな山出しも、ものの五日でお女中に仕立て直してくれる、というくらいであった。新太もはじめはずいぶんとおっかなくて、こんな手習所で続くものだろうかと思ったけれど、厳しい師匠の下だからこそ、習子たちには横のつながりというか、労《いたわ》り合いというものが生まれて、慣れてしまえば毎日楽しくてたまらない。学ぶことも面白い。

そこへ、もう二十日ばかり前になるか。少々ワケありの新入りがやって来た。それが直ちゃん――直太郎《なおたろう》という子供である。

「直ちゃん、本所《ほんじょ》の緑町《みどりちょう》の長屋に住んでたんですけど」

両親と直太郎の三人家族で、父親はさる武家屋敷に用人として勤めており、いつもは母親と二人暮らしである。母親の方は、近所の飯屋を手伝って日銭を稼いでいた。つましく、仲良く暮らしていたのだが、

「先月、直ちゃんのおとっちゃんが、火事で死んじまったんです」

鯉のぼりの時季が過ぎて間もないころ、真夜中に、小石川馬場《こいしかわばば》の近くで火事が起きた。あのあたりは町家もあるが、お寺社や小さな武家屋敷が並んでいる町筋である。

「直ちゃんのおとっちゃんが奉公していたお屋敷が、火元だったそうです」

蠟燭《ろうそく》の消し忘れのせいだったらしい。火元の屋敷と、隣の空き屋敷が丸焼けとなり、周囲の何軒かが火消しのために壊された。大きな夜火事だったのだ。

「直ちゃんのおとっちゃんのほかにも、若党のお侍と女中さんが死んだそうです」

武家屋敷の雇われ用人というと、町人のくせにやれ威張っているの金に汚いのと評判が良くない向きもあるが、直太郎の父親は真面目な忠義者だった。それが仇《あだ》で逃げ遅れたのではないかという。

残された母子《ははこ》は途方に暮れた。直太郎は十一歳で、もう頑是《がんぜ》無《な》くはないけれど、大人のように働ける歳ではない。母親一人の日銭稼ぎでは、母子二人が食べていくのは難しい。

「それで直ちゃん、八百濃《やおのう》さんのもらわれっ子になったんです」

「え？　八百濃って、あの八百濃？」

すぐ先の八百屋である。ぜんたいにお高いので、お民が気に入らず、三島屋出入りの店ではない。お高いくらいだから、品《しな》はいい。大きな料理屋を得意先に、繁盛している店だ。ついでに言うと、気位も高い。貧乏人は相手にしない。それが小癪《こしゃく》だと、おしまも嫌っている。

「八百濃さんのご主人が、直ちゃんのおとっちゃんの従弟《いとこ》さんなんだそうです」

八百濃には子供がおらず、先《せん》から養子を求めていた。

「そういえば、聞いたことがありますね」

ご近所の噂に耳ざといおしまは、しっかり知っていた。

「養子にするなら少しでも血がつながってる方がいいんだけど、なかなか思うに任せないって、お内儀《かみ》さんが嘆《なげ》いてるとか」

嫌っているわりに、詳しい。

「じゃあ、直ちゃんの養子話も出し抜けなものじゃなくって、前からあったんじゃないのかしら」

「そうみたいです」と、新太はうなずいた。「直ちゃんは八百濃へ行くのが嫌で、おとっちゃんもおっかちゃんもけっして遣《や》らないって言ってたんだけど、こうなっちゃしょうがないって」

直太郎の母親は、別のお店《たな》に住み込みの女中奉公をしているそうだ。

「八百濃も意地悪だわね。どうせなら、おっかさんも一緒に引き取ってやりゃいいのにさ」

「それだと母親が二人いることになって、何かとややこしいから」

目を怒らせるおしまに、お勝が穏やかに言う。おちかも内心、（そうそう、また住《す》み吉屋《よしや》さんみたいなことになりかねない）と考えた。

「直ちゃんのお母さんにしてみれば、母子二人で苦しい暮らしをするよりは、直ちゃんが八百濃の立派な跡取りになる方がいいと思うのが自然でしょうし」

そりゃそうだけどと、おしまは口を尖《とが》らせる。

「八百濃が、その気持ちにつけ込んでるところが許せないんだわよ、あたしは」

おちかは訊《き》いた。「血縁とはいえ、いろいろとうるさそうな八百濃さんから望まれるくらいなんだから、直ちゃんって、きっと良い子なんでしょうね？」

読み書きもよくできるし、しっかり者ではきはきしている。身体も丈夫だという。

「――なんですけども」新太は言いよどむ。「けど直ちゃん、ちっとヘンなんです」

「どう変なの？」

「ですからあの、やっぱり、いろいろ辛《つら》いせいだと思います」

十一歳の子供が、ある日突然父親を失い、もぎ取られるように母親から引き離され、貧しくも楽しい長屋暮らしから、豊かだが窮屈な養家暮らしへと強引に移されたのだ。まわりは知らない大人たちばかりである。辛い。寂しい。おっかさんが恋しい。けれど我慢しなくてはいけないことはわかる。だから堪《こら》えているものが、ときどき、はじけるように表へ出てしまう。

「なつっこくていいヤツなんです。だって火事とかのことも、直ちゃんが自分からしゃべって教えてくれたんですよ。どっから来たのか、なんで八百濃さんの子になったのかって。ただ、何かで急に怒り出したり、泣いたりすると手がつけらんなくなって、ワケわかんなくなって」

きっかけは、いつもちょっとしたことなのだそうだ。習子同士の他愛《たあい》ないやりとりや、静香先生の窘《たしな》めや、誰かが笑ったとか囃《はや》したとか、些細《ささい》なことなのだ。

今日もそうだった。手習いが終わって、新太が帰り支度をしているとき、どうやら直太郎が、一緒に帰ろうと声をかけてきたらしい。が、たまたま新太には聞こえなくて、返事をしなかった。

「功《こう》ちゃんやたかどんとしゃべってたから」

ほかの仲間たちと賑《にぎ》やかにやっていたのだ。手習いが終われば、静香先生にも叱られない。新太には、一日でいちばん楽しいひとときだ。

「おいらはわかんなかったけど、直ちゃん、何度かおいらを呼んだらしいです」

それがいけなかった。直太郎はとうとう焦《じ》れてしまい、暴れ出したというわけだ。

何がなんだかわからないうちにポカスカ叩《たた》かれ殴られ、静香先生が物差しを持って飛んできて、まわりの仲間たちもよってたかって直太郎を押さえてくれて、ようやく新太は助かった。それでも、押さえる手を振り切って、直太郎がまだ野犬のように新太にかかっていこうとするので、

「静香先生が、ともかくおいらは早く帰りなさいっておっしゃいまして」

新太は傷の手当もなしに、一散に逃げ帰ってきたというわけなのだった。

「今ごろ直ちゃん、うんと叱られてるんだろうな……」

うなだれる新太は、打ち身よりも、心の方がずっと痛んでいるようである。

「あんたもお人好《よ》しだね。男が眉間《みけん》を割られたんだよ。もっと怒るもんだ」

おしまに叱咤《しった》されても返事が出ない。おしまも可笑《おか》しい。眉間を割られたというのは違うだろう。

「直ちゃん、不憫《ふびん》ですね」と、お勝が呟《つぶや》く。しとやかな言葉遣いはあいかわらずだ。

「両親《ふたおや》という支えを失って、まだひと月と経ってないんでしょう？　頭も心もこんがらがって当たり前です。それでなくたって、だんだん難しくなる年頃なんだし」

「あんたは難しくならないでおくれよ、新どん。みんなの迷惑だからね」

こんなやりとりを見ていると、おしまとお勝の反りが合う理由《わけ》がわかってくる。おしまの出っ張ったところとお勝の引っ込んだところが、いい具合に嚙《か》み合うのだろう。

「直ちゃん、八百濃さんではどうなのかしら。新どん、何か聞いてる？」

新太はしょんぼりと目を上げた。

「おいらもお店での様子は知りません。けど、初めて静香先生のとこに来たときには、旦那《だんな》様がお持ちの、あのお化け絵みたいなふうだったけど」

三島屋主人の伊兵衛は、何の粋狂か一枚だけ幽霊画を持っている。名のある絵師の作なのだそうで、たまに取り出して掛けておくと、そこだけ陽の光も行灯《あんどん》の明かりも届かなくなるような、そんな絵だ。

「おいらたちと一緒に遊ぶ、じゃなくて手習いするようになって、どんどんマシになりました。お化けじゃなくなって」

新しい仲間たちが、心のつっかえ棒になったのだろう。

「それに、〈深考塾《じんこうじゅく》〉の青野《あおの》先生が来てくださると、直ちゃん、ぐっと元気が出るんです。きっと、あれが本当の直ちゃんなんだと思います」

それ誰《だ》あれ？ と、女たち三人で訊いた。

「直ちゃんが緑町にいたとき通ってた手習所の先生です」

直太郎の身の上を案じて、彼が静香先生のもとへ移った後も、ときどき様子を見に来るのだという。

「ワケわかんなくなってるときだと、直ちゃん、静香先生に叱られても止まらないんです。けど、青野先生に諭されると、目が覚めたみたいになるんですよ」

そんな次第だから、はじめは余計なことだと疎んじていた静香先生も、近ごろではこの助《すけ》っ人《と》先生をあてにしているらしい。

「直ちゃん、よっぽどその先生に懐いてたんだわねえ」

青野という先生の方も、見知らぬ他人ばかりに囲まれて暮らすことになった直太郎が哀れで、捨て置けないのだろう。本所から神田《かんだ》白壁町へ、二、三日おきに顔を出すというから、まめな人である。

「面倒《めんどう》見のいい先生ね」

「はい、優しい先生です」と、新太もやっと愁眉《しゅうび》を開く。「直ちゃんが青野先生に、おいらがいちばんの仲良しだって言ったから、先生おいらに、直太郎をよろしく頼むっておっしゃいました」

「それじゃあ、よろしく頼まれて男気を出さなくちゃ。今日のことでも、新どんは直ちゃんを怒っちゃいないのよね？」

「はい」

「でも、ずるずると勘弁しちゃいけませんよ。すぐ暴れて拳固《げんこ》を振り回すのは良くないことだもの。直ちゃんは、まず新どんにきちんと謝らなくちゃいけない。そうして、これからも仲良くしながら、新どんは直ちゃんが本当の直ちゃんになれるように助《す》けてあげなくっちゃね」

　年長のおしまとお勝を差し置いて説教をぶったおちかだが、こんな場合、新太の身内である三島屋としてはどうすればいいのか、さっぱり見当がつかない。

　伊兵衛とお民は、子供の喧嘩《けんか》なんぞ放っておけという。大げさに騒ぎなさんな。それでいいかなあと思っていたら、八ツを回ったころ、少しくあわてた様子で静香先生が三島屋を訪れた。新太の怪我の具合を案じ、彼を手荒く追い返したことを詫《わ》びに来たのだった。

わざわざ有り難いと言いつつ、けっこう露骨に面倒くさそうな叔父叔母《おじおば》の名代で、おちかは静香先生と会った。なるほど婆様《ばば》ではあるけれど、姿勢からして違う。背中に物差しが入っていそうだ。痩《や》せぎすで腕など骨張った感じだが、躾《しつ》けるときには、この手がさぞよくしなるのだろう。

「これは喧嘩というより、直太郎が理由《わけ》もなく新太にかかっていったのですから、非は直太郎の方にございます。こちら様でもどうぞ新太をお叱りになりませんように」

心得ておりますと、おちかは応じた。

「直太郎ちゃんはどうなりますか」

「わたくしからは屹度《きっと》叱り置きますが」

親がどうするかはわからない。答えた静香先生の眉《まゆ》のひそめようからして、先生も八百濃には愉快でないところがあるように、おちかは察した。

明くる日、新太はぎくしゃく歩いて手習いに行った。直太郎は休みだった。

その明くる日も、休みだった。

三日目、新太の額のこぶは引っ込み、青たんも薄れたのに、直太郎は来なかった。

「手習いをやめちまうのかしらね」

「かもしれません……」

それでは余計に心配だ。八百濃に押し込めで、友達にも会えなくなったら、直太郎はもっと寂しくて、荒れるのではないか。

「もしかしたら、こんな騒ぎを起こしてけしからんって、八百濃さんを追い出されちまったのかもしれません。そしたら直ちゃん、またお化けみたいになっちまう」

「あんまり悪い方にばっかり考えない方がいいわよ、新どん」

おしまはおしまで、まったく音沙汰《おとさた》のない八百濃に気を悪くしている。

「静香先生も新太は悪くないっておっしゃって、しかもあれだけの打ち身で、うちとあちらはお店《たな》同士で、目と鼻の先のご近所です。知らん顔はないでしょう」

そうこうしているうちに五日が経って、今日も直ちゃんは来なかったと、新太が萎《しお》れて帰ってきた、午過《ひるす》ぎのことである。

「お嬢さん、直ちゃんが――」

新太に謝りに来たという。

取り次ぎのお勝は驚いたような顔だ。

「先生がついていらしています」

静香先生じゃなくて、本所の先生。

「ああ、直ちゃんの元の先生ね」

「お武家様ですよ、お嬢さん。ご浪人様のようですけれど」

手習所の師匠には、どちらも珍しくはない。お勝は何をびっくりしているのか。

「新どんに会うんだからと、勝手口においででございます」

成り行き上、ここはおちかの出番だ。新太を連れて、急いで勝手口へ出た。

土間の上がり框《がまち》のそばに、いがぐり頭の男の子が立っている。新太より身体がひとまわり大きく、肩などしっかりとしている。その分、今にも泣き出しそうに、への字に曲げた口元だけが子供っぽい。

「直ちゃん！　せんせ〜い！」

新太が声を張りあげて、いがぐり頭と、その傍らに付き添う紺地の絣《かすり》に袴《はかま》姿の侍に駆け寄った。

「先生、やっぱり来てくれたんだ！　よかったな、直ちゃん」

直太郎の口元がさらに曲がった。新太の声を聞いた途端に我慢が切れたのだろう。目の縁に涙が溜《た》まってゆく。

と、袴姿の人が、その掌《てのひら》を直太郎の頭に載せて、ぺこりとさせた。

「このとおり、新太に謝りたいそうだ。直太郎、泣くより先に言うことがあるのではないか」

ごめ、ごめ、ごめ、ごめんようと直太郎が身を縮める。そのまま小さく丸まって消えてしまいたいとでもいうような風情《ふぜい》だ。

「何だよ何だよ、直ちゃん泣くなよ」

新太はいっぱしに、直太郎の肩をどんと突いたりして、嬉《うれ》しそうにじゃれかかった。心から安堵《あんど》して、ほどけた顔だ。

新太に「せんせ〜い」と呼ばれた人は、おちかに向き直ると頭を下げた。

「申し遅れましたが、私は本所亀沢町《かめざわちょう》の手習所〈深考塾〉の青野利《り》一郎《いちろう》と申します。此度《こたび》の騒ぎは、新太にはまことに相済まぬことでござった。遅まきながら、師匠として習子のお詫びに同道いたした次第です」

新太にも三島屋にも、直太郎に遺恨があるわけではない（おしまはちょっと違うかもしれないが）。子供二人の仲直りは手早く済んだ。おちかは先生に丁重な訪問の礼を述べ、直太郎には、これからも新どんと仲良くしてやってねと声をかけた。

「実はそれが」と、青野先生は言った。「直太郎は静香先生に、当分のあいだ出入り禁止を申しつけられました」

行儀良く、皆と仲良く学べるようになるまで、〈しずかどころ〉に来てはいけない。

「破門ですか」

静香先生の厳《いか》めしい顔を思い浮かべて、思わずおちかは口走った。

「や、破門は少々大げさです」

青野先生も、思わずというふうに苦笑する。

「手習所では、いたずら者を懲らしめるのに、ままやることです」

「そっか、それで青野先生が直ちゃんの先生に戻ったんだ」と、新太は呑《の》み込みが早い。「いいなあ、直ちゃん」

「謹慎が解けるまでのあいだだよ。それに、私も厳しくするからな」

直太郎はよくよく反省しなくてはならないと、師匠らしい目をして直太郎を見おろした。直太郎は気をつけをしている。

「もう、あんなふうに暴れたりしないように、おいら、たんれんするから」

生真面目に約束し、締めくくりにまた青野先生に頭を押されて、ぺこりとしてから帰っていった。新太は名残惜しそうに二人を送って行く。そのあいだにも、何やかやと話しかけていた。

上がり框の縁で、さっきのお勝と同じように目をぱちぱちさせている自分に気づいて、おちかは一人で笑ってしまった。お勝さんが驚いていたのは、これか。

静香先生はああいう婆様である。そもそも手習所や学問所の師匠は、おしなべて年配者だ。手習所稼業も商いであり、習子相手といってもその後ろにはそれぞれ親がいる。師匠たる者、ある程度の貫禄《かんろく》がなくては務まらない。だから、

――てっきり、いい爺《じい》様か親父様のような先生だとばっかり思ってたのに。

〈深考塾〉の青野利一郎という先生は、若侍だったのだ。手習所に武家も浪人も珍しくはないが、若い者はめったにいない。

　着物も袴もかなりの年季物らしく、襟元はよれよれで、縫い目のところが傷んでいた。髷《まげ》は見苦しくないくらいに整えてあったけれど、月代《さかやき》の伸びた浪人髷である。それがしっくり馴染《なじ》んでいた。昨日今日の浪人暮らしではないのだろう。背は高い方だったが痩せ気味で、食が足りているようにも見えなかった。

だが口跡爽《さわ》やかで、目元の涼しい若者だったことに間違いはない。

　――あんな若い方に先生が務まる？

　しかも直太郎と新太の様子を見る限り、子供らに慕われているようだ。短いやりとりのあいだ、おちかは面食らってばかりいたのであった。

「あれ、お嬢さん」

　駆け戻ってきた新太は、律儀に足を揃えてお辞儀をした。「ご心配をおかけして、あいすみませんでした」

「仲直りができてよござんした」

　照れくさいので、お民の言いそうなことを口真似してみた。

「青野先生って、ずいぶんお若いのね」

「〈深考塾〉には大先生がいらして、青野先生は若先生なんだそうですよ」

ああ、それなら少しは納得がいく。

「びっくりしちゃった」

「へえ」と目を瞠《みは》り、新太は何か楽しげだ。「先生もびっくりしてらしたです」

「何を？」

「あの人が本当にお内儀《ないぎ》なのかって、おいらにお尋ねになりました」

先方にも、思い込みと勘違いがあったらしい。

「新どん、ちゃんと説明してくれた？」

「はい。おちかお嬢さんはうちの女中頭ですって申し上げておきました」

「かえってわかりにくいじゃないの」

「だからかなあ、先生、首を捻《ひね》りながらお帰りになりましたよ」

妙なお店だと思われたことだろう。おちかはちょっぴり首をすくめた。

さて、三島屋でこういう話題に飛びつくのはおしまである。

「何であたしを呼んでくださらなかったんですよ、お嬢さん」

「おしまさん、忙しかったじゃないの」

「出入り禁止だなんて、静香先生、八百濃と揉《も》めたんでしょうかね？」

「知らないわ」

「なぜ本所の先生がついてきて、肝心要《かなめ》の親は知らん顔なんです？」

「さあねえ」

「どうして訊《き》かないんですよ。その青野先生なら、事情はすっかりご存じでしょうに」

「そんなこと訊いても、ぺらぺらしゃべりそうな先生じゃなかったわよ」

直太郎が横にいたのだ。余計なことを言うわけがない。

「よござんす。じゃあ、あたしにお任せくださいな」

誰も何も任せていないのだが、きっちり仕事をするのもまたおしまである。数日のうちに近所の噂を聞き集めてきた。

「八百濃の夫婦が見高《けんだか》なことを言って、静香先生を怒らせたそうなんですよ」

せめて〈夫婦〉ではなく、八百濃のご主人とお内儀《かみ》さんと言ったらどうだろう。

「直太郎の躾《しつけ》が悪いのを棚に上げて、習子に振り回される静香先生の方が頼りないって、逆ねじをくらわしたっていうんです。静香先生、カンカンになっちまってね」

手習所は商いだが、師匠は客である習子たちより絶対に偉い。ここが他の商売と大きく違うところで、それだけに先生は威張って当然、仰がれて当然だ。加えて、武家の格式を背筋に通した婆《ばば》様の静香先生だもの、〈八百屋ごとき〉に言い返されて腹を立てるのも、無理はない。

「まともな大喧嘩《おおげんか》で、本当に破門になりそうになったのを、件《くだん》の青野先生があいだに入って、両方に頭を下げて宥《なだ》めたんだそうです」

さらに青野先生は八百濃に掛け合って、当面、先生が八百濃へ通い、直太郎に読み書きと修身を教える話を取り決めた。

「八百濃じゃ、手習所を変えれば済むことだと思ってたようですが」

それでは直太郎の抱える不安はそのままになってしまう。せっかく〈しずかどころ〉でできた仲間たちと引き離されては、前より悪いくらいだ。寄る辺《よるべ》ない直太郎の心に、どうにかして力づけられるものを与え、育ててやらねば、いつまで経っても養父母にも八百濃にも馴染めまい。

「よくよく世話好きの先生ですよね。それとも、下手に手を出しちまって、引っ込みがつかなくなったのかしら」

「きっと、お優しい方なんでしょう」

柔らかいことを言うのはお勝である。

「わたしも青野先生にお会いしてみたかったわ。新どん、ずいぶんと慕っているようですものね」

「親どもより習子の方に近いような歳だっていうから、懐かれるんでしょ。近所で見かけたって人に聞きましたけど、風が吹いたら飛ばされちまいそうな青びょうたんだっていうじゃありませんか」

青びょうたん……だったかな。

「だいたい今度の場合、怒る静香先生の方が筋が通ってて立派ですよ。仲裁したって言っちゃ聞こえはいいけど、八百濃なんかにぺこぺこしてさ。青野って先生は、芯《しん》がやわいんですよ」

おしまは、普段はこんな毒舌ではない。今般、勢いが止まらないのは、ただただ八百濃が憎らしいからである。

「八百濃の夫婦め、三島屋は客じゃないし、新太は丁稚《でっち》だ、たかが丁稚にたんこぶをつけたくらいで、うちが頭を下げることはないって言い散らしてるんですよ」

ついに〈夫婦め〉となった。

「いいじゃないの、言わせておけば」

「よくありませんよ、お嬢さん！　八百濃じゃね、三島屋は今でこそ名店面《めいてんづら》して反っくり返ってるけど、たかだか十年前には笹竹背負った振り売りだったんだって、そんなことまで言ってるんですから」

おしまの怒りぶりに、おちかはお勝と新太と、これからこの話は三人で内緒にしようと申し合わせた。

「世間は難しいですね、お嬢さん」

新太はひとつ学んだようである。

この変わり百物語を始めた当初には、伊兵衛は、「五日に一人、語り手を迎える」などと言っていた。

今思えば気楽すぎる考えだった。ほとんど初めて会うような人と相対し、親密に話を聞き出すというのは、疲れる務めだ。だんだんとそれがわかってきて、今日《こんにち》では語り手を迎える間隔が間遠になってきたわけだが、今度のように永いこと、黒白《こくびゃく》の間《ま》が空いたのは初めてだ。伊兵衛は次の話が欲しくなってきたらしい。

「灯庵《とうあん》さんに声をかけてもいいかね。気鬱《きうつ》な梅雨も、じきに明けるよ」

ところがおちかには、すぐと「いいですよ」と答えにくい、いや、答えたくない事情ができていた。

ほかでもない、八百濃の直太郎と、〈深考塾〉の師匠青野利一郎のその後である。八百濃と三島屋は目と鼻の先だから、あれから何度か、おちかは道端で、青野先生を見かける折があった。八百濃へ通うところか、八百濃から帰るところか、書物や文具を包んだらしい風呂敷《ふろしき》包みを提げている。本所の手習所の師匠を務める合間を縫って通うのだから、時をつくるのも苦労があるのだろう。見かける時刻はまちまちで、いつも足早に歩いていた。先生は着物と袴《はかま》が傷んでいるだけではなく、草履もだいぶん履き古しているように見えた。

八百濃のそばで、直太郎と一緒だったこともある。あれはたぶん、直ちゃんが先生を表まで送って出たのだろう。三島屋に謝りに来たときもいがぐり頭だった直太郎だが、そのときは小坊主のようにつるつるに剃《そ》り上げていたのには驚いた。十一にもなれば、子供でも髷《まげ》を結うのが当たり前だから、あの頭にも理由《わけ》があると思われた。

そう……理由だ。おちかの鼻には、何となく臭うのである。

直太郎の混乱の根っこには、何かもう一段、深い事情が隠されているのではなかろうか。ただ急に養父母の家に放り込まれ、暮らしが変わったから、というだけではなさそうな気がする。だからこそ、青野先生も直太郎から目を離せないのではないか。

穿《うが》ちすぎだろうか。だが、おちかもただあてずっぽうで思っているわけではない。

直太郎の父親が命を落とした火事。火元の屋敷と、隣の空き屋敷が焼けたという。この〈空き屋敷〉に、まず引っかかる。

安藤坂《あんどうざか》のあの空き屋敷は、今もおちかの心に焼きついている。絢爛《けんらん》たる闇を内に秘めていた。だからこそ人の想いを惹《ひ》きつけた。その想いが、この世のものかあの世のものであるかには、一切かかわりなく。

以来、空き屋敷というとまずそれだけで、おちかの胸はざわついてしまう。かてて加えて今度のそれは、三人の命を奪った火事に絡んでいる。火のないところの煙ではない。火が消し止められたその後に、ただならぬ煙の臭いが漂っているように、おちかには思えてならない。

　もっとも、これだけではただの思い込みだ。引っかかりはもうひとつあった。

　店先にも出て立ち働く新太は、おちかよりもっとよく青野先生を見かける機会があるらしい。会えば挨拶《あいさつ》するし、話もする。直ちゃんの様子が知りたいし、好きな先生に会えると嬉《うれ》しいものだから、気をつけてもいるのだろう。

　あるとき、一緒に洗い物を片付けていたら、おちかにこんなことを言った。

「お嬢さん、こないだ青野先生にお会いしましたら、お尋ねを受けました」

　――三島屋さんが百物語を聞き集めておられるという噂は本当か？

「ホントですよ、旦那《だんな》様のご趣味ですけども、聞き役はお嬢さんですってお教えしたら、またびっくりしておいででした」

「あら」と、おちかは澄まし顔をした。

「どうしてうちのことをご存じなんでしょうね」

「おいらがしゃべったんじゃないですよ。静香先生のとこでお耳に入ったんですよ」

　百物語を始めるとき、伊兵衛が莫迦《ばか》に気合いを入れて語り手を募り、触れ回ったものだから、今では手習所の子供まで知っているのだ。あとはそれを本気にするかしないかの差だけである。

　で、新太の話しぶりによると、青野先生は本気で訊《き》いたらしい。子供をからかうような口調ではなかったのだ。さらに、新太はその百物語に居合わせたことはあるのかとも訊いた。いいえ、この聞き役はお嬢さんだけの大切なお役目ですからと答えると、驚きを通り越して、考え込んだような顔をしたそうだ。

そういう人なら、野次馬ではない。これがおちかには臭うのだった。直太郎には、あるいは八百濃にも何かある。青野先生は、たぶんそれをご存じなんだ——

さて、それから数日してのことだ。

七ツ（午後四時）の鐘の音が重くくぐもっているなあと思っていたら、西風が強まり、雲が押し寄せてきて陽が翳《かげ》り、不穏なごろごろという響きが聞こえてきた。空を仰いだほっぺたに、生ぬるい雨粒がぽつりと当たる。

梅雨の終わりの雷雨だ。手分けして洗い物を取り込み、座敷の雨戸を閉《た》てる。そのあいだにも雨はばらばら落ちてくる。風が唸《うな》る。おちかは竈《かまど》の煙抜きを閉めに走った。

ぴかり。それを追いかけて雷が轟《とどろ》く。三島屋の奥で甲高い悲鳴があがった。

「きゃあああああ〜！」

お勝が笑いながら台所へ顔を出した。

「おしまさん、一目散に押し入れに逃げ込んでしまいました」

「大の雷嫌いなの」

雷除《よ》けの蚊帳《かや》を吊《つ》る余裕もなく、蚊帳を放り出して押し入れに籠《こ》もってしまう。

「わたくしがおれば雷獣も寄りつきませんから、怖がることなどありませんのに」と、お勝はさらりと縁起物ぶりを見せた。

天の堰《せき》が切れたような本降りが始まった。雨の匂いがむうっと立ちのぼる。と、今度は裏庭の方から別口の声が聞こえてきた。きゃあとわあが混じっている黄色い声だ。

「おへそが、おへそが～！」

大騒ぎで勝手口に飛び込んできた新太は、一人ではなかった。青野先生が一緒である。髪も顔も濡《ぬ》れて、着物の肩は色が変わっている。

「お嬢さん、先生を雨宿りにお連れしましたという前に、ごろごろどかん！　近い。おしまの金切り声が響き渡る。

「ぎゃあああああ～！」

新太がお勝にかじりついた。おちかは片手で目を覆った。

「──まことにお見苦しくて」

あいすみませんと見てみれば、先生は下を向いて笑いを堪《こら》えていた。

こうして、雷雨が通り過ぎるまでの四半刻《しはんとき》ほど、おちかはまた青野利一郎と顔を合わせた。直太郎は元気であること、早く八百濃に落ち着いて、手習所に帰りたがっていること、新太がときどき、八百濃の裏の塀をこっそり乗り越えて顔を見せるのが何より嬉しくて、励まされていることを聞いた。

「新どんったら」

「しょっちゅうじゃないです。たまにです。おいら、仕事を怠けちゃいないです！」

雷はやんでも小雨《こさめ》は残ったので、おちかは先生に傘を勧めた。有り難く拝借しますと受け取った先生は、やっぱり痩《や》せているけれど、青びょうたんではないと思えた。ただ、どちらかといえば童顔なので、頼りなく見えてしまう――向きはある。

雲が切れて陽射しが戻るころ、おちかが座敷の雨戸を開けていると、お勝がすうっと寄ってきて囁《ささや》いた。

「青野先生、近々またおみえになりますよ」

「傘なら、いつでもかまわないのにね」

「いいえ、黒白の間にお話をしにいらっしゃるんでございます」

おちかはまばたきをして、お勝の顔を見つめ返した。「どうしてわかるの？」

お勝は微笑んだ。「お帰りになるとき、わたくしにお尋ねになりました。失礼を承知で伺うが、こちらでは何か所以《ゆえん》があって百物語を集めておられるのですかと。それは先生ご自身でお聞きになってくださいと申し上げておきました」

青空に、陽の光が明るい。黒白の間から望む三島屋のこぢんまりした庭の立ち木や植木も、夏の到来を喜んでいるようだ。

おちかは床の間の水盤に、少し変わった趣向をした。長ささげ豆を活《い》けたのだ。ささげ豆は秋が旬の食材だが、この季節には若い莢《さや》を食べる。今朝、出入りの青物売りが持ってきてくれた茎つきの莢に風情があったので、食膳《しょくせん》に載せるより目で楽しもうと思った。それに、本日の語り手には、こういうものの方がふさわしいだろう。

〈深考塾〉の青野利一郎は、とりあえず、着た切り雀ではないことがわかった。着物も袴《はかま》も取り替えている。傷みようは――先《せん》のものよりわずかにましというくらいだが。三島屋には武家屋敷の得意先もあるが、そういうところへは御用に呼ばれてこちらが伺うものだから、普段は客間に刀置きの用意がない。おしまが納戸から恭しく取り出してきたのは、豪奢《ごうしゃ》な彫りがほどこされた逸品だった。

案の定、先生は困った。

「いやはや、これは」

私にはいささか分不相応ですと言って、結局、両刀を自分の脇に置いた。質素な拵《こしら》えである。

上座に据えられて、刀の主の方も居心地が悪そうだった。

「あらためましてご挨拶を申し上げます。わたくしはちかと申します。主人伊兵衛の姪《めい》にあたる者でございます」

おちかがきちんと三つ指をつくと、先生はそわそわした。

「青野利一郎でござる。この度は厄介をおかけいたします」

お勝が茶菓を運んできて挨拶し、しずしずと去った。抑えきれないというふうに微笑みっ放しなのは、とうとう先生をここに引っ張ってきたのは、お勝の手柄であるからだ。

お勝に謎をかけられて、あれから先生、悩んだらしい。新太と話し、新太の伝手《つて》でまたお勝と話し、逡巡《しゅんじゅん》の挙げ句、こうして黒白の間の客となったのだった。つまり、おちかの嗅覚《きゅうかく》に誤りはなかったらしい。

「わたくしがお話をお伺いいたしますが、黒白の間でのお話は、語って語り捨て、聞いて聞き捨てがお約束でございます。けっして他言はいたしません。どうぞご安心くださいませ」

心得てござると、青野先生は言った。

「こちらの趣向と決め事については、お勝殿から聞き及んでおります」

「はい」

「ただ、その」

言いさして、先生は口を結んだ。目尻《めじり》にも、膝頭《ひざがしら》に置いた手にも力が入っている。

おちかは静かに待った。こういうとき、語り手は何から語ろうか迷っているのだ。

と、思い切ったように、青野先生は目を上げた。

「私は江戸者ではありません。市中で暮らし、ようやく二年足らずです。かつては那《な》須請林藩《すじようりんはん》で禄《ろく》を食《は》んでおりました」

野州《やしゆう》の小藩だという。

「国許《くにもと》では、お勝殿のように疫神《えきしん》に触れた印《しるし》を濃く残す者どもを、格別に敬っておりました」

おちかはうなずいた。「神威を分け与えられて、よろずの魔や穢《けが》れを祓《はら》う力を持っているからでございますね」

それを聞いて、先生の目元が緩んだ。

「やはり、江戸でも同じでしたか」

「はい。もっとも、近ごろではそれも薄れつつあるそうでございますが」

三島屋では違うと、おちかは言った。

「お勝はこの百物語趣向の大事な守人《もりびと》でございます。他所《よそ》様から不可思議なお話を聞き集めるのですから、粗相があってはなりませんし、集めた魔に三島屋が魅入られるようなことがあってもいけません」

手習所の若い師匠は、目に見えてほっと安堵《あんど》したようである。

「それならよかった。実は、お勝殿をお見かけした折に、もしやと思ったのです。ただ百物語をしているというだけであるならば、流行《はやり》の趣向、座興に過ぎぬものでしょうが」

「お勝がいることで、三島屋のこれは伊達《だて》や粋狂ではないと見極められた」

「秤《はかり》にかけたようで、申し訳ない」

先生はまた力む。

「しかし、この話には直太郎の今後――先行きがかかっているのです。ですから本来ならば、うかうかと外で語っていい話でもありません。私一人でさばけることがもっとも望ましいのですが、若輩者のこの手には、いささか持ち重りのする事柄でもありまして」

有り体に白状するなら、助言が欲しい。面目なげに、しかし正直に、青野先生は言った。

「百物語を集めるほどの方ならば、これまでにも数多《あまた》の話を聞き置いておられるはずです。多少のことには驚かず、私に足りぬ知恵を足していただけるのではないかと、勝手ながらお恃《たの》みした次第なのです」

じわりと汗をかいている。

凛々《りり》しいとか、武張っているという風貌《ふうぼう》の人ではない。飄然《ひょうぜん》という言葉がよく似合う。だが、直太郎のためのこの煩悶《はんもん》には実《じつ》があり、空まわりのようには見えなかった。

「ところが、当の聞き手が小娘なので、どうにも不安を振り切れなくていらしたんですね」

「や、けっしておちか殿を軽んじたわけではござらん」

「はい、承知いたしております」

おちかの笑みに、先生は真顔を向けた。

「このような聞き手を務めて、怖《おそ》ろしくはありませんか」

怖ろしいといったら、自分のしでかしたこと、自分の身に起こったことがいちばん怖ろしいおちかである。それに比べれば、ここで聞く話ははるかに優しい。が、それはもう心の蔵にしまって、虫干しするときも一人でしようと決めた。

「実はわたくしも、まだたった七つのお話を伺っただけでございます。お勝のような人にいてもらうべきだと気がついたのも、つい先頃のことでございました」

真の怖ろしさを覚えるのは、まだ先のことでしょうと、おちかは答えた。

「七つか。私で八話目ですね」

うなずいて、青野先生は言った。

「ならば七話分の知恵を、この八話目にお貸しください。それでなくても、もともとおちか殿には、私より良い知恵があるはずなのです」

なぜだろう?

「私もかような若輩者ですが、おちか殿はさらにおさ、いや、お若い」

幼いと言われそうになった。でも先生、十八になったおちかと、どれほどの差があるというのだろう。それとも童顔なだけで、意外とお歳なのかしら。

「わたくしは先生より、直ちゃんに近いということでございますね」

「左様《さよう》。それに私は、いくら嘴《くちばし》が黄色くとも、直太郎の師匠の立場にあります。何事も師匠の目で見おろし、師匠の頭で考えてしまう。直太郎の身になりきれず、結局、打つ手を誤るかもしれません」

生真面目だった。そして温かい。おちかは充分、納得した。子供らがこの先生を慕うのもわかると思った。

「かしこまりました。わたくしはこれから、直ちゃんになったつもりでお話をお伺いすることにいたします」

「かたじけない」

一礼して、青野先生がはたと固まった。

目だけを横に動かし、縁側から庭の方を窺《うかが》う。おちかも庭先に目をやった。これはもうすっかり梅雨明けなのだろう。陽射しが眩《まぶ》しい。だがそれだけである。

「失礼」と言って、先生は袴の裾《すそ》を払って立ち上がった。大股《おおまた》で縁側に進み出て、両手を腰にあてがい、沓脱《くつぬ》ぎのすぐ先の躑躅《つつじ》の植え込みを見据えたかと思ったら、

「こらぁ!」

一喝した。

植え込みを騒がせて、歓声と驚声と共に何かが転がり出てきた。小さな人影がひとつ、ふたつ、三つ。

「こんなところで何をしている！」

三つの人影がひとかたまりになって横っ飛びに逃げ、別の植え込みに飛び込んだかと思うと、いち、に、さんで頭を出した。

「やっぱりおまえたちか」

金太《きんた》、捨松《すてまつ》、良介《よしすけ》！

子供らはわっと笑い転げた。

「チェッ、めっかっちゃった」

「若先生、目ざとくなったねえ！」

「捨《すて》、おめえが尻なんか掻《か》くからだぞ」

おちかは両手を胸にあて、目を瞠《みは》っていた。というか実はもっと深刻な事態で、

「若先生、ンなでっかい声出すから、お嬢さんが目ん玉ひん剝《む》いちゃってるよ」

きかん気そうな子に指をさされて、振り返った青野先生が驚いた。

「これはいかん！」

おちかの心の臓が口から飛び出しそうだ。〈よしすけ〉という名前に不意打ちされたからである。頭のなかが真っ白だ。

ややあって、どうにか息ができるようになった。青野先生はおちかの傍らに片膝《かたひざ》をつき、三人のいたずら者たちは、ちゃっかり縁側に張りついている。

「すみません、もう平気です。ちょっとびっくりしただけですから」

〈よしすけ〉は珍しい名ではない。こんなことはいつだってあり得る。動転してしまう自分が情けない。

青野先生は青ざめていた。

「も、申し訳ありません」

狼狽《ろうばい》のあまり呂律《ろれつ》も怪しい。それを尻目《しりめ》に、今度は子供らが横目になる。

「こういうの、何ていうんだっけ」

「おれ、知ってる」

「おいらも。おんなころしあぶらのじごく」

「また、な、何をおかしなことを！」

先生、てんで分が悪い。おちかは堪《たま》らずにふき出してしまった。

足音とお勝の声がして、唐紙が開いた。後ろからおしまも覗《のぞ》いている。

「あらまあ、あらまあ」

「何の騒ぎです？　あれ、あんたたち、どこから来たの？」

これは私の習子たちで、日ごろからいたずら者で手を焼いており、しかしまったくこんな失礼をするとは思いもよらず──先生は大汗かいて弁明する。子供らはケロケロと悪びれず、おちかたちに愛想笑いまで投げてくるところが、ふてぶてしいやら可笑《おか》しいやらで、憎めない。

「若先生、今日も直んとこ行くのかなと思ったらさ」

「方角が違《ちが》わぁ」

「おまけに、こんなとこでおつな差し向かいなんかしちまって」

怪しいよなあと、三人のいたずら者たちは容赦がない。

「おまえたち、なあ」

赤くなったり青くなったりしている先生には申し訳ないが、おしまもお勝も笑い転げている。

「先生、尾《つ》けられたんでございますね」

「ぜんぜん気づかなかったんですか？　形無《かたな》しですねえ」

わいわい騒ぐ声を聞きつけたのか、庭の方から新太がひょっくり覗き込み、

「ありゃ、金の字に捨坊《すてぼう》によっちゃんだ！」

ダメだよう、こんなとこに入り込んじゃと、あわてて駆けてきた。

「すみませんお嬢さん。こいつら〈深考塾〉の、直ちゃんの仲良しです」

「で、今じゃ新どんの仲間でもあるわけね」

「仲間というより、一味だね」

八百濃に忍び込んだときに知り合ったそうである。

「新どん、塀によじ登ったはいいけど下りらンなくなっててさ。おいらたちが助《す》けてやったんだよ」

ありがとうと、おちかは笑った。

「何の、お安い御用でさ」

鼻の下をこすりながら、ほっぺたを赤くして、三人のなかではいちばん小柄な子がうっとりとおちかを見つめた。

「新どんの自慢のお嬢さん、ホントにべっぴんだぁねえ」

さっきから口の達者なきかん気坊主が、横合いからその子の頭をぺちりと張って、先生そっくりに叱りつけた。

「よしすけ、女好きもほどほどにしておきなさい」

おちかを〈べっぴん〉と褒めてくれる、この子が良介なのか。また、胸の奥がぎゅっと痛い。

背中に、掌《てのひら》の温《ぬく》もりを感じた。おしまだ。目顔で（大丈夫ですか）と問うている。

このなかでは、おちかにとっての〈よしすけ〉の意味を知っているのはおしまだけだ。察してくれているのだ。おちかも目顔で（大丈夫）と返して、ふと、青野先生の表情に気がついた。冷汗三斗は別として、やっぱり何か察したような、慮《おもんばか》るような眼差《まなざ》しだった。

その目はすぐと逸《そ》れた。先生は縁側の三人組に向き直ると、太い声を出した。

「おまえたち、いつから」

みなまで問わせず、三人で答える。

「最初《はな》っから」

先生の肩ががくりと落ちた。

「これまでに何度、八百濃に忍び込んだ？」

「何べんかなあ、捨？」

「わかんねえ。よし、わかるかあ？」

「う〜んと、毎日じゃあ、なかった」

肩を落とすだけでは追いつかなくなって、青野先生は手で目を覆った。おちかたち見物人がいなければ、頭を抱えているところだろう。見かねたのか、

「すみません」と、新太が縮こまる。

きかん気の金太は引かない。むしろ口をとんがらかせて、先生に食ってかかった。

「けどよ、若先生。直が可哀相じゃねえか。いつまであんなふうに押し込めなんだ？」

「おまえたちが邪魔だてしなければ、早々に外へ出られるようになる」

「ンで、塾に帰ってこられるか？」

返事に詰まった先生に、三人組はたたみかける。「直は悪いヤツじゃねえよ。ちっと、かい、かんしゃくを起こしただけだ」

「そうだよ！　なんで若先生、直を見捨てたんだ？　若先生らしくねえよ」

青野先生は嘆息して、腕組みをした。

「誰が見捨てるか。見捨てていないから、こうして通っているのじゃないか」

「ンなの、まどろっこしいよ。とっとと直を連れて帰ってくりゃいいだろ？」

「あんな鯰髭《なまずひげ》の役人なんかが、そんなに怖《こ》えのかよぉ！」

思いがけず、直太郎をめぐる事情の一端がこぼれ出たようだ。今度は三島屋の女たちの方がたじろぐ番だった。

おちかがそっと窺《うかが》い見た青野先生の横顔は、にわかに陽が翳《かげ》ったように暗く、険しくなっていた。

どうにも座の箍《たが》が外れてしまって、その日はお開きとなった。仕切り直しである。

それまでのあいだに、おしまは大車輪で働いた。本所亀沢町の〈深考塾〉について、いろいろと聞き込んだのである。三島屋に忍び込んだいたずら者の間者《かんじゃ》たちとも、わずかなあいだに親しくなったらしい。

「〈深考塾〉では、青野先生は雇われ師匠なんですよ。本当の師匠は加登新左衛門《かどしんざえもん》というお年寄りのお武家様で、この方が中風で右手が利かなくなったんで、代わりの先生を入れたんです」

だから習子たちは、青野利一郎を若先生と呼ぶのだ。

「若先生が仕えていた那須請林藩の主家は門間家《もんま》といって、三年ぐらい前にお取り潰《つぶ》しになったんだそうです。今日日《きょうび》、浪人が次の仕官先に有り付くには、よっぽどの伝手《つて》でもないと難しいですからね。若先生、〈深考塾〉に拾ってもらってよかったんじゃありませんか」

相手が歳若い上に、三人組にさんざっぱらやりこめられるところまで見てしまっているから、おしまの言い様《いよう》には遠慮がない。

「それだって雇われ師匠じゃ大した稼ぎになるわけじゃなし、あのとおりの案山子《かかし》みたいなおさぶ様で」

おさぶというのは侍のことだが、もちろん敬した言い方ではない。

「あれで歳は二十八におなりだそうですけど、嫁はなし。いっとき、嫁ぎ先を離縁になった習子のおっかさんと艶《えん》な噂が立ったことがあるんだけど、とんだ勘違いだったって金坊が言ってました」

――若先生、金にも女にも縁がねえよ。

「だからあの子たち、若先生がお嬢さんと会ってるのを見て、色めきたっちまったんですね。あんなふうに追い回されるのも、あの子たちに好かれてるからでしょう」

「事情はわかったけど、おしまさん、少し言いすぎよ」

さすがに窘《たしな》めたおちかに、おしまはくすりと笑ってみせた。

「じゃ、ひとつはいい噂をしましょうか。青野様、剣の腕はたつらしいですよ」

余計なことまで聞かされてしまって、さて仕切り直しの段に、おちかはいささか調子が狂った。再び黒白の間の客となった青野利一郎も、最初のうちはひたすら謝ってばかりいたから、どっちもどっちだったのが幸いである。

「今日は、あの子たちは？」

「ご安心くだされ。しっかり括《くく》りつけて参りました」

力みようが可笑しい。

「括りつけてって、まさか柱にでも」

「いえ、目付《めつけ》がいるのです。行然坊《ぎょうねんぼう》という坊主、といっても偽坊主なのですが」

「偽坊主？」

「怪しい者――ではありますが、私より、はるかにあの三人に睨《にら》みがきく者です。あいつらを泥鰌《どじょう》捕りにでも連れ出して、陽暮れまで相手をしてくれることでしょう」

偽坊主の泥鰌捕り？

「よくわかりませんが」

「左様《さよう》、わからんでしょうな」

申し訳ないと、若先生はまた謝った。

直太郎の身になると約束したから、あれからおちかもおちかなりに考えた。江戸に出てきて、秋にはまる一年を迎えるけれど、あまり外へ出ないので、神田近辺のことしか知らない。大川の向こうの本所は遠い。

直太郎が母親と暮らし、いたずら者の三人組とつるんで遊び、若先生に読み書きを習っていた町はどんなところなのだろうと、心をはせた。

八十助やお勝に訊《き》いたら、埋め立ての新開地だからじめじめしていて、よく水が出るという。風紀も悪い。武家屋敷はあるが下屋敷ばかりだ。貧乏長屋は数多い。貧《ひん》の度合いも、神田あたりとは比べようもなくひどい――と、さんざんである。

そこに〈深考塾〉はあるのだ。

「でも、何だか楽しそうです」おちかは言って、微笑んだ。「それだもの直ちゃんは、若先生や仲間たちが懐かしくてたまらないのでしょうね」

直太郎が帰りたがっている手習所は、静香先生のもとではない。それは、おちかにも充分よくわかってきた。

「直ちゃん、もともと短気な子なのですか」

若先生はかぶりを振った。「ああなったのは、二月《ふたつき》ほど前に父親を亡くしてからです」

子供同士の喧嘩《けんか》や戯《ざ》れ言《ごと》であっても、父親を誹謗《ひぼう》され、中傷され、しかしその汚名を晴らす術《すべ》がないことに、直太郎は苛立《いらだ》ち、混乱しているのだと言った。

「汚名に……中傷？」

穏やかではない。眉《まゆ》をひそめたおちかの前で、若先生はつといずまいを正した。

「ちょうどいい、そこからお話しするとしましょう。かなり入り組んだ話なので、どこを端緒にすべきか迷うのですが、ともあれ、これが事の発端ですから」

直太郎の父親は、名を与平《よへい》という。

「用人として勤めていた小石川の屋敷には独りで住み込んでいましたが、折々、用事のついでといっては妻子のいる長屋に寄っていましたから、私も面識がありまして」

実は親しくしていた、という。

「書物好きで、人好きもする御仁《ごじん》でありました」

言って、若先生は少し苦しげになった。

「ところがこの人に、付け火の疑いがかけられているのです。与平さんを含め三人の死者を出した件《くだん》の火事は、与平さんが起こしたものだと」

おちかは目を瞠《みは》った。やっぱり、火事のことが絡んでいたか。

「用人が、どうして自分のお屋敷に付け火なんかするでしょうか」

「主人の財物を掠《かす》め取り、火事の騒ぎにまぎれて逐電《ちくでん》しようとしたのだ、と」

「なのに、失敗して自分も焼け死んでしまった？」

おちかの問いに若先生はうなずき、

「悪だくみをし、自業自得で焼け死んだ。そういう汚名を着せられているのです」

むっつりと言った。徒《あだ》やおろそかに、人にぶっかけていい類《たぐい》の疑いではない。直太郎が怒るのも無理はない。

「直ちゃんのお父さんに、誰がそんな疑いをかけているんです？　確かな証《あかし》は？」

「や、それはしばらくおいてください。おいおいお話ししていきます」

軽く手をあげておちかを制して、若先生は話の向きを変えた。

「おちか殿は、武家屋敷の用人がどのような仕事をするものか、ご存じでしょうか」

「詳しくは存じません。ただ、実家《さと》の川崎宿《かわさきじゅく》の方では、お武家様に仕える用人は、みんな農家の人たちでした」

若先生の顔がほころんだ。「禄《ろく》として賜る米を金に換え、その家の経理《やりくり》万端を仕切るのが用人の務めです。これがなかなか、算盤《そろばん》を見下げて反っくり返ってばかりいる侍には務まりません。むしろ農民や商人の方が慣れているのですよ」

小才の利いた用人を抱えれば、同じ禄高でも暮らし向きが違ってくるというほど、家政を一手に預かる大事な役目だ。自然、有能な用人は引く手数多《あまた》になり、奉公先を何軒もかけ持ちすることも珍しくない。

与平もそういう利け者の用人であった。彼も、もとは商家の人だという。

「八百濃さんのご主人と従兄弟《いとこ》同士だと伺いましたが――」

「左様、与平さんも昔は八百屋の主人だったのですよ」

店は本所菊川町《きくかわちょう》にあった。間口一間半の小さな八百屋だが、繁盛していた。

「八百濃の方が本家筋で、与平さんは分家のそれも末の方で、ですから身代《しんだい》にも差があったわけですが、だから疎遠になるということもなく、穏やかに親戚《しんせき》付き合いをしていたそうです。これは、お夏《なつ》さんからも聞きました」

お夏は直太郎の母親である。今では八百濃に直太郎を取り上げられ、女中奉公へと追いやられてしまった人である――と、決めつけてはいけないのか。

「ところが八年前、思いがけぬ災難で、与平さんは店を失いました」

直太郎が三歳のときだ。年明けてすぐに、もらい火で店を半分がた焼かれた。それでも春先までにはようよう金繰りができて、新しい店を始めようという矢先に、

「その金を盗まれてしまった」

これについては、与平も詳しいことを話したがらなかったという。

「どうやらごく親しい者、与平さんが信じていた人物に騙《だま》されたようでした。だからこそ口を極めて罵《ののし》るという場合もあれば、かえって他人には言いたくないという場合もあるでしょうからね」

与平はむしろ、騙された自分の甘さを悔いていたという。

「しかし、当時はそんな悠長なことを言っておられませんでした。早く生計《たつき》の道を探さなければ、妻子もろとも干上がってしまう」

なお悪いことに、盗まれた金には与平が借金して工面した分も含まれており、だからその返済も重くのしかかってくる。

「借金さえなければ、裸一貫、青物の振り売りで一から出直してもよかったんだがと、与平さんは話していました」

借金の返済まで考えると、とても日銭稼ぎの振り売りでは足りない。店を出す余力はどこをどう振り絞っても出てこない。奇特な金主《きんしゅ》などいるはずもない。

「困《こう》じ果てているところへ、武家屋敷の用人勤めをしてみないかと声をかけられたというわけでした」

八百屋の顧客に顔の広い人がいて、与平の商才と働きぶりを高く買い、見込んだのである。

「お実家での見聞でご存じかもしれませんが、用人のような立場は、切り盛りのしようによっては、俸禄《ほうろく》とは別の実入りもあるものなのです。それらは別段、卑しまれる袖《そで》の下などではござらん」

借金を抱える与平には、大いに魅力のある働き口だった。

彼はすぐ決断した。お夏と直太郎を緑町の長屋に移すと、自身は風呂敷《ふろしき》包みひとつを背負って、この新しい生計の道に踏み込んだのだ。そしてよく期待に応《こた》えた。務めのいろはを呑《の》み込むのも早かった。

「たちまち他の屋敷からも采配《さいはい》を頼まれるようになりましたが、勤めのかけ持ちはしても、最初に仕えた家があくまで主であるということで、与平さんはこの屋敷から動きませんでした」

さて、と若先生は困った顔をした。

「この武家屋敷なのですが……名を出さないことには、わかりにくいでしょうか」

おちかは察した。実名をあげるには憚《はばか》るところがあるのだ。

「じゃ、仮の名前を付けましょう」

「適当な名でよろしいのですか」

若先生はまだ当惑している。

「〈鯰髭《なまずひげ》〉ではいかがでしょう」

おちかはにっこりしてみせた。

「あの子たちが言ってました。そのまま、いただきませんか」

子供らの剣突《けんつく》をくらった折のことを思い出すのか、若先生は気恥ずかしそうに首を縮めた。

「は、ではそれで」

「与平さんはずっと鯰髭様のお屋敷に住み込んでおられた、と」

「八年足らずのあいだに、すっかり屋敷の一員として馴染《なじ》みました。当主も」

言って、ちょっと照れて言い直した。

「鯰髭殿も、与平さんに信を置き、家政のほとんどすべてを頼っていたようです」

「鯰髭様は、身分の高いお役人なのでしょうか」

怒れる三人組は、ただ〈役人〉とだけ言っていたけれど。

「よく覚えておいでですね」

若先生は苦笑した。

「町奉行所や評定所《ひょうじょうしょ》にかかわりのある役職ではありません。そこそこの旧家でしょうが、名門でも大身でもありません。ざぶざぶと金が余っている家ではない」

だからこそと、若先生は声を低めた。

「今度の事も、金で片がついたのです」

「と、おっしゃいますと」

「鯰髭家では、件の火事は一途《いちず》に与平さんの仕業だと決めつけていました。彼が主人の財物を掠めようとしていたことも間違いない。それどころか、火事の以前の与平さんの働きを粗探しして、そこにも横領の事実があったと言い出す始末で」

「じゃ、与平さんは」

「当人が死んでいようと罪は罪です。主人の側に訴え出られれば、ひとたまりもない。お夏さんと直太郎も無事では済まん」

切羽詰まったその窮地に、救いの手を差し伸べたのが八百濃の夫婦であった。

「鯰髭殿に金を積んで、与平一家をお許しいただくよう、ひたすら頭を下げたのです」

鯰髭は強気一方で、最初のうちは話にならなかったが、八百濃の殊勝な態度と、何と言っても積み上げた切り餅《もち》の数――ここは真っ直ぐ〈鼻薬〉の香《かぐわ》しさと言いたいところだが――が効いて、ようよう矛を収めるに至った。

「屋敷の火事は付け火ではなく、与平による失火であるが、一命を抛《なげう》って消火に努めた功と差し引きにして、その咎《とが》を許す。表向きにはそういう形でけりがつきました」

「お目付様には、そんな話が通用したのでしょうか」

町人たちの罪科を然《しか》るべく罰するのは町奉行所の役目だが、武家の場合は、これは目付の管轄となる。

若先生はほろ苦い顔をした。「町場の場合と変わりません。鯰髭殿が矛を収めるならば、それを退けてまでお上《かみ》が与平さんを捕らえるということはござらん」

それでも、易しい取引ではなかったろう。

「八百濃さんは、与平さん一家のために、大変な費《つい》えをしたことになりますね」

「左様《さよう》でござる。しかし、無料《ただ》で出したわけではない。見返りに求めるものがありました」

おちかにも筋が見えてきた。

「直ちゃんを寄越せ、と」

金で子供を買うようなものではないか。

「八百濃が直太郎を養子に欲しいと言い出したのは、そのときが初めてではござらん。遡《さかのぼ》って八年前、与平さんが商いをしくじって店を失ったとき、すぐにこの話が持ち出されたのだそうです」

与平とお夏は突っぱねた。三歳の直太郎は、まだまだ目が離せない幼さだ。

一方の八百濃は、真に可愛い一人息子のためを思うなら、共に路頭に迷うより、直太郎だけでもうちへ寄越せと言い張った。頑是無《がんぜな》い幼子のころに養子に出た方が、養父母にも馴染みやすいと、勝手な言い分も並べてみせた。

「与平さんはいたく腹を立てて、店は失っても親子三人、けっして路頭には迷わんと言い返し、八百濃とは縁を切りました」

与平は切ったつもりの縁でも、八百濃にその気はない。従兄弟《いとこ》同士であることは打ち消せないから、この八年、事あるごとにすり寄ってきては話を蒸し返し、やれ直太郎が哀れだの、親として情けないと思わないのかだの、言わなくてもいいことを言い立てては干渉を続けてきたという。

「与平さんが用人の仕事に就いて、家族できちんと暮らしていけるようになっても、まだそんな嫌みを？」

おちかの問い返しに、若先生はちょっと思案顔になった。

「小さくともひとつの店を構えていた商人《あきんど》が、その店を失うということには、ただ稼ぎがなくなるというだけに限らぬ意味があるようです」

ちょうど、と指で鼻の頭を掻《か》いて、

「武士が禄《ろく》を失うことが、ただ生計の道を失うという以上の不名誉であることと同じでしょう。私は主家を失い、浪々の身になり果て、それでもこうして食ってはおりますが、さてこれが侍として胸を張って誇れる生き方かと問われれば、いささか返事に窮します」

八百濃も与平のそこを突いたのだ。どうにか暮らしを立てていようが、おまえが零落したことに変わりはない。直太郎にとって、立派な父親ではなくなった、と。

おちかは目をぱちくりと瞠《みは》った。

「わたくしには、武家屋敷の用人も手習所の先生も、立派なお仕事に思えます。そこで役割を果たして、まわりの人たちに頼りにされたり慕われたりしているなら、何を恥じることがあるでしょうか」

八百濃さんには——と、思わず口が尖《とんが》ってしまう。

「そういう見高《けんだか》なところがあるんです。手前どもは長屋のおかみさんたち相手の野菜売りとは格が違いますと、反っくり返っていて。だからうちでも、叔母《おば》さんもおしまさんも嫌っているんです」

若先生は可笑《おか》しそうに目を細めた。

「直太郎もよくそう言います。今のおちか殿とそっくりの顔をしますよ」

おちかは気づいて恥ずかしくなった。

「すみません、子供みたいなことを申しました」

若先生は気にしなかった。

「直太郎が怒るのも無理はないのです」と、続けた。「お夏さんも、直太郎を八百濃に遣《や》ると決めるには、ずいぶんと悩んで苦しんだでしょうし、今も後悔するところはあるかもしれません。しかし、与平さんを失い、今度という今度は母子で路頭に迷う崖《がけ》っぷちに立たされて、ほかに術《すべ》がなかったことは間違いない。だから直太郎にもよくよく言い聞かせてやったのですが」

　肝心の八百濃が、それをわかっとらん。

「十一にもなる男子、それも今までかれこれあって、互いにうち解けていない子供のことです。頭ではどれだけ納得していようと、気持ちがついていかないのは致し方ないことでしょう。さあ今日からは養父母に懐け、養父母を敬えと言ったところで、直太郎がはいそうですかと従うわけがない」

　ここは大人らしくゆったりと構え、雪解けを待つのが得策なのだが、

「八百濃の主人夫婦は、〈短気は損気〉という諺《ことわざ》を知らんようです。彼らに懐かない直太郎に焦《じ》れて、いちばんやってはならんことをやり始めました」

　まず、直太郎に恩を売ろうとした。

「私らが大枚はたいて鯰髭《なまずひげ》様のご機嫌を取り結ばなければ、おまえの父親は罪人として亡骸《なきがら》を市中に晒《さら》され、母親は伝馬町《てんまちょう》獄送りになっていたところだ――」

　鯰髭に差し出した金のほかに、八百濃では、与平が死んだときわずかに返済を残していた件《くだん》の借財も肩代わりしたので、

「両方の金を合わせたら、おまえが一生働いても返せぬほどの額になる。おまえはまだ、汗水たらして一銭も稼いだことがないから有り難みがわからんのだろうが、これ

がどれほど途方もない大恩か、胸に手をあててよく考えてみろ、と」

はあ――と、おちかは鼻白んで合いの手を入れた。

次には、直太郎の尊敬を買うために、彼が慕う実の両親を貶《おとし》めようとした。

「鯰髭様は正しく見抜いておられた。与平は用人の立場をいいことに、主人の財物を掠《かす》め取っていた。お夏はそれを知っていて黙認するばかりか、陰で亭主を唆《そそのか》していた」

だからあの火事も、やはり与平の仕業だ。与平は己の横領が露見しそうになったことに周章狼狽《ろうばい》し、屋敷もろとも焼けてしまえば横領の証《あかし》も消えてなくなると、短慮に走って付け火をしたのだ。それで命を落としたのは、因果応報ということだ。

「おまえの両親は揃って盗人《ぬすっと》の大悪人だ、あの親のもとにおってはおまえもろくな者にならんと、ことあるごとに直太郎に悪罵《あくば》を浴びせまして」

おちかは、またぞろ尖りそうになる口を手で押さえた。

「直太郎はなかなか頭の回る子供ですから」

若先生は苦い口つきになった。

「そんなに言うなら、何か証があるのか。あるなら見せてみろと養父母に嚙《か》みついたこともあるそうですが」

抗弁されて、八百濃はさらにカッとなる。証ならある、あるがおまえに見せないの

が親の思いやりというものだ、この恩知らずめがと拳骨《げんこつ》を振りあげる──

おちかは口を押さえていた手をあげて、目を覆った。

「泥沼です」と、若先生は言った。「しかし八百濃は、そうやって直太郎を責め立てておれば、いつかあの子が折れて恭順になると思っている。ほかの手を思いつかんので、そう思い込むしかないのでしょうが」

直ちゃん、可哀相にと、おちかは呟《つぶや》いた。

「父親に対する悪罵なら、直太郎にとっては初耳のものではありません。火事が起きてから八百濃が介入して事を収めてくれるまで、鯰髭殿のもとからは幾度も人が来て、お夏さんを責め立てていましたから」

「お屋敷の方が来たのですか」

「いや、そういう折には、武家でも土地の岡っ引きを便利に使うのです」

その方が、長屋暮らしの素っ町人には効き目があるからだ。

「お夏さんは手弱女《たおやめ》ですが、母親とは強いもので、そのたびにしっかり抗弁し、直太郎にも、おまえの父親はそんな人ではないと言い聞かせていました」

小石川界隈《かいわい》で幅を利かせているこの岡っ引きは、あのいたずら三人組に〈まだら蝦《が》蟇《ま》〉と綽名《あだな》された脂っこい爺《じい》さんで、お夏はずいぶんと嫌らしく苛《いじ》められたらしい。

それでもけっしてへこたれることなく抗弁を続けていたら、

「業を煮やしたのか、鯰髭殿ご本人が乗り込んできたこともありました」

与平が屋敷から掠め取った金品を、お夏が隠しているに違いない。検《あらた》める、という口実だったそうだ。

「追い返すのに、えらい手間を食いました」

「若先生が追い返されたんですか」

問うて、おちかははっと思い至った。

「そうか！　そのとき、あのいたずら三人組も、若先生のお手伝いをしたんじゃありませんか。だからあの子たち、鯰髭様のことを知ってるんですね」

若先生は、何とも答えにくそうな顔をした。言ってしまいたいのだけど言うに憚《はばか》る。

「どうやって追い返したのか、つぶさにお話しくださいとは申しません」

おちかはそうっと上目遣いになった。

「ほんのさわりでようございます」

「まあ、その」若先生は、今度は指で口の端をほりほり掻いた。

「鯰髭殿の袴《はかま》の裾《すそ》に、ねずみ花火を投げ入れる、などとか」

おちかはふき出した。「あら、賑《にぎ》やか」

若先生の目も晴れた。「そうそう、先ほど申し上げた偽坊主の行然坊、あの御仁にも助太刀を仰ぎました。ちょうど、ふらりと立ち寄っていたものですから」

この偽坊主は居所定まらず、風来坊の暮らしをしていて、折々、気まぐれに〈深考塾〉に現れるのだそうである。

「しかし、我々にできることはそこまで。追い返したと言っても、その場限りでござる。結局、お夏さんと直太郎の先行きのためには、八百濃の申し出を吞《の》むしかありませんでした」

こうした経緯《ゆくたて》の上に、今の直太郎の暮らしはあるのだ。十一の男の子が、混乱するのも無理はない。

「直太郎は母親の、〈おまえの父親は盗人などではない〉という言葉を固く信じています。長屋にいたころは、母子《ははこ》に味方する者どもも大勢おりました」

〈深考塾〉や、近所の人びとである。

「だが、直太郎が一人、八百濃へ来てからは、風向きが変わりました。当の養父母が声高に与平さんとお夏さんを罵《のの》しる。その悪罵が八百濃の奉公人たちを通して外にも漏れる。すると、噂する者も現れます」

ひそやかだが冷たい逆風のなかで、見知らぬ新しい顔ばかりに囲まれて、直太郎はいるのだ。ぐらぐらと心が揺れ、ちょっとしたことにもカッとなり、声を荒らげたり暴れたりしてしまう。

身の置き所、心の安まる場所がないのだ。

だからこそ青野利一郎は心を砕き、時をつくっては、ちびた草履で八百濃へ足を運んでいるのである。おちかは、心の一角に温《ぬく》もりを覚えた。

「それでも直太郎は、よく堪《こら》えられるようになってきました」

そのことを己にも確かめるようにひとつうなずいて、若先生は言った。

「あの子は父親を信じていますし、母の教えも信じています。与平さんは盗人ではないし、付け火をするような男でもない。それを固く心にしまって、近ごろではそこに鍵《かぎ》をかけることを覚えたようです」

おいおい、養父母とも折り合いをつけられるようになるだろう、という。

「八百濃の夫婦にも、けっして悪気はないのです。彼らなりに直太郎のためを思っている。ただそれが一方的で不器用なばかりに、彼らの方も損をしています」

要は、子供の扱いがわからないのだ。

「いずれ直太郎を八百濃の跡取りにしたいという気持ちに嘘はないようですしね。これまた武家と似ていますが、店持ちの商人にとっては、〈家を継承する〉——それもできれば血縁の者に受け渡してゆくということには、大きな意義があるようです」

「直ちゃんには、皆様の心強い応援もございますしね」と、おちかは微笑んだ。「うちの新どんも、及ばずながら頑張っているようで」

「しかし、仕事を怠けるのはいけません」

若先生がへどもどするので、おちかはついくすくす笑った。

「あまり目に立つようでしたら、しっかり叱ります」

「よろしくお頼み申し上げます」

かしこまって頭を下げ合ったのを潮に、おちかは茶を入れ替えた。その手つきをしげしげと見守って、若先生はやおら口調を変えた。声が低く、重くなった。

「直太郎のいちばんの煩悶《はんもん》は、事の真相がわからぬ、ということにあります」

おちかは目を上げた。「鯰髭《なまずひげ》様のお屋敷の火事がなぜ起きたのか、ということでございますね？」

失火だったのか。本当に付け火だったのか。付け火ならば誰が下手人《げしゅにん》で、何のために火を付けたのか。

若先生は姿勢を正す。「これまで、鯰髭殿の屋敷の火事、と申し上げてきました。しかし、実は少々事情が違うのです」

火が出たのは、鯰髭の屋敷といわれていたが、そうではなかった。隣の空き屋敷の方だというのである。

おちかの胸が騒いだ。隣の空き屋敷に何となく臭うものを感じてきたあたしの勘は、やっぱり外れていなかったか。

「与平さんと、一緒に焼け死んだ鯰髭殿の若党と女中――この三人も、実は空き屋敷の方で亡骸《なきがら》が見つかりました。つまり、火が出たときには、三人とも空き屋敷にいたということになるのです」

三人は火の手に追われ、鯰髭殿の屋敷へ逃げ帰ろうとしたが果たせずに、焼け落ちてきた屋根や梁《はり》の下敷きになって命を落とした。発見されたときの亡骸の様子からして、そうとしか考えられないのだという。

おちかも背を伸ばしたまま、固まった。

「おちか殿」

「はい？」

「目の色が変わられましたな」

おちかはあわててまばたきをした。

「人の住んでいないお屋敷には、何かと妖《あや》しいことがあったり、怪しい噂がつきまとうものでございましょう。ですから」

最初に話を聞いたときから、〈隣の空き屋敷〉が気になっていたと、正直に打ち明けた。

「これまでおちか殿が聞かれた話のなかにも、空き屋敷にまつわるものがあったのでしょうか」

「はい。ただ聞いたというより……わたくし自身にもかかわりのあった話でございま

それはどういう話かと問わずに、若先生はあっさりと納得したふうにうなずいた。

「なるほど。やはりこちらをお訪ねしてよかったようです」

ここから先の話は――と、若先生はさらに一段と声をひそめた。

「お夏さんも直太郎も知りません。しかし、それでいいものなのかどうか」

悩んでいるのだ。おちかもいずまいを正した。

「鯰髭殿の隣の空き屋敷は、近隣の人びとには〈紫陽花《あじさい》屋敷〉と呼ばれています。人が住まぬようになって、かれこれ十五、十六年は経つ。瓦《かわら》は落ち、柱は傾き、畳は腐って根太《ねだ》が緩んでいる。荒れ屋敷というより、既に廃屋です。ぐるりを取り巻く土塀もほうぼうが崩れ落ちて、道端からでも、荒れ放題の庭を容易に見通すことができるほどでして」

灯籠《とうろう》が立ち池があり、築山がありそこを巡る流水がある。かつては立派な庭園だったのだろうが、今では往時の面影を偲《しの》ぶことは難しい。八幡《やわた》の藪《やぶ》知らずか、それこそあやかしが棲《す》むと噂される柳原《やなぎわら》の土手のような眺めになっている。なかでも紫陽花が異様に隆盛を誇り、いくつもの群をつくって、梅雨時ともなれば、数え切れぬほどの花が咲く。だから紫陽花屋敷と呼ばれるのであった。

「名前だけ耳にするなら、風流で美しいお屋敷ですね」

「実際、紫陽花が盛りのころの庭の景色は、絶景といってもいいそうですよ。与平さんも話していました」

「先生は親しくなさっていたのですか」

「与平さんと直太郎に限らず、〈深考塾〉にはよく習子たちの親が出入りします。なかには、子供と机を並べて読み書きを習う親もおります」

なので、習子たちとのあいだで、自然と彼らの親の話をすることも多い。

「親御さんたちの様子を知っておくことは、先生にとっても大事でしょうね」

「まあ、そのせいでいろいろと面倒《めんどう》に巻き込まれることもありますが」

そう言って、また鼻の頭を掻《か》いた。

「愉快な出来事もあります」

やっぱり〈深考塾〉は楽しそうだ。

「それで直太郎とも、近ごろお父上には会ったか、ご健勝かなどと話しているうちに、あるとき、こんなことを言いました」

――うちの父ちゃんがお仕えしてるお屋敷の隣には、お化け屋敷があるんだよ。

「庭に紫陽花がいっぱい咲くお屋敷なんだ、というのです」

なぜかここで、若先生は表情を硬くした。「おやと思いました。その後、たまたま与平さんが立ち寄ってくれた際に、こちらから持ちかけて訊《き》いてみると、確かにそうだというのです。小石川馬場近くの空き屋敷で、庭にそれは見事な紫陽花が咲くが、永年人が住み着かず、荒れ放題に荒れている。何か事情があってほったらかしにされているのだろうが、とりたてて近隣の人びとが噂しているわけではなく、お化け屋敷というのは作り話でしょう、と」

——怪事が起こるわけでもありません。

だから若先生も、それ以上は訊かなかったし、与平にも余計なことは言わなかったという。

引っかかる言い様である。

「つまり、言わずにおくような余計なことを、先生はご存じだった」

問い返すおちかの目を見て、若先生はゆっくり言った。

「左様《さよう》。私は知っておりました」

与平に会う以前から、紫陽花屋敷を知っていた。そこがなぜ空き屋敷になったのか、なぜ空き屋敷のままなのか、謂《い》われや事情をすっかり知っていたというのである。

驚きつつも、おちかは勘を働かせた。

「もしかすると紫陽花屋敷は、以前、那須請林藩のお屋敷だったのではありませんか？」

ほう——と、若先生が口を半開きにした。

「なるほど。その線もあり得ますな」

しきりとうなずきながら、

「確かに、私の主家門間家の最後の当主は、領民たちから悪鬼よ死神よと恐れられる人物でした。その暴虐故に、那須請林藩は滅びたのです。己の欲望のままに、数多《あまた》の無辜《むこ》の人びとを捻《ひね》り殺して憚《はばか》らぬ男でしたから、国許《くにもと》の陣屋はもちろん、門間家の江戸屋敷にも、恨みを呑《の》んだ幽霊の一人や二人、現れたとしても不思議はござらん」

いやまったくと、ぺんと膝《ひざ》を打った。

「今まで考えてもみませんでしたが、大いにあり得ることでござる。思えば我らは、今も幽霊を背負って生きているようなものなのですから」

感じ入っているらしいが、口舌は急に鋭く、その目は暗く翳《かげ》った。どうやら那須請林藩の改易には、かかわりのない者が不用意に尋ねてはいけない事情がまとわりついているらしい。おちかは思いがけず、若先生の突いてはいけない心の一点を突いてしまったらしかった。

「それでも、わたくしの当て推量は外れなんでございますよね？」

ちょっと膝を乗り出し、声を強めておちかが問うと、若先生は我に返った。

「は？　ええと」

「若先生が紫陽花屋敷をご存じなのは」

「わ、私の師匠があの屋敷を知っていたからなのです。私は師から聞いたのですよ」

「あらまあ」と、おちかは顎《あご》を引いた。

「〈深考塾〉の大先生の」

「加登新左衛門殿と、奥方の初音《はつね》殿です」

二人の名を口にすると、若先生の目が晴れた。

「夫婦揃って、肝が据わっていると言えば据わっている、奇矯と言えば奇矯、偏屈と言えば偏屈で、紫陽花屋敷を知っているどころか、一年余りそこに住んでいたことさえあるのですよ」

半ば感心し、半ば呆《あき》れている。その表情の動きを見るだけで、若先生が大先生夫妻を敬い、親しみつつも、かなり振り回されているらしいことが察せられた。

「もっとも師匠は、武家屋敷の用人勤めをしている直太郎の父親が、今まさにその屋敷の隣人になっているということまでは知りませんでした。私が与平さんから紫陽花屋敷について聞いたのは、本当にたまたまだったのです」

与平にとっても、隣家のことだ。いつも話題にするわけもない。

左様――と、若先生は大きくうなずいた。

「このたまたまが曲者《くせもの》なのです」

片頰を器用に歪《ゆが》めてみせる。

「と、おっしゃいますと」

「紫陽花屋敷の謂われを知れば、今般、与平さんたちの身に起こった悲劇がどのようなものであったか、おおよそ見当がつくのです。つまり、直太郎が求めている事の真相がわかるのです」

おちかは仰《の》け反った。なあんだ、そういうことなのか。

「だったら、すぐにも直ちゃんに教えてあげればいいじゃないですかと突っ込みかけて、口を閉じた。若先生は苦瓜《にがうり》を噛《か》んだような顔をしている。

「話して、直太郎が信じるでしょうか」

「信じがたいお話なのですか」

「はなはだ面妖《めんよう》、奇っ怪です」

「この世のお話ではない、と」

若先生はまた苦瓜を噛んだ。「この世のような、あの世のような」

目元がまた暗く翳る。

「そういう類《たぐい》の話ですから、確たる証《あかし》もありません」

信じるか信じないかにかかっている。

「しかも、師匠と私が先《せん》から、たまたま知っていたというのでは、なおさら直太郎は信じぬでしょう」

だからたまたまが曲者だというのだ。

「子供というのは、存外、理詰めの生きものなのですよ。大人が偉そうに説教をぶちながら、言うこととやることが違うと、すぐ見つけてやりこめるでしょう」

なぜかおちかの頭には、あのいたずら三人組の顔が浮かんだ。

「そうですねえ」と、しみじみうなずく。

おちかの頭のなかを読んだように、若先生は急に萎《しお》れた。何も言ってないのに通じるところを見ると、本当にあの三人には手を焼いているようだ。

「だけど直ちゃんは、若先生をとても慕っていますよ。だから若先生のおっしゃることだったら」

いいえと、若先生は首を振る。

「私が直太郎を励まし、慰めるために、作り話をしていると思うだけでしょう」

さすがに、おちかもすぐには抗弁できなかった。

「何度も申しますが、あれは聡《さと》い子です」

「聡いからこそ、若先生が真実を述べておられるのかどうか、見抜きますよ」

「たまたま知っておったと言っても？」

「じゃ、そのたまたまのところだけ変えましょう。若先生がいろいろとお調べになって、真実を突き止めたと言ってあげたら」

「嘘をつくんですか」

若先生の目がちろりと冷ややかになったので、おちかはたじろいだ。

「……すみません」

見物人がいたら面白い景色だったろう。黒白の間の客と聞き手が、一緒になって肩を落としてため息をついた。

「若先生」

「はあ」

「世間は広いようで狭いものでございますよ」と、おちかは言った。「だから、たまたま、たまも起こるんです」

おちかが今ここでこうしているのだって、たまたま続きの巡り合わせのおかげなのだ。

「そうだ！」と、ぽんと手を打った。「若先生がおっしゃるのでは、たまたまの上に又聞きだから、さらに重みがなくなるということならば」

青野利一郎は、一瞬だが、(はっきり言うなあ)という顔をした。

「大先生から直ちゃんに話していただけばよろしいじゃありませんか」

今度は、(私だってそれぐらい考えましたよ)という顔をした。

「……いけませんか」

「頼んでみましたが、けんもほろろでした」

──おぬしが一人で何とかせい。

──利一郎さんの師匠としての腕の見せ所でございますわねえ。

琴瑟相和《きんしつあいわ》し、そう言ったという。

若先生、やっぱり振り回されている。

しかしおちかは、胸がすっとした。

「わかりました。だから若先生は、ここにおいでになったのですね」

奇っ怪で面妖な話を集めている三島屋で、果たして自分の話がどれくらい通用するものか。珍しがられるか、退屈されるか。さも作り話めいて聞こえるか。

百物語に加わる理由としては、変わり種だろう。だが理屈は通る。おちかにさえ「信じられない」と冷笑される話であったなら、直太郎に聞かせるまでもない。

そこまで言わないけれど、若先生は、直太郎に「作り話だ」と思われるのを恐れているのではあるまい。「作り話だ」と思っても、日々、様々なことを堪《こら》えて大人になろうと踏ん張っている直太郎が、それに飛びついて己を納得させてしまうことを危ぶんでいるのだ。

「こんなことを試す場は、他所《よそ》にはございません。だからわたくしどもに」

「いや、下稽古《したげいこ》をしようなどと思ったわけではござらん」

「はいはい。それでもわたくしは、奇っ怪と面妖に、少しは耳の心得がございます。それに、最初に若先生もおっしゃったじゃありませんか。わたくしなら直ちゃんに近い、直ちゃんの身になれる、と」

若先生は上目遣いになる。「まっこと面妖ですよ」

「心得ました」

青野利一郎は長い息をひとつ吐いて、

「件《くだん》の紫陽花《あじさい》屋敷には」と、始めた。

「人ならぬモノが棲《す》んでいたのです。師匠と初音殿は、それに〈くろすけ〉という名を与えたそうなのですが」

それは暗獣《あんじゅう》とも呼ぶべきものであった。


話は十七年前に遡《さかのぼ》る。

その年、加登新左衛門は、齢《よわい》五十を節目として嫡男・長一郎《ちょういちろう》に家督を譲った。

加登家の家格は抱入《かかえいれ》で、代々小普請組世話役を務めている。抱入は譜代《ふだい》の旗本や御家人と違い、一代限りの奉公であるから、新左衛門の嫡男も、形式としては新規召し抱えとなる。新左衛門が父の跡を継いだときもそうであったが、めでたくこれを認められたことで、新左衛門は肩から大きな荷をおろした心持ちであった。

小普請組は、家禄《かろく》三千石未満の無役の旗本・御家人の集まりである。役職に就いて幕政に参画することのできない、いわば職にあぶれた武士の集団だ。幕府から〈小普請金〉という家禄を頂き、その禄高に応じて役金を上納する形で〈奉公〉する。仕事がなく、給金だけをもらい、その給金からいくばくかの上納金を納めることで奉公した形をつくっている――というわけで、己の才覚や腕一本で稼いで世渡りする商人や職人たちから見れば、実に不可思議な仕組みであろう。

しかしこれが、太平の世を生きる下級武士たちの実情であった。武士はそもそも軍人であり、戦のない平らかな世は、彼らに恃《たの》むものがない。

御家人の場合、九割方が四十九俵以下の小禄の者である。家禄だけでは暮らしが苦しくなるばかりだ。小普請の場合はなおさらである。いつまでも無役にくすぶっていたくないと、役方《やくかた》（事務職）・番方《ばんかた》（軍務）の役職に就こうと盛んに運動するが、そう易々《やすやす》とは職に有り付けない。いっそ腹をくくって内職や副業に励んだり、芸事にいそしんで師匠となり、そちらで実を得る者も現れる。

そんななかで、加登家はまだ恵まれている方だった。小普請組世話役は禄高こそ五十俵三人扶持《ぶち》に過ぎないが、五つある小普請組内のよろずの世話相談、素行の取り締まり、もろもろの請願や届け出の取り次ぎなど、組中の諸事雑事一切を取り仕切る役目なので、わずかながらも、謝礼や進物などの副収入があったからである。

とはいえ、所詮《しょせん》は無役の集団内の取り仕切り役であることに変わりはない。しかも、世話役の上には小普請組組頭、小普請組支配という役職があるのに、加登家は新左衛門の祖父から彼まで三代かかっても、ひとつ上役の組頭に登ることさえできなかった。べた凪《なぎ》の海の小舟のように、世話役から動くことができなかった。出世の南風も栄達の黒潮も、加登家のいる場所には寄せてこなかったのだ。

新左衛門の妻・初音も、小普請の御家人の三女である。新左衛門が二十四歳、初音が十八歳のときに婚姻し、ここまで連れ添ってきた。夫婦のあいだには一男二女がある。長女は加登家と同格の御家人に、次女は商家に嫁いだ。この次女の婚家の紹介で、長一郎にも商家の娘を迎えることになった。

嫁の実家《さと》の財力は、加登家にとって心強い援軍となった。この嫁の気性が優しく、万事に夫をたてて驕《おご》るところがないのも幸いだった。小姑《こじゅうと》にあたる次女とはもともと親しく、長女ともすぐ折り合うようになった。新左衛門と初音がいちいち知らぬところでも、長女はかなり、次女と嫁の世話になっているようだった。

つましいと貧しいのあいだを行きつ戻りつしてきた加登家の暮らしは、こうして安定した。べた凪を抜け出した小舟は、穏やかな浅瀬にたどり着いたのである。

新左衛門が隠居を言い出したとき、嫡男夫婦は大いに驚き、揃って父の翻意を促した。父上はご壮健であり、五十歳での隠居はあまりに早すぎる。

しかし新左衛門には、むしろ遅いくらいだった。倅《せがれ》夫婦が授かった男子が七つに育ちあがるまで――と堪えているうちに、この歳になってしまったと思っていた。

新左衛門は小柄である。小男はせっかちだとよく言うが、彼もその口であった。隠居については、長一郎が嫁を取ったとき、初音には打ち明けていた。役務は既に月番制で倅と分け合っている。新左衛門がいなくなっても、何の障りもない。

だがこのときは初音に、早すぎると諭された。

「せめて初孫の顔を見てからになさいませ」

ところが、金《かね》の草鞋《わらじ》を履いて探しても見つかるまいというこの出来物の嫁は、皮肉にもなかなか赤子を授からなかった。夫婦仲は睦《むつ》まじいので案じることはなかったが、世間では〈嫁《か》して三年子なきは去る〉というし、武家の嫁にとっては跡継ぎの男子を産むことが第一の務めである。

気を揉《も》んでいるうちに二年が過ぎ、三年目でようやく一子を得た。新左衛門と初音の初孫は女児であった。

その翌年、ようやく男子を得た。安堵《あんど》と喜びのなかで、新左衛門はまた初音に隠居のことを切り出した。妻はまた諫《いさ》めた。

「赤子はまだ神のうちでございます。そのように急《せ》かれてはいけません」

初音の不安は的中した。この子はその年のうちに、麻疹《はしか》で呆気《あっけ》なく逝《い》った。それから男子が産まれるまで、加登家の新旧の夫婦はまた待った。元気な産声を聞いても、しかし今度は新左衛門も、易々とは気を緩めなかった。それからじっくり、この孫が初音が言う〈神のうち〉を抜け出し、この世のものとなる歳に達するまで、さらに待った。

だから、ようようその時を迎えて、新左衛門の心中にはいささかの未練もなかった。しかも彼が家督を継いだときより、今の加登家ははるかに恵まれた境遇にある。太平の世では、武士の出世栄達にも金がかかる。機会をとらえて組頭や支配に進物をし、まめにご機嫌伺いを続けておかねば、数少ない好機を得ることはできない。これまでの加登家の内証では、それは無理なことだったけれど、今は違う。

「私はもう充分に老骨だ。出世の機会は、おまえが活《い》かすがいい」

貧乏御家人の加登家を、それでも武家だというだけで敬ってくれる嫁の実家のためにもその方がいいと、嫡男を説いた。

その気持ちに嘘はなかった。だが、隠居を望む新左衛門の心のなかに、それ以外の理由はなかったと言えば、嘘になる。

加登新左衛門は人嫌いであった。

世話役の仕事は過不足なく続けてきた。だから人混じりが苦手だとか、下手だというわけではないのだろう。やってできないことはない。

　だが彼は、人というものが億劫《おっくう》でたまらなかった。人は皆、嘘つきだ。些細《ささい》な衝突でも、双方がそれぞれ己の都合のいいように事を曲げて主張して憚《はばか》らない。旨《うま》い話には見境なしに飛びつき、事をし損じれば言い訳に終始するか、他の者に責任をなすりつけようとする。せせこましく、小ずるく、情けない。そのくせ欲深い。

　新左衛門のこのような本音を知っているのは、初音ばかりである。子供たちの前の彼は、無口だが温かな父親であった。役務に就いては、実直で勤勉であった。困っている者には手を差し伸べ、怒っている者をよく宥《なだ》め、失策をおかした者には適切な助言で手当する。世話役の鑑《かがみ》のような働き者だった。

　しかし腹のなかでは、彼をしてこのように立ち回ることを強いる人びとを、世間を、腹の底から忌み嫌っていた。

　それればかりではない。実のところ新左衛門は、我が子、我が孫でさえも、心底愛《いと》おしいと感じたことがなかった。憎いわけではないし、ないがしろにしたことはない。現に子や孫たちは彼を慕ってくれる。だが彼の方には、どこか身体の深いところから湧いてくるような情愛が欠けていた。

　子や孫を、目のなかに入れても痛くないほど可愛いと、世人は言う。新左衛門はそれを実感したことがなかった。愛しいと思う心の半面には、常にうっとうしさや面倒《めんどう》くささがつきまとっていた。

初音だけは、それもすべて承知していた。

「そうおっしゃるほどに、あなたは冷たい人ではございません」

笑って受け流し、そして言った。

「山奥に分け入って、仙人になりたいわけでもないのでしょうし」

山には書物がございませんから、という。

そう、加登新左衛門がこよなく愛するものは、この世でただひとつ、書物だった。彼は書を愛し、この世にある万書を読み尽くしたいと願う男であった。妻の初音は、彼のそんな願望を解した上で付き添ってくれる、いわば同志のようなものだった。

隠居は、新左衛門にとって、世間という牢屋敷《ろうやしき》からの解放に等しかった。これからは日々好きなだけ書物に耽溺《たんでき》し、厄介な人混じりを逃れて暮らすことができる。

嫡男夫婦は、相応の隠居料を考えていたようだった。新左衛門はそれも断った。

「それでは、父上がお好きな書物を買い入れることもままなりますまい」

案じる長一郎に、新左衛門は笑った。

「これまでと同じようにするまでよ」

書物は買おうとすれば値も張るし、数も少ない。が、借り受けるなら貸本屋はいくらもあるし、自分で写本を作るなら元手は紙と墨代だけで済む。実は新左衛門は、もう十年ばかり前から、いくつかの書物問屋や貸本屋と語らって、写本作りの内職を引き受けていた。兵法書や歴史書、医学書などが彼の得意で、その筋の書物問屋には大いに頼りにされている。

彼はただ文字を書き写すだけではなく、その書物の内容をよく把握して、わかりやすく嚙《か》み砕いて人に教えることができた。書物を商品としながらも、書物問屋や貸本屋の商人たちは、いったいに無学である。扱う品物の真の価値を知っていれば、もっと上客をつかみ、もっと巧みな商いができるものを――と、歯がゆい思いを重ねているうちについ口を出し、それが功を奏して感謝され、そのうち商人たちの方から進んで彼に教えを請うようになってきた。新左衛門はそういう要請に応《こた》え、対価として金を受け取ることもあれば、欲しい書物を手に入れることもあった。

貧乏旗本や御家人が内職に励むのは珍しいことではないが、だからといって大手を振ってやっていいことでもない。父祖から受け継ぎ、嫡男に受け渡す加登家の家督を思えば、新左衛門には、尻《しり》をまくって己の内職の稼ぎを喧伝《けんでん》することは憚られた。しかし隠居してしまえば話は別である。

一方で彼は、この二年ほど前から独学で阿蘭陀《オランダ》語を学んでいた。医学書に触れるうちに、これはどうでも阿蘭陀語を解さねば新しい知識には追いつけないと実感したからである。なにしろ独学だし、もう若くはない身のことだから、進みは遅い。それでも、近ごろではどうにか辞書を片手に原書の翻訳ができるところまでこぎ着けた。こうなると、内職の幅はさらに広がる。もちろん、蘭学を勝手に学び、勝手に広めるとなると御禁制に触れるから、これこそいっそう密《ひそ》かに進めねばならないが、隠居してしまえばこれもかなり気が楽になる。

上手にやりくりすれば、むしろ家禄《かろく》をいただいていたころよりも楽な暮らしができる。新左衛門には、隠居暮らしの〈勝算〉があった。算盤《そろばん》を弾《はじ》いて、充分に成り立つ。

それをまた、初音は楽しそうに笑ってこう評した。

「そういう仕事で暮らしていこうというのですから、やはりあなたは人嫌いなのではなくて、ただ人と交わるのに書物の仲立ちが要るだけなのではございませんか」

言われてみればそんな気もするのを、認めたくはない新左衛門であった。

「新しい暮らしは、わたくしも楽しみでございます。二人でどこへ参りましょうか。古くても汚くても、雨露《あめつゆ》さえしのげるならかまいません。でも、庭は広いと嬉《うれ》しゅうございますね。たくさん作物を育てることができますから」

初音は庭いじり好きを通り越して畑作りが巧みで、加登家の食膳《しょくぜん》にのぼる青物のほとんどは、庭の畑から採れたものであった。余ったものは売ることもできた。

そうなのだ。いちばんの問題は、新左衛門と初音の隠居所をどこに構えるかということであった。

適当な貸家を探す伝手《つて》には困らない。内職で付き合いのある商人たちにひと声かければ、皆、親身になって探してくれた。

新左衛門の側に、難しい注文はないつもりであった。いきなり長屋暮らしに下りるのは気が進まないが、これは武士の面目というより、近所が騒々しいところが厭《いや》なだけだ。閑静な場所であるなら、木戸や門や塀にこだわるつもりは毛頭ない。行灯建《あんどんだ》てのしもた屋でもいい。ただ、山ほど集めた書物の置き場所は欲しいし、広い庭をという初音の望みもかなえてやりたい。となると、夫婦の目は自然に、東は本所・深川あたりの新開地、西は千駄《せんだ》ヶ谷《や》や六本木の方へ向くことになる。どちらも武家屋敷と田畑の入り交じる静かな土地だ。

ところが、これに加えて、嫡男夫婦から存外に強硬な注文がついた。今の加登家の住まう赤坂新町《あかさかしんまち》から、あまり遠くへ離れないでほしいというのである。長一郎はまだ若く、孫も幼い。新左衛門と初音が、行き来に半日かかるような場所に移ってしまっては、何かと心細くまた心寂しいというのであった。

となると、本所・深川方面は駄目である。赤坂新町の西側を探すことになったが、なかなか思うに任せなかった。ここらには貸家というより貸し屋敷というほどの構えの立派な家が多く、その分、店賃《たなちん》も高くなる。新左衛門の弾いた算盤のうちでは、払いきれない。

本来、御家人の住む町は定められている。拝領屋敷と呼ばれるところで、市中にいくつも設けられていた。そのなかでも家格や役職によって住む組屋敷が違ってくる。但し、無役の御家人はここに住むことはできない。一般の貸家を借りるのだが、それでも武家地のなかで、自然と寄合や小普請の多く集まる町筋は決まってくる。赤坂新町もそのひとつであった。

新左衛門は何度か長一郎を説いた。いずれおまえが役付になれば、何処かの拝領屋敷に移るのだ。いや、その気概を持ってくれねば困る。私と初音がどこに隠居所を持とうとかまわぬではないか、と。

しかし長一郎は納得しなかった。先の知れぬことを担保に何をおっしゃいますかと抗弁する。頑固というより意固地なこの言い分を、新左衛門はずいぶんと訝《いぶか》り、また気も悪くした。倅《せがれ》は倅なりに、実は偏屈な親父殿が、隠居を機会に悪い意味で世間離れしてしまいそうな気色《けしき》があることを危ぶんでいたのだ。それを察して、初音も敢《あ》えて取りなさなかったのだ——と知れるのは、もっと後のことである。

さて困った、と焦《じ》れている折も折、耳寄りな話がひとつ持ち込まれた。

新左衛門の内職の相手に、諸星主税《もろほしちから》という人物がいる。名字帯刀の二本差しだが、しかし新左衛門は、この名を本名とは思っていないし、彼が真に武士かどうかも怪しいと睨《にら》んでいた。

本人は軍学者と名乗っている。だが私塾を開いているわけではないし、弟子もいない。住まいも小石川というだけで、判然としない。彼を新左衛門に紹介した書物問屋も、上客だというだけで、素性についてはよく知らないらしい。ただ、諸星は独り身ではなく、女がついていて、その女の稼ぎに頼っているという噂があった。いつ顔を合わせても、貧乏御家人の新左衛門より隆《りゅう》とした身なりをしている。押し出しも立派だから、世人は軍学者という彼の名乗りを容易に信じてしまうことだろう。

では、彼は何を生業《なりわい》にしているのか。いわゆる〈軍記語り〉で、とりわけ太平記《たいへいき》語りを得意としていた。学問というよりは娯楽のために、庶民を相手に歴史物語を語る商売である。芸といってもよろしい。だから諸星主税は芸名なのかもしれなかった。

歳は新左衛門より五つ六つ若いだろう。眉《まゆ》も髭《ひげ》も濃く、下腹が出っ張っているところに妙な貫禄が漂う。声の響きも滑舌《かつぜつ》もよく、新左衛門も彼の軍記語りを聴いて感心したことがある。初音など、一度で惚《ほ》れ込んでしまった。実際、彼が贔屓《ひいき》客の設けた一席で語る際には、女の客が大勢押しかけるという。本人もそれを承知していて、よく呑《の》み、よく遊ぶ。とんだ軍学者もあったものだった。

本来、新左衛門と相容《あいい》れる人物ではない。怪しい男だ。ただ、諸星には奇妙に人なつこいところがあった。また彼は、高座にのぼれば我こそは天下一の軍学者という顔で滔々《とうとう》と語るのに、思いのほか謙虚なところを持ち合わせていた。

それがしには学がないと、初対面の新左衛門に、はっきりと言った。新左衛門にも、わずかなやりとりだけで、それは察せられた。諸星主税がその人生のなかで学問や歴史に触れたのは、ごく若いころに限られているだろう。残りは、それに続く暮らしのなかで、付け焼き刃や聞きかじりの知識を縒《よ》り合わせてこしらえたエセ学問だ。そうして彼は、いっぱしの軍記語りに成り上がったのだろう。

——それがしは、軍記語りという職にこの一生を抛《なげう》つ覚悟でござる。この国の成り立ち、歴史というものを知らず、放っておけばケモノのように漫然と食って寝て暮らしてゆくだけの衆生《しゅじょう》に、軍記を通して人のあるべき道を説くのだと熱弁した。

——しかしそれには、それがし、いささか学が足りません。故に師匠を求めていた。ぜひ、新左衛門に弟子入りしたいというのであった。

新左衛門も、この調子のいい口上を鵜呑《うの》みにするほどお人好《よ》しではない。だいたいが人嫌いで人を信用しないのだ。

軍学者を騙《かた》り、衆生を指してケモノと言うなど、いい気なものだ。おまえの方こそ酒をくらい女の尻を追いかけるケモノではないかと、鼻先で聞き捨てにしてもよかったのだが、しばしば通ってくる諸星の熱意にほだされ、ためしに語らせてみて不覚にも感心してしまったのがいけない。きちんと学びたい、書を読み込みたいという彼の想いに（水増しはあったとしても）嘘がなさそうなこともわかってきて、渋々ながら親しむようになった。もっとも、諸星の方はしきりと「加登先生」と呼ぶが、新左衛門には彼を弟子と認めた覚えはない。

そんな男が、小石川馬場近くに手頃な空き屋敷がある、と言ってきたのであった。

聞けば、冠木門《かぶきもん》に板塀を巡らし、庭の広々とした屋敷だという。築十年ほどだが、子細あってこの三年ばかり人が住んでいない。故に荒れてはいるが、手入れをすれば充分心地よく暮らすことができるだろう。

新左衛門はまず屋敷の持ち主を尋ねた。諸星は、それは言えぬ、という。

「周旋するのは土地の差配人でしてな。勘平衛《かんべえ》という老人ですが、これが委細を心得てござる」

「なぜ持ち主を明らかにできん？」

「そこはそれ、子細があるのです」

持ち前の、忠義に篤い犬ころのような目をくりくりさせて、諸星は意味ありげに新左衛門と初音の顔を見た。

初音が賃料を尋ね、答えを聞いてさらに驚いた。

「長屋並みの店賃ではありませんか」

「それも曰《いわ》く故でござる」

新左衛門と初音は顔を見合わせた。初音は、釣り銭をごまかそうとする物売りの手元を見るように目を細める。

「どんな曰くだ」

尋ねる新左衛門に、諸星はいずまいを正し、わざとらしく空咳《からせき》をした。

「先生、〈子は怪力乱神《かいりょくらんしん》を語らず〉と申しますな?」

今度は新左衛門が目を細めた。「孔丘《こうきゅう》の説くところと、その空き屋敷にどんなかかわりがあるのだね」

諸星主税は、首尾良く釣り銭をごまかした物売りのようににんまりした。

「——出るのでござるよ」

件《くだん》の空き屋敷には、幽霊が出るのだという。そのために人が住み着かず、三年も無人のまま放置されている。

「持ち主も、ただ手をつかねていたわけではござらん。浄《きよ》めたり祓《はら》ったり、幾度か坊主や拝み屋を呼んではみたものの、幽霊は消えません。いっそ取り壊してしまおうかと思っても、出るものが出るまま打ち壊しては、祟《たた》りがあるやもしれません」

新左衛門は「ふん」と笑った。

「どなたの幽霊が出るのでしょうか」と、初音は真顔で問うた。

諸星はにまにま笑いを消し、声をひそめた。「先《せん》にここに住まっていた武家の奥方でござる」

「屋敷の持ち主の妻《さい》ということか」

「やや、それはご勘弁を。申せません」

どこまでも身元を明かすわけにはいかないという。つまり、そうして気を遣うくらいの家柄なのだと匂わせるのだ。

「その方は、なぜ幽霊などに？　不幸な亡くなり方をしたのでしょうか」

待ってましたとばかりに、諸星は身を乗り出した。「もともと身弱な奥方でしてな。子宝にも恵まれず、そこへ主人が女中に手をつけて孕《はら》ませ、男子をもうけまして」

まあ、と初音は口元を押さえた。

「奥方はますます分が悪い。主人との折り合いも悪くなる。一方、側室に成り上がった女中は専横をきわめ、奥方をないがしろにして憚《はばか》りません」

息が詰まるような暮らしのなかで、悲劇は起こった。ある蒸し暑い夏の夜、奥方が突然血を吐いて悶絶《もんぜつ》し、三日三晩苦悶し尽くして事切れたのである。

「身弱の人とはいえ、明らかに怪しい頓死《とんし》でござる。奥方は毒を飼われたのではないかという噂が立ち申した」

手を下したのは主人か、側室か。あるいは二人で企《たく》らんだか。

新左衛門はまた鼻先で言った。「で、その奥方が化けて出るというわけだな」

化けるというくだけた言葉に、諸星は嬉《うれ》しそうに濃い眉を上げ下げした。

「左様《さよう》でござる。屋敷に住まう者たちが、亡き奥方の姿を見るようになりましてな。それも、昼となく夜となく」

主人も側室も、死人《しびと》の影に怯《おび》えるようになった。主人は酒に溺《おぼ》れ、側室は痩《や》せ衰え、それまでおとなしかった赤子も、夜な夜な怯えて泣き叫ぶ始末だ。

「それでも半年ほどは踏ん張っておりましたが、とうとう我慢が切れ、ほうほうのていで家移りいたした次第。しかしですな」

首魁《しゅかい》といえる主人と側室が立ち退いても、幽霊は屋敷に残った。今度は、近隣に住む者たちが女の姿を目にする。

「あるときは庭先に、あるときは縁側に、ぼうっと立っているのでござる。生前の姿そのままなのですが」

この世のものではないと、ひと目でわかる。まず影が薄い。そして、

「奥方の顔を知らぬ者でも、なぜか、ああ亡くなった奥様だとわかる。そのくせ、その女の目鼻立ちは、どう目を凝らしても判然とせぬのです。見れば見るほどわからなくなる。あたかものっぺらぼうのように」

ほの白い輪郭だけが、ぼんやり浮いて見えるのだという。

「加えて、すべてが朧《おぼろ》でありながら、奥方の着物の色柄だけはくっきりと浮いて見え

る。闇夜でも見えるのでござるよ」

どうですこの世のものではありますまいと、諸星主税は、なぜか張り切る。

「その幽霊を見た人に、何か障りは？」

止《よ》せばいいのにと新左衛門が思うそばで、初音が熱心に訊《き》いた。

「甚だしい障りはござらん。少なくとも噂にはなっておりません。せいぜい、しばらく悪寒がするというくらいでござる」

新左衛門は嘆息した。孔子《こうし》が『論語』で怪力乱神を語らずと説いたのは、みだりに語ってはならぬという意味である。けっして鬼神を否定してよろしいと説いたわけではない。だが、このように浮き浮きと肴《さかな》にしてよいと説いたのでもない。

「主税よ」と、彼はむっつりとして言った。「そなた、私を師と持ち上げながら、試そうとしておるな」

新左衛門は儒学者ではないが、儒学も学ぶ者ではある。その彼の鼻先に、諸星は、幽霊が出るために賃料の安い屋敷をぶらさげて、さてこの怪力乱神を、先生はどうなさると秤《はかり》にかけている。

腹が立つというより、所詮《しょせん》この程度の人物だったかと、呆《あき》れる思いがした。

諸星主税は大いに狼狽《ろうばい》した。尻でずりずりと後ずさりすると、汗をかいて平伏する。

「滅相もござらん！　それがしはただ、先生ならばこの屋敷を居と定め、その知力と胆力を以《もっ》て、そこに縛られている不幸な奥方の残心を祓うことも容易《たやす》かろうと」

「ものは言い様だ」

言い捨てられて、へこたれるようなエセ軍学者ではない。また、餌をねだる犬ころのような目つきになった。

「しかし、悪い話ではありませんぞ。なにしろ賃料が安い。小石川なら、武家の隠居所としても、まず上等でございましょう」

ついでに、その屋敷で本当に何か起こったのなら、

「話の種にもなろうというものでござる」

「そなたの高座のな」

「いえいえ、先生の『眉毛録《びもうろく》』の」

加登新左衛門は、ずいぶん前から己の身辺雑記や市中の出来事を書き記している。ただの日誌で、最初は誌名など付けていなかったが、それではつまらないと初音が言うので、近ごろ、「暇潰《つぶ》しに眉毛《まゆげ》を抜くのに似た他愛《たあい》ない話」という意を込めて、『眉毛録』と名付けた。

新左衛門は苦り切った。初音は笑っている。真摯《しんし》に問うていた割には、まるで怖がるふうがない。

「初音はいいのか？」

渋い顔のまま訊いてみると、はいと大らかにうなずいた。

「気の毒な女人ではございますが、恨む相手はもう立ち退いてしまっております。わたくしどもに含むところがあるわけではないでしょう。もしも現れたなら、話し相手になってあげましょう。胸のつかえは、人に語ることでおりるものでございますわ」

さらにこう続けた。

「わたくしは今も折々に、亡き父母の気配を身近に覚えることがございます。この世のものわたくしには、あの世のものであるその奥方と相通じることができないとしても、常にわたくしと共にある、父母の御魂《みたま》が助勢してくれましょう」

初音殿にはさすがのお心ばえでござると、諸星が持ち上げた。

「そうそう、かの奥方はことのほか紫陽花《あじさい》を愛《め》でており、季節となれば、庭には数知れぬ紫陽花が咲き乱れるそうにござる」

だから件の屋敷を〈紫陽花屋敷〉と呼ぶ。

「美しいですね」と、初音は微笑んだ。

と、このような次第で――

「師匠と初音殿は紫陽花屋敷に移り住んだのです」

ひと息入れて、若先生は冷めた茶に口をつけた。

十七年も昔の話だ。今は老骨で、おしまの聞き込んだところによると、習子たちには〈骸骨先生《がいこつ》〉と呼ばれている〈深考塾〉の大先生も壮年のころ。文武に通じた武士《もののふ》が幽霊など恐るるに足らずと笑い飛ばすのはよくわかるけれど、おちかは、妻の初音という人の大らかなことに驚いていた。

「お武家様のご妻女は、皆様そのように肝が据わっておられるのでしょうか」

尋ねると、若先生はちょっと困った。

「そんなことはありません。初音殿という方も、剛胆というよりは、まあ、何というかその」

鼻の頭を掻《か》きながら、いくつになっても小娘のような人なのです、と言った。

「小娘」

「やや、この言い様では、おちか殿に失礼にあたりますか。ともかくも、師匠も初音殿も、私にはとうてい太刀打ちできぬ人柄なのです」

まったく、まるでかないませんと、真面目な目が訴えている。おちかは微笑まずにはおられなかった。

照れくさいのか、若先生は話の向きを変えた。「初めて師匠からこの逸話を聞いた折には、私もただ聞き置いただけで過ごしていたのですが、与平さんのことがあってからは、やはり気になりまして、訪ねてみました。ついでに近隣を歩き回り、少々尋ねてもみたのですが、人死にの出た火事の後とあってか、皆なかなか口が固い。実のあることは聞き出せませんでした」

その際に、小石川に縁のある人物が、若先生の身近にもう一人いたことを思い出したのだという。

「習子の母親です。御家人の家に生まれ、本所の商家に嫁いだのですが、このお内儀《ないぎ》の実家《さと》が、やはり小石川にありました」

聞き合わせてみると、紫陽花屋敷の謂《い》われを知っていた。

「件《くだん》の奥方の頓死《とんし》と、幽霊の噂が立ち始めたころにちょうど物心がつく年頃だったので、近隣でしきりに噂が流れていたことを、よく覚えていると教えてくれました」

同じ小石川といっても、町は広い。現にそのお内儀も、紫陽花屋敷を直《じか》に知っているわけではなかった。ただ噂ばかりである。それだけ風聞は広まっていたのだ。

「それによりますと、紫陽花屋敷の怪しい出来事は、幽霊のほかにもあったというのですよ」

門前を通りかかると、折節、呻《うめ》き声が漏れ聞こえてくるのだという。

「夜な夜な女の幽霊がすすり泣く——というのではありません。ただ、昼でも夜でも、唸《うな》るような呻くような、時には呟《つぶや》くような声が、切れ切れに聞こえてくる、と」

何と言っているのかは、聞き取れない。

「奥方の声ではないのですか」

「それがわからんのです」若先生は首を捻《ひね》った。「無論、幽霊の噂とすぐ結びつけて、それは奥方の恨みの声だと騒ぐ向きもあったそうなのですが」

その声を直に聞いた者たちのあいだでは、見解が分かれた。

「男の声だという者もあれば、いや女だと言い張る者もいる。なかには子供の声に聞こえたという者もいる」

「噂が広まるうちに、尾ひれがついてしまったのかもしれませんね」

「おっしゃるとおり、後解釈や作り話も絡みついて、ふくらんでいったのでしょう。ただもうひとつ、おかしいというか奇妙な話がありまして」

正体不明の声が漏れ聞こえ、近隣を騒がせるようになったのは、件の武家と側室が紫陽花屋敷を逃げ出した後《あと》のことだというのである。

それも、半月やひと月の後《のち》ではない。噂が広がり始めたときには、紫陽花屋敷が空っぽになってから、既に一年近く経っていたのだそうだ。

おちかはちょっと呆気《あっけ》にとられた。

「それは確かでございますか?」

若先生は大きくうなずいた。

「私にこの思い出話をしてくれたお内儀は、迷信深い気質《たち》でもなければ、金棒引きのおしゃべりでもありません。そもそもこんな昔話は、これまで誰にも打ち明けたことがないと言っていました」

人騒がせな話だ。大の大人がぺらぺらと口の端にのぼらせることではない。

「ただ、しっかりと覚えている。なぜなら当時、この噂話を持ち出して、両親《ふたおや》にきつく叱られた——そのような噂に喋々《ちょうちょう》するなど、武家の娘にあるまじき軽々しい行いだと厳しく戒められたからです、と」

おちかも何度かうなずいた。褒められたことや叱られたことが、子供心に強く焼きつくというのは、理にかなっている。

「そのころ広まっていた噂のなかでは、奥方の幽霊と、一年も経ってから聞こえ始めた面妖《めんよう》な声を結びつける解釈が、何かしらほどこされていたのでしょうね？」

若先生は軽く目を瞠《みは》った。「さすが、おちか殿はわかりが早い」

〈深考塾〉の師匠に褒められた。

「件の奥方の幽霊は、一年かけて、とうとう憎い主人と側室を取り殺したのだ。しかし、それによって結局は互いに互いを呪い合うことになった三人の魂は、深い恨みに縛られ、紫陽花屋敷に閉じこめられてしまった。あの声は、成仏できず現世に繋《つな》ぎ止められ、嘆き悲しむ三つの亡魂の声だという解釈がついておりました」

ぱちりとまばたきしてから、おちかはつい笑った。

「上手に繋いだお話ですね」

若先生も目をぱちくりした。

「動じませんな」

そして顎《あご》に手をあてて、小声で呟いた。

「まあ、吉乃《よしの》殿も笑っていたからなあ」

言ってしまってから、舌でも噛《か》んだみたいに顔を歪《ゆが》めた。「これはいかん」

「何がいけませんか？」

「人の名前を伏せて語るのは、存外、難しいものですね」

つまり、若先生にこの昔話をしてくれたお内儀の名が、吉乃というのだろう。

ふうんと、おちかは思った。

手習所の師匠というのは、普通、習子の母親と、名を呼ぶほど親しくなったりするものなのだろうか。三島屋のことを考えたって、ちょっとそぐわない気がする。この近所で、叔母《おば》のお民を〈お民さん〉と呼ぶのは、よほど親しい間柄の人に限られている。近所付き合い程度なら、みんな〈三島屋さん〉か〈三島屋のお内儀《かみ》さん〉だ。

吉乃殿、か。何か引っかかる。何だろう。そもそもあたしは、どうしてこんなことを考えるんだろうか。

こちらこそ、これはいかん、だ。

「それにしても難儀な噂ですね。一年も経てば、どんな凶事があった家でも、そろそろほとぼりが冷めようという頃合でしょう。それがまた蒸し返されて」

若先生はぽんと膝《ひざ》を打った。「まったくそのとおりなのですよ。実は紫陽花《あじさい》屋敷も、新たな風聞が立ち始める前には、ようやく新しい借り手が見つかっていたのですが」

その話も潰《つぶ》れてしまった。紫陽花屋敷は、さらに忌まわしい屋敷に成り下がった。

「以来、師匠と初音殿が借り受けるまで、空き屋敷のままだったのです」

その間が、おおよそ二年。屋敷はさらに荒れ、庭には藪《やぶ》が繁り、しかし梅雨時には紫陽花ばかりがもの凄《すご》い有様《ありさま》で咲き誇り、美しいというよりはおどろおどろしいような眺めを見せるようになっていた。

「ただ、声が聞こえ始めるのと入れ替わるように、幽霊を見たという噂は下火になっていったようなのですが」

それはそれでまた厄介だった。

「周旋役の勘平衛という差配人が、紫陽花屋敷の因縁話を承知の上で、けろりとして移り住もうという師匠と初音殿を、貧乏御家人の強がりめと侮ったのでしょうな」

――亡魂も、人の姿を成しているうちはまだ話が通じましょうが、さて声ばかりとなっては、かえって手強《てごわ》うござんすよ。

脅しつけたというから意地が悪い。

「で、手強《てごわ》かったのですか」

端的に訊《き》くおちかに、若先生はこめかみをほりほり掻いた。

「それが……」

加登新左衛門と初音が紫陽花屋敷に落ち着くまで、たっぷり三日を要した。手間のかかる荷ときの大半は書物であった。

紫陽花屋敷は広かった。新左衛門と初音は事前に下見をして、使うところと閉めたままにしておくところを決めていたが、閉めっきりにする座敷でも、一度は風を通し陽にあてておかねば気が済まないのが初音で、加登家の下男と女中を助っ人《すけっと》に、大いに働いた。

ばたばたと忙しくしているうちは、幽霊もへったくれもない。事情を聞いて怖がっていた女中でさえ、屋敷の荒れように呆《あき》れこそすれ、怪しいものを見聞きしたと騒ぐことはなかった。彼らがようよう紫陽花屋敷の因縁を気にする余裕を取り戻したのは、片付けが終わり、新左衛門と初音を残して引き揚げる際になってからだ。

「ご隠居様も奥様も、本当によろしゅうございますか」

「何がよろしいのだね」

憮然《ぶぜん》とする新左衛門に、下男が畏《おそ》れ入る。「手前はこれからも、御庭の手入れにお伺いいたします」

「気にするな。どうしても手が要るときは呼びに遣《や》る。おまえたちは長一郎をしっかり守《も》り立ててくれ」

時は春、庭には新芽と新緑が溢《あふ》れていた。この下男が、野放図《のほうず》に繁る紫陽花の群を刈り込もうとするのも、新左衛門は止めた。人に見捨てられたこの屋敷を、守ってきたのは紫陽花の群だ。無闇に刈っては非礼になると思った。

さて、そうして夫婦二人になってみると、

「静かなものでございますわね」

初音の言うとおり、五日経っても十日経っても、彼らの身辺に、怪事らしいことは起こらなかった。

幽霊は出ない。蜘蛛《くも》の子なら出た。なにしろ、越してきたときにはそこらじゅうが蜘蛛の巣だらけだったのだ。

件《くだん》の呻《うめ》き声だか恨みの声だかも、聞こえてはこない。たまに梁《はり》や根太《ねだ》が鳴る音がするが、傷みの進んだ屋敷のことだ。不思議はない。

新左衛門と初音は、紫陽花屋敷に数多くある座敷の半分ほどしか使わない。特に二階はすべて閉めた。閉めた座敷は畳を上げ、雨戸も閉《た》ててある。まったく閉めきりにならないように、暦に印を付け、順繰りに風を通すけれど、使わないところには明かりがない。だから夫婦が住まう場所以外は、昼でも闇に包まれている。

だからどうということはなかった。

「幽霊の湯文字もないな」

新左衛門がつまらぬ地口《じぐち》を飛ばしたほどの静けさであった。

これは夫婦が格別なのではない。引っ越し祝いと隠居祝いにと、角樽《つのだる》を提げて訪れた諸星主税も、しつこい噂とは裏腹ののどかな雰囲気に拍子抜けしたらしい。

「やはり、出物でござったな」

ぐるぐると屋敷じゅうを見回って、たちまち自分の手柄にしようとする。まあ、彼が持ってきてくれた話なのだから、新左衛門もよしとした。

「座敷があり余ってござる。これなら、それがしが店賃《たなちん》に詰まった折には、寄宿させていただくこともできましょう」

「ならん」

「先生は冷たい」

「そなたが寄りつけば、私よりもっと冷たい幽霊が舞い戻るぞ」

庭にはよく鳥が訪れた。かしましいのは雀の群だが、野山のように枝を繁らせた立ち木のあいだには、赤坂新町の屋敷では見たこともないような、羽根の色や尾の形が珍しいものどもも訪れる。少しばかり俳句をひねる初音には、心楽しい客たちだった。

紫陽花屋敷という通り名に隠れて目立たなかったほかの花たちも、お披露目をするように咲く。八重桜が咲き、菜の花が咲き、立ち木に絡んでしなやかにしたたかに伸びていた蔓《つる》から大ぶりの藤の花が下がる。新左衛門が図鑑を繙《ひもと》いても名前や種類の知れぬ野草にも、可憐《かれん》な色があった。

新左衛門と初音は、楽々とこの屋敷に馴染《なじ》んだ。三年ものあいだ寂寞《せきばく》のなかに置き去りにされてきた屋敷が、ようよう主人を得て喜んでいるようにも思えた。

出入りする書物問屋や貸本屋の者たちのなかには、噂を知っていておっかなびっくり訪れる者もいた。だが一度足を踏み入れてしまえば、野趣と華美の入り混じった庭の眺めに驚き、塵《ちり》や埃《ほこり》や蜘蛛の巣の消えた座敷のこざっぱりと居心地の良いことに安堵《あんど》して、二度目からはあっさりと思い込みを捨てるようになった。それは町筋を振り歩く物売りたちも同様で、最初のうちこそ斜《はす》に構えてこの新しい住人夫婦を怪しむふうがあったけれど、初音がきちんと贔屓《ひいき》にするうちに、そんな気色《けしき》も消えた。件の幽霊を見たことがあるという棒手《ぼて》振りでさえ、見違えましたと目を瞠《みは》った。

「やっぱり、どんな立派なお屋敷でも、人が住まんといけませんのですねえ」

そういえば、ご隠居様と奥様がおいでになって以来、件の面妖《めんよう》な呻き声もぴたりと止みました――

「死人《しびと》の影は、生き生きとした人の気の前に、おとなしく退散したと見えますな」

諸星主税も、少し未練が残るような口つきながら、そう断じていっそう悦《い》に入ったものである。

春がゆき、爽《さわ》やかな風と初鰹《はつがつお》の売り声が過ぎると、梅雨が訪れる。しとしとと降り続く雨のなかで、紫陽花屋敷の庭は、今こそ我が本領の見せ所とばかりに、赤、青、白、紫の紫陽花で豪奢《ごうしゃ》に装って、新左衛門と初音を楽しませた。この屋敷の通り名は徒《あだ》ではなかった。まことにここは紫陽花こそが主人の屋敷であった。

「雨の愁いを忘れますわね」

初音は大いに喜び、手が空くと庭を歩き、縁側に佇《たたず》んで飽きることを知らない。

「そんなことばかりしておると、今度はおまえの姿を件の奥方の幽霊と見間違える粗《そ》忽《こつ》者が現れるぞ」

新左衛門が笑って諫《いさ》めても、それはそれで愉快でございますと、初音も笑った。

ところが——である。

日々の掃除と手入れを怠らず、この屋敷のことなら己の掌の如く知り抜くようになったその初音が最初に、おかしなことを言い出した。

「このごろ、気配を感じるのです」

台所や井戸端で立ち働いているとき。箒《ほうき》や雑巾《ぞうきん》を使っているとき。庭の紫陽花の群のなかに混じっているとき。

「何かがわたくしの様子を窺《うかが》って、物陰からそっとこちらを盗み見ているような…

…」

獣でしょうか、という。

「何故《なにゆえ》そう思う」

「生きものの気配なのですもの」

新左衛門はわざとからかってみた。「幽霊ではないのかね？」

初音は怯《おび》えるふうもなく、きっぱりとかぶりを振った。

「いいえ、あれは生きものでございます」

それにあなた、今さらのようではございますけれどと、真顔になる。

「この屋敷には鼠がおりません。最初に下見に参ったころ、わたくしは覚悟していたのですよ。ああこの有様《ありさま》では、さぞかしたくさんの鼠が住み着いているだろうと。山ほどの猫いらずが要るだろう、気が重い、と思っておりました」

ところが、移ってきてみると、鳥や蜘蛛の子は数多《あまた》寄りつき、巣くっていたけれど、鼠は一匹も見かけない。

「不思議ではございませんか」

実は新左衛門も、それには気づいていた。「私は、蜥蜴《とかげ》や守宮《やもり》のおかげだろうと思っておった」

庭石のあいだや、軒下でよく見かける。

「蜥蜴や守宮が食べるのは虫でございましょう。鼠は狩りません」

「では、猫がいるからではないか」

どうやら近所の屋敷に飼っているところがあるらしく、ときたま紫陽花《あじさい》屋敷の庭にも迷いこんでくる。というより、猫にとってはこの庭も縄張りなのかもしれない。

「白黒茶ぶちの三毛猫でございましょう？　わたくしも見かけたことがございますが」

さて、あの一匹だけで、こんなにきれいに鼠を片付けられるものでしょうかと、初音は納得しない。

「確かに生きものの気配なのだな？」

「はい。わたくしが気づいてまわりを見ると、急いで逃げ出すようでございますの」

何だろうと、新左衛門も少し真面目に思案した。

「獣、か」

鼬《いたち》や貉《むじな》の類《たぐい》なら、このあたりにいても不思議はない。紫陽花屋敷は永く無人だったのだし、新左衛門と初音が住むようになってからも、立ち入らない場所は多い。それらが一匹か二匹、入り込んで住まいにしているのかもしれない。

「わたくしは狸ではないかと思うのですが」

化けますでしょ、という。

「幽霊やおかしな呻き声も、狸が化けていたのだとすれば、筋が通りますし」

新左衛門は笑った。「莫迦《ばか》を言え。その理屈なら、なおさら酪だ。件の奥方の幽霊は顔立ちがはっきりせず、のっぺらぼうのようだったというではないか」

古来、のっぺらぼうに化けるのは貉と相場が決まっておる。

「そんな相場がございますか」

「あるとも」

初音も笑って、あなたがそうおっしゃるのならそうなのでしょうと引き下がった。

「いずれにしろ、何か悪さをするようなら懲らしめてやらねばならん。これからは、私も気にしておこう」

「でも、獣の方がわたくしどもより先に巣をかけていたのかもしれませんわ」

「家賃を払っておるのは我々だ」

そんなやりとりをした、数日後のことである。

朝からの小雨が昼前にはやんで、薄日がさした。生ぬるい南風が吹いて蒸し暑く、新左衛門など書斎で座しているだけでも背中がじっとりと湿る。忙しく立ち働く初音はなおさらで、かないませんねとこぼしながらいたところに、八ツを過ぎるころになってにわかに風が北に回った。と思う間にむらむらと黒雲が寄せてくる。

不吉な轟《とどろ》きが、天から響いてきた。

に出た。と、庭の植え込みと立ち木のあいだを矢のように横切るものがあった。白黒茶ぶちの、あの三毛猫である。散歩の途中で雷雨に見舞われたのだろう。初音がいる物干し場の方へ走っていったので、新左衛門も、屋敷の外側を巡る廊下をたどってそちらへ足を向けた。

初音は両手で干し物を抱えている。早、雨粒が落ちてきた。飛び石の色がまだらに変わってゆく。三毛猫はその飛び石の手前で、生い茂った雑草のあいだにぺったりと身を潜めている。どうしてわかるかといえば、尻尾《しっぽ》ばかりがぴんと立っているからだ。

「初音、そこに猫がおる——」

新左衛門が声をかけたとき、猫がふうっと唸《うな》った。気づいた初音が振り返ると、猫は雑草の群から飛び出してきて、背中を丸め、総身の毛を逆立ててまた唸った。

新左衛門は驚いた。猫は初音に唸っているのではない。初音のすぐ後ろ、縁側の奥の、雪見障子の陰に向かって凄《すご》んでいる。目を吊《つ》り上げ牙《きば》を剝《む》き、今にも飛びかかりそうでありながら、腰が引けているようにも見える。

にわかに空を覆い尽くした雨雲のせいで、庭は薄暗い。明かりがないので、屋敷のなかはさらに暗い。物干し場のある縁側は南向きで、奥の座敷は夫婦の寝所だ。新左衛門が廊下に、初音が物干し場に下りているのだから、ほかに誰がいるわけもない。

だが猫は、その暗がりに向かって唸りたてているのだ。

新左衛門は猫の威嚇の先を見た。初音は猫の方に寄りかけて、夫に気づいて同じように寝所を振り返った。

そのとき。

寝所と縁側を仕切る障子の陰から、へろりと闇がはみ出した。はみ出したとしか言い様がない。寝所の暗がりよりなお暗いものが、そこに隠れている。

頭上で稲妻が光った。初音が思わず首をすくめた。その刹那《せつな》、新左衛門は見た。

唐突な稲光の下で、障子の陰に潜むものの輪郭が浮き上がった。真っ黒な闇の塊だ。

十ばかりの子供ほどの大きさで、形は定まらない。ただ塊に見えるばかりだ。

三毛猫が、唸るというより悲鳴をあげた。続いて轟いた雷鳴にもかき消されぬほどの、甲高い声だった。たちまち跳ね飛ぶようにして逃げ去ってゆく。

そして新左衛門の耳はとらえた。猫の声とも雷鳴とも違う。初音の声でもない。

おあ、と聞こえた。

真っ黒な塊が、障子の陰からころりと転げてその内側へと逃げ込んだ。新左衛門にはそう見えた。だから、とっさに思った。

今のは、あの黒い塊の声だ。雷におああと驚いて、逃げたのだ。

両腕いっぱいに干し物を抱え、初音が縁側にあがろうとする。新左衛門は裸足《はだし》で庭に飛び降り、駆け寄った。

「寝所へ入るな！」

しゃにむに妻の袖《そで》を引っ張って、外廊下へと引き揚げた。どっと雨が降り始めた。

「どうしたんですか、あなた」

目を丸くする初音を抱きかかえ、新左衛門は寝所の暗がりから目を離せずにいた。

「おまえ、今のあれを見なかったのか」

「今の、何でございます？」

汗に濡《ぬ》れた新左衛門の背中が冷えた。何かと問われ、何だと答えたらいいのだろう。

「黒いものだ。障子の陰におった。雷に驚いて、鳴きおった」

まあ——と、初音も夫を抱きかかえる。

「気配を覚えなかったか？　今のあれが、おまえの言う獣なのかもしれんぞ」

しかし、獣の形をしていなかった。

「どんな形をしておりましたの？」

「ただの塊だ。闇の塊だが」

喩《たと》えるならと、新左衛門は懸命に考えた。どう言い表せばいいだろう。

「人の子ほどの大きさのある、草鞋《わらじ》のようだった」

口にすると、まさにそれがふさわしいように思われた。草鞋の化け物だ。ひと呼吸あって、初音がふき出した。雨音と雷鳴の下を、ころころと笑い声が転がってゆく。

「草鞋でございますか。まあ、珍しい。ところで草鞋に化けるのは、狸でございますか貉でございますか？」

――不覚をとった。

加登新左衛門は苦り切った。

――この私が、何を血迷ったか。

妻の傍らで腕に鳥肌をたて、背筋を凍らせたばかりでなく、妻が笑うようなことを口走ってしまったのだ。

すべて見間違いであろう。急な夕立に屋敷の内外が翳《かげ》り、そこにないものの影が形を成して見えたのだ。おおあと聞こえたあの〈声〉も、無論のこと声などではなく、雨音にまぎれた家鳴りに違いない。

そも紫陽花《あじさい》屋敷の幽霊譚《たん》からして、新左衛門は信じていなかった。侮っていたわけではないし、幽霊を見たという人びとの噂を否定していたのでもない。見た者はいたのだろう。ただ、それは目の迷いなのだ。そして話を聞いた者どもは、己も見たような気分に染まってしまったのだ。

幽霊の顔が朧《おぼろ》で判然としないのも、当の奥方の顔を知らぬ者が多いことからすれば、むしろ納得がいく。これこんな目鼻立ちでと説明して、それが件《くだん》の奥方とは似ても似つかぬ顔だったなら、話がしぼんでしまう。ここは〈のっぺりしていた〉と言う——そう思い込む方が自然なのである。

屋敷が無人になってから聞こえ始めたという怪しい声の正体も、風の音や、鳥や獣の鳴き声だろうと思っていた。人の住まない屋敷の傷みが進み、思いがけない隙間ができたり、瓦《かわら》や漆喰《しっくい》が剥《は》げたりして、気まぐれな音をたてたのだろう。獣についても、移り住んできて庭に猫の姿を見かけた際に、やっぱりと思った。さかりの時季や、縄張り争いをするときの猫の声は、ひどく異様に響くことがある。あの屋敷は怪しい、何か出る、と思い込んでいる者たちの耳には、輪をかけてこの世のものならぬ声に聞こえたのだろう。

怪力乱神をみだりに語るのではなく、きちんと語る。そう心がければ、紫陽花屋敷で起こった（という）怪事はみんな絵解きができる。ただ、その絵解きでは静まらない心がある限り、どれほど説こうが叱りつけようが嘲笑《あざわら》おうが何にもならぬ。だから新左衛門は黙していたのだった。

それなのに。

——今は私が目の迷いに惑わされている。耳まで惑うておる。

頭が冷えてくると、己が口走った事柄が恥ずかしい。ここに密《ひそ》かに隠れ住んでいるなら貉《むじな》だと、古事を引いて初音を煙《けむ》に巻いたときと同じように、

「私が見かけたあの化け物らしきものは、本当に草鞋だったかもしれないよ」

などと言ってみた。

「器物も百年を経て妖物《ようぶつ》に化けることがある。この屋敷のどこかに、古い草鞋が転がっているのかもしれん」

たかだか築十年ほどのこの屋敷に、百年を経た器物があるわけもないのに、それじゃあ気をつけて探してみましょうと、初音は素直に応じた。

「わたくしは昔、亡き母から、竈《かまど》の掃除を怠ると悪しきモノが湧いて出ると教わりました。あれも器物を粗末にすると化けるという戒めだったのでしょうね」

それからも何度か強い雷雨があり、それを境目に梅雨は明けた。夏の到来を待っていたかのように、赤坂新町から長一郎夫婦が孫を連れ、朝顔の鉢を提げて訪ねてきた。

「父上も母上も、ようよう落ち着かれた頃合かと存じまして」

長一郎は如才なくそう言ったが、実は嫁がこの屋敷の風聞を恐れ、寄りつきたがらなかったのだということを、あとでこっそり打ち明けられた。

七つの孫は最初のうちこそ行儀よくしていたが、だだっ広く、他所《よそ》とは様子の違う屋敷を面白がって、あちらへこちらへと走り回った。どこで聞き覚えたのか、雨戸を

閉じて使っていない座敷に踏み込んでは、じじ様、この屋敷は開かずの間だらけでございますね、などという。そろそろあの雷雨の際の〈目の迷い〉から立ち直っていた新左衛門は、大いに笑った。

夏の長い一日を、嫡男一家はゆっくりと寛《くつろ》いだが、屋敷のそこここが翳り始めると、嫁がそわそわと落ち着きを失った。明かりが要るようになる前に帰りたかったのにと、本音もぽろりと出た。

帰り際に、孫が厠《かわや》に行った。屋敷の北側にある厠のあたりは、既に薄暗くなっていた。嫁がついて行き、しばらくして青ざめて戻ってきた。

「厠のそばの南天の木の陰に、何やら潜んでおりました」

こちらの様子を窺《うかが》うようだったという。はっきり、気配を感じたという。

孫も同じことを言った。「猫かと思って鼠の鳴き真似をしてみましたが、答えません。それでもじっと潜んでいるようなので、小石を拾って投げつけました」

「すると、どうした」

「ざざっと木を揺らして、庭の奥へ逃げてゆきました」

孫に怖がるふうはなく、むしろ興味を引かれているようだった。

初音が新左衛門の顔を見たが、彼は知らんぷりをしていた。

「このとおり、ここの庭は野山のようだからの。何やら獣が住み着いておるらしい。

おかげで鼠がおらんから、助かっておる」

では狸かもしれませんねと、孫は喜ぶ。嫁だけはいっそう青ざめる。

「でも、大きゅうございました」

己の帯の高さほどを手で示して、

「それに、あんな真っ黒な獣がおりますでしょうか」

確かに南天の木の陰に、そこだけ宵闇が濃く凝っているようだったという。

その夜遅く、新左衛門は手燭《てしょく》を掲げて厠に向かった。半月の夜で、普段はこんなとき、明かりなど要らない。敢《あ》えてそうしたのは、薄気味悪いというよりは、腹を立てていたからだった。

夏の庭には昼間の暑さが淀《よど》み、夜気がじっとりとまとわりついてくる。

新左衛門は手燭で南天の木を照らした。ふた株、並んで生えている。植木職人の手が入っていないから、野放図《のほうず》に枝を伸ばしている。葉はみっしりとして、丈は小柄な新左衛門の頭に届くほどの高さだ。

真っ黒な、闇の凝ったような、もの。

「感心せんな」

覚えず、声に出して話していた。

「女子供を驚かせても、手柄にはなるまいよ」

よく考えれば、何のための呼びかけかわからない。そこにそれがいるかどうかも定かでないのに、新左衛門は厳しい顔をつくっていた。

「おまえがどんな獣か、はたまた妖物なのかは知らんが、言いたいことがあるならば、ここそこせんで出て参るがよい」

彼の声を聞くのは庭の静けさばかりだ。

急に莫迦《ばか》らしくなって、新左衛門は苦笑した。すると、そのとき、

「あわわぁ」

足元で声がした。沓脱《くつぬ》ぎ石のそばに手水鉢《ちょうずばち》が据えてある。半円形の木蓋《きぶた》と、小ぶりな柄杓《ひしゃく》がひとつ載っていた。

その柄杓が、ころんと落ちた。同時に、手水鉢のそばからさあっと何かが逃げてゆく気配がした。

新左衛門は手燭で追いかけた。蠟燭《ろうそく》が投げかける狭い光の輪の隅に、真っ黒な塊がするすると裾《すそ》を引くようにして退いてゆくのが映った。

新左衛門は立ちすくんだ。手が疲れて蠟燭の炎が揺れるまで、どれくらい手燭を高々と差し上げていたのかわからない。

今のは、何だ。

また声がした。今度こそ聞き間違えではなかった。あわてたような、怯《おび》えたような

声だった。

　――怯えたような？

　私に叱られたからだろうか。あるいは、私の姿そのものに怯えたのだろうか。だとすれば話が逆さまで、妖物らしくない。

　初音には言えなかった。どう言っていいか、腹が決まらなかったのだ。

　だが、敢えて決める手間は要らなかった。その明くる日の夕餉《ゆうげ》の折に、妻の方からこんなことを切り出したからである。

「申し訳ありません。今夕の膳《ぜん》は寂しゅうございましょう？」

　飯に漬け物、お菜《さい》は小さな干し魚だ。

「実は、とろろ汁をこしらえておりましたの。でも、こぼしてしまいまして」

　とろろ汁は新左衛門の好物である。

「しっかりと固い、美味《おい》しそうなとろろ芋でした。おろして、すり鉢であたって出汁《だし》を混ぜようと、ちょっと目を離した隙に」

　すり鉢がひっくり返り、とろろをすっかりぶちまけてしまった。

「わたくしがし損じたのではございません。悪戯《いたずら》をされました」

　初音は困っている。だが目元は笑っている。話を聞く新左衛門が固まっているのに、初音はゆったり構えている。

「何が悪戯をしたというのだね」

「ですから、先日あなたがおっしゃっていたものです」

ええ、たぶんあれがそうなのでしょうと、一人でうなずいている。

「草鞋《わらじ》のようだと仰せでしたが、本当にそのとおりでございますね。でも、動くときには形が変わりましたわ。何ですかこう、ぶよぶよと」

「は、初音」

あわあわする夫に、初音は取り合わない。

「どこが手なのか足なのか、顔さえもわかりません。でも、上下はございますようですね。流しの縁に寄りかかるようにして、すり鉢を覗《のぞ》き込んでおりました」

そこへ初音が振り返ったので、それはあわてて退いた。はずみで、すり鉢をひっくり返してしまったのだという。

「頭から——というか、上からとろろをかぶりまして、大あわてで逃げていきました。逃げ足は早うございましたよ。ぶよぶよというかするするというか、流れるように」

おまえ、正気か。新左衛門は思わず声を高くした。

「正気だと思われます。まだ陽のあるうちの出来事で、わたくし、この目ではっきり見たのですもの」

さらに、続きがあるという。

「濃いとろろでしたから、わたくしも、おろすときに手が痒《かゆ》かったのです。それをすっかりかぶったのですから、あれが真に生きものであるならば、さぞ往生するのではないかと思いました」

案の定、しばらく耳をそばだてていると、か細い泣き声が聞こえてきた。

「痒くて、切ながっていたんです」

初音は声を頼りに、容易にそれが潜む暗がりを見つけ出した。台所の脇の小部屋で、板敷きなので、釜《かま》や食器などをしまう納戸として使っている。

「床にはとろろの筋がついておりました」

真っ黒なものは、棚や木箱の陰に隠れて泣いていた。しきりとうごめいて、身もだえしているように見えた。

「そらご覧なさい、とろろは触ると痒いのですよと申しますと、ぶるぶる震えて小さくなるのです」

まず井戸へ行って身体を洗いなさい、酢水を作ってあげるから、仕上げにそれをかぶりなさい。初音は両手を腰に、見おろして叱りつけた。そして道を空けてやると、真っ黒なものはしおしおと動いて井戸端へと出ていった。

「桶《おけ》いっぱいの酢水をこしらえて追いかけましたが、見あたらないのです。まだ外が明るかったからでしょうか」

仕方がないので、「ほら、酢水ですよ」と大きな声で言い、井戸のまわりの藪《やぶ》の際に桶を据え、引き返すと見せて、物陰から様子を窺った。

やがて、桶のなかの酢水がぴちゃぴちゃと跳ね始めた。目を凝らすと、黒いものが桶の縁で動いている。

――よく洗うんですよ。

初音が顔を出して声をかけると、それは桶の酢水に波紋をたてて驚き、それからゆっくりと滑り出てきた。

「見るからに眩《まぶ》しそうで……」

「眩しそう？」

新左衛門はやっと口を挟んだ。

「はい。お陽様が苦手なのでしょうね」

――これに懲りたら、もう悪さはやめにするのですよ。

初音の言葉に、それは「はわあ」という声で応じた。

「ねえ、あなた」

初音の瞳《ひとみ》は底抜けに明るかった。

「あれが何であるにせよ、わたくし、ひとつわかりました。あれはコドモでございますよ。まだ幼いものなのです」

若先生がいったん口をつぐむと、心楽しい沈黙が落ちた。

「初音様という奥様は——」

おちかは言葉を探して首をかしげた。つい微笑んでしまう。

「剛胆でありながら、お優しい方ですね」

可愛らしい、とも言いたい。

若先生は照れたように笑った。「物事を、あまり難しく考えない人なのですよ。よろず気難しい師匠と連れ添うには、それがいちばんだと話していたことがあります」

人の子ほどの大きさで、草鞋に似ていて真っ黒で、動くときにはぶよぶよふるふるするという怪しい生きものに出遭ったら、普通は、難しいことを考えるより先に腰を抜かしてしまうだろう。

「その黒い生きものは、とろろが珍しかったから寄ってきたのでしょうね。でも、食べようとはしなかったのでしょうか。生きものならば、何か食べているはずですが」

若先生は目をしばたたいた。

「さすがに、おちか殿はこの手の話に慣れておられますな」

それを気にした人は初めてです、という。

「どうやら、それが、生きるために、食べ物は要らなかったようです。それでも、食べ物を与えると喜んだそうですが」

「喜んだ？」

「はい。そこも子供と似ておりますが、とりわけ干菓子を好んだそうです。色や形が美しいからでしょう」

たいていの干菓子は、花や葉や、時には鳥や魚の形などを模している。色もとりどりだ。真っ黒けな生きものは、それを好んだというのである。

「食べるのではなく、ねぐらに運んでとっておくのだそうです。たまに初音殿が様子を見に行くと、すっかり湿気《しけ》ってしまった干菓子が散らばっている」

「ねぐら、と申しますと」

「紫陽花《あじさい》屋敷のなかの、使われていない座敷です。初音殿が見抜いたとおり、それは陽の光が苦手で、暗闇を好みました」

屋根裏に上がったり、床下に潜り込んでいることもあったそうだ。

「陽が落ちてしまえば、屋敷のいたるところが暗くなりますから、師匠や初音殿のすぐそばまで近づくこともできた——まあ、光が苦手といっても、たちまち死んでしまうほどではなかったそうですが」

とろの騒ぎのときも、台所には灯がついていたが、道具や家具の陰には暗がりがある。そういうところを選んでぶるぶると移動し、暗がりから首（らしきもの）をひょっこりと出す、という具合だ。

想像すると、それもまた可愛らしい。いや実際にその場にいたら、おちかにはとても初音のようにふるまう自信はないが。

「申し訳ない、少し話が先走りました」と、若先生は軽く頭を下げた。「さてこの〈とろろ騒動〉は、あくまでも初音殿の身に起きた出来事です。師匠がその目で見たわけではござらん。ですから、話がどれほど生き生きともっともらしくとも、師匠は最初、信じようとしませんでした」

――初音、人は目を開けていても夢を見ることがある。

「そんなことを言って、初音殿に拗《す》ねられてしまったそうでした」

君子は怪力乱神を語らず。軽率には語らず、鵜《う》呑《の》みにはしない。

「しかし、それで萎《しお》れてしまうほど、初音殿という人も気弱ではござらん」

また笑顔になって、若先生は気持ち好《よ》さそうに続けた。

「それなら動かぬ証《あかし》を見せましょうと、件《くだん》の真っ黒けな生きものを手なずけにかかった」

「手なずける？」

「初音殿が呼べば現れるよう、馴《な》らそうとしたのです」

真っ黒けな生きものが干菓子を喜ぶというのも、そうした過程での発見であった。

「野良《のら》犬や野良猫を餌付《えづ》けするようなものですな」

但し、こちらは好奇心は持つが餌は要らぬ生きものなので、なかなか難しい。

「おおよそひと月、手を替え品を替え、初音殿は試みたそうです」

真っ黒けな生きものは、酢水で痒みをとってもらった恩がわかるのか、初音には親しみを覚えているらしく、初音が一人でいると近づいてくる。洗い物や縫い物をしていてふと顔を上げると、衝立《ついたて》の陰から真っ黒けな草鞋《わらじ》が覗《のぞ》いていたりしたそうだ。

「が、師匠の前には現れない。初音殿が急いで師匠を呼んでも、あわてて逃げ出してしまうのだそうです」

初音はだんだん意地になり、加登新左衛門は妻の心の有《あ》り様《よう》を危ぶむような羽目にまでなったという。

「師匠としても、嫁と孫の話もあり、自分も不審を覚えた経験があるのですから、まっしぐらに否定しきることはできない。それでも、初音殿が目を光らせて、日がな一日妖物《ようぶつ》を追いかけ回していては、やはり心配にもなるでしょう」

二人きりの暮らしは、こういうときには目詰まりしやすい。これで女中の一人でもいれば、どちらも頭が冷えるのだが。

──おまえ、人が変わってしまったぞ。

──あなたが信じてくださらないからでございます！

言い合うばかりでは、出口がない。

「師匠は己の心の乱れに不安を覚え、また初音殿が、あれはコドモだと言い切る妖物にこれほどまでに夢中になるのは、倅《せがれ》や孫たちと離れて暮らす寂しさ故だろうかと、しんみり省みたこともあったと話していました」

加登新左衛門も優しい人だと、おちかは思った。

「しかし、その後」と、若先生はぽんと膝《ひざ》を叩《たた》いた。「初音殿が正しかったと、よう師匠も納得――安堵《あんど》することができるようになりました」

きっかけは、新左衛門が風邪を引いて寝込んだことだった。

「高い熱が数日続き、町医者を呼んで薬湯をもらっても、一向に効き目がない」

初音は心細さに怯《おび》えた。

「師匠は小柄ですが頑健な人で、それまでは鼻風邪さえもめったに引かなかった。後年、中風で倒れますが、そのときも、発作から目が醒《さ》めるとすぐに、腹が減ったと言ったくらいだそうですから」

その新左衛門が、熱にうかされて床についたまま、厠《かわや》に立つのもおぼつかない。

「日ごろ頑健な者ほど、棒が折れるようにぽっきりと死ぬことがある。そんな不穏なことを思うと、初音殿は不安で胸が潰《つぶ》れるようで、台所で一人、袖《そで》を涙で濡《ぬ》らしていたというのですが」

すると、真っ黒けな生きものが現れた。初音の方へとにじり寄ってきて、何か訴えかけたそうにふるふると動く。

――わたくしが泣いているので、心配なのだわ。

「初音殿はそう思い、涙を拭《ふ》くと、勇んでそれに説きつけました」

――おまえのようなこの世の理《ことわり》から外れた生きものを、新左衛門殿は認めません。認めませんからこそ、その目で見れば驚いて、いったいどういう所以《ゆえん》で生まれ出たものなのかと、向学心を燃やすことでしょう。それで病も吹き飛びます。

「理屈として正しい言い分かどうかはさておき、初音殿の懇願は、妖物にも通じたようでした」

初音は真っ黒けな生きものを引き連れて、新左衛門の枕頭《ちんとう》へ走った。

「そこで初めて、師匠もその目で妖物を見たのです」

おちかはわざと、軽く混ぜっ返した。「今度は、高い熱のせいでありもしないものを見ているのだと思われませんでした？」

若先生は破顔した。「おっしゃるとおり、その言葉で抗弁したそうです」

しかし妖物は、新左衛門の枕頭から去らなかった。とろとろと眠って起きると、いつもそこにいる。枕屏風《まくらびょうぶ》の陰に潜んで、ちんまりと座っているように見える。

「もうひとつ不思議なことに、妖物が師匠の枕頭に侍《はべ》ると、すぐに熱が下がり始めたというのです」

妖物に遭遇した者が、その瘴気《しょうき》にあたって熱病にかかるという話なら、古今の文献を通して新左衛門も知っていた。これではまるで逆である。

「あれほど高かった熱が、二日も経たぬうちに嘘のように引いてしまった。けろりと本復《ほんぷく》して、頭も眼光も鋭さを取り戻した。それでもなお、真っ黒けな生きものはそこにおる」

そう語る若先生は、たぶん加登師匠の真似をしているのだろう、ちょっぴり反っくり返っていた。

「これでは儂《わし》も折れぬわけにはいかん、と」

おちかは若先生と声を合わせて笑った。

「以来、紫陽花屋敷では、師匠と初音殿とこの妖物が、二人と一匹で仲良く住まうようになったという次第です」

一度馴染んでしまうと、真っ黒けな生きものは、新左衛門を恐れることがなくなった。彼が書を繙《ひもと》いていると寄ってくる。水浴びをしていると寄ってくる。話しかけると、人見知りの子供のようにさっと小さくなるが、逃げてしまうことはなくなった。

「師匠はこれを、〈暗獣〉と呼びました」

ケモノと言い切ることを、最初のうちは躊躇《ためら》ったそうだ。

「それこそ、逝き迷ってこの世に留《とど》まっている子供の霊魂ということもある、と」

しかし、それにしては形状が異様に過ぎるし、身体の大きさに比して、知恵の方はあまりに頼りない。とろろには懲りたようだが、台所の食材に興味を示して器をひっくり返すことは、その後もしばしばあった。風呂《ふろ》の焚《た》き口に入り込んで灰だらけになって遊び、初音に叱られたこともある。

暗獣は様々なことに興味を示したが、初音が一度、何気なく手鞠《てまり》をつき、手鞠唄《うた》を歌ってみせたら、大いに気に入った。

「そのうちに、自分で手鞠を転がして、初音殿に唄をせがむようになりました」

初音は上手に手鞠をつくが、暗獣にはそれができない。ただ転がして遊ぶばかりだが、明かりのある場所へ転がしてしまって、夢中で追いかけ、眩《まぶ》しさに身を縮めて逃げたことがあるという。

――知恵は足らんな。

新左衛門は思った。

――まずは犬猫と同類か、それ以下だ。

だから獣としたわけだが、初音はそれを哀れんだ。

――せめて名前をつけてやりましょう。

真っ黒けな生きものだから、黒兵衛、黒太郎と考えたが、

「〈くろすけ〉に落ち着いたのですね」

おちかは言って、にっこりした。

「小さくて可愛らしい響きがします」

漢字はあてなかった。ひらがなの方がふさわしいと、新左衛門が決めた。

〈くろすけ〉はときどき、「あわあ」とか「うわあ」とか聞こえる〈声〉を発する。赤子のばぶばぶに似ている。

「こちらが何か言ったことに、返事として声を発することもありました」

加えて、何度も初音にせがんで手鞠唄を歌ってもらっているうちに、節回しを覚えたらしい。ある日、〈くろすけ〉が屋敷のどこかで調子っぱずれの手鞠唄もどきを歌っているのを聞きつけて、加登夫妻は顔を見合わせた。

——唄を覚えられるならば、言葉を教え込むこともできるかもしれぬ。

現に〈くろすけ〉は、くろすけと呼ばれると、それが己のことだと解している。

「師匠は張り切りましてな。それまで子供を教えたことなどなかったので、出入りの書物問屋から、手習所で使うような教本を取り寄せると、自分も一から師匠役を始めることになりました」

書物問屋には、加登様、こちらで手習所でも開きますかと訝《いぶか》られたそうである。

「師匠の心中には、〈くろすけ〉と自在に意思を通じ合えるようになり、いろいろと問い質《ただ》したいという思いがあったのです」

おまえはどこから来たのだろう。いつからここにおるのだ。

〈くろすけ〉よ、おまえの正体は何だ？

「残念ながら、〈くろすけ〉はそこまで賢くなかったようでして」

若先生は己のことのように頭を掻《か》いた。

「手習いは、はかばかしく進みません」

それでも苦心し工夫を重ねて教育をほどこす新左衛門の傍らで、初音は日々を楽しく過ごしていた。

「ただ〈くろすけ〉が面白く、可愛かったと話していました」

初音が気にしたのは、〈くろすけ〉の好き嫌いだ。干菓子が大好き。とろろは痒《かゆ》いから嫌い。焼き魚の煙は嫌い。炊きたての白飯の湯気は好き。

「酢水を浴びたことを覚えているのか、師匠の水浴びを真似るつもりか、よく盥《たらい》に入っているので、〈くろすけ〉用の盥を買ってやったら、寝《やす》むときはそこに入って眠るようになったそうです」

「眠る？」

「はい。陽のあるうちは眠るのです。人とはちょうど昼夜が逆ですね」

眠るなら、やはり生きものなのである。あらためてそう考えるおちかに、若先生はうなずきかけた。「触れると、すべすべとほの温かく、確かに生きものの手応《てごた》えがあったそうです」

〈くろすけ〉は鳥が好きだった。

「庭に鳥が集まると、木陰の暗がりから寄っていっては逃げられていたそうです」

初音は朝、割れ米や雑穀を庭にまき、〈くろすけ〉が喜ぶように、鳥を寄せる習慣がついた。そうするうちに、〈くろすけ〉が、いくつかの鳥の鳴き声を上手に真似ることに気がついた。それを褒めると、喜んで何度も真似る。夜中でも真似ることがあるので、ご近所に怪しまれるから、陽が落ちたら鳴き真似はやめなさいと言い聞かせた。

「一方、犬や猫、それに鼠は大の苦手で、それらの獣の方も〈くろすけ〉を嫌うようでした。紫陽花《あじさい》屋敷に鼠が巣くうことがなかったのは、〈くろすけ〉が棲《す》んでいたからなのです」

〈くろすけ〉は花も好きだった。夜になるとよく庭木に登るので、高いところも好きなのかと思ったら、これは違った。

「月や星が好きだったのです」

光は苦手だが、夜空を彩る青白く遠い輝きは好んでいた。高い枝に乗ったまま、夜空を仰いで朝まで過ごし、歌ったという。

「初音殿が、子供らが月夜の影踏みのときに歌う唄なども教えたら、それらもすべて覚えたそうです」

ただ、どれほど教えても、言葉ははっきりしなかった。単に音として覚えただけなのだろう。そこまでが限界だったのだ。

「それも近所には怪しまれるもとになりましょうが、師匠も初音殿も、〈くろすけ〉の唄は禁じませんでした」

夜更け、その唄でふと眠りから起こされることがある。枕に頭を載せ、横たわったまま、しんと耳を傾けていると、切々と胸に響くものがあったそうである。

闊達《かったつ》だった若先生の語りが、ここで少し、調子を落とした。

「初音殿は俳句をひねるのですが」

この当時、紫陽花屋敷でもいくつかの句を詠んだ。若先生は、この話を聞いたときにその句帳を披露してもらったのだが、

「歌う〈くろすけ〉を詠んだ句は、見せてもらえませんでした」

思い出すとあまりに切ないから――と、初音は言ったそうである。

話の行き先に、少し翳《かげ》りが見えた。おちかはゆるゆるとうなずいて、ひと息の間を置いた。

「お二人は、〈くろすけ〉と幸せに暮らしておられたのですね」

「思いがけず忙しい隠居でござる」

「紫陽花屋敷も喜んだでしょうね。ああ、賑《にぎ》やかになったなあと」

何気なく口にしたのだが、若先生は驚いたらしい。つと目を瞠《みは》った。

「屋敷が喜びますか」と呟《つぶや》き、そうですなとうなずいた。

「一方で師匠は、〈くろすけ〉本人からは何も聞き出せずとも、書物を漁《あさ》り、ときには知己の知恵など借りつつ、〈くろすけ〉の正体に迫ろうと試みていました。古今に妖物譚《ようぶつたん》は数多《あまた》ありますが、〈くろすけ〉のようなものの存在は見あたらない。身体が真っ黒だということを除けば、〈ぬっぺっぽう〉という妖怪に似ているのだそうですが、それは人を驚かせこそすれ、人に懐くものではござらん」

〈くろすけ〉は何ものなのか。それは依然、謎のままであった。

「師匠は、〈くろすけ〉のことを他言しないよう、初音殿と申し合わせていました」

もちろん、初音に否はない。固く口を閉じて、〈くろすけ〉を守るつもりだった。

――〈くろすけ〉は人見知りですし、怖がりなのです。騒がしい見物人など、ご免こうむります。

「出入りの商人たちを除けば、もともと客の来ない屋敷です。師匠の隠居はすなわち隠棲《いんせい》であることを、身内の者たちも心得ている。また加登家の嫁御殿は、先《せん》に来訪したときのことがよほど怖かったのか、紫陽花屋敷に近寄りたがらん。孫に会いたいと思えば、こちらから赤坂新町に足を運べば事足りる。これもまた師匠と初音殿にとっては好都合でした」

商人は用が済んだらさっさと帰してしまえばいいのだし、〈くろすけ〉の方も、新左衛門と初音が彼らと語らっているときには、不用意に近づこうとしなかった。

「無論、初音殿がそう言い聞かせてもいたのですが」

言いさして、若先生はちょっと躊躇《ためら》った。

「確かに〈くろすけ〉は人見知りであったようです。師匠の前に姿を現すまでにも、あんなに手間を食ったのですからな」

今の躊躇いは何だろう。おちかは口に出して問わずとも、心には書き留めた。そして尋ねてみた。

「そうしますと、諸星様にも、事情を告げずに隠しておられたのでしょうか」

加登新左衛門の弟子を自称する、軍記語りの男である。

若先生は苦笑した。「あの御仁には、師匠も大いに悩んだそうでした」

諸星主税の来訪は、いつも唐突である。手ぶらでは来ない。教えを請いたいことができたという口上と、酒徳利《さかどっくり》をぶらさげてくる。あるいは旬の肴《さかな》を手に入れて、酒の方は師匠にたかりにくる。

いつも機嫌のいい男であり、素性は知れないが悪人ではない。新左衛門も初音もそれは承知している。

「だが、様々な意味で声が大きい御仁でござった」

なにしろ生業が生業だ。

「もしも〈くろすけ〉の存在を知ったなら、どれほど固く口止めしても無駄だろう。悪気はなくても、ついどこかでしゃべる——喧伝《けんでん》してしまいかねない」

加えて諸星には、今も思い出したように、

——ところで、件《くだん》の奥方の幽霊はどうなりましたか？　まったく現れませんか。

などと蒸し返す野次馬なところがある。だから夫妻が紫陽花屋敷に移ってからは、赤坂新町にいたころよりも、彼の来訪は頻繁になっていた。

「困りましたね」と、おちかも眉《まゆ》を寄せた。

「さりとて、急に遠ざけようとすればかえって怪しまれるでしょう。詮索《せんさく》好きな御仁でもあるのです」

そういう人はいるものだ。気は好《い》いのだけれど、何か目覚ましく珍しい話や出来事に目がなくて、騒がずにはおられないという気性《たち》である。

「仕方がない、諸星が訪ねてきたら、これまでどおりに遇し、付き合いも変えずにおこう。但し〈くろすけ〉にはさらに強く言い聞かせ、姿を見られぬよう気を配ろう」

不安は残るが、ほかに手もない。

「ところが、諸星殿の来訪が二、三度続き、それを何とかやり過ごしているうちに、初音殿は気がつきました」

――〈くろすけ〉は、諸星様のことを好きではないようですよ。

「商人たちの場合とは違い、ただ人見知りで近づかぬという以上に、進んで嫌がっている向きがあるというのです」

おちかは、心に浮かんだことを素直に言ってみた。

「子供はだいたい、酔っぱらいが嫌いです」

若先生はふき出した。「まったく、おちか殿は察しがいい」

酔っては高歌放吟し、大声で学問を語る諸星主税の騒々しさを、〈くろすけ〉は嫌った。彼が来ると隠れてしまい、初音がこっそり呼んでも出てこない。まる一昼夜、隠れたままのことさえあったという。

「好物の干菓子の袋を見せたり、手鞠《てまり》を転がしたりして呼び寄せると、やっと現れる。そういうときの〈くろすけ〉は、拗《す》ねているような萎《しお》れているような、元気のない様子で、初音殿は心を痛めたそうでした」

新左衛門は酒に強いが、一人で嗜《たしな》むことはない。紫陽花屋敷に酒の匂いが立ちこめるのは、諸星主税が来たときだけだ。さては〈くろすけ〉には酒が毒なのかとも思ったが、飲み残しの燗酒《かんざけ》の入った徳利には平気で近づく。

「〈くろすけ〉が嫌うのはあくまでも酔っぱらいであり、酒そのものではないということがわかりました」

おちかは真顔で言ってみせた。「わたしも酔っぱらいは嫌いでございます」

「では、重々注意せねばいけませんね」

言ってしまってから、言われてしまってから、おやという感じで二人は黙った。

「実家《さと》の旅籠《はたご》では、ずいぶんと酔っぱらいに手を焼きました」

何をあわてているのだろう、あたしは。おちかは急いで続けた。「酔っぱらいの方は、機嫌よく子供にかまいたがるものなので、本当に難儀いたしました」

でしょうなと、若先生も妙に気張った声を出した。

「では……おちか殿はその、多少は酔っぱらいの醜態というものをご存じなわけで」

「はい」

「ならば先を申し上げ易くなります。彼らはその、飲みすぎて粗相することがございますな？」

おちかは渋い顔をこしらえた。「後始末が大変なのですよ」

「お察しします。初音殿も話のこのくだりのときは、地獄の獄卒のような顔をしておられましたからな」

二月の末、小雪がちらつく日だったという。いつものように徳利を提げて来訪した

諸星主税が、こういう日和は熱燗に限るなどと飲みすぎて、腹具合が悪くなった。厠《かわや》に立ったがよろよろしていて間に合わず、

「縁先から転がり落ちて、そこで胃の腑《ふ》の中身を戻してしまったらしいのです」

とっさに縁の下に顔を突っ込んで吐いたから、汚物は目につかない。気恥ずかしいのと面倒《めんどう》くさいので、諸星主税は口だけ漱《すす》ぐと知らん顔を決め込むことにした。

「雪は積もるほどの降りではありませんでしたが、凍るような寒さのせいで、臭いもしなかったのでしょう。翌朝の掃除の折に、初音殿も気づきませんでした」

〈くろすけ〉はと言えば、例によって諸星が来るとすぐ隠れてしまって、姿が見えない。今度の酔っぱらい諸星は、いつもに輪をかけてうるさかったと初音も辟易《へきえき》していたので、〈くろすけ〉もよほど嫌だったのだろうと、深くは気にしなかった。

しかし、そのまま二日、三日と過ぎても〈くろすけ〉が現れないとなると、話は別だ。初音の胸は不安に曇った。

「屋敷じゅうを呼び歩き、それでも〈くろすけ〉が応《こた》えないので、師匠も手伝って、二人で探し回りました」

屋根裏にも登った。庭木の一本一本を仰いで声をかけた。縁の下も覗《のぞ》いた。

「そして、縁の下の地面にぶちまけられ、すっかり乾いてこびりついている汚物と、その奥で縮こまっている〈くろすけ〉を見つけたのでした」

どうやら間の悪いことに、諸星主税が小間物屋を広げたとき、〈くろすけ〉はちょうどそこに潜んでいたらしい。

「じゃあ、汚物を浴びて」

「まともに浴びたわけではなさそうですが、はねかかるほど間近にいたのでしょう」

〈くろすけ〉は、明らかに衰弱していた。

「ただ怯《おび》えたり嫌がって身を縮めているのではなかった。身体がひとまわり縮んでいたのだそうです」

呼んでも現れないのも道理で、〈くろすけ〉は自力で動くこともおぼつかないのだった。だからそのまま雪隠《せっちん》詰めになっていたのだ。加登夫妻は真冬に大汗をかいて、〈くろすけ〉を縁の下から引っ張り出した。

「凍えて寒いのだろうと、盥《たらい》に湯を張ってそばに置いてやっても、這《は》い上がることさえできんのです」

可哀相に。おちかは思わず顔を歪《ゆが》めた。

「師匠と初音殿は、それまでにも、〈くろすけ〉に手を触れたことがありました」

いつもすべすべとしてほの温かく、生きものの手応えがあったという。

「しかし、抱いたり持ち上げたりしたことはありませんでした。そんな機会もなかったのですね」

だが、このときばかりは見るに見かねて、新左衛門は〈くろすけ〉を抱えて盥に入れようとした。そして驚いた。

「〈くろすけ〉は塵《ちり》の集まりのように軽く、何かこう……ぼろ布を丸めたもののように、すかすかとしていたのだそうです」

夫妻は〈くろすけ〉を洗い、温めてやってから盥に入れ、寝所の隣の座敷を真っ暗にして、そこで休ませることにした。

しばらくして、〈くろすけ〉のか細い泣き声が聞こえてきた。

「声を出すだけの元気が戻ったということではあるのでしょうが」

共に泣きたくなるような声音《こわね》だった。

「どこか痛いところがあるのだ、酔っぱらいの反吐《へど》のせいで、〈くろすけ〉は病気になってしまったのだと、初音殿は怒ったり案じたり忙しかったそうですが」

下手にかまわず、そっとしておけと、新左衛門は命じた。

――獣は、多少の傷ぐらい己で舐《な》めて治すものだ。

「冷たい言い様だ、〈くろすけ〉は獣ではありませんと、初音殿はまた怒りましたが、しかし医者を呼ぶわけにはいきませんし、ものを食べない生きものに、薬が効くかどうかもわかりません。師匠の言うとおりにするしかなかったわけですが」

しかし、新左衛門の心中には、別の存念も宿っていた。

——〈くろすけ〉は小さくなった。

おちかは首をかしげた。「ですから、それは諸星様のせいでございましょう？」

いいえと、若先生は首を振る。

「諸星殿の反吐がなくても、いや、反吐へどと連呼して申し訳ありませんが」

——最初に遭遇したころより、〈くろすけ〉は小さくなっておるぞ。

その認識は、針のようにちくりと新左衛門の心に刺さった。

〈くろすけ〉は、そもそも形を見定めにくい生きものである。草鞋《わらじ》のようだという喩《たと》えも、そう見えるときが多いからであって、動いているときは芋虫に似ているし、盥に入って寝ているときは、ぴったりと盥と同じ形になっている。手鞠を転がして遊ぶときは、手鞠そっくりにころりと丸くなる。

それだけに、大きさも重さも目測しにくい。だから新左衛門のこの認識も理屈ではなく、まったく体感に拠《よ》るものだった。

「何をおっしゃるかと思えば」

あなたの勘違いでございますよと、初音は取り合わない。

「諸星様にあんな目に遭わされる前までは、〈くろすけ〉は最初に現れたときのままでございました。大きさが変わったりするものですか」

確かに、諸星の粗相のせいで〈くろすけ〉は弱ってしまった。だがそんなことがあったからこそ、新左衛門はあらためてまじまじと〈くろすけ〉を観察したのだ。そして、梅雨明けの遭遇からこの二月の小雪の日までのあいだに、〈くろすけ〉は少しずつ痩《や》せていたと思い至ったのである。

議論しているより、測った方が早い。

ところが、〈くろすけ〉はなかなか癒《い》えなかった。騒動以来、初音は頻繁に寝所の隣の真っ暗な座敷に足を運び、声をかけて励ましたり、撫《な》でさすってやったりしていたが、そのうちに〈くろすけ〉は盥を抜け出して、どこかに隠れてしまった。時折、痛みに耐えかねて唸《うな》っているような声が聞こえてくるので、屋敷内にいることは間違いない。初音が顔色を変えて探そうとするのを、新左衛門は止めた。

「手負いの獣は、そっとしておくことだ」

「獣ではございません！」

初音はまた怒ったが、ご本尊が出てこなくてはどうしようもない。日々案じながら待って、結局、〈くろすけ〉がまた夫妻の前に姿を現すまで、十日かかった。

初音は涙ぐんで喜んだが、新左衛門の胸には、また新たな針がちくりと立った。

〈くろすけ〉は一見、元通りになった。夫妻に心配をかけたことがわかっているのか、愛想をふりまくようにふるふるして、話しかければぺこりとする。

ただ、これまでとは明らかに異なるところがあった。初音が大喜びで撫でたりかまったりすると、その手が触れる刹那《せつな》、〈くろすけ〉はちょっと縮み上がるのだ。それはちょうど、人がかんかんに熱くなった鉄瓶を近づけられて、思わず身を引く様に似ていた。

新左衛門の胸の針からは、じんわりと不安が滲《にじ》み出し始めた。それは、この楽しかった半年余りのあいだに、折節に考えては行き詰まり、いつしか考えるのをやめていた疑問に通じている。

〈くろすけ〉は何ものなのか？

春、桜の花も盛りをすぎようというある日、一人で書斎にいた新左衛門に、〈くろすけ〉が近づいてきた。空は厚い雲に閉ざされ、読書には昼から明かりが要るような日和だったので、〈くろすけ〉は動き易そうだった。すっかり元気になったように見える。

折良く、初音は買い物に出ていた。新左衛門は行灯《あんどん》を遠ざけ、〈くろすけ〉を、床の間の違い棚のそばに呼び寄せた。床の間といっても書画はなく、書物が堆《うずたか》く積み上げられているだけだが、ここの柱を物差し代わりに使おうというのである。

「くろすけ、できるだけ真っ直ぐに身体を伸ばして立ってごらん」

ぶるぶるくねくねと、うまくいかない。思わず手を出して引っ張り上げようとしたとき、新左衛門ははっきりと確認した。

やはり、〈くろすけ〉は彼の手に縮み上がったのである。

柱の、どうにかこうにか立たせた〈くろすけ〉の頭のてっぺんにあたるところに、墨で印を付けた。

「これからときどき、こうしておまえの身体の大きさを測ることにした。わかるか」

〈くろすけ〉は柱にぺったりとくっついてふるふるした。

「なあ、〈くろすけ〉よ」

これは初音には内緒だと、新左衛門は声をひそめた。

「けっして叱ったり怒ったりしないから、教えておくれ。おまえは、本当は、私や初音に触れられるのが、あまり好きではないのだろう？」

〈くろすけ〉は柱に沿ってつうっと縮み、ぼたもちのように丸くなった。人の子なら、膝《ひざ》を抱えて座り込んだようなものだろう。

「今までは、私と初音のために我慢してくれていたのではないかな。しかし今回、あの酔っぱらいのせいで、おまえは身体が弱ってしまった。それがきっかけで、今までと同じように我慢するのが辛《つら》くなったのではないかな？」

〈くろすけ〉はさらに丸く、小さくなった。人の子なら、抱えた膝のあいだに頭を突っ込んでしまったようなものだろう。

「もう一度言うが、私はけっして怒りはしない。初音もそうだ。おまえが可愛いから、おまえに元気でいてほしいから、本当のところを知りたいのだよ」

〈くろすけ〉は、しいんと丸まっている。

新左衛門はしばし思案した。心の内で針がちくちくと動いた。

「済まんがな、くろすけ。私にはどうしても確かめたいことがある」

新左衛門は右手を出し、〈くろすけ〉の前で掌《てのひら》を広げてみせた。

「これから私は、おまえに触る。少し強く触るぞ。いいかね？」

〈くろすけ〉は動かない。新左衛門は、己に踏ん切りをつけるためにひとつうなずいて、丸まっている〈くろすけ〉のてっぺんに、掌を押しつけた。

あのときのような、すかすかとした感触はなかった。温《ぬく》もりもあった。が、以前に、何かの拍子に〈くろすけ〉に触れた折には、もっとみっしりとした手応《てごた》えがあったような気がする。さらに新左衛門の目には、やっぱり〈くろすけ〉が痩せて、身が薄くなったように見えるのだった。

ゆっくりと五つ数えるあいだ、新左衛門は〈くろすけ〉に掌を押し当てた。そして離してみて、息を呑《の》んだ。

〈くろすけ〉のてっぺんには、新左衛門の掌の形と大きさをそのまま写した凹《へこ》みが生じていた。

「済まなかったな、くろすけ」

新左衛門は、己の声の震えるのを聞いた。

「もう行っていいぞ」

〈くろすけ〉はくるりと丸まり直ると、驚くような速さで書斎を横切り、細く開けてあった雪見障子の隙間から縁側に逃れ出た。どうやら床下に潜り込んだらしい。

初音が買い物から帰り、声をかけてくれるまで、新左衛門は一人でぽつねんと座り込んでいた。行灯の位置を元に戻すことさえ忘れていた。

その日以来、ぴったり四昼夜、〈くろすけ〉はまた姿を見せなかった。正確に言うなら、初音の前には現れず、一日に一度、新左衛門が書斎に一人でいるときだけ現れるのだ。そして件《くだん》の凹みを見せ、新左衛門がうなずくと、またどこかへ隠れてしまう。

新左衛門は初音に、〈くろすけ〉も春の居眠りが楽しくて、このごろはよく床下で寝ているから、探すなよと言い訳をした。

——くろすけは、私が何のために掌を押し当てたのか、わかっておるのだ。

初音が掌の形の凹みを見たら、なぜそんなことをしたと怒るであろうことも察して、隠れているのだ。

それは新左衛門の思い過ごしではなかった。四昼夜経ち、凹みがほとんど目立たなくなると、〈くろすけ〉は初音の前にも現れるようになったからである。

新左衛門の胸に、霧が垂れ込め始めた。不安の霧ではなく、不安を覆い隠すための霧だ。直視したくない認識が生じていた。それはもう、外から突き刺さってくる小さな針ではなかった。

私も初音も、とんでもない間違いをしでかしてきたのではなかったか。

胸騒ぎを抱えつつも、新左衛門はまだ黙していた。心中に宿ったある仮説《かりせつ》をまとめるだけの時も欲しかったし、初音の気持ちを思えば、なまなかに口に出せることではない。できるものなら、この仮説に今一度、裏付けをとる機会も欲しかった。

しかし、そのためにはまた〈くろすけ〉を痛めつけることになる。きっとそうなるという暗い確信が、新左衛門にはあった。

表向きには日常を変えることなく、ただ新左衛門は初音には内緒で、半月に一度の割合で、〈くろすけ〉の身体の大きさを測ることを続けた。〈くろすけ〉は彼の意図を察し、新左衛門が書斎で呼べばすぐに現れて、おとなしく柱にくっついて立った。

春が過ぎ、夏が過ぎ、秋を迎えるころには、事実ははっきりしていた。

〈くろすけ〉は少しずつ小さくなっていた。しかも、その痩《や》せ方、縮み方が早くなっている。それを確かめるために、半月に一度の計測を十日に一度に早め、さらに五日に一度に早めても、そのたびに〈くろすけ〉は確実に背が縮んでいた。

この年の中秋の名月の月見の宴は、雲ひとつない好天に恵まれた。初音は〈くろすけ〉を喜ばせようと、昨年にも増して飾り付けに念を入れ、団子のほかにきれいな菓子もたくさん買い込んだ。

紫陽花《あじさい》屋敷の縁側で、夫婦は〈くろすけ〉と名月を仰ぎ、初音はいくつか句を披露し、新左衛門は満月にまつわる本邦や唐の古い逸話を語った。初音が歌うと、〈くろすけ〉も歌った。縁先に据えた水を張った盥《たらい》には、まばゆいような満月が映っている。

「今宵《こよい》は、くろすけの大好きなお月様が、この縁側に降りておいでです。このままひと晩、盥に泊まっていただきましょうか」

明るく話しかける初音に、〈くろすけ〉も庭の木立の上から、あばあと応じた。

「お菓子がたくさんあるのに、どうして木から下りてこないのでしょうね」

中秋の名月の観月は、去年もこの縁側で行った。〈くろすけ〉は縁側の夫妻の足元で、ときどき嬉《うれ》しそうにぐるぐる、ぶるぶると震えながら月を仰いでいたものだ。なのに今年の〈くろすけ〉は、ずっと庭木の一本の枝によじ登ったまま、枝葉の陰でじっとしている。

「今年のこの月は、くろすけには眩《まぶ》しすぎるのだろう。昨年は、もっと雲がかかっていたからな」

本当は別の理由があるはずだと思いつつ、新左衛門はそう言った。あるいは、初音もそれと察しているのではないかという期待と恐れが、喉元《のどもと》にこみ上げていた。

なぜならこのころには、いちいち測らずとも、〈くろすけ〉が春先よりずっと身体が縮んでいることが、明らかだったからだ。ちょうど、諸星主税のせいで弱ってしまったときの大きさに戻っていた。日常、新左衛門よりも多くの時を〈くろすけ〉と一緒に過ごしている初音が、気づかぬわけはないと思った。

「ねえ、あなた」

夫婦差し向かいで酌み交わす杯を静かに膳に戻すと、初音が夫に向き直った。

「わたくし、ひとつお詫《わ》びがございます」

「何だね」

「このごろずっと、諸星様がおいでになりませんでしょう。あの大酔っぱらいの仕儀以来、足が遠のいておられますわよね」

新左衛門は、うむと応じた。

「ご不審でしたでしょう」

わたくしが、今後は当家への出入りをおやめくださいとお願いしたのです――

「三月のはじめのことでした。また、あのようなことがあっては嫌だと思ったのです。勝手なことをして申し訳ございません」

満月の光に、初音の顔は青白い。伏せた瞼《まぶた》は透き通るようだ。新左衛門は微笑した。

「気まぐれな男のことだから、私も不審に思ってはいなかったよ。諸星は、素直に追い返されたかね」

初音はうなずいた。「わたくしが、ここは隠居所なのだから、静かに暮らしたいのだと申し上げますと、承知しましたとすぐお帰りくださいました。ただ師匠に、学問に打ち込みすぎず、ご自愛くださるようお伝えくださいとおっしゃいました」

「それきり音沙汰《おとさた》がないところをみると、おまえの気持ちが通じたのだな。あれもまあ、行儀は悪いが、悪い男ではないのだよ」

わかっておりますと、初音が言った。

庭木のてっぺんで、〈くろすけ〉が童歌を歌い始めた。その蕭々《しょうしょう》と枝をわたる歌声に、夫婦は静かに聴き入った。


その数日後のことである。

いつものように新左衛門が書斎にいると、台所の方で初音があっと叫び、続いて大きな音がした。物が転がり落ちるような音である。

新左衛門は台所へ駆けつけた。初音はいない。驚いて立ちすくんでいると、納戸として使っているあの小部屋から、あなた、あなたと初音が呼ぶ。取り乱して裏返ったような声である。

どうした、と小部屋に踏み込み、新左衛門もあっと声をあげた。

木箱がいくつか床に転げ落ちている。どうやら棚板が外れたらしい。木箱の蓋《ふた》が飛び、中身の器と、詰め物の籾殻《もみがら》まで飛び出して乱雑な眺めだ。そのなかに初音が横様に倒れて、さらにその身体の上に、〈くろすけ〉が覆い被《かぶ》さっていた。

「何事だ！」

新左衛門は初音に駆け寄り、妻を抱き起こした。初音がしっかりと〈くろすけ〉を抱きしめているので、〈くろすけ〉もろとも抱き上げる恰好《かっこう》になった。

「くろすけが、くろすけが」

初音は取り乱し、今にも泣き出しそうだ。「わたくしをかばってくれました」

棚板が外れ、木箱がまともに初音の頭の上に落ちかかってきたとき、とっさに、そばにいた〈くろすけ〉が初音に飛びかかって、守ってくれたというのである。

「怪我をしてしまったかもしれません。くろすけ、くろすけ！」

呼びかけて、初音はしきりと〈くろすけ〉を揺さぶってみる。〈くろすけ〉はぐったりとのびていて、身動きしない。

「おまえに怪我は」

「それよりくろすけを！」

新左衛門は初音から〈くろすけ〉を引き離すと、抱え上げて奥へ走った。初音も後からついてきて、座敷に入る陽を遮るために、あわただしく雨戸を閉《た》てる。

〈くろすけ〉をいつもの盥に入れると、新左衛門の額に冷や汗が噴き出した。〈くろすけ〉の身体に傷らしきものは見あたらない。だが、またすかすかになっていた。

盥と見比べると、やはり〈くろすけ〉が縮んでいることは一目瞭然《りょうぜん》だった。それなのに今、盥の内側にぴったり入ることができず、だらしなくはみ出しているのは、それだけの力もないからだろう。

さらにその身体には、新左衛門と初音の手の痕《あと》がついていた。

すっかり座敷を暗くして、盥に駆け寄る初音を見れば、顔色を失い、額を切ってひと筋の血を流している。新左衛門は妻の手を取った。

「おまえの手当をせねば」

「でも」

「いいから来なさい」

担ぐようにして連れ出し、買い置きの薬で簡単な手当を終えるころには、初音は涙をこぼしていた。

「わたくしのせいです。くろすけはわたくしをかばってくれたのです」

「わかった、わかった。少し静かに横になっていなさい」

起き上がろうとする初音を叱りつけ、新左衛門は足音をひそめて〈くろすけ〉のそばに戻った。

暗闇のなかに呼びかけると、〈くろすけ〉が動く気配があった。新左衛門は、膝《ひざ》から力が抜けるほどに安堵《あんど》した。

「ああ、よかった」

かすかに、泡を吹くような「あわわ」という声が聞こえた。

「くろすけ、ありがとう。初音は無事だった。怪我はないぞ。おまえのおかげだ」

今度は「ぶぶう」という声がした。

新左衛門は呼吸《いき》を整えた。心の目を逸《そ》らし、直面したくないと逃げてきたことを、口に出すためである。

「おまえはどのくらいの怪我なのだろう。済まんが、私にはわからん。しかしくろすけ、おまえが癒《い》えるためには、私や初音が近づかぬ方がよいのではないか。そうだな？　私の考えに間違いがなければ、何でもいいから声をたてて教えておくれ」

昼から雨戸を閉てきった座敷に、にわかに生じた暗闇の奥から、「あばあ」という返事が聞こえてきた。

新左衛門はようやく額の冷や汗を拭《ぬぐ》った。

「わかった。承知したぞ、くろすけ」

病や怪我で弱っている子供に語りかけるように、ゆっくりと声をかけた。

「私も初音も、この座敷に近寄らん。ゆっくり休んでおれ。動けるようになって、もしここより居心地のいい暗がりがあるならば、そこへ逃れなさい。けっして探し回ったりせんから、安心しなさい」

語りかけるうちに、新左衛門の胸は詰まった。私の仮説《かりせつ》は間違っていなかった。的を射ていた。何ということだろう。初音に、どう話してやったらいいだろう。

「さっきは、よんどころなかったとはいえ、おまえに触ってしまって済まなかった。苦しかったろう」

新左衛門の瞼の裏には、〈くろすけ〉の身体に残った手の痕が、酷《むご》いほどくっきりと焼きついている。

うぶぶぶと、〈くろすけ〉は小さく声を発した。新左衛門が初めて聞く声だった。泣いているのだ、と思った。

「何から何まで、済まなかった」

そう言い置いて、新左衛門は唐紙を閉めた。その場でうずくまり、しばらく動くことができなかったが、〈くろすけ〉のためを思い、立ち上がった。

夫の顔を見ると、横になっていた初音は、跳ねるように起き上がった。

「くろすけは？」

「案ずるな。あれは怪我をしていない。身体に傷はなかった。騒いではいかん。近づいてはいかん。そっとしておいてやれ」

「でも先ほどは、呼んでも応《こた》えませんでした。ぐったりして」

「私は話をしてきた。大丈夫だ。さあ、おまえはもう少し休んでいなさい。顔が真っ青だ。私は納戸を片付けてこよう」

棚板が外れるなど、大工め手抜きをしたなと、新左衛門は怒ってみせた。

「あなた」と、初音はまばたきをした。

「目の縁が赤くなっていますわ……」

「籾殻が目に入った」

新左衛門は手で顔をこすり、妻に背中を向けた。

その夜も更けてから、新左衛門はあらたまって初音を書斎に呼び、己の仮説を打ち明けることにした。ぐずぐずと引き延ばしたところで、辛《つら》いことには変わりがない。延ばせば延ばすだけ切なくなる。

初音は信じなかった。驚いたように目を瞠《みは》り、次には笑ってみせて、それから腹を立てた。しまいには新左衛門が何を言おうと頑《かたく》なに「いいえ、違います」とかぶりを振るばかりで、小娘のようなむくれようである。

新左衛門は、こう言ったのだった。

「くろすけは、確かに痩《や》せて縮んでおる。それは私とおまえのせいだ。くろすけには、我らの発する人の気《き》が毒なのだ」と。

だから、夫妻と親しく暮らしてきたこの月日のあいだに、少しずつ痩せていた。だから、諸星主税の反吐《へど》で病になった。今日も〈くろすけ〉があんなふうにぐったりしたのは、木箱で怪我をしたからではない。

「あれには傷などなかった。あのようなぶよぶよした生きもののことだ、木箱ぐらいの硬さのものに当たったところで、何ということもなかろうよ」

他の何よりも〈くろすけ〉を害するのは、人の気なのだ。

「反吐など、まさに人の気の塊のようなものだ。だから、くろすけはあんなふうに寝込んでしまったのだよ」

初音がきっと顔を上げて新左衛門を睨《にら》んだ。「それでも、休んでいたらよくなりました。わたくしどもが介抱して——」

今度は新左衛門がきつくかぶりを振って妻を制した。

「いいや、違う。私もおまえも、くろすけを介抱したことはない。あれを洗って盥《たらい》に入れてやっただけだ。しかも、覚えているだろう？　あのあとすぐに、くろすけは盥からも逃げ出して、すっかり本復《ほんぷく》するまで我らの前には現れなかった」

初音の目尻《めじり》が吊《つ》り上がった。「あなた、そのおっしゃりようは」

「そうだ。くろすけ本人も、私やおまえに近づいたら身体に悪いと承知している。わかっていて、日ごろは堪《こら》えていたのだ」

新左衛門は、春先から〈くろすけ〉の大きさを測っていること、確かに〈くろすけ〉が痩せて縮み続けていることを教えた。試みに〈くろすけ〉に掌《てのひら》をあててみると、くっきりと凹《へこ》んで痕がついたことを語った。

「今日も、気がつかなかったか？　ぐったりしたくろすけを運んで盥に入れたとき、あれの身体には、私とおまえの手の痕がついていた」

初音は口の端を震わせた。

「ではあなたは、こうおっしゃいますの？　今日、くろすけがあんなふうになったのは、わたくしをかばって身体を強く木箱に打ちつけたせいではなく、わたくしに覆い被《かぶ》さって、わたくしに触れたせいだと」

新左衛門は、黙ってうなずいた。

初音の口の端がへの字になり、ひくひくと引き攣《つ》る動きが激しくなった。

「わたくしが、くろすけを抱きしめたのがいけなかったのだと？」

堪えかねたように手で口を押さえると、泣き声をあげた。

「なんて酷いことをおっしゃるんでしょう。わたくしのせいだなんて」

「おまえのせいではない。私のせいでもない。誰が悪いのでもない」

新左衛門は言って、ひたと妻を見つめた。

「初音、おまえはこれまでに、くろすけの正体について考えたことがあるかね」

初音は袖《そで》をつかんで顔にあてると、

「生きものでございます」と言って、しゃにむに続けた。「あなたとわたくしに懐いている、可愛い生きものでございます。それだけで充分ですわ。正体などという言い方も、嫌いでございます」

そうだなと、新左衛門も言った。その沈んだ声音に、初音も夫の顔を見た。

「私も嫌いだよ」

こんなことを考えたくはなかった。しかも、私の仮説はどうやら正しい。

「だが、思い当たってしまった。しかも、私の仮説はどうやら正しい」

うむ、きっと正しいと言うと、新左衛門の声もかすれた。

「くろすけの正体はな、初音」

この屋敷だよ。

「この紫陽花《あじさい》屋敷の魂――屋敷の気だ」

人には気がある。器物にも気がある。

「正しくは、器物は人に使われることによって気を宿すと言うべきかな」

永い年月人の手で使われ、充分な気を宿した器物は、だから時として妖物《ようぶつ》に化けることがある。

「屋敷、家という大きなものも、人に使われるという点では、小さな器物と同じだろう。櫛《くし》や杓子《しゃくし》に気が宿るのならば、屋敷にも気が宿っておかしくはない」

そして時には、妖物と化す。

「あるいは、妖物を生み出す」

いつの間にか初音は袖をおろし、新左衛門を見つめていた。その目の怒りが和らいでいる。

「それが、くろすけだとおっしゃいますか」

新左衛門は深くうなずいた。

「覚えておるか？　我らが周旋を受けたとき、この屋敷は築十年、しかし子細あってこの三年は無人の空き屋敷になっているということだった」

「はい、そう聞きました」

「無人になった理由は、先に住まっていた武家の奥方が不審な死に方をして、その幽霊が出るということだった。しかし初音」

新左衛門は妻に笑いかけた。

「我らはこれまで、一度も女の幽霊など見てはおらんよな？」

初音も勢い込んでうなずく。そしてちょっと恥じらうと、「実は、最初のうちは、わたくしも少しは気味が悪かったのです。なにしろこの広い屋敷に、あなたと二人きりでございますから、幽霊が怖いというよりは、静けさに怯《おび》えたと申してもよいかもしれませんが」

だが、〈くろすけ〉が現れ、夫妻に懐いてからは、すっかり気持ちが変わった。

「屋敷のどこにいても、何の不安もございませんでした。暗い場所に入り込むにも、くろすけがそばにいてくれれば心強くて、ですから一緒に、用もないのに屋敷のなかをぐるぐる歩いて、幽霊さん、いるなら出ておいでなさいましと、声をかけて回ったこともありました」

子供のようなふるまいですと、初音もやっと、かすかに笑った。

そんな話は初耳である。新左衛門は、妻が〈くろすけ〉をお供に、〈くろすけ〉に明るく話しかけながら、幽霊さん、幽霊さんと、明かりも持たずに暗い座敷を巡って歩く様子を思い浮かべた。少女のように悪戯《いたずら》っぽい顔をして、足取りも軽やかに。

「楽しそうだな」

「はい、楽しゅうございました」

幽霊は現れませんでしたし——と、初音は言った。

「所詮《しょせん》、件《くだん》の幽霊は、奥方の死に後ろめたさを覚える理由を持ち合わせていた者たちのつくりだした幻影だったのだ」

近隣の者たちは、幽霊ではなくその幻影を見ていた。いや、見たような気分に染まっていた。

「だからこの屋敷にとって、幽霊の噂は、いわば濡《ぬ》れ衣《ぎぬ》のようなものだった」

新左衛門は座敷の天井を仰ぎ、廊下の先までぐるりと目をやった。初音もつられて、同じように視線を巡らせた。

「凶事や弔事が起こり、住人が立ち退くのは致し方ないことだ。だがその後、この屋敷は、謂《い》われのない幽霊の噂のために厭《いと》われ、忌まれて捨て去られた。屋敷は何も悪いことをしておらんのに、人びとは遠ざかり、恐れて後ろ指をさし、徒《いたずら》に嫌った」

紫陽花屋敷は、それをどう感じたろう。

――寂しい。

四季が巡り、庭の景色が変わる。花が咲き、風が吹き、雨が降り、虹《にじ》が立つ。往来には物売りの声が行き交う。周囲の屋敷たちは人びとの日々の暮らしで満たされているのに、紫陽花屋敷だけは孤独のうちに放置されている。

「この屋敷が、やがて人を恋うようになったとしても、何の不思議もあるまいよ」

それだ。その想いが妖物に化したものが、〈くろすけ〉なのである。

「あれは姿を見せた最初のころから、我らに一片の害意も持ち合わせておらなんだ。臆病《おくびょう》で用心深いふるまいこそしていたが、我らに強い興味を抱いていた」

――人だ。

――わあ、人が来た。

――ここに住んでくれる人が来た。

無人の屋敷のなか、静寂と暗闇から生まれ、静寂と暗闇しか知らなかった〈くろすけ〉は、さぞ嬉《うれ》しかったことだろう。

「だから、我らにもまた害意がなく、くろすけを厭う様子もないことがわかってくると、一途《いちず》に懐いて親しんでくれたのだ」

新左衛門の言葉に、初音の目が輝いた。さっきまで老婆のようにしょんぼりと背中を曲げていたのに、今はしゃんと座り直している。

「そうでございます！　ええ、あなたのおっしゃるとおりでございましょう」

手を打って、踊り出しそうな喜色である。

「ですから、何もいけないことなどないじゃありませんか。今までどおりに仲良く暮らしていけます」

新左衛門は、すぐには答えなかった。初音の喜色がその顔から消えてゆくまで、黙って待った。

「──何がいけないのでございます？」

やがて初音はそう問うて、手をおろした。

新左衛門は言った。「くろすけは、この屋敷の人を恋う想いが生み出した妖物。かりそめの命だ」

無人の屋敷の埃《ほこり》と塵《ちり》が、暗闇と静寂に醸されて形を成したものだ。

「だが、屋敷そのものではない。くろすけにはくろすけの命がある」

「ですから？」初音は焦《じ》れたように指をよじった。「はっきりおっしゃってくださいまし」

「人に喩《たと》えた方がわかりやすいだろう。初音、我らが孤独で、寂しい、人恋しいと思っているとする。そこへ家族や友が現れる。するとどうなる？」

「もう人恋しくはなくなります」

「そうだな。寂しいという気持ちは消えてなくなるな」

初音は不安げに指先を口元にあてた。

「この家も同じだ。紫陽花屋敷は、我らという住人を得て満足した。だからもう、寂しさを覚えてはおらん」

「だから？　だからくろすけも消えてしまうというのですか？　痩《や》せて小さく縮んで、いつかは塵に戻ってしまうというのでございますか？」

初音がすがりつくように差し伸べてきた手を、新左衛門はそっと握った。

「そういうことだ」

辛《つら》さを堪《こら》え、すがりつき返すように妻の手を取って、新左衛門は続けた。「この屋敷の孤独が生み出したくろすけは、屋敷が孤独でなくなった今、いわば〈根〉を失った。屋敷の孤独を消し、寂しさを拭《ぬぐ》い去った私やおまえという人の気は、くろすけにとって、今や、むしろ害になるものなのだ」

人恋しいという〈想い〉にとって、人はそれを、消す存在なのである。

何という皮肉な話だろう。

「もしも我らが今までくろすけに気づかず、あれに近づくこともなく暮らしてきたならば、早晩、くろすけは消えていただろう。この屋敷にとって、くろすけは既に過去の想いの塊、たまさか、それが凝って形を成しただけのものなのだから」

それではと、初音が声を詰まらせる。

「気づかなければよかったのですか。くろすけと親しくならなければよかったとおっしゃるのですか」

「よかったとは言いたくない。だが、その方が辛くはなかったろう」

互いにな——と、新左衛門は低く呟《つぶや》いた。

初音はぱたりと畳に手を落とし、顔を伏せた。

「あんまりなお言葉でございます」

妻の震える肩から、新左衛門は目を逸《そ》らした。

「それならあなたは、これからどうしろとおっしゃいますの？　くろすけのためには、わたくしたちはこの屋敷から立ち退いた方がいいのですか」

「そうするか？」

端的な問いに、初音は決然とかぶりを振った。「いいえ、立ち退きません。だって
あなたが正しいとは限りませんもの。

「あなただって、考え違いをすることだってあるでしょう」

「そうだな。私の仮説《かりせつ》が誤っているということもある」

私もそれを願っているという言葉を呑《の》み込んで、新左衛門はうなずいた。

「でしたら、わたくしはここを動きません。くろすけのそばにおります」

「よかろう。だが、忘れるな。くろすけは知っておるのだぞ」

生きものには、己に害になるものを察する力がある。〈くろすけ〉の知恵は浅いが、月日がその浅い知恵に働きかけ、体感を通して知らせるところがあったのだ。

「だからくろすけは、身体が弱ったとき、我らの目の届かぬ場所へ隠れてしまうのだ。我らの気を浴びぬところへな」

「もう、結構でございます」

初音が耳を塞《ふさ》いだので、新左衛門は声を強めた。「昨年とは違い、今年の月見で、くろすけが近づいてこなかったのも、あれが知っておるからだ。私やおまえに近づくと、身体が弱ってしまうことを」

だから探すな。近づくな。手を触れるな。〈くろすけ〉にとっては、我らがこの屋敷に住み、屋敷に人気《じんき》を与えているだけでも好ましくないのだ。

「あなたは意地悪です！」

叫んで、初音は書斎から飛び出していった。新左衛門は一人残され、大きなため息をついて、手で額を押さえた。積み上げた書物の山が、無言で彼を取り囲んでいた。

五日経ち、十日経ち、二十日経っても、〈くろすけ〉は姿を現さなかった。屋敷のどこに隠れているのか、気配さえ感じさせない。さては——と、新左衛門は最悪のことさえ考えた。

初音は強気を保ち、毎日毎日、屋敷のそこここの暗がりに向かって、くろすけおはようとか、具合はどうだとか、この空模様では今日は雨だろうからおまえは過ごしやすかろうとか、気丈に声をかけていた。返事がなくても、その声は明るく、笑顔が痛ましかった。さりとて、慰める言葉も見つからない。気詰まりな日々が続いた。

こうしてひと月が経ち、夫妻はようやく、〈くろすけ〉の声を聴いた。

夜半である。〈くろすけ〉は歌っていた。か細く、頼りない調子の唄《うた》だ。庭だ、庭にいる。

床についていた加登夫妻は跳ね起きた。初音が勇んで縁側に走り出る。

「くろすけ！」

庭木の半分ほどは、既に枯葉を落として裸になっている。〈くろすけ〉はわざわざそういう枯れ木に登り、月の光にその身体の輪郭をくっきりと浮かび上がらせて、手《て》鞠《まり》唄を歌っていた。

「ああ、よかった。すっかり元気に」

初音の声が、そこで絶えた。

〈くろすけ〉は小さくなっていた。初音をかばったあのときの、半分ほどの大きさしかない。しかも、身体のところどころが、月の光に透けていた。薄くなっているのだ。

夫妻に気づくと、〈くろすけ〉は唄をやめた。ぶるぶると身を震わせて、不器用に枝を伝い下りた。地面には、下りるというよりどさりと落ちて、そこからのろのろと植え込みの陰へ隠れた。

そのぎこちなさに、新左衛門は声を呑んだ。〈くろすけ〉は、あんなに木登りが上《う》手《ま》かったのに。月夜に庭で遊ぶときには、素早く暗がりから暗がりへ移動して、眩《まぶ》しすぎる月光は避けていたのに。

初音は両手を垂らし、冴《さ》え冴《ざ》えとした月光を浴びて、幽霊のように見えた。

「――弱っていますわ」

うむと、新左衛門は応じた。

「あんなに、小さくなって」

もう、すっかり元に戻るだけの力がなくなっているのだ。

「どうしましょう」初音は手で顔を覆った。「あなたのおっしゃるとおりでした」

植え込みの奥で、〈くろすけ〉がまた歌い始めた。大丈夫、大丈夫、元気になりました。ほら、歌えます。

「わかったよ、くろすけ」

新左衛門は、歌声に向かって呼びかけた。

「私も初音も安堵《あんど》した。姿を見せてくれてありがとう」

それでも彼が妻の肩を抱き、寝所の雨戸を閉めるまで、か細い歌声は続いていた。


「――それから五日のうちに」

目を伏せて聴き入っていたおちかは、若先生の声に顔を上げた。

「師匠と初音殿は、紫陽花《あじさい》屋敷を立ち去りました」

荷造りはあわただしく、まともな家移り先のあてもなかった。

「土地の差配人の勘平衛が奔走し、何とか見つけた身の寄せ所は、醬油《しょうゆ》問屋の空き蔵だったそうです。それでもいいからともかくこの屋敷を出たいと、師匠は言い張ってみせたのですな」

無論、大芝居です、という。

「紫陽花屋敷には、確かに噂の幽霊が出没する。その姿は怖《おそ》ろしく、その妖気《ようき》は甚だしく、これ以上は一日も耐えられぬ」

ここは人の住まうべきところではない。

「そうやって騒いでおけば、紫陽花屋敷はこれからもずっと空き屋敷のままになる。好んで住み着こうなどという者は現れまい。くろすけは、安心して暮らすことができます」

人の気に、消されてしまうことはない。

「師匠は初音殿と語らい、口裏を合わせて、実に巧みにこの芝居を打ったそうです」

別離の悲しみに新左衛門の白髪が増え、初音がげっそりと面窶《おもやつ》れしていたことも功を奏した。おまけに、

「くろすけが弱って姿を隠して以来、初音殿はたびたび傷心の面持ちで庭を眺め、縁側に悄然《しょうぜん》と佇《たたず》んでいました。それがまた」

屋敷の近隣の者たちの目には、件《くだん》の奥方の幽霊のように見えたらしいのであった！

夫妻が「実は今まで痩《や》せ我慢をしてきた、この屋敷は怖い」と白状したことで、ようやくその噂が耳に飛び込んできたのだ。

「まったく、怪我の功名でござる」

いや、この言い方でいいのかなと、若先生は鼻の頭を掻《か》く。おちかもそっと笑った。

「細工は流々でございますね」

「まったくです。亡霊なぞ何のそのと鼻先で笑いながら住み着いた、隠居とはいえ立

派な武士が、一年余りでここまで恐懼《きょうく》するようになった。武士の面目を振り捨てて、もう耐えられぬと裸足《はだし》で逃げ出した。まわりの者たちは震えあがったことでしょう」

さらに加登新左衛門は周到だった。

「薬が効きすぎて、家主が紫陽花屋敷を打ち壊してしまおうなどと思わぬよう、芝居を重ねることを忘れませんでした」

——件の奥方の亡霊は、冥途《めいど》に行き着けずに迷う魂なりに、この屋敷を安住の地と定めている。もしもこの屋敷が失くなれば、あるいは下手に浄《きよ》めようなどと試みれば、亡霊は恨みと怒りに燃え、何をしでかすかわかりませんぞ。

「これで家主は、屋敷に手を出せなくなりました。触らぬ神に祟《たた》りなし、でござる」

紫陽花屋敷は安泰だ。

「それでも、ご夫妻と同じようにくろすけも寂しかったでしょう。辛《つら》かったでしょう」

思わず問いかけたおちかに、若先生は、子供に教えるような目になった。

「師匠はくろすけを、こう諭したそうです」

——なあ、くろすけよ。

寂しいか。私も寂しい。

おまえはまた独りになってしまう。この広い屋敷に、独りで住まうことになる。

だが、くろすけ。同じ孤独でも、それは、私と初音がおまえと出会う前とは違う。私はおまえを忘れない。初音もおまえを忘れない。

遠く離れ、別々に暮らそうと、いつもおまえのことを思っている。月が昇れば、あの月を、くろすけも眺めているだろうなと思う。くろすけは歌っているかなと思う。花が咲けば、くろすけは花のなかで遊んでいるだろうかと思う。雨が降れば、くろすけは屋敷のどこでこの雨脚を眺めているだろうかと思う。

なあ、くろすけよ。おまえは再び孤独になる。だが、もう独りぼっちではない。私と初音は、おまえがここにいることを知っているのだから。

噛《か》みしめるほどに悲しく、しかし優しい言葉だ。おちかは何度もうなずいた。

場がしんみりしたのが照れくさいのか、「そうそう」と、若先生はちょっと声を高くした。「師匠と初音殿が空き蔵に移ると、勘平衛から話を聞いたのか、かの諸星主税が飛んできたそうです」

彼は彼で大真面目に、師匠夫妻の身を案じていた。それというのも、

――弟子の身でこのようなことは申し上げにくく、口をつぐんでおりましたが。

「師匠と初音殿は先《せん》から様子がおかしかった。会うたびに顔色は青白く、影は薄く、何かこの世のものではないような気色《けしき》をまとうようになっておられた。やはり紫陽花屋敷がよくないのだと思いはしたものの、口に出せずに煩悶《はんもん》していたというのです」

「でもそれは」と、おちかは首をかしげた。「諸星様の勘違いでしょう。加登様ご夫妻が心労で窶れ始めたときには、諸星様はもう遠ざけられていたのですから」

若先生も首をかしげる。「と、言い切っていいのでしょうか」

おちかにはわからない。

「くろすけがどんなに愛《いと》しくとも、やはりこの世の理《ことわり》から外れたものであることに変わりはありません。人がそのようなものと親しく交われば、どこかに害が――害という言葉がきつすぎるならば、無理が出ると言いましょうか。紫陽花屋敷で過ごした月日のなかで、くろすけが弱る一方、師匠と初音殿もまた、少しずつ生気を失っていたのかもしれません」

ただ本人たちは、それに気づかなかった。〈くろすけ〉との珍しく貴重な交流に、夢中になっていたからである。

諸星主税は、これまで彼を温かく遇してくれてきた初音が、掌《てのひら》を返したように冷たく彼を遠ざけたのも、紫陽花屋敷のせいだと考えていた。師匠と奥方は、あの屋敷に憑《つ》かれ、呑《の》まれかけているのだ、と。

「ですから、夫妻が屋敷を出たことで大いに安堵し、また大酒をくらったそうです」

懲りない御仁である。が、憎めない感じもする。

こうして、歳月は流れた。

「話はようやく、与平さんたちのもとに戻ります」

若先生の言葉に、おちかは座り直し、膝《ひざ》の上で両手を揃えた。

「くろすけはずっと、紫陽花屋敷にいた。そのためにこそ師匠と初音殿は立ち去ったのですから、くろすけは消えずに、塵《ちり》や埃《ほこり》に戻ることなく、屋敷に住んでいたはずでござる」

実際、紫陽花屋敷の周辺では、奇妙な噂が絶えることがなかった。真夜中、子供の歌声のようなものが聞こえてくる。屋根の上に真っ黒な影がうずくまっていたことがある。無人のはずの庭の立ち木のあいだを、何かが素早く横切ることがある——

「横死した奥方の亡霊という物語を超えて、紫陽花屋敷は立派な化け物屋敷に成り下がっていきました。年月を重ねることで、近隣の人びとからはますます恐れられ、忌まれるようになっていたのです」

歌声も黒い影も、〈くろすけ〉だろう。

「無人の紫陽花屋敷は、この歳月、ずっと人を恋うて建ち続けてきました。それはくろすけが、再び屋敷に根を持ったということでござる。いわば、くろすけが紫陽花屋敷の主人となった」

だがこの主人は、屋敷の手入れをすることができない。人の手の入らない紫陽花屋敷は、確実に傷み、荒廃していた。

「いずれ屋敷の寿命が尽きるときが、くろすけの命の終わるときだった。私はそのように考えます」

言って、若先生はおちかを見た。

「ところで話の最初の方で、火災のあと、私が近隣を歩き回ってみても、鯰髭《なまずひげ》殿を憚《はばか》るのか、その終焉《しゅうえん》に三人もの命を道連れに奪っていった紫陽花《あじさい》屋敷を恐れるのか、皆一様に口が固く、実のある話は聞き出せなかったと申しました」

「はい、そう伺いました」

「ですから今の噂話などは、私が聞き出したものではありません。もっとふさわしい聞き手に――というより、よく利く鼻の持ち主に教えてもらったのです」

土地の岡っ引きだ、という。

おちかは目をしばたたいた。「でも岡っ引きなら、鯰髭様の手先になっていたのじゃありませんか」

「その土地の人の動きに目を光らせる岡っ引きは、一人とは限りませんよ」と、若先生は言う。「彼らの縄張《しま》りは入り組んでいますからね。それに、金と力を持つ者に媚《こ》びて事を曲げる同業者を見過ごしにできず、怪しいとなれば調べにかかるだけの気骨の持ち主もいるのです」

与平の横死に胸塞《ふさ》がるものを覚えてうろつくうちに、若先生はそういう岡っ引きに巡り合ったのだという。

「鮗髭殿の手先も、私が出会った岡っ引きも、名前は伏せておきましょう。何かで三島屋さんの障りになってもいけません」

ただ、と微笑んで、

「与平さんは仕事柄顔が広かった。篤実な人柄で、人望もありました。だから私と同じようにその死に胸を痛め、なぜあのような事態になったのか調べたいと思う者もいて――」

おちかは先んじた。「そのなかに、たまたま十手《じって》持ちがいたんですね」

「そういうことです」

名前がないと不便だから、

「鼻の脇に目立つ黒子《ほくろ》のある人ですから、〈黒子の親分〉と呼ぶことにしましょう」

黒子の親分はわずかなあいだに、若先生が足を棒にしてもつかめなかった事柄をいくつも探り出していた。餅《もち》は餅屋だ。

「それによると、与平さんと一緒に死んだ若党と女中は、どうやら」

言いにくそうなので、おちかはまた先んじた。「恋仲だったとか」

「まあ、そうです」言って、鼻の頭を掻《か》きながら言い足した。「私は今、出来合っていたと言おうとしたのですが」

ところがこの女中に、何と鯰髭殿も懸想《けそう》していたという。正妻がいる屋敷の同じ屋根の下で、しつこく手を出してきた。

「まあ、女中に手を出す主人というのは、珍しい話ではありません。町場でも武家でも同じです」

女中は懸命に知恵を絞り、鯰髭殿の嫌らしい手をかわしながら仕えていたのだけれど、なにしろ厳然とした上下の差がある。いよいよ逃げられなくなってきて、女中は怯《おび》え、若党は苦悩した。

そしてとうとう、二人は駆け落ちを決めた。屋敷を逃げ出すのだ。

「二人は紫陽花屋敷を、密《ひそ》かな逢《あ》い引きの場として使っていたようです。隣家ですし、他の者たちが恐れて近づかない屋敷ですから、まことに都合がよろしかった」

そこで落ち合っては相談を重ね、少しずつ身の回りのものを持ち寄って支度していたらしい。

「黒子の親分が、死んだ女中と仲の良かった古参の女中から聞き出した限りでは、ただ逃げ出すだけではどんな言いがかりをつけられ、追っ手をかけられるかわからない、よほど慎重にしなくてはと、当の女中は話していたそうです」

おちかは眉《まゆ》をひそめずにいられない。「鯰髭様は、そんなことまでしそうなほど執念深いお方なのでしょうか」

若先生は、また言いにくそうだ。

「こういう事柄になると、見境がなくなる御仁というのはいるものです」

なびかない女への恋着というより、〈女中の分際で主人に逆らうか〉という怒りの方が大きいのかもしれない。いずれにしろ、身勝手な話だ。

おちかは身を乗り出した。「与平さんは、このことを?」

若先生はうなずいた。「与平さんは事情をよく知り、二人に同情していたのです。女中が鯰髭殿から逃れることにも、何度となく手を貸していたそうです。これも、古参の女中が話してくれました」

となると、鯰髭殿には睨《にら》まれて当然だ。

「じゃあその夜、紫陽花屋敷に三人が揃っていたのも……」

皆で落ち合い、この先どうするか、いつ逐電するか、どのように後始末をするかという打ち合わせも、そこならじっくりとできる。紫陽花屋敷にさえ忍び込んでしまえば、どうとでも自由がきく。

これもただの推測ではない。黒子の親分の聞き込みで、火事が起こる半刻《はんとき》ほど前、紫陽花屋敷のなかで明かりが二つ、ちらちらと揺れて動いているのを、通りかかった人が見かけている。その人はそれを鬼火と思い、一散に駆けて逃げ出したという。

「それを踏まえてさらに聞き込んでゆくと、火事の以前にも、私も鬼火を見た、俺も見たという者が何人もいたそうです」

その明かりは、若党と女中の逢い引きの際のものだったに違いない。月があろうがなかろうが、無人の屋敷で落ち合うのに、明かりは欠かせない。

ただの手燭《てしょく》の灯でさえ、鬼火に見える。人の思い込みは困ったものだが、それが主人の目から隠れる二人には煙幕になった。

「火事の出た夜は、そうして密談をしているうちに、何かの拍子で明かりが倒れ、火がそこらのものに燃え移ってしまった、ということでしょうか」

若先生は腕組みをして、答えない。

「紫陽花屋敷は傷みが進んで、加登様ご夫妻がいらしたときより、ずっと脆《もろ》くなっていたのでしょう」と、おちかは続けた。「だから、小さな失火にも弱かったのではございませんか」

ふうと息を吐くと、若先生は腕組みを解いた。

「岡っ引きというのはまことに大したものです。いえ、心正しい岡っ引きは、ですが」

「はあ、そうでしょうね」

「いろいろ探り出し、聞き出していました。そのなかに、気になることがあります」

当夜、紫陽花屋敷から火が出る前に、女の泣き叫ぶ声と、叱りつけるような男の怒声を聞いた者がいるという。

「女の悲鳴は、女中のものでしょう。では男の怒声は、誰の声でしょうか」

女中の想い人の若党や、二人に加勢する与平が、忍び会いの場で、外まで漏れるような怒声をあげるものだろうか。

おちかは背筋がひやりとした。

「まさか、鯰髭様だとおっしゃいますか」

女中の動静をねちねちと窺《うかが》い、駆け落ちを企《たくら》む二人の現場を押さえようとした、か。

「ならば当然、刀も抜いたでしょう」

そこで、若先生は急に話を変えた。

「くろすけは以前から、忍び会う若い男女や、彼らを助けようと手配りをする与平さんに気づいていたと思いますか？」

「そ、それは気づいていたでしょう。おや人が来た、と」

長い空白の後、ようやくまたこの屋敷に人が訪れた。今度はどんな人だろう。

「しかし、くろすけにも知恵がついています。師匠に諭され、くろすけ自身も身を以《もっ》て、人に近づいてはいけないことを知っていた。だから、彼らの前に姿を現すことはなかったはずです」

「亡くなった女中さんだって、もしも紫陽花屋敷でおかしなものを見ていたら、きっとお仲間に話したでしょうからね」

「そうです。その話が残っていないところを見ると、くろすけは隠れていたのですよ」

——人が来たけど、近寄っちゃいけない。

——人に姿を、見せちゃいけない。

今や紫陽花《あじさい》屋敷の主人となった〈くろすけ〉は、遠からず屋敷の寿命が尽きるときまで、優しかった加登夫妻の思い出と共に、闇に隠れて生きようとしていた。

「しかし」と、若先生は声を落とした。「危急の場合には、どうだったか」

危急の場合——と、おちかは呟《つぶや》いた。

「紫陽花屋敷にいる人びとのあいだに、諍《いさか》いや揉《も》め事が起こり、誰かが誰かを害しようとしていることを知ったならば」

おちかは両手で頰を押さえた。

「くろすけは、人を恋うものです。師匠と初音殿を通して、人の優しさも知っています。だからこそあれもまた、心優しい生きものでした」

出火の前に聞こえたという怒声が、駆け落ち者を成敗しようと踏み込んできた、鯰《なまず》髭《ひげ》殿の声であったなら。

「誰が誰の敵で、誰が誰に怒っているとわからずとも、くろすけは姿を現すのではないでしょうか」

——いけない、いけない。

——人が泣いてる。人が争ってる。

——とめなくちゃ。

「主人は、身分の上下を忘れて逆らう駆け落ち者を斬って捨てても許されます」

それを押しとどめようとする者も、成敗してかまわない。

恋する二人と、二人に味方する与平を。

若先生は、口の端だけでかすかに笑った。

「師匠と初音殿はああいう人ですから、くろすけに出くわしても腰を抜かすようなことはありませんでした。しかし、並みの者では、そうはいきますまい」

真っ黒けな闇の塊が、突然現れて飛びかかってきたならば。

〈くろすけ〉が、落ちかかる木箱から初音をかばったときと同じように、追い詰められる若い二人や、割って入ろうとする与平を守るつもりで現れたのだとしても、人の側は、それを知る由もない。

「みんな、あわててしまって……」

おちかは呟き、両目まで手で覆った。

「前後を忘れて逃げ出して、明かりを取り落として」

「火が出たのでしょう」と、若先生はうなずく。「少なくとも三人もの人が居合わせていて、目の前で火が出ているのにまったく消し止められず、揃って焼け死んでしまうというのは、実は腑《ふ》に落ちぬ話です」

しかし、妖物《ようぶつ》の出現に度肝を抜かれ、てんでに逃げまどっていたというのなら、話はまったく違ってくる。

「しかも、おちか殿もおっしゃったとおり、紫陽花屋敷は傷んで脆くなっていた」

床が抜け、柱は傾いていた。逃げまどう人びとは屋敷の闇に方角を見失う。火の回りは早く、裏腹に闇は濃い。

「それでも庭へ飛び出し、まっしぐらに鯰髭殿の屋敷に逃げ帰るなら、命は取り留めることができたはずです。現に鯰髭殿は無事でした。しかし、与平さんたち三人には、鯰髭殿の屋敷に逃げ帰っても、まだ命が危ないという事情が生じていた」

ひと息に言い切ってから、

「――のかもしれない」と続けて、若先生は弱々しく笑った。「火が出ると誰でも動転して、方角を見失うものだそうですから、あまり考えすぎてもいけませんが」

手を下ろして、おちかは訊《き》いた。「もしもその夜、三人が火事からは逃げ延びることができても、駆け落ちの企てが露見して、しかも出火の咎《とが》まで押しつけられた場合には、重い罪に問われたのでしょうか」

「もちろんです。逐電を謀り、さらに付け火をしたのですからね」

「付け火ではないのに」

「鯰髭がそう言い張れば、それが通ります。主従の身分の差とは、そういうものなのですよ」

「じゃ、磔《はりつけ》や獄門に」

ゆっくりと、若先生はうなずいて、

「もうひとつ、黒子《ほくろ》の親分が掘り出してきた興味深い話があります」

指を立て、声を低める。

「お夏さんの長屋へ乗り込んできたときの鯰髭殿は意気軒昂《けんこう》で、萎《しお》れたふうはまるでありませんでしたが」

火事以来、鯰髭殿は夜の闇を嫌っているという。

「仮住まい先で、火事見舞いの人びとが訝《いぶか》っていたそうです。なぜあのようにたくさんの明かりを灯《とも》すのか。あれでは灯油《とぼしあぶら》代だけでも大変だ、と」

おちかは若先生の目を見た。

「くろすけを見たからですね？」

「かもしれません」

「闇から飛び出してきたくろすけに驚かされたから、闇が怖くてしょうがなくなってしまったんですね！」

「かもしれません」と繰り返し、若先生は久しぶりににっこりと笑った。「くろすけの置き土産、かもしれないですね」

置き土産、か。

「くろすけはどうなったんでしょう」

「屋敷はもうありません。跡形もなく焼け落ちてしまったのですよ、おちか殿」

「でも、うまく逃げたかもしれませんよね？　闇にまぎれて、どこかへ逃げて」

その先は、続けられなかった。

「命あるものは、いつか必ず死ぬ」と、若先生は言った。「妖物として永遠に生き永らえるよりも、むしろその方がくろすけにとって幸せだと、いや、正しいと、私は思うのですが」

この世から紫陽花屋敷が消えたとき、屋敷の主人であった〈くろすけ〉も、共に消えた。命をまっとうして、消えた。

「加登様と初音様は、この話をすべてご存じなのですよね」

「はい」

「お二人も、若先生と同じように考えておられるのでしょうか」

「おまえの話には推測が多すぎると叱られましたが」と苦笑して、「二人とも、くろすけは逝《い》ってしまったろうと、納得しておられます」

紫陽花屋敷はもう失いのだ。〈くろすけ〉もいない。それでいい。辛《つら》かろうが悲しかろうが、事は戻らぬ。加登新左衛門は、そう言ったという。

少しのあいだ、おちかは黙って考えた。大きな火のなかで、〈くろすけ〉は苦しかったろうか。熱かったろうか。

それは〈くろすけ〉が天に昇るための火だった。この世の理《ことわり》から外れ、だがこの世の人の情に繫《つな》ぎ止められ、不思議な命として紫陽花屋敷に住んでいた〈くろすけ〉は、屋敷と共に昇天したのだ。

「若先生」顔を上げて、おちかは言った。

「加登様と初音様は、紫陽花屋敷のあったところへおいでになりましたか」

「いや、訪ねてはいないはずです」

「おいでなさいませ。皆様で連れだって、おいでなさいませ」

〈くろすけ〉はきっと、加登夫妻に別れを言いたいはずだ。

「直ちゃんも連れていってあげてください。〈くろすけ〉は、直ちゃんに謝りたがっているはずですもの」

――悪気はなかったんだよ。

――助けてあげたかったんだよ。

——ごめんね。

「直太郎を……ですか」

「はい。若先生、しっかりなさいまし！」

いっそ、その背中をぱんと叩《たた》きたい。

「どうして直ちゃんが、この話を作り話だなんて思うもんですか。ほかの誰より、くろすけの気持ちがいちばんよくわかるのは、直ちゃんじゃありませんか！」

それからの日々——

おちかは毎日、〈くろすけ〉のことを考えた。道端の影を見ては想い、夜、行灯《あんどん》の明かりの届かぬ闇を見ては思い出した。

伊兵衛とお民にも、〈くろすけ〉の話はことのほか哀れで、胸を打つものだったようだ。伊兵衛など、百物語を集めることは、怪異譚《たん》を集めることではなく、人の想いを集めることのようだと、おちかに語ったほどである。

語り手が語り終え、黒白の間を出てしまえば、おちかとの縁は切れる。話のその後を追いかけることはできないし、できたとしても、していいことではない。語り手が黒白の間に語り置いていった話が、黒白の間から外に出ないように守ることが、おちかの役目である。

それでも、八百濃の直太郎が元気にしているかどうか、新どんに訊いてみるくらいのことなら許されるだろう。

「だいぶ、髪が生えてきました」

新どんは真っ先にそう言った。

「いっとき、つるつるだったんですよ」

「うん、それはわたしも見かけて知ってた。あれはいったいどうしたのかしら」

「直ちゃん、じゃりっぱげができちまって」

みっともないから、いっそ髪をくりくりに剃《そ》ってしまったのだという。

「その髪がまた生えてきて、今度はじゃりっぱげも出ないようです」

「そんなら、よかった」

少しずつ、強くなっているのだろう。乗り越えているのだろう。

直太郎と〈くろすけ〉は似ている。幼く、孤独で、だがその孤独に耐えなければならない。何も悪いことをしたわけではないけれど、独りで耐えなければならない。

加登新左衛門が〈くろすけ〉を諭した言葉は、そのまま直太郎を慰める言葉にもなる。おまえは孤独だが、独りぼっちではない。おまえがここにいることを、おまえを想う者は知っている。離れてはいても、仰ぐ月は同じだ。眺める花は同じだ。離ればなれになっても、それを支えと慰めに、生きていこう。

「お嬢さん、何だか寂しそうですね」

おしまにもお勝にも、そう言われた。口にこそ出さないが、叔母《おば》のお民も同じように感じているらしく、たまには芝居見物にでも行こうかと、珍しいことを言い出した。

「寂しいんじゃなくて、つまらないんです」

おちかは笑って、そう応じた。

「ひとつの話が終わってしまって、こんなにつまらなく感じたのは初めてです」

「そらお嬢さん、あの若先生が」

喜色満面のおしまを遮って、お勝はおっとりと同意する。

「あの元気な子供たち、また遊びに来てくれるといいですわねえ」

「あのいたずら小僧どもですか？　とんでもない、庭を荒らされちゃ困りますよ」

二人の女中が、あとでおちかの耳の届かないところで、

「お嬢さんは、久しぶりに若い娘さんらしいときめきを感じたんですよ。お勝さんにはわからないだろうけど、これはおめでたいことなんです」

「確かにわたしにはわかりませんけれど、でもねおしまさん、そういうことは、面と向かって言うもんじゃありません」

と、やりとりしていたと、おちかは意外と早耳の新どんから聞いた。ついでに、

「ときめきって、何ですか」

「めきがときすることよ」

首を捻《ひね》る新太に隠れて、そういえばあたしは、江戸に来て初めて、三島屋の外に興味を持ったんだ——と思った。知らない町の暮らし。知らない人たちのつながり。

あたしもまた、加登新左衛門にとっての紫陽花《あじさい》屋敷のように、この三島屋を心の隠居所にしようとしているのに。

——でも加登様は、紫陽花屋敷を出た後には、子供たち相手の手習所を始められた。人交わりが嫌いだった気難しいお方が、大人よりもっと扱いの難しい子供たちを大勢集めて、教えるようになった。

人は変わる。あたしも変わるのだろうか。変われるのだろうか。そんなことも、おちかは考えた。

そこへ、また青野利一郎が訪ねてきた。

奥へ通そうとするおちかとお勝を、穏やかに制して言った。

「今日は不思議話の続きを語りに来たのではござらん。直太郎の様子をお知らせにあがりました」

おちかは勝手口で若先生と向き合った。

「昨日《さくじつ》、連れだって行って参りました」

と、若先生は切り出した。

「紫陽花屋敷跡の更地には陽が照り返し、眩《まぶ》しいほどでござった」

まだ髪の薄い直太郎の頭が熱くなってしまうからと、初音が手拭《てぬぐ》いをかぶせてやり、その恰好《かっこう》が愛らしく可笑《おか》しかったので、皆で笑ったという。

「直太郎も一緒に笑っておりました」

おちか殿のお言葉通りでした、という。

「自分もくろすけに会いたかった、くろすけと仲良くなれたろうに、と言いました」

——けど、それはいけないんですよね。くろすけには毒になるんだから。

そう語り、ふと思い出し笑いする若先生の瞳《ひとみ》は明るい。

「直太郎は師匠に、〈大先生も、くろすけと別れるときには泣きましたか〉と尋ねました」

「それで加登様は何とお答えに？」

「泣くものか、と」

すると初音が、

——いいえ、しっかり泣きました。

けろりと口を挟んだので、直太郎はまた笑ったそうである。

「残念ながら、乾いた更地にくろすけの気配は一片も残っておりませんでした。これで、風にまぎれてどこからか、かすかに手鞠唄《てまりうた》が聞こえてきた——とでも申し上げられるならば、怪異譚の締めくくりにふさわしいのでしょうが」

おちかも微笑みながら、ゆっくりと首を振った。

「皆様でお出かけになっただけで、充分にきれいな締めくくりと思います」

今はもういない〈くろすけ〉と、必ず通い合うものがあったはずだ。いいお別れになったはずだ。

一緒に行きたかったな、と思う。

「それとひとつ、語り残していたことを思い出しました」

加登新左衛門は、与平の不審で悲しい死を知り、それが紫陽花屋敷とかかわりがあると察して、己の昔話をしたのではない。もっと以前、まだ与平が元気でぴんぴんしているころに、若先生は師匠から〈くろすけ〉の話を聞いていた。

「師匠がいつ、何故《なにゆえ》に、私にこの話をしたのかということです」

それは、青野利一郎が〈深考塾〉を預かるという、まさにその話が決まった折だったという。

「とりわけ深い理由もなく、私が師匠に尋ねたのです。先生はどういうきっかけで手習所を始められたのですか、と」

その返答のために、加登新左衛門は〈くろすけ〉のことを語った。

――昔、儂《わし》は人嫌いでな。偏屈で孤独を好み、ひたすら学問に打ち込もうとすることを、胸の奥で誇っておった。この世には愚か者ばかりが多い。儂は己の貴重な時を割き、愚か者が泳ぐ俗世という池に浸《つ》かる気はない、と。

とんでもない思い上がりであった。

「世間に交じり、良きにつけ悪しきにつけ人の情に触れていなくては、何の学問ぞ、何の知識ぞ。くろすけはそれを教えてくれた。人を恋いながら人のそばでは生きることのできぬあの奇矯な命が、儂の傲慢《ごうまん》を諫《いさ》めてくれたのだよ」

だから加登新左衛門は、子供たちに交じって暮らす晩年を選んだのだ。

人は変わる。いくつになっても変わることができる。おちかは強く、心に思った。

「お世話になり申した」

頭を下げて、若先生は言った。

「直太郎が落ち着いてきましたので、私も八百濃へ通う機会はなくなります。ひと言、お礼を申し上げておきたかった」

「うちの新どんは、ずっと直ちゃんと仲良しでございます。どうぞ、ご心配なく」

「かたじけない」

去り際に、ふっと気がついたように刀の柄に手をかけ、若先生は振り返った。

「おちか殿、もしも今後——」

はい？　と、おちかは小首をかしげた。

「いや、いいえ」

若先生は照れたように下を向くと、また一礼してあわただしく去った。

今後、という言葉の後に、何が続くはずだったのだろう。なぜ、最後まで言い切らずに行ってしまったのだろう。心が残って、おちかはなかなか勝手口から動くことができなかった。

と、そのとき。

たった今、青野利一郎が出て行き、几帳面《きちようめん》に閉めていった勝手口の板戸が、がたりと動いた。さらにがたごとと、一寸ほど開いた。

「たてつけ、悪いな」

「し！　声をたてるなって」

隙間から、ひい、ふう、みい、目玉が三つ、縦に並んで覗《のぞ》いている。

おちかはふき出した。三つの目玉はあわてたように引っ込んだ。

「開けていいわよ。入ってらっしゃい」

声をかけると、件《くだん》のいたずら三人組、金太と捨松と良介が、芋の子がころころ転げるようにして飛び込んできた。

「また若先生を尾《つ》けてきたのね。見つからなかった？」

「おいらたちは直のとこに来たんだよ」

「そしたら、たまたま若先生がここへ入ってくのが見えたからさ」

「三島屋のお嬢さん」

愛嬌者《あいきょう》の良介が、口の端を横に引っ張って、にいっと笑いかけてきた。

「今日もべっぴんだねえ」

「あら、ありがとう」

わいわい騒いでいたら、おしまが聞きつけてやってきた。たちまち目が尖《とんが》る。

「こら！　このガキめらが、何してんの！」

「わ！　鬼女《おにおんな》だ！」

「誰が鬼女だよ！」

ぱっと分かれて逃げ出す子供たちを、おしまは庭箒《にわぼうき》を手に追いかける。と思ったら、
良介がすばしっこく戸口に戻ってきた。

「三島屋のお嬢さん、またね」

笑顔でひらりと手を振って、消えた。

第四話　吼《ほ》える仏

三島屋《みしまや》の夏は忙《せわ》しく過ぎた。

衣替えをすると、小間物を買い替えようという客が増える。年ごとに流行の色目や意匠も変わるし、何より干支《えと》が変わるから、新しいもの、その年にふさわしいものを求めようという有り難い人びとが、大勢三島屋を訪れてくれた。

おかげで、おちかも忙しかった。紫陽花《あじさい》屋敷と〈くろすけ〉の後、ふっと気が鬱《ふさ》いでいたのも、日々を過ごしてゆくうちに治ってしまった。

もっともこちらは、日にち薬のおかげばかりではなさそうだ。よく効く薬はほかにあった。

ひとつは、直太郎《なおたろう》がすっかり明るくなり、髷《まげ》が結えるほど髪が伸びたころには静香《しずか》先生の許しが出て、また〈しずかどころ〉に通うようになったことだ。毎朝、新太《しんた》を迎えにきて、昼は一緒に帰ってくる。そしておちかと仲良く語るようになった。短いやりとりでも、その日何を習ったか、どんな面白いことがあったか、子供の口から生き生きと聞かせてもらうのは楽しかった。

もうひとつには、〈深考塾《じんこうじゅく》〉の三人組が、直太郎が元気になっても八百濃《やおのう》通いをやめず、三島屋にも顔を見せることである。良介《よしすけ》の「またね」は、ただの愛想ではなかったわけだ。

本所亀沢町《ほんじょかめざわちょう》から神田《かんだ》三島町へ、子供の脚では大遠征である。だから頻繁ではないけれど、ぴょこりと現れては面白いことを言ったりやったり、おしまに見つかって叱られたり逃げ出したり、お勝《かつ》にこっそりお菓子をもらったりねだったりと、賑《にぎ》やかだ。

要するにおちかには、三島屋の外に、小さな友達ができたのだった。

実は五人のうちでいちばん大人びている直太郎。きかん気の金太《きんた》。口の達者な捨松《すてまつ》。愛嬌《あいきょう》者の良介。そして三島屋の新どんこと新太は、彼らの繋《つな》ぎ役である。時にはいたずら三人組の尻拭《しりぬぐ》い役でもある。ああ、すみませんお嬢さん（番頭さん、お勝さん、おしまさん）――は、彼の決め台詞《ぜりふ》になってしまった。本人もそれを楽しんでいる。張り合いがあるのだろう。

番頭さんといえば、八十助《やそすけ》もこの三人組とはいつの間にか顔なじみになり、たまに、細かい用事を言いつけて駄賃をやることもある。最初にそれを知ったとき、さすがに新太が（自分の仕事を盗《と》られてしまう）と妬《や》くのではないかと案じたおちかだが、それは取り越し苦労だった。八十助は按配《あんばい》を心得ているし、新太も新太でわかっている。

「あいつらね、みんなうちが貧しいし、兄弟姉妹《きょうだい》も大勢いますから」

おとうやおかあを手伝って、一生懸命働いている。三島町へ来るときだって、行きも帰りもぼんやり歩いているわけじゃない。焚《た》きつけになりそうなものを拾ったり、捨てられている古道具を漁《あさ》ったり、道中で、子供にもできる半端仕事を見つけて手間賃を稼いだり、そりゃもうはしっこい。

「おいらは、うちが貧乏だから早くから奉公に出なくちゃならないと思ってましたけど、違うんですね。食い扶持《ぶち》が一人分減れば立ちゆくようになるくらいの貧乏は、貧乏のうちに入りません。ホントの貧乏は、家族みんなで必死になって口を養い合っていかないとならないんです」

しんみりと言う新どんは、お店《たな》の外に仲間を持って、ひとつ大人になったようだ。

「番頭さんは、直ちゃんに向かっては、金ちゃんたちとは違う言葉遣いをします。八百濃さんの跡取りだから」

もちろん、用事を頼んで駄賃をやるようなこともない。直太郎には、やがて彼がある べき商人としての立ち居振る舞いを教えているのだ。

「けど、おいらたちのあいだでは、今はまだそんなの関係ないから遠慮するなって。いつかは、きちんと弁《わきま》えなきゃならないときが来るってことだけ覚えてろって」

八十助は〈番頭〉という役目と所帯を持ったようなものだ――と、伊兵衛《いへえ》はよく言う。そのとおり、仕事一途《いちず》の独り身で、家族はいない。そんな番頭が、子供の扱いを心得ているのは不思議に思える。

「あたしはただの友達でいいかしら」

「はい。ただ、おいらにとってはお嬢さんですから、そこはお忘れなく」

さてその夏のあいだに、黒白《こくびゃく》の間《ま》は新たに二人の客を迎えた。一人目は、おちかの気鬱《きうつ》っぽさがまだ残っているころで、二人目は、それがすっかり抜けたころである。

が、この二人は、どちらも百物語のうちに入らなかった。

先《さき》の語り手はある商家の若おかみで、初めて授かった赤子を失ったばかりだった。赤子は月足らずで生まれ、若おかみの産後の肥立ちも悪かったというから、早すぎる死は誰のせいでもない。悲運だったのだ。

酷《むご》いけれど、そう思うしかない（と、おちかはあとでお民《たみ》に慰められた）。

若おかみは、亡くした赤子が夜な夜な戻ってくるので、乳を与えていると語った。もうふた月もそうしていて、だから赤子は育っているという。けっして幽霊などではない。膝《ひざ》に載せたり、抱けば重みも匂いも感じるという。

赤子がいかに可愛いか、甘い匂いがどれほど香《かぐわ》しいか、若おかみは優しく微笑みながら熱っぽく語った。ただひとつの心配は、夫にも舅姑《きゆうこ》にも赤子の姿が見えないらしいことだと言った。

おちかは終始穏やかに若おかみの話を聞いた。存分に語り終えると、若おかみはお付きの女中と共に明るい顔をして去った。それと入れ替わるように、彼女の夫がこっそり三島屋を訪れて、おちかはお民と二人で彼に会った。そのときは黒白の間を使わなかった。

おちかは彼に、若おかみから聞いた話を伝えた。面窶《おもやつ》れした若旦那《だんな》は肩を落とした。

「うちと同じ話をしたのですねぇ」

若おかみは姑《しゅうとめ》と折り合いが悪いという。赤子がお腹にいるあいだも、ひどく苛《いじ》められた。もっとも、姑の方は「躾《しつ》けた」と言っている。

「それで……早産になってしまったのも母のせいだと恨んで、うちではわざとあんなおかしなことを言っているのかもしれないと思っていたんですが」

それを確かめるために、若妻を〈百物語集め〉などという粋狂をしている三島屋へ寄越したのである。

「灯庵《とうあん》さんにも、もっと語り手を吟味してもらわないといけないね」

がっくりとうなだれて帰る若旦那を見送って、お民はむくれた。

「けど、あの若いおかみさんが、ほかの人たちの目には見えない赤ちゃんがどんなに可愛いか、語りたいだけ語ることができてよかった」

「それで少しは、いい方へ向いてくれるといいけれど」

さて、後の方の客はといえば、四十そこそこの、小柄で粋《いき》な身なりをした男だった。お店者だというが、身元は隠した。それはかまわない。灯庵老人からの紹介で来ていることに間違いはなかったから、おちかは何の警戒をすることもなく向き合った。が、肝心の話が、なかなか出てこない。前置きが長くなることもあるのはおちかも承知だが、この商人は水を向けてもぬるぬると逃げて、逆におちかの身の上を探るような問いかけを投げてくる。

挙げ句に、「今日はどうにも語る気になれません。明日また、お伺いします」

翌日もまた、自分の話は語らずに、他愛《たあい》ない世間話のあいだに詮索《せんさく》がましいことを言うばかりだった。さらに、

「お嬢さんのお人柄がわかってきましたから、明日ならお話しできそうな気がします」

で、三日目になった。商人はやっぱりぬるぬるかわすばかりで、今度は三島屋の商いや奥のことを聞き出そうとする。

事前に申し合わせておいたので、おちかは茶を入れ替えに来たおしまに合図を送り、おしまが新どんを灯庵老人の店に走らせた。蝦蟇《がま》のような口入屋は駕籠《かご》で三島屋に乗りつけてきて、黒白の間に現れた。

灯庵老人は男を黒白の間から引っ張り出し、伊兵衛の立ち会いのもとで、ぎゅうぎ

ゅう絞りあげた。どうやら彼は三島屋の商売敵《がたき》に雇われた者で、三島屋の内情を探る目的を持っていたらしい。

「まったく面目ない」

灯庵老人は、そのどす黒い蝦蟇顔を、さらにふくらませて謝った。

「この私がおこわにかけられるとは」

男を雇った小間物屋は、灯庵老人の古くからの客だという。その主人からの口添えと、当人のすっきりした立ち居振る舞いに、ころりと騙《だま》されてしまったのだ。

「手練《てだ》れの灯庵さんでも、たまにはしてやられることがあるんだね」

伊兵衛は笑って、さして気に病むふうもなかった。しかしお民は辛《から》かった。

「だけど、先《せん》の気の毒な若いおかみさんと、続けて二度ですからね。灯庵さんにも、ここはいっぺん、人を見る目を磨き直してもらわないと」

灯庵老人も、負けてばかりではない。

「赤子の幽霊の話は、立派な怪談だ。だから続けて二度じゃないね。それに三島屋さんは、この前、私を通さない客を入れたじゃありませんかね。このしくじりで、ちょうど差し引きですよ」

〈深考塾〉の青野利一郎《あおのりいちろう》のことを言っているのだ。

「あら灯庵さん、ご存じだったんですか」

「得意先のことは、わかるもんです」

そうしておちかをぎろりと睨《にら》むと、

「今後もああいうことをするつもりなら、よく気をつけないといけないよ。見ず知らずの他人をお店の奥に入れるんだ。今度はたまたま大事なかったが、次もそうとは限らんよ」

おちかは殊勝にはいと応《こた》えたが、心の内ではベロを出していた。何だかんだ言ったって、灯庵さん本人がいちばん、このしくじりに肝が焼けているはずだ。悔しいから、おちかに八つ当たりしているのである。

「それにしても、うちも名が上がったものだ。商売敵に間者《かんじゃ》を放たれるとは」

呑気《のんき》な伊兵衛はそんなことを言って、こちらはこちらでお民に叱られた。

「でもお嬢さん、あの蝦蟇じじいの言うことにも一理ありますよ」

そう言ったのはおしまである。

「怪談を語りますという口実で、三島屋のなかを探ろう、お嬢さんに会おうという輩《やから》が現れたって、不思議はないんですから」

驚いたことに、お勝もこれに同意した。灯庵老人の忠告は正しい、という。

「わたしどもも、よく気をつけて見張りますけれど……」

などと、憂い顔をする。

おちかは呆《あき》れた。「うちの商いを探ろうというのはまだしも、あたしに会ったってしょうがないじゃないの」

「嫌だわ、お嬢さん。奥に引っ込んでばっかりいるから、世間の噂を知らないんですね。お嬢さんは今日日《きょうび》じゃすっかり、〈三島屋の謎の看板娘〉で有名なんですよ」

それはいったいぜんたい何だ？

「誰がそんな噂をしてるの？」　おしまさんじゃないの」

斜《はす》に睨んで訊《き》いても、二人の女中は真面目に首を振る。

「お嬢さんだって、まるで世間と切れてるわけじゃないんです。越後屋《えちごや》さんとのお付き合いはありますし」

「清太郎《せいたろう》さんとの縁談のお話も」と、お勝まで言う。「お嬢さんのお気持ちがどうあれ、先様《さきさま》は乗り気なんですから、噂はたつものでございますよ」

おちかが三島屋の奥から出ないから、なおさら謎めいて見えるのだ、という。

「少しは外に出て、お稽古《けいこ》事のひとつもなさいまし。その方が、結局は煩わしいことがなくって済みますわ」

さすがに、これはちょっと応えた。謎の看板娘なんて、聞こえはいいが、何だか見世物みたいではないか。

紫陽花《あじさい》屋敷を出て手習所《てならいどころ》を始めた加登《かど》新左衛門《しんざえもん》のことも、頭をよぎった。人は変われるということも、また思った。

でも——時がかかるものは、かかるのだ。

そんなこんなを考えていて、沈んで見えたのだろう。いつものように三島屋に寄った直太郎に、風邪を引いたんですかと尋ねられた。

「お嬢さん、元気ないですね」

おちかは笑顔でごまかし、別の話題にすり替えた。「前から思ってたんだけど、直ちゃんたちがあたしを〈お嬢さん〉って呼ぶのはおかしくない？」

「じゃあ、どうしようかなあ」

考えときますと、おっとり笑った。

で、その答えはすぐにわかった。明くる日、顔を見せたいたずら三人組が、

「おちか姉ちゃん、風邪治ったか？」

と、いきなり訊いたからである。〈三島屋のお嬢さん〉は、どっかに消えた。

「滋養のつく食い物が欲しいなら、泥鰌《どじよう》の蒲焼《かばや》きを持ってきてやるよ」

「あんたたちが作るの？」

「そうだよ。泥鰌を捕って、さばいて焼くんだよ」

笊《ざる》で掬《すく》うのではなく、素手で泥鰌を捕るのだと、三人三様に身振り手振りで教えてくれた。そういえば青野利一郎も、泥鰌捕りが云々《うんぬん》と話していたことがあるのを、お

ちかは思い出した。

「変わったやり方だけど、誰かに教わったの？」

「うん。行然坊《ぎょうねんぼう》のおっちゃんに」

その名も若先生から聞いた覚えがある。風来坊の偽坊主だとか言っていた。

「そのお坊さん、どんな方？」

「坊主じゃないよ、偽ものだから」

「会ってみたいかい？」

てんでに言う捨松と良介を、「ちょっと待て」と、大柄な金太が太い腕で遮った。この子が頭目である。

「おまえら、若先生に言われたろ？　行然坊のおっちゃんはどっからどう見たって怪しいから、三島屋さんに近づけちゃいけないって」

そんな話が隠されていたのか。だったら、なおさら知りたくなる。

「でも若先生は、その行然坊様のこと、ちょこっと話してくださったわよ」

三人は大げさに嘆いた。「だから若先生も底が抜けてンだよなあ」

「言わなきゃいいのに」

「口が軽いっての」

またぞろさんざんに言われる若先生だけれど、三人の言うとおりだ。

でも、あのとき若先生は、行然坊という偽坊主がこの三人のお守りをしてくれると話していたではないか。そもそも、話のついでにふと口をついて出てしまうくらいなのだから、確かに怪しい人物なのだとしても、若先生は気を許しているのだろう。おちかは行然坊に会ってみたくなった。また私を通さない客をと、灯庵老人に睨まれるだろうけれど、いいじゃないか。二度も外れ籤《くじ》を引いて、ここで風向きを変えたいところだ。

「うちの叔父《おじ》さんはね、変わった話を聞き集めているの。その聞き役をするのがあたしの仕事なのよ。行然坊様は、諸国を旅しているんでしょう？　何か面白い話をご存じかもしれないわね」

「おちか姉ちゃん、珍しい仕事をしてンだねえ」

「そうなの。叔父さんが変わってるから」

金太が横目になり、捨松がひょっとこみたいに口を突き出す脇で、良介がすり寄ってきた。

「おっちゃん、今ちょうど戻ってるから、連れてきてもいいよ。けど怖かない？」

「怖い人なの？」

「見た目はおっかないよ。おいら、用心棒をしてやろうか」

バカ、ずるいぞ、おまえだけ何だと、あとの二人は大あわてだ。

「良《よし》は調子いいんだ」と、金太は怒る。「おちか姉ちゃんの大事なしごとなんだぞ。行然坊のおっちゃんはダメだよ」

「どうしてダメなの」

捨松がこそっと呟《つぶや》いた。「何をしゃべっても、デタラメだからさ」

はあ……そういう偽坊主なのか。そんな人物と、何で若先生は親しいのだろう。

「じゃ、デタラメと承知で聞く分には、いいわよね？」

いたずら者たちは目と目で相談し合っている。おちかは三人を手招きして、うんと声をひそめた。

「若先生には内緒で、ね？」

しょうがねえなあと、渋い顔をつくって、金太は折れた。が、目は輝いている。

「おいらたちが立ち会う」と、捨松がこまっちゃくれて腰に手をあてる。

「だから言ったんだよ、用心棒って」と、反っくり返るのは良介だ。

「話は決まりね」

おちかは三人と指切りをした。

それから数日後、すっかり秋めいて、朝から青空に美しい鱗雲《うろこぐも》がかかった日のことである。

何だかよくわからないものを口に入れてしまったという顔で、おしまがおちかを呼びに来た。

「お嬢さん」

「また、熊が来ました」

いいえ今度は、熊というより鬼のようです、袈裟《けさ》を着てるし角《つの》はありませんけれどと、何だかよくわからないものを噛《か》んでしまったような口つきで言う。

「あれがホントに、お嬢さんのおっしゃってたお坊さんなんですか」

次の黒白の間のお客様はお坊様ですよと、おしまには話してあった。

「たぶん、そうね。どちらにいらっしゃるのかしら」

「お店の真ん前です。往来の真ん中に仁王立ちして、うちの看板を睨《にら》んでますよ」

それは確かに面妖《めんよう》である。

おちかは急いで勝手口から外へ出ると、板塀をぐるりと回ってその角《かど》に隠れ、三島屋の正面を窺《うかが》った。

今日もお客様が賑《にぎ》やかに出入りしてくださっている。陽除《ひよ》けの大暖簾《のれん》に秋の日が照り映えている。

で、そこに、確かにいた。

三島屋の看板と、三島屋のお客様たちを睨みまわすようにして、僧形の大男がどおんと突っ立っている。脚を踏ん張り、肩を張り、まわりを人が通っても微動だにしない。むしろ、通る人びとの方が気味悪そうに避《よ》けている。

背丈は六尺に余るだろう。身体は分厚く、胴回りなどおちかの三倍はありそうだ。ゆったりとした袈裟でも、肩と腕の肉の盛り上がりを隠しきれない。

偽坊主だと、若先生もいたずら三人組も言っていた。こちらにその色眼鏡があるせいかもしれないが、仏道に帰依する人にしては、少し精悍《せいかん》に過ぎるようだ。精気に溢《あふ》れていると言うと、よく聞こえる。悪く言うなら、脂ぎっている。首から提げた大念《ねん》珠《じゅ》が、仏具ではなく武器のように見える。

――修験者《しゅげんじゃ》というか山伏というか。

いや、偽坊主なのだ。

おちかはあたりを見回した。おっちゃんを連れてくる、用心棒を務めるという三人組が、一緒にいるはずだ。なのに、見あたらない。

ままよ、こうなったら仕方ない。おちかは襟元を整えて、すたすたと大男に近づいて、丁重に声をかけた。

「もし、お坊様」

僧形の男は三島屋の正面を見据えて動かない。間近に見れば、坊主頭も口のまわりも、髪と髭《ひげ》の剃《そ》り跡が青々としている。ますます生臭い。

「もし、お坊様」

もう一歩近づいて、おちかは仰向《あおむ》いて呼びかけた。まったく、天井の煤《すす》を払うときみたいに伸び上がらなくてはならない。

「お坊様は、行然坊様でいらっしゃいますね？」

おちかのふるまいに、店先の客たちが振り返ってこちらを見ている。その頭越しに、青くなって口を半開きにしている八十助の顔も見えた。

大男の、ひと抱えもある西瓜《すいか》ほどの頭がぐいと動いた。おちかを見おろす二つの目玉も、鶏の卵並みの大きさだ。そのなかに、鶉《うずら》の卵並みの黒い瞳《ひとみ》が爛々《らんらん》と輝いている。肌はざらつき、赤銅色に日焼けしている。太い眉毛《まゆげ》の上、左の頬、顎《あご》の下——いくつかの古い傷跡が見える。左右に大きく張り出した分厚い耳。左の耳たぶの端っこが、千切られたみたいに欠けている。

おちかの心の臓がちょっと飛び跳ねた。

「左様《さよう》、愚僧が行然坊にございます。察するところあなたは、三島屋のおちか殿」

言って、大男は顔をほころばせた。

「三島屋のおちか姉ちゃんとお見受けいたしますが」

ほっとして、おちかの頬も緩んだ。大男の声は野太いが、大太鼓の音のように張りがあり、その響きは快かった。

「はい、ちかでございます。今日は、わたくしをお訪ねいただいたのでございますね？」

うむ、と行然坊は唸《うな》った。

「ご挨拶《あいさつ》が遅れまして、まことに失礼をいたしした。金太にも、よくよく言い聞かされておったのですがな。愚僧は風体胡乱《ふうていうろん》、容貌魁偉《ようぼうかいい》ゆえ、お店の表から訪《おとな》いをかけてはならん、必ず裏木戸に回るようにと」

はあ、とおちかはうなずき、こっそり手振りで八十助に合図を送った。大丈夫、大丈夫。八十助は口をぱくぱくさせている。

「しかし、どうにも気になりまして、つい、ここで足が止まってしもうた」

行然坊は分厚い胸の前でぶっとい腕を組むと、足を踏み替え、根を下ろしたように往来に立ちはだかった。彼の腕に触れた大念珠が、ぞろりという音をたてた。色合いと磨《す》り減りようからして、おそろしく年季の入った代物《しろもの》のようである。

「お店の上に、妙な暈《かさ》がかかってござる」と、行然坊は言った。

大男の見据える先に、おちかも目を上げてみた。三島屋の看板と瓦《かわら》屋根が見える。秋の青空の下、別段、変わったふうはない。もちろん、暈も雲もかかってはいない。

「近ごろ、お店のなかでおかしな出来事はござらんか。怪しい者が訪ねてきたとか、意味のわからぬ文が舞い込んだとか」

怪しいといったら、今ここにいるあなたがいちばん怪しいです――と言いたいところだが、おちかは我慢した。

「いいえ、特に気になるようなことはございません」

「ござらんか」

行然坊は眉をひそめ、口元を歪《ゆが》める。一向、そこから動く気配はない。

と、さっきおちかが隠れていた板塀の角から、ひょいひょいと頭が飛び出した。金太、捨松、良介までは驚かないが、彼らのいちばん上に、お勝の顔が載っている。今にも笑み崩れそうに楽しげだ。

「おっちゃん」

両手を口に、筒のようにしてあてがい、三人が呼びかける。

「おっちゃん、やめなよ」

「こっちに来なってば」

「早く早く」

お勝も忍び笑いしながら、おちかを手招きしている。

「お、小童《こわっぱ》めらが」

行然坊も気づいて、大きな眼《まなこ》をしばたたいた。

「まったく足が速いわ。もう追いついたか」

どうやら行然坊は、用心棒役の三人を途中で振り切ってきたらしい。

「あの、よろしければ奥へどうぞ」

お勝がしきりと手招きするので、おちかは行然坊を促した。大男はようやく動き出した。人が歩いているというより、石仏か大木が動き出したような迫力がある。

「子供たち、置いてけぼりをくったそうですわ」

お勝が可笑《おか》しそうに囁《ささや》いてから、先に立って裏木戸へと案内する。行然坊は三人組にぶんぶん文句を言われて、

「済まん、済まん。こら、引っ張るな」

これまた巨木が雀にたかられてうるさがっているかのようだ。

お勝が勝手口で行然坊の足を濯《すす》ぎにかかると、三人組はとっとと庭へ回った。僧形の大男は、台所の上がり框《がまち》に腰をおろしてもさらに巨体が目立ち、使い慣れたお勝手の道具や家具が小さく見える。

「わたくしはお勝と申します。当家の女中でございますが」

行然坊の足の土埃《つちぼこり》を洗い流し、乾いた手拭《てぬぐ》いを差し出して、お勝は微笑んだ。

「お坊様、これまで何度か当家の前をお通りでございますね？　わたくし、お見かけしておりました」

ほう——と目を瞠《みは》りはしたものの、行然坊に驚いたふうはない。やはり、と呟《つぶや》いた

ので、おちかの方が驚いた。

「やはり、とはどういうことでしょう」

傍らに膝《ひざ》をつくおちかの問いに、行然坊は厳《いか》めしく返答した。

「愚僧は、かねて小童めらから聞き置いておりました。こちらのお勝殿は、おちか殿の守役《もりやく》でござるそうな」

変わり百物語の聞き手の魔除《まよ》けじゃ、と言い足した。

お勝ははにかんで目を伏せる。

「すみません、お嬢さん。あの子たちが、今度お嬢さんの用心棒を務めるというので、そんならお嬢さんの魔除けのわたくしも仲間に入れてちょうだいと申しました」

おちかの友達の小童どもは、お勝ともすっかり仲良くなっているのだ。

「そこで守役殿にお尋ねするが」と、行然坊はお勝に顔を向けた。「このところ、お店《たな》の内外に怪しい気配を覚えませんかな」

さっきおちかに訊《き》いたのと同じことだ。お勝の返事もおちかと同じで、二人は顔を見合わせた。

「なるほど」

野太い声でまた唸ると、行然坊は顎を捻《ひね》って考え込んだ。

「ならばわしの思い過ごしか……。いや、お気にせんでくだされ」

行然坊が立ち上がり、黒白の間へと歩き出すと、廊下がみしりみしりと鳴った。

黒白の間では、いたずら三人組が縁側に取りついて待ち構えていた。そこに新太も加わっている。無論、新どんは縁側に張っついたりしていない。前掛けを手で絞って困っている。

「すみませんお嬢さん。なあ、お嬢さんがお客様と黒白の間にいらっしゃるときは、お邪魔しちゃいけないんだよう」

行然坊の足は、畳を踏んでもみしみしと音をたてる。そして仁王立ちのまま縁側を見おろすと、大きくうなずいた。

「そのとおりじゃ。小童ども、去《い》ね」

障子紙が震えそうにずうんと響く声なのに、三人組には屁《へ》でもない。

「またそんなこと言ってぇ」

「おっちゃん、やらかしたろ」

「おちか姉ちゃん、さっきのあれがね、おっちゃんの十八番《おはこ》なんだよ」

「あれって？」

問い返してつと見れば、行然坊は〈拙《まず》い〉という表情だ。大きな顔が焦っている。

「お店とかお屋敷の前に立ってさ、ああやって睨《にら》みつけて、〈いかんいかん、怪しい気が漂っておる〉とか言って、その家《うち》に入り込むんだ。で、その気を祓《はら》ってやるって、お金を騙《だま》し取るんだよ」

「騙すというのは言いすぎじゃ」

「じゃ、何て言うのさ。丸め込む？」

「おこわにかける？」

「たぶらかす？」

「余計に人聞きが悪いわい！」

おちかとお勝がころころと笑い、行然坊は決まり悪そうに、ごつい手で頭をつるりと撫《な》であげた。

「まっこと面目ありませんが、確かにこの子らが言うように、この偽坊主はかつて、そのような舌先三寸で世渡りをしていたことがござる。しかし、今は違います」

すっぱり改心いたしました──と、大きな身を折ってみせた。

「そのきっかけをつくってくれたのが、ほかでもない青野の若先生でしてな。以来、昵懇《じっこん》の間柄なのです」

おちかは行然坊に座を勧め、床の間を背にどっしりと座した行然坊は、今度はまるで巨岩のようだった。

今日の花活《い》けには、まだ若い毬《いが》をつけた栗の枝を飾ってある。行然坊の首には、ひと粒ひと粒がその毬も顔負けの、大きな念珠がさがっている。行然坊が動き、大念珠が揺れると、固く口を閉じた青い毬もかすかに揺れた。

「さてこちらでは、奇っ怪、面妖《めんよう》な話を聞き集めておられる」

おちかはうなずいて口を開きかけたが、大男は掌を広げてそれを制した。

「百物語をなさる所以《ゆえん》を、わしに打ち明けてくださる必要はござらん。わしはこちらに、己の話を語るために参ったのでございますからな」

もうひとつ、と分厚い頰を緩めて、

「これを機会に、小童めらがしきりと慕う三島屋のお嬢様のご尊顔を拝しよう、という腹づもりもございましたが」

お勝も一緒に黒白の間にいるので、気を利かせたおしまが茶菓を運んできた。しとやかに入ってきたものの、まず上座の行然坊の巨体に目を剝《む》き、続いて縁側の三人組に、たちまちその目を三角にした。

「あんたたち！」

三人組はわっと逃げ出し、そのあとを、

「ああすみません、おしまさん」

と、新太が追っかけてゆく。

「ちょうどよかった、おしまさん」

おちかは膝を向けて、取りなすように言った。「こちらの行然坊様が、今日の黒白

らんが」

の間のお客様なんですよ」

行然坊が慇懃《いんぎん》に頭を下げた。「熊というより鬼のような坊主でござる。角こそござらんが」

おしまはこれ以上目の剝きようがなかったらしく、身体ごと仰《の》け反った。

「き、聞こえてましたの？」

「なに、あてずっぽうですが、よく言われますのでな」

それは失礼いたしましたと、おしまはあわてて姿勢を正した。

「おしま殿と申されますか。ひとつ、頼まれてくれましょうかな」

おしまは行然坊ではなく、おちかの顔を見た。何でございましょうかと、お勝が問い返す。

「愚僧がここで語っておるあいだ、あの小童《こわっぱ》めらを手下として追い使ってやってはくださらんか」

「それは……かまいませんけど」

「有り難い」

行然坊は丁重である。

でもお嬢さんと、おしまは怪しむような目つきになった。

「よろしいんですか？」

おしまはどうやら、このような得体の知れない坊主とおちかが二人きりになることを案じているらしい。

と、またぞろ察しよく、行然坊が回り込んだ。「勝手なことを申し上げるが、愚僧の語りを、お勝殿にも聞いていただきたい。故に、お勝殿をお借りする分、小童めを存分に働かせていただきたいのです」

「お嬢さんさえお許しになるなら」

うん、とおちかがうなずくと、おしまは不承不承という感じで引き下がり、唐紙を閉める刹那《せつな》、今度は猛然と腕まくりするような顔つきになった。三人組は、覚悟しておいた方がよさそうだ。

お勝が穏やかに問うた。

「わたくしもお話のお相伴にあずかってよろしいのでしょうか。いつものように、廊下や次の間に控えていて――」

「いいのよ、お勝さん」

「黒白の間の聞き手は、お嬢さんお一人というのが決まりでございます」

「今日は特に、その決まりを脇にのけておくことにしましょう」

おちかは言って、行然坊を見た。偽坊主の黒い瞳《ひとみ》は、顔の造作と同じように大きくて、底光りしている。が、不思議と威圧感はなかった。この人の目は、あの子たちの目と似ている、と思った。

「行然坊様がそうおっしゃるには、きっと相応の理由がおありなのでしょうから」

行然坊は笑みを浮かべた。

「察していただき、ますます有り難い」

「あの子たちを遠ざけたのも、子供の耳には入れたくないお話だから」

「それもそうですが、小童めらに、わしが大真面目な顔をするところを見られるのは、ちと照れくさいのです」

行然坊と三人組の仲の良さがわかる。

「それに、先ほどわしが申し上げた、このお店《たな》にかかる妙な暈《かさ》のこと。はったりではござらん」

芝居ではない。詐欺でもない。

「確かに、わしの目にはそのように見えました。気にかかります。しかし、いきなり信じていただくのは難しいでしょう。いや、信じぬ方が理にかなっております。なにしろわしは偽坊主でございますからな」

そこで——と、行然坊は膝《ひざ》を揃えて座り直し、また大念珠と若い毬が揺れた。

「まずはわしの話を聞いていただいた方がよろしかろうと思うのです。それには、守役殿もご一緒の方が、なおのことよろしかろうという次第でござります」

行然坊の語りを通して彼の人となりを解し、それによって信じるか信じぬかを決めてほしい、というのである。

「承知いたしました」

おちかとお勝は揃って頭を下げた。心なし、お勝の横顔が固いようである。守役として一歩踏み込んだ役目に、緊張しているのかもしれない。

行然坊が穏やかに呼びかけた。「お勝殿は、疱瘡《ほうそう》神の嫁御《よめご》になられたようでございますな」

真っ直ぐな問いかけである。

お勝は「はい」と応じた。あばたの顔を伏せず、こちらも真っ直ぐに行然坊を見つめ返した。

「お美しい」と、行然坊はしみじみと言った。「疱瘡神は美女がお好きじゃ。見込まれた者にはとんだ災厄でござるが、神々は時に、我ら衆生《しゅじょう》には理不尽としか思えぬ選択をなさる。その理不尽に堪《た》え、乗り越えるために、人には御仏《みほとけ》のご加護が要るのでござる。神と仏は似ているようで異なり、異なるようでいて、人知を超えた力であるということでは同じものじゃ。あたかも右手と左手の如く、合わせてひとつになるものでもあります」

響きの良い声の説教に、おちかもお勝も、ちょっとぽかんとした。

「てなことを申したりしましてな」

と、行然坊は破顔した。

「この偽坊主は身過ぎ世過ぎをして参りました。二十年以上になります」

行然坊の生まれは、遠い北の山里だという。気候は厳しく、山は険しく、土地は痩《や》せ、村は貧しかった。

「わしの生家はいわゆる貧乏人の子だくさんで、食うや食わずというよりは、常に食わずの方が勝《まさ》っておりました」

そこで行然坊は家を出て、寺へ逃げ込んだ。寺なら、まだ食えると踏んだのだ。

「しかし坊主の修行というものは、知恵のない子供が頭で考えるよりも、はるかに峻《しゅん》厳《げん》なものでござった。腹一杯食いたいという下心だけで逃げ込んだガキには、とうてい勤まるものではなかった」

叱られ、叩《たた》かれ、厳しく躾《しつ》けられ、それでも小坊主にはなり損ない、寺男の見習いとして何とか寺にぶらさがっているうちに、いよいよ嫌気がさした行然坊は、あるとき、坊主の袈裟と念珠と経本をくすねて、寺から逐電《ちくでん》した。

「そうそう、托鉢《たくはつ》用の鉦《かね》と鉢も盗んで懐《ふところ》に抱えておりました」

まったく畏《おそ》れ多いと、大いに笑う。

「歳は十五でござった。行然坊という名前も、そのとき勝手に付けたのですが」

親にもらった名前は入れ替わりに捨ててしまった。もう思い出せない、と言った。

忘れるはずはないけれど、思い出さないでいるのだと、おちかは思った。

「それから諸国を流れ歩きましてな」

袈裟を着て念珠をつまぐり、鉦を鳴らして托鉢をし、（実は）見よう見まねで読経《どきょう》する痩せこけた少年を、本当に修行僧と信じた人がどれほどいたか、わからない。それでも彼の破れ草鞋《わらじ》と、埃《ほこり》だらけの姿と、初々しく青い禿頭《とくとう》に、手を合わせてほどこしをしてくれる人びとはいた。どこにでもいて、絶えることはなかった。

「なんだ、耕しても耕しても実りをもたらさず、我らを飢えさせるばかりだった土地を捨ててみれば、食っていくのはさほど難しいことではない。子供ながらにそう思い、親兄弟への未練を覚えることもない。むしろ、村にしがみついている彼らを哀れんだほどでござった」

おれは渡り鳥だ——そう思った。

行きたいところへ行き、好きなように生きるのだ——そう思った。

「修行僧の姿はそのための方便。まっとうに生きては生き難《にく》いこの世を、生き延びるための方便でござる」

何が神だ、何が仏だと侮っていた。これまで一度でも、神仏が飢える我らに慈悲を垂れてくれたことがあったか。

「それなのに、修行僧を騙《かた》ればかくも易しく世渡りすることができる。生まれて初めて、仏がおれの役に立ってくれたわと、今思えば片腹痛いような小生意気なことを思っておったのですよ」

流れ歩く先では、偽坊主と露見《ばれ》ぬようによくよく気をつけてふるまったけれど、一年、二年と過ぎて流浪の暮らしが板につき、坊主のふりも堂に入《い》ってくると、

「それまで敬遠していた寺にも寄宿を求めるようになりましてな。これまた、旅の修行僧でござると名乗れば、どこでもすぐ寄宿させてくれる。坊主というのは人を疑うことを知らぬと、呆《あき》れたものでござった」

寄宿先の寺では、その寺のしきたりや宗派に合わせて抜け目なく立ち回り、経本を読み読経や法話を聞き、次に流れてゆく先で、さっそくそれを披露して、さらに偽坊主ぶりに磨きをかけた。

「まっこと、寺とは便利なところでござった」

おちかはどう応じていいか当惑したが、お勝はおおっぴらに明るく笑っている。

「それでも、そんな真似ができたのは、行然坊様に知恵と胆力があったからではございませんか」

「ほう」と、行然坊は目を輝かせた。

「知恵と胆力とな」

「はい。行く先々で宗派に合わせると、口で言うのは易しいですが、いざとなると難しいはずでございますよ」

「わしは要領がよくてな。物覚えもよかった。加えて」

言って、行然坊は前歯をすべて見せつけるようにして笑った。

「悪知恵があったのです」

「その悪知恵を悪知恵と承知しつつ、いつかはこの若者が、真心から仏道に帰依することもあるかもしれない——と、行然坊様を養ってくれたお寺もあったかもしれませんね」

しばし、行然坊はお勝に見惚《みと》れたようになった。

「あなたはお美しいばかりでなく、心根の優しい方なのですな」

おちかはうふっと肩をすくめた。お勝は、ありがとうございます、と目を伏せた。

「そうして修行僧のふりを続けまして」

行然坊は目を遠くに投げかけた。

「四年目の秋のはじめのことでござった」

禿頭の青みもようやく薄れた行然坊は、流浪の途中、思いがけない出来事で、とある山里に逗留《とうりゅう》することになった。

「峠越えの山道で足を滑らせ、沢へ転げ落ちてしまったのでござる」

山深く、ところどころ鎖をつかんで岩場を渡るような難路で、何度も道に迷ったかと不安になるようなところだった。

「あとで村人に聞きましたが、春から秋の限られたときしか通ることのできぬ道であったそうです。土地の者しか知らず、普通の旅人が歩く道ではない。わしが僧の身なりをしておらなんだら、てっきり関所破りだと思うところだったと言われました」

険しい道程にさすがの行然坊も疲れ、腹が減っていた。

「滑ったかと思うと、あっと声をあげる間もなく、まともに転げ落ちましての」

気がついたら沢の水音が聞こえた。身体は半分がた落ち葉と石ころに埋もれ、足が動かない。無理に動かそうとすると、唸《うな》るほどの痛みが走る。身体じゅうがみしみしと軋《きし》んでいる。懐に入れた経本と首念珠は無事だったが、そのほかのささやかな手荷物は、どこかに散ってしまっていた。

「どうしようもなく痛みに呻《うめ》いておるうちに、どんどん陽が傾いてゆく。この深山でこの様では、獣に食われて死ぬ羽目になると、初めて肝を冷やしました」

ようやく、山から里へ帰る樵《きこり》が通りがかりに、倒れている行然坊に気づいて、里から男手を集めて助けに来てくれた。そのころには、陽はとっぷりと暮れていた。

「掘っ立て小屋のような家が二十ばかり寄り集まっているだけの、小さな山里でござった。里の名は――」

つと行然坊が躊躇《ためら》ったので、おちかは口を挟んだ。「名前はおっしゃらなくてもよろしゅうございます」

「いや、かまわんのです」行然坊はにっこりした。「申し上げても障りはござらん。もう消えてしまった里ですからな」

館形《たてなり》という。

「そもそもは〈館無《たてなし》〉だったとか。つまり、お館様《やかた》もおらぬような寂れた里です」

そんな里にも寺だけはあった。合心寺《ごうしんじ》という念仏寺で、行然坊はそこに運び込まれ、世話を受けることになった。

「ここの和尚《おしよう》がですな」

言って、行然坊はまた先ほどの〈拙《まず》い〉というような顔をしてみせた。

「面構えがもの凄《すご》うござった。眼光炯々《けいけい》と申しますか、人を見抜くような強い眼差《まなざ》しの持ち主でして」

――これはいかん。

と、すぐ思った。

「この和尚にかかっては、ほんの些細《ささい》な言葉の端々からも、わしの偽坊主ぶりなどあっさりと見抜かれてしまうだろうと察したのでござるよ」

それまでにも、旅先でその類《たぐい》の眼光鋭い人物に出くわしたことがあった。正体を見破られそうになり、危ういところで逃げ出した経験もあった。

そこで行然坊は一計を案じた。

「沢へ転がり落ちて足を怪我したばかりではなく、頭を強く打ちつけて、己の素性も修行僧としての立ち居振る舞いも仏道の知識も、何もかもみんな忘れてしまった——というふりをすることにしたのです」

偽坊主のふりをいっとき休んで、物忘れのふりを始めたのである。

「それで、うまくいったのですか？」

少女のように息を詰めて、お勝が問うた。行然坊は手柄顔でにやにやした。

「そこはそれ、わしも手練《てだ》れですでな」

実際、頭をぶつけたというのはまるっきりの嘘の皮ではなく、大きなこぶもできていたから、もっともらしい芝居をするのは難しいことではなかったという。

「おまけにわしは、莫迦《ばか》のふりなら坊主のふりより年季が入ってござった。ガキのころ、畑仕事や薪拾《たきぎ》いを怠けて親父やおふくろに叱られると、よくそうやってごまかしておりましたのでな」

そうですかと、お勝は感心する。傍らで、おちかは可笑《おか》しくてしょうがなかった。行然坊はけっして褒められるような話をしているのではないのに、お勝は「さすがでございますわねえ」なんて言うのだから。

もっとも、名前だけはきちんと行然坊で通した。懐の経本に彼の名前を書き付けておいたので、忘れたふりをしていても、まわりがそう教えてくれたのだ。

——おれは行然坊という名なのですか。そうですか。さっぱり覚えておりません。

——頭を丸め袈裟《けさ》を着て、経本を持っていたのですから、おれは僧だったのでしょうね。しかし、何ひとつ思い出せません。

——御仏《みほとけ》に仕える身が、面目次第もございません。

「さすがの和尚の眼光も、わしの芝居の煙《けむ》に巻かれて、鈍《とど》ったのでござろう。難しいことは言わずに、また旅ができるようになるまでここに留まり、養生するがいいと勧めてくれました」

これまた悪運が強いというべきか、怪我をした左足のくるぶしも、骨は折れていなかった。膏薬《こうやく》を貼ってもらって数日休むと、壁を伝い、平らな場所ならぼつぼつ歩けるぐらいになった。身体のあちこちにできた打ち身にも、この膏薬はよく効いた。

こうして、慎重に物忘れを装いつつ、行然坊は合心寺で暮らすことになったのだ。

「この和尚は覚念坊《かくねんぼう》という名で、歳はそう、五十くらいでしたろうか」

偉丈夫だったそうだ。

「そのころはわしもまだひょろひょろした若造でございましたからの。覚念和尚は、見上げるような大男に見えました」

覚念坊は声も良かった。合心寺には、子供が一人なかに隠れられるくらいの大きさの釣り鐘があり、それは本堂の並びの鐘楼《しょうろう》にあって、朝晩、和尚が撞《つ》いていた。

「その鐘の音に負けぬほど、和尚の読経もよく響くのです。初めてそれを耳にしたとき、これは尊い坊さんだと、わしはあらためて畏《おそ》れ入りました」

「でも、和尚様が自ら鐘撞きを？」

おちかが首をかしげると、行然坊は大きくうなずいた。

「合心寺には、和尚しかおらなかったのです。坊主は覚念さん一人だけでした」

では破《や》れ寺かというと、ちと違う。建物は古びているが、手入れは行き届いていた。

「寺の炊事や雑事は、村の男女が月番を決めて住み込んでは、しっかりとこなしておりました。覚念和尚の身の回りのことも、皆でこまめにいたしましてな。わしもそうして世話を焼いてもらいました。万事にソツがござらんでな」

寺で供される食事も、もちろん精進料理だが、けっして貧相なものではなかった。雑穀混じりではあるが米の飯が出たし、山の食材が豊かに食膳《しょくぜん》を彩った。

「寂れた里ではなかったのですか？」

おちかの問いに、行然坊はつと真顔になった。

「寂れてはおりました。だが、貧しくはなかったのでござる」

むしろ、これまで行然坊が流れ歩いてきた山里のなかでは、飛び抜けて豊かなくらいであった。

「なにしろ、気づいてみると、偉丈夫の和尚だけでなく、日々寺に出入りする里の人びともよく肥えて、丈夫そうなのでござるよ。食が足りておるのです」

最初のうちは行然坊も、今がたまたま秋の実りの時季だからだろうと思った。が、次第に里の人びとと親しくなり、馴染《なじ》んでくるにつれて、わかってきた。

「館形の里は、まわりを囲む山の恵みで潤っていたのです」

「でも、お館様もいないような里なのでございましょう？」

お勝が不思議そうに呟《つぶや》く。おちかも怪訝《けげん》に思った。そんな二人を真顔のまま見つめて、行然坊は少し声を落とした。

「それがまあ、からくりと申しますかな」

「からくり？」

「これにはわしの推量も混じっておりますが、まず間違いはござらん。館形の起源は、合戦続きのころの落人《おちうど》の里なのです。隠れ里でござるな」

そこで外には貧しいふうを装い、他所《よそ》者を寄せつけず、内の結束は固くして、折々の為政者たちの圧力から、里を守ってきたのだという。

「豊かな恵みのある里だと知れれば、たちまち収奪に遭うのが関の山ですからな」

それでも世の中が平らに落ち着けば、いくら山奥とはいえ道は通じているのだし、ずっと隠れ里であるわけにはいかない。館無という里の名を、館形と改めたのも、そのころだろう。

そして土地を統べる為政者と折り合いつつ、里の平穏を保ったための工夫が、実は合心寺にあった。

「覚念さんは寺の和尚であると同時に、お館様——庄屋《しょうや》の役割も果たしておったのですな」

もともと山里や村では、寺の立場は強い。和尚の権限も大きい。過去帳で人の出入りを見張り、よろずの揉《も》め事を仲裁し、大きな決め事には采配《さいはい》を振る。そこに年貢の管理が加われば、庄屋と変わらない。

「里には半蔵《はんぞう》という名の長《おさ》もおりましたが、この人も覚念和尚に忠実な右腕でしてな。大事なことは、すべて和尚が仕切っておりました」

藩主の権威を後ろ盾にした庄屋や代官所ではなく、古くから土地に根をおろし、人びとの敬愛を集める寺が治める。それが館形という里の形だった。

「他所の里や町から嫁や婿をとるときも、里の娘を他所へ嫁がせるときも、すべて覚念さんがうんと言わねば決められん。里で生まれる子供の名前も、覚念さんが付ける」

下手な庄屋より偉いかもしれない。

「巷《ちまた》では、生臭な破戒坊主も珍しくはございませんが」

行然坊が大真面目に続けたので、思わず、お勝もおちかもふき出した。気づいて、行然坊も坊主頭をつるりと撫《な》でた。

「ま、わしが言うことではありませんが」

覚念和尚《おしょう》はその類《たぐい》ではなく、清廉な僧であった。人びとの敬愛を集めるにふさわしい人物だったのだ。

「さらに、和尚には医術の心得もありました。わしの足を治してくれた膏薬も、和尚の調剤です。ほかにもいくつか独自に作られた薬があり、町へ持って下りれば、いい値《ね》で飛ぶように売れたそうでござる」

それらは館形の貴重な現金収入で、藩への上納金にも、里の共有の蓄財にもなった。

「日々の暮らしに要るものは、里の内のやりとりで事足りましたので」

館形で普通に暮らしている限りは、金が要ることはなかったそうだ。だから里の人びとも金銭には淡泊で、皆おっとりとしていたという。

お勝がほうっと言って、頬に手をあてた。

「そんなふうに、みんなが豊かに暮らせるなんて、おとぎ話に出てくる桃源郷のようでございますねえ」

だがおちかは、行然坊の妙に固い表情が気にかかる。

「わしも……そう思いました。里の人びとの温情が身に染みましたしな」

お勝の素朴な感嘆を損ねぬよう、柔らかな言い方をして、またにぃっと笑った。

「破戒坊主どころか偽坊主のこのわしが、この寺で、この和尚の下で本当に修行を積み、館形の人びとと共に暮らしたい、と思ったほどでござる」

騙《かた》りと風来の暮らしを捨てて、ここに根をおろそうか。そのために、このまま過去の一切を忘れてしまったふりを通し、自分自身もこれまでのことは心の奥に封じ込めて、すっかり生まれ変わろうか。

お勝がまばたきをして、行然坊を見た。

「でも、そうはなさらなかった」

行然坊はうなずかず、返事もせず、間を置くためにか、冷めたお茶に口をつけた。

「傷が癒《い》えてきますと、わしはよく里のなかを歩き回るようになりました」

続けた声音《こわね》は、心なしか先ほどより重たくなっていた。

「まだ片足でけんけんしておりましたが、合心寺の賄いのおかげで、力はついておりましたのでな。里のあちこちで仕事を見つけては、手伝うようになりました」

そのときの腕の覚えで、行然坊は今も、片足立ちで器用に薪割りをすることができるというから面白い。

「わしにできることは、何でもやりました。わからんことは、里の人びとが手取り足取り教えてくれた」

館形には稲刈りの時季が訪れていた。田圃《たんぼ》は黄金色に染まっていた。

「山深いところですから、水田はほとんどが棚田で、ひとつひとつは猫の額のように小さなものです。それでも、里の皆が苦労に苦労を重ねて山を削り、地を均《なら》し、水を引いて造りあげた大事な田圃じゃ」

館形は山の恵みで潤っていたが、米は足りずに雑穀も食っていたのは、田圃だけは数が少なかったからなのだ。

「しかし実りは豊かで、秋の陽の下、里を囲む田という田に、稲穂が波打っておりました。それはそれは美しい眺めでござった」

ところが、である。行然坊はおかしなことに気がついた。

「棚田の数枚に、ぽっかりと空きがあるのでござるよ」

そこだけ、そもそも田植えがされていなかったのだろう。水さえ引かれておらず、乾ききって地割れがしている。

「耕作できる田圃が一枚でも余計に欲しいところだろうに、これはいったいどういう仕儀だろうと、わしは訝《いぶか》りました。で、若造のことでございますし、もう里の皆と顔なじみになっておりましたから、何気なく訊《き》いてみたのです」

あの田は、どうして空いているのかと。

おちかはちょっと身を乗り出した。気づけば、お勝も熱心に耳を傾けている。

「すると不思議なことに、いたって気さくで大らかなはずの里の人びとが、なぜか返答を渋るのです」

言を左右にして、はっきり答えない。それどころか、うっかり答えようとする者を、目顔《めがお》で制する者がいる。

「さすがにわしも、これはこの里の禁忌に触れる問いかけなのだな、と察しました」

それまでの旅の経験で、特有の禁忌や風習を持つ村や里があることを、行然坊は心得ていた。

「以来、問うのを控えました。わしは里の厚意に甘え、養ってもらっている他所者でござる。弁《わきま》えなくてはいかん」

そうしてすっかり稲刈りが終わり、やがて炭焼きや狩人《かりうど》たちも山を下りるころになると、里は冬ごもりの支度を始める。

そんななかで、変事が起こった。

「そのころはもう、わしの足は癒えておりましたので、朝晩、覚念さんと共にお勤めをするようになっておりました」

物忘れのふりは続けていたから、読経の仕方、木魚の叩《たた》き方、所作のすべてを一から教わり直していた。

「朝のお勤めは、夜明けに始まります。和尚とわしが身支度をして本堂へ参りますと、そこへ若い男が一人、血相を変えて駆け込んできたのですよ」

詳しく言うなら、〈血相を変えて〉というのは言葉の綾《あや》で、実はその男には変えるほどの血の気がなかった。青白く、案山子《かかし》のように痩《や》せこけていた。

「狭い山里のことでござる。寺と集落は、そう離れてはおらん。なのにその男はもう息があがって泡を吹き、本堂の縁先にたどり着く前に倒れこんでしまいました」

行然坊は駆け寄って、男を抱き起こした。そして、さらに驚いた。

「わしはその男を知らなんだ。初めて見る顔でござった。たかだか二十世帯ほどの里のなかでござるよ。しかもわしは、ほうぼうで半端仕事を手伝っておりましたから、里の子らの綽名《あだな》までみんな知っておったほどなのです」

自分と同じように、山で難儀した旅人が助けを求めにきたのかと、とっさに思った。

だが、それにしては様子がおかしい。

「その男は赤裸足《あかはだし》で、粗末な綿入れを着込んでおりましたが、その下は白い帷子《かたびら》一枚だったのでござる」

擦り切れて毛羽立った綿入れには、枯葉がくっついていた。男の足には小さな擦り傷がいっぱいできていて、血が滲《にじ》んでいる。

「いずれ里の者ではない、どこの誰にしろ、何かよほど危急のことがあって駆け込ん

らである。

できたのだ。これは大変だと、わしは和尚を振り仰ぎました」

そしてまた魂消《たまげ》た。覚念和尚が縁先に仁王立ちになり、若い男を睨《にら》み据えていたか

「まだ若造だったとはいえ、よろずに図々《ずうずう》しいこのわしが、思わず小便をちびりかけてしまうほどの形相でござった」

もともと眼光鋭い和尚である。それに輪をかけて、まさしく鬼のような顔だった。

行然坊の驚きは、まだ続いた。その月の月番の男が、庫裏から本堂に顔を覗《のぞ》かせたかと思うと、うわっと叫んで腰を抜かしてしまった。それを覚念和尚は、振り返りもせず、「騒ぐな！」と叱り飛ばした。

行然坊が呆《あき》れ返るうちに、長の半蔵を先頭に、合心寺の山門をくぐって、数人の男たちが本堂へと駆け寄ってきた。働き者で気のいい男たちが、朝っぱらから気色《けしき》ばんでいる。仁王立ちの覚念和尚と、件《くだん》の男を抱きかかえている行然坊を見てうっとたじろぎ、一斉にその場にひれ伏して、額を地べたにこすりつけると、口々に叫んだ。

「和尚様、申し訳ございません！」

「わしら、よくよく気をつけておりましたんですが」

「こいつめ、閂《かんぬき》を挽《ひ》ききって逃げ出しよりました！」

半蔵たちも起き抜けらしく、寝巻きに綿入れやちゃんちゃんこを重ねただけの恰好《かっこう》

だ。だが色を失い、縮み上がっているのは、早朝の寒気のせいではなさそうだった。皆、和尚《おしょう》の怒りに怯《おび》えているのだ。

その覚念和尚が、行然坊の腕のなかでぐったりしている若い男から目を離さずに、ようやく口を開いた。

「連れ戻せ。二度と逃げられんよう、これからは張り番を立てなさい」

はい！　と、半蔵たちは唱和した。目を瞠《みは》り固まったままの行然坊に近寄ってくると、無言のまま、件の若い男を引き離して連れ去ろうとする。

行然坊は我に返った。「お、お待ちを。どうかお待ちくだされ」

和尚と同じく、形相からして変わってしまっている半蔵たちは、病んだ牛のような目で行然坊を見た。背筋に寒気を覚えながらも、行然坊は腕のなかに若い男をかばい直し、身体ごと覚念和尚に向き直った。

「和尚様、これはいったいどういうことでございますか。この人は罪人ですか。たとえそうだとしても、この仕打ちはあまりに酷《むご》すぎるのではございませんか」

和尚は答えない。半蔵たちも押し黙ったままである。

そのとき、行然坊の腕のなかで、血の気のない若い男が身じろぎをした。乾いてひび割れたくちびるが開き、何か言おうとする。行然坊は耳を近づけた。

「お、おゆるし、ください」

苦しげな呼気にまぎれてしまうほどの、弱々しい声だ。が、その切迫した訴えは、行然坊の耳ばかりか心の臓へまで届いた。

「どうかおゆるし、を。おしょう、さま」

行然坊は食らいつかんばかりの勢いで、覚念和尚に呼びかけた。

「和尚様、この人は許しを請うております！ これほど弱り果てながらも、和尚様の許しを求めておるのです。それを、何故《なにゆえ》にまた、どこへ連れ戻せなどとおっしゃるのでしょうか」

覚念和尚はゆらりと足を踏み出すと、裸足のまま縁先から下りてきた。その圧倒的な体軀《たいく》と気迫に、行然坊も思わず息を吞《の》み、半蔵たちはまたたじろいで、一歩下がった。

「行然坊よ」

和尚は毅然《きぜん》としていた。

「おまえは、旅の途上にこの館形へ立ち寄っただけの身の上だ。里には里のしきたりがある。口を慎むがよい」

気圧《けお》されつつも、行然坊は自分に叱咤《しった》して声をあげた。「しかし和尚様、いかなしきたりであろうとも、それが御仏《みほとけ》の慈悲にかなうものでなければ、私は」

「おまえが、何だ」

切り返す和尚の口の端に、かすかだが見紛《みまが》いようのない冷笑が浮かんだ。

「おまえに、御仏の慈悲がいかなるものか、わかるというのか」

あ、露見《ばれ》ていたと、行然坊は悟った。覚念和尚には、彼が偽坊主であることなど、とうにお見通しだったのである。

「わ、私は」

さすがに絶句してしまい、力が抜けた。すかさず半蔵が進み出て、行然坊の腕から若い男を奪い取った。

「そうして、三人がかりで引きずるように連れ去っていってしまったのでござる」

語る行然坊がひと息つくと、固唾《かたず》を呑んでいたらしいお勝が、おちかを見た。頬が強張《こわば》っている。縁起物として永く暮らして、この三島屋ではおちかの守役を自任するお勝ではあるけれど、こうした話を直《じか》に耳にするのは初めてのことである。

「大丈夫？」と、おちかは訊《き》いた。

お勝は気弱そうに「はい」と微笑んだ。そして行然坊の大きな顔に目をあてると、あたかも今、自分の目の前にその哀れな男がいるのに何もしてやれない――というふうに手をよじりながら、問いかけた。

「その人はどうなったのです？　いったい、どんな悪さをしてそんな罰を受けることになったのでしょうか」

行然坊は、肉厚の肩を詫《わ》びるようにすぼめてみせた。

「それが……わしにも、まったく不得要領でございましてな」

男たちが消えると、和尚は何事もなかったような顔をしていて、取り付く島がない。寺から外へ出てみても、半蔵たちに言い含められたのか、昨日まで親しかった里の人びとも、掌を返したように冷たく、行然坊の目を避けてこそこそする。行然坊もまた、表向きは取り繕って、今までどおりに過ごすしか術《すべ》がなかった。

「覚念和尚はわしに、寺から出て行けとは言わんかった。わしも出て行こうとは思いませなんだ。というより、白状すれば、にわかに怖《お》じ気《け》づきましてな、逃げてしまいたいとは思いましたが、今、お勝殿がおっしゃったのと同じ疑念に囚《とら》われて、動きがとれなかったのです」

懸念と不安を抱えたまま、胸は塞《ふさ》がる一方だったが、

「五日ほど経って、和尚が半蔵の家に夕餉《ゆうげ》に招《よ》ばれました。あとで考えたら、これもまあ善後策を講じるための集まりだったのでしょうが、ともかくわしは合心寺で留守居をすることになった」

本堂で本尊の古びた阿弥陀《あみだ》仏像と向き合い、ぽつねんとしていると、月番の男が行然坊のそばにやってきた。話があるから厨《くりや》に来い、という。

「騒ぎのときに腰を抜かしてしまった男で、名を猪之介《いのすけ》といいました。里でいちばん

長寿の、七十を過ぎた爺様《じいさま》でしたが、昔は猟師で、鉄砲の名人でな。百発百中の上に、一発撃てば鳥が二羽落ちたとか」

とはいえ、当時はもう掘り返した木の根を思わせるような干涸《ひから》びた爺様だった。厨の隅に蓙《ござ》を敷いて行然坊と向き合うと、どこに隠してあったものか酒の入った割れ徳利《どっくり》を置き、縁の欠けた茶碗《ちゃわん》にそれを注《つ》いで勧めながら、

「あんた、偽坊主じゃな」

と、いきなり言った。責めている口調ではないが、笑ってもいなかった。

行然坊はあわてなかった。覚念和尚に聞いたのかと問い返すと、猪之介は酒に口をつけてから、かぶりを振った。

「和尚様は陰口なぞ言わん。あんたの顔を見たときからわかっとった。里の衆はどうか知らんが、わっしは、いかものを見れば、それとわかる」

ならばと、行然坊も酒に手をつけた。

「実はわしは、今は大した飲み助でござるが、そのころはまだ、酒の味がわからんかった。だが、その場はそうしておいた方がよさそうに思えました」

黙りこくったまま、二人は飲んだ。肴《さかな》は小皿になすりつけた塩辛い味噌《みそ》だけだ。やがて猪之介の顔が赤くなり、行然坊は少しばかり目が回ってきた。

「和尚様は、あんたのことは放っておけ、どうせ流れ者じゃと仰せだけんど」

目の縁と頰は赤いのに、眼差《まなざ》しはいっそ陰惨なほど暗くして、猪之介はぼそぼそと話し始めた。

「偽坊主ならばなおのこと、あんたがこれから行く先々で、思うさまこの里の悪口を言いふらすんじゃないかと思うと、わっしは胸が悪い。だから教えてやる。けんど、このことはきっとあんたの胸ひとつに収めておいてくんろ。でないとわっしは後生が悪うて、あんたの旅枕へ祟《たた》って出るぞ」

行然坊は、思わず笑った。

「爺さん、今にも死ぬような言い方だ」

そうだと、猪之介は茶碗を手にうなずく。

「腹にしこりがあってな。わっしはもう永くない。だからこの世の名残に、他所《よそ》者のあんたに教えてやろうというんじゃ」

あの若い男は富一《とみいち》という。歳は二十五で、おはつという女房がいて、おはつの腹には夫婦のあいだに初めて授かった赤子がいる。そろそろ六月《むつき》になるころだ――と、猪之介は語った。

「夫婦のどっちも、罪人なんぞじゃねえ。ただ籤《くじ》に当たっただけだ」

「籤？」

それが村のしきたりだと、猪之介は続けた。「この里が、館無と呼ばれていたころからの、古い古い決め事だで」

そのしきたりを、〈返し作〉という。

「あんたももうわかってるだろうが、この里は山の恵みで食っとる。鳥も獣も木の実も山菜も薬草も、みんな山で採れるもんだ。山の神様からの賜りもんだよ」

ただ、米だけは山にはない。だから里の人びとは、山を削って田を作ってきた。

「山の神様のおかげさまで食っとるのに、その神様の縄張りを削って、田圃《たんぼ》に変えてきたんだ。だから、お礼をせにゃならん」

およそ十年に一度くらいの割合で、この里には、平年の倍くらいの収穫があがる年が巡ってくる。その途方もない豊作が、〈返し作〉の時期となる。

「豊作の翌年は、田圃を一年、休ませるんだよ。休ませて、山の神様に土地をお返しするんだ」

だから〈返し作〉なのだ。

「けども、さすがに田圃をみんな休ませちゃ、わっしら、ひと粒の米も食えなくなるからな。どの田を休ませるか、みんなで集まって、籤引きをするんだ」

籤引きは、春に苗を作るころ、合心寺で執り行う。今回もそうだった。そして富一が当たり籤を引いた。

「〈返し作〉に当たった者は、その一年、けっして田を作っちゃなんねえ。籤に当たったら身の回りのものをまとめて、次の年の春まで、あっこの山に籠《こ》もるんだ」

猪之介は、寺の北側にあるひときわ高い山を、大ざっぱに指さしてみせた。

「お籠もり小屋には家財道具が揃ってるから、暮らしに困ることはねえ。お籠もりのあいだは、もちろん山で何か採ってもいかんから、じいっと籠もって、山の草木になったみたいに、静かに暮らすんだよ」

ちょっと待てと、行然坊は遮った。どうせ素性は露見してしまったのだし、酒も入って遠慮が消えた。

「人は草木になぞなれん。食い物が要る。現にあの富一という男は痩《や》せこけていたじゃないか」

猪之介は背中を丸めて茶碗を覗《のぞ》き込むようにしながら、さらにぼそぼそと答えた。

「〈返し作〉のあいだは、里から食い物を運んで、みんなで養うんじゃ。わしら、己の食い物を減らしてもお籠もり小屋に運んで養ってやるんじゃ」

「だったら何で、富一は痩せてるんだよ」

猪之介は拗《す》ねた目で行然坊を睨《にら》んだ。

「あいつはしきたりに不満があって、里のみんなを恨んどるんじゃ。養ってなどくれんでもいい、おれの田を作らせろと言い張ってな。食い物も腐らせたり捨てたりして、食おうとせん。だから痩せたんじゃ。勝手な野郎じゃ」

その抗弁があまりに憤ろしいので、行然坊はちょっと声を呑《の》んでしまった。

「それじゃ……富一がしきりと和尚様《おしょう》に詫《わ》びていたのは、これまでのそういう行状を改めるから許してくれという意味かよ」

「だろうよ」と言って、猪之介は湿ったような音をたてて鼻を鳴らした。

行然坊は困った。事が猪之介の言い分どおりならば、里のしきたりに無闇に抗《あらが》う富一の方に非があろう。これこそ、他所者には口を挟むことのできない事情だ。

それでも――やっぱり剣呑《けんのん》だ。

「半蔵さんたちは、閂《かんぬき》がどうのこうのと言っていた。和尚様も、これからは逃げられないようにしろとか。富一と女房は、お籠もり小屋に閉じこめられてるのか？」

「逃げようとするから、仕方ねえ」

「逃げちゃいかんのか」

「いかん！　しきたりを守らにゃ、里が山神様《やまがみ》に見捨てられてしまう」

猪之介の声音から怒りが消えて、切迫した恐怖の響きが混じってきた。

「山神様がお怒りになったら、こんなちっぽけな里なんぞ、ひとたまりもねえ」

行然坊は考え込んだ。こうして聞けば、理は里の側にあるように思えてくる。

「なあ、爺さん。しきたりが大事なのは、他所者のおれにもわかるよ。けども、富一はああいう若者だ。一年も働かずに、木石に混じってじっと籠もっとれというのも、酷《こく》な話じゃねえのかい？　女房の腹には赤子もいるんだろ。山は里より冷えるだろうし、何かと心細いだろうし」

猪之介は黙って、さらに背中を丸めた。

「その籤引きってやつを、何とかもう少し、みんなに都合のいいようにできなかったもんかね？　たとえば爺《じい》さん、あんたみたいな人が籤にあたれば、一年ゆっくり休めるわけだろ。そういうふうに融通《ゆうずう》がきかねえもんなのかい？」

「他所者にはわからん」と、猪之介は言い捨てた。「わかってもらおうとも思わねえ。けどもあんたに邪魔されると困るんでな」

「邪魔なんかしねえよ」

行然坊は、本当にそういうつもりで言ったのだ。これは、彼のような若造が軽々に割り込んでどうこうできる事柄ではない。

「あれから和尚様は、富一をお許しになったんだろうか」

猪之介は顎《あご》の先を押し出すようにして、むっつりとうなずいた。

「そうか。そんなら、いい。おれもこの話は聞かなかったことにするよ」

ちょうど、徳利の酒も底をついた。ささやかな酒宴はそこでお開きになった。

「今、こうして思い出せば――」

行然坊はゆっくりと言い、顔を上げておちかとお勝を見た。

「そのときの猪之介爺さんは、まだ何か言いたそうな、言い足りなそうな顔をしておったのですよ。わしにも、聞き足りないことがあった。だがわしは若造で、知恵が浅かった。この風変わりなしきたりに、いささか臆《おく》してもおった。それ以上、踏み込んで問い質《ただ》すことができませんでした」

行然坊の合心寺での暮らしは元に戻り、ぎくしゃくしていた里の人びととのあいだも、彼が何事もなかったようにふるまううちに、次第にほどけていった。

が、一方で、もうここから立ち去ろう、潮時だという思いも強くなっていた。

「冬が来て道が閉ざされる前に里を出よう。毎朝起きるとそう思い、しかし思い切れずに陽が暮れる。その繰り返しでござった」

心のどこかに、やっぱり富一とおはつという若夫婦のことが引っかかっていた。来春、彼らが無事に山のお籠もり小屋から下りてくるのを確かめたい、という気持ちがあったのだった。

「ぐずぐずしているうちに初雪が舞いましてな。しかも、猪之介爺さんが寝ついてしまった」

彼の腹にあるというしこりが、いよいよ腫《は》れていけなくなったのだ。

「ほかの誰もが口をつぐんでいた〈返し作〉のことを打ち明けてくれたときの爺さん

の、あの暗い目つきを、わしは忘れかねておりました」

偽坊主ながらも猪之介を看取《みと》り、枕経《まくらぎょう》のひとつも読んでから立ち去ろう。そう思い決めて、結局、行然坊は館形で年を越した。

ところが、里の素朴な正月飾りがとれて間もなく、また変事が起こった。

「今度はわしも、見当がつきましたからな。そう仰天してばかりはおらなんだ」

半蔵たちが雪道用の足拵《あしごしら》えをして、お籠もり小屋があるという北の山へ、あわただしく登って行った。戻ったときには、戸板に誰かを載せて、

「真っ直ぐ、合心寺に運んで参りました」

富一の女房、おはつだった。腹の赤子も死んだという。

「覚念和尚はわしを寄せつけませんでしたので、亡骸《なきがら》を見てはおりません。しかし、事情はわかりました」

雪除《ゆきよ》けに、戸板の上の亡骸には蓑《みの》をかぶせてあった。だが行然坊の目には、ただ戸板に蓑を載せたようにしか見えなかった。臨月に近い女の、腹の厚みも見えなかった。

あの日の富一の痩せようを思い出した。

「わしは、矢も楯《たて》もたまらなくなりました。おはつと腹の子は、きっと飢え死にしたのだ。お籠もり小屋の若夫婦は、あれから後も閉じこめられ、飢え渇いておったに違いない。里の者どもは、それを知っていて見殺しにした。いや、皆で若夫婦を干殺《ひごろ》し

にしたのだ。わしはそう思いました」

もう悠長に、誰かをつかまえて問い質している場合ではない。行然坊は腹を決め、密《ひそ》かに北の山に登ることにした。

「半蔵さんたちが通った道が、まだ見分けられましたからな。わしの足はとうに治っておりましたし、もともと悪路には慣れておる」

寺も里もおはつと赤子の後始末に騒いでおり、幸い、人目はない。空も晴れていた。行然坊は雪道に真っ白な息を吐き出しながら山を登り、さして苦労することもなく、お籠《こ》もり小屋らしい場所を見出《みいだ》した。

「もとは炭焼き小屋だったのでしょう。粗末な造りの掘っ立て小屋です。しかし、窓にも戸口にも頑丈な格子や閂が、外側から取り付けてあった」

どう見ても、籠もるというより閉じこめるための造りであった。

「和尚が命じたはずの張り番はおりませんでした。これもおはつが死んだから、半蔵さんたちと共に里へ下りていたのかもしれません。いずれにしろ、わしにはもっけの幸いでござった」

行然坊は閂を抜くと、がたつく戸を開け放ち、富一の名を呼びながら踏み込んだ。幾重にも板を打ちつけて潰《つぶ》された窓からは、ひと筋の光も差し込まない。昼だというのに小屋のなかは闇だ。ただ戸口の陽射しだけを背に、行然坊は立ちすくんだ。

「富一は小屋の奥の板敷きに、土間を背にしてうずくまっておりました」

一見して、子供のようだった。それほど小さくなっていた。

「呼んでも呼んでも、返事がない。近寄って肩を揺さぶると、ようやく顔を上げましたが」

富一は幽鬼のように痩《や》せさらばえ、髪ばかりがほうほうと伸びていた。

「底光りする眼でわしを見上げましてな」

――あんた、誰だ。

「問いかける声は、爺《じじい》のように嗄《しわが》れておりました」

行然坊の掌《てのひら》には、富一の肩の骨が飛び出しているのが感じられた。

「まるで餓鬼でござる」

一人で立つことも、歩くこともできないかもしれない。しかも富一には、足枷《あしかせ》がかけられていた。

「わしは一気に逆上しました」

そう語る今の行然坊の声音と表情は、障子越しの秋の陽射しが明るく、どこかから落ち葉を焚《た》く香ばしい匂いがほのかに漂ってくる黒白の間で、冬山のごとく凍っていた。

「何をしてる、逃げるぞ。おれが背負って逃げてやる、このままではおまえも干殺されるぞと、わしは怒鳴りました」

しかし、富一は動かなかった。底光りする眼は行然坊を見ていない。どこか遠く、空《くう》を見つめていた。

――おれはここで、おはつと赤ん坊を弔うんだ。

「なんぼ声を荒らげて呼びかけても、首をぐらぐらさせてそう繰り返すばかりでした。焦《じ》れたわしが富一を肩に担いで外へ出たところへ、里の男たちが小屋に押しかけて参りました」

行然坊が寺から消えていることに気づいて、さてはと追いかけてきたのである。男たちは手に手に鉈《なた》を持ち、なかには鉄砲を構えている者までいた。

「どうやら猪之介爺さんが、わしに事情を漏らしたことを吐いてしまったらしい。お手上げでござった」

富一は小屋に戻され、行然坊は罪人のように腰縄を打たれて山を下り、合心寺へ連れ戻された。

「てっきり、殺されると思いましたが」

寺に着くと、覚念和尚《おしょう》は男たちに、行然坊の縄を解くように命じた。そして二人は本堂の阿弥陀《あみだ》仏像の前で向き合った。

痴《し》れ者《もの》がと、覚念和尚は言ったという。

「里には里のしきたりがあると申したろう。何故《なにゆえ》、嘴《くちばし》を差し挟む？」

放っておけるかと、行然坊は叫んだ。

「何が〈返し作〉だ、何が山神様だ。そんなもんはでたらめだ。あんたらのしていることは、ただの人殺しじゃないか」

覚念和尚は眉毛《まゆげ》一本動かさず、行然坊が猛《たけ》れば猛るほど、静まり返っていくようだった。

「この人でなし、人殺しと、わしが叫んで怒鳴って息が切れてしまうと、ようやく口を開きました」

ご本尊の尊い微笑を映したように、穏和な顔をして、和尚は語った。

「確かに〈返し作〉のしきたりは、この館形では絶えて久しかった。だが、でたらめではない。此度《こたび》の仕儀は、昔のしきたりの形式に則《のっと》り、別の目的のために行ったものの」

いったい、どんな目的だったのか。

「先《せん》から、富一は里の迷惑者じゃった」

館形の豊かであることを、城下や他の里で言いふらす。勝手に薬を作り、商人を真似て売り歩き、その代金を懐に入れる。

「挙げ句には、おはつの親兄弟を館形に呼んで、一緒に住まわせたいと言い出しおった。おはつの実家は山向こうの里じゃ」

和尚はそれを許さなかった。ひと家族を招き入れれば、いずれひと家族では済まなくなる。館形が豊かな里だと知れれば、欲を出す者どもがわらわらと寄ってくる。

「今の館形が豊かなのは、これまでの皆の血の滲《にじ》むような努力と、それぞれが我欲を捨て、限りある山の恵みを等しく分け合おうという正しい心の持ちようがあるからこそじゃ。だが、外から他所《よそ》者が入り込み、人が増えれば――食う口が増えればな、行然坊よ。偽坊主のおまえにも、どういうことが起こるかぐらい、察しはつこう」

昔の苦労を知らぬ他所者たちは、今ここにある豊かさばかりに目がくらみ、我欲に走って争い始めるだろう。里の有《あ》り様《よう》が変えられてしまう。

だが、富一はそれを解さなかった。

「里の和を乱す者は、懲らしめねばならぬ」

行然坊は呆《あき》れた。懲らしめるなら懲らしめるで、やりようがあるだろう。叱って、諭して、矯めればよいではないか。

「だからおまえは痴れ者だというのじゃ。わしらがそうしなかったと思うのか」

叱っても諭しても、富一は聞かなかったのだ。己が良い暮らしをしたい。己の身内にも良い暮らしをさせたい。そして、良い暮らしをしていることを誇りたいと気負う若者には、里の輪が見えなかった。叱れば唾《つば》を飛ばして抗弁し、諭せば侮り、鼻先で笑って己の言い分ばかりをまくしたてた。

——この里の連中は莫迦《ばか》揃いだ。どうしてもっと金を儲《もう》けて、里を大きくしようとしない？　これから万事に物を言うのは金だ。山里だって、ただ食い足りてさえいればいいってもんじゃねえ。

「それ故にわしらも、思い切った手を打たねばならなくなった」

その理屈が気に入らぬからと、闇雲に富一を捕らえて罰するのでは、きちんとした見せしめにならない。制裁には理《ことわり》が——口実がいる。そこで持ち出されたのが、〈返し作〉のしきたりだった。

「じゃ、籤《くじ》も本当に引いたんですか。どうせ、富一に当たり籤がいくように細工したんでしょうが」

「そうだ」と、和尚は認めた。「わしがそう指図した。里のためじゃ」

家と田圃《たんぼ》を取り上げ、北の山に一年、富一とおはつを閉じこめる。食い足りるほどではないが、飢えることはないようにして、一年がかりで富一が頭を冷やし、悔い改めるのを待とうという算段だった。

「だけど、富一は飢えていた」と、行然坊は言った。「おはつと腹の赤子だって、飢えて死んだんでしょう。食べ物が足りなかったんだ。何でそんなざまになったんだよ」

和尚は黙して、行然坊から目を逸《そ》らした。行然坊はたたみかけた。もう、偽坊主の引け目も何もなかった。

「里の連中は、富一の頭が冷えればいいだなんて思っちゃいなかった。あいつが気にくわなくて、死んじまえばいいと思っていたんだ。最初《はな》っからそのつもりじゃなかったとしても、あいつとおはつを閉じこめて、煮ようが焼こうが勝手にできると思ったときから、箍《たが》が外れっちまったんだよ！」

人の箍。人の良心だ。誰かの上に君臨し、その生殺与奪を握ったとき、それは呆気《あっけ》なく外れることがある。とりわけ、衆を恃《たの》んで事を起こすときには。

「それでも、すぐ殺しちまったんじゃ面白くねえ。〈返し作〉のしきたりとあんたのご威光を楯《たて》に取って、里の連中は、富一とおはつを苛《いじ》めていたんだ」

飢えて弱り、見張りの人びとの慈悲を請う富一の姿は、それまでの彼が生意気で小憎らしい若造だっただけに、彼らの目に快かったのだろう。

「里の連中は、富一とおはつを生かさず殺さず飢えさせて、二人がじりじり弱ってゆくのを、眺めて楽しんでいやがったんだ！」

覚念和尚は真っ向から行然坊を見た。その目に宿る光が行然坊を射た。

「それこそが制裁というものじゃ」

里の和を乱す者にふさわしい仕置《しおき》だ。

「富一が骨身に応《こた》えるには、里の者たちの憎しみを集めねばならんかった。里の者たちの、富一への怒りをこそ冷ましてやらねばならんかった！」

行然坊は声を張りあげて言い返した。

「あんたには、それが御仏《みほとけ》の教えだと言えるのか？　人を憎み、いたぶることが」

和尚は動じなかった。

「偽坊主が、利いたふうな口をきく」

和尚の憤怒《ふんぬ》を、行然坊は総身で感じた。

「この里の御仏は、わしらが守り奉ぜねばならぬ弱き仏よ。わしらはこの手で山を拓《ひら》き、寺を建て、御姿を写した像を祀《まつ》ってきた。ただ座して仏の道を説き合っておるだけでは、山里の暮らしは立ちゆかん。この館形では、御仏もまた里の輪の内にしかおられんのじゃ。わしは御仏の前で、何ひとつ恥じるところなどないわ！」

故郷を捨てた根無し草の行然坊には、これに返す言葉が見つからなかった。

「それでも、おはつを死なせてしまったことには悔いが残る。わしも今日より朝夕におはつと赤子の菩提《ぼだい》を弔い、富一の改心を願うことにしよう」

毅然《きぜん》として、覚念和尚は言った。本堂の阿弥陀仏像は、ただ静かに微笑んでいた。

「それから、行然坊様はどうなさったのですか」

おちかも呆然《ぼうぜん》としているうちに、お勝が茶を入れ替えながら、静かに問いかけた。

「まだ館形に留《とど》まられたのですか？」

行然坊はうなずいた。「どのみち、わし一人では冬山を越せません。猪之介爺《じい》さんのことも気になりましたしな」

幸い、行然坊にしゃべったことで、猪之介が罰せられることはなかった。老人は既に寝たきりで、行然坊が訪ねてゆくと、声もたてずに泣いた。

老人の枕辺《まくらべ》で、行然坊は訊《き》いた。〈返し作〉のしきたりは、かつて本当にあったものなのか。でっちあげではないのかと。

「本当にあった、わっしの子供のころにはあった。和尚《おしょう》様は嘘をついておられんと、爺さんは涙をこぼしながら言いました」

――それでも昔は、やり方が違《ちご》うた。籤に当たった家は、山に籠《こ》もって山神様の神子《みこ》になる。里のみんなで、大事に養ったもんじゃった。

「つまり、本来の〈返し作〉では、籤に当たった者は、姿の見えぬ山神様をおろす依代《よりしろ》になるのです。神の代理として一年間、大切に扱われる。無論、閉じこめられて飢えることなどありません。里からの供物で、充分食っていけるのです」

「だから、〈返し作〉が行われるのは豊作のあとだった？」と、おちかは言った。

「左様《さよう》でござる。和尚はそのしきたりの能書きを、寺に残っていた文書から知ったのでしょう。だが長生きした爺さんは、正しく、それを体験していた」

だからこそ後ろめたくて、行然坊に本当のことを言わずにはいられなかったのだ。

「わっしはもっと早く死ぬべきだったと、爺さんは泣きに泣きました」

こんな里の有様《ありさま》を見たくなかったと。

「こうなった以上は春まで粘り、富一が殺されぬようしっかり見張ろうと、わしは思い決めました」

そこで猪之介に耳打ちした。

――爺さん、あんたが使っていた鉄砲を、おれに貸してくれ。

「爺さんの倅《せがれ》は猟師にならず、爺さんの鉄砲は名人の鉄砲として、大事にしまい込まれていると、以前に聞きかじっておりましたのでな」

おちかとお勝が揃って目をぱちくりさせたので、行然坊は苦笑した。

「なあに、当時も今も、わしには鉄砲の心得などござらん。ただ、いざというとき脅しに使えるだろうと思いましてな。なにしろ里の男衆《おとこし》は屈強で、わしは一人きりです。何でもいいから得物《えもの》が欲しかった」

猪之介から借りた鉄砲と火薬と弾を筵《むしろ》に包んで寺に持ち帰り、寝所の床下に隠すと、行然坊の腹も据わった。

「それからは、里の衆とわしと、互いにのっぺりと知らぬ顔の、狸と狐の化かし合いのような日々でござった。だがしかし」

それは、そう永く続かなかった。

「最初は、その月の末のことでした」

富一の見張り役の男が一人、合心寺にやってきた。近ごろ、富一が小屋でこんなものを作ったと、包みを解いて取り出して、和尚に見せたのは、粗末な仏像であった。

「仏像といっても、ぱっと見た限りではただの薪《まき》ざっぽうに過ぎません。ただよく見ると、上っ面に御仏の姿が浮かんでいる」

木の皮の筋目の浮きようと、節《ふし》の散らばり具合で、そんな絵柄が見えるのだ。それを墨でなぞってあるのだった。

「男が言うには、富一が、囲炉裏《いろり》に焚《た》こうとした薪のひとつを指して、そこに仏様がいるというので取り出してみせたら」

――ほら、ここに。

「指で仏様の姿やお顔を示してみせたというのですな。なるほど、じっくり見るとそんなふうに見えなくもないが、言われて見ねばわからぬくらいだ」

何となく焚きにくく、そのまま脇によけておいたら、富一はためつすがめつ、その薪を撫《な》でている。

「一夜明けてもまだ、大事そうに薪ざっぽうを撫で回しておった。で、筆に墨をつけて貸してくれ、この仏様をなぞって描いて、お姿を露《あら》わにしたいと、ぺこぺこ頭を下げて頼んだというのです」

――おはつと赤子の供養になるから。

「そう言われては、二人の死に幾分かは寝覚めの悪い思いをしていた男としても、無下にはできなかったのでしょう。筆と硯《すずり》と墨を持ち込んで与えてやると、富一は嬉々《きき》として、薪ざっぽうの木の皮の上に仏の姿を描いてみせたというのです」

それから何日かのあいだに、富一はもうひとつ、薪ざっぽうの仏様を見つけてなぞって描いた。今度はもっと、お姿がはっきりしていた。富一の態度は神妙で、しかも描いているものが仏様だ。

「ひとつ持ち帰って、和尚様に見ていただこうというわけだったのでござる」

覚念和尚は、褒めるでも叱るでもなかった。ただ見張りの男が、

「富一がこの仏を合心寺に置いてもらいたがっているというと、ぴしゃりと撥《は》ねつけました」

――この寺には置かれん。薪は薪じゃ。焼いてしまえ。

「わしも気になりましたので、実物を見せてもらいました。確かに、御仏のお姿に見えました。墨で上手になぞってありましてな」

おれにくれと、行然坊は男に言った。

「猪之介爺さんにやるんだと言ったら、見張りの男も承知しました」

猪之介は喜んで、それを枕元に置いた。行然坊はその仏の前で、一緒に念仏を唱えてやった。

「少しでも爺さんの気持ちが休まればと、ない知恵を絞ったつもりだったのですが」

数日後、驚愕《きょうがく》するような知らせが飛び込んできた。

「寝たきりだった猪之介爺さんが、起き上がったというのですよ」

行然坊は飛んでいった。猪之介は床《とこ》をたたんできちんと着替えて、囲炉裏にあたっていた。あぐらのあいだに孫を入れ、嘘のように血色がよくなっている。

「富一の描いたあの薪ざっぽうの仏様のおかげだ、というのです」

腹のしこりが小さくなった。痛みもない。飯も食えるし、熱も引いた。

——仏様のお力で、わっしは治った！

「確かに、治っておったのです」

行然坊は、先ほどのおしまと同じ、何だかよくわからないものを嚙《か》んでしまったような口つきになって言った。

「狭い里のことですから、たちまち評判になりました。それは有り難いと、富一の木仏様を拝む者もおれば、半信半疑の者もおる。わしもその木仏が欲しいという者もおれば、そんな莫迦《ばか》な話があるものか、その木仏は狐狸《こり》の化けたものに違いない、富一は山に閉じこめられておるうちに、狐狸に憑《つ》かれたのだろうという者もおる」

右と左がぎゃんぎゃんと言い合ってかまびすしい。

「里の者どもが騒ぎ始めると、覚念和尚はえらく不機嫌になりましてな。半蔵さんを叱りつけた。猪之介爺さんから早くその薪ざっぽうを取り上げて、囲炉裏にくべてしまえというわけです」

半蔵は、余命幾ばくもなさそうだった猪之介が本復《ほんぷく》したのを、その目で見ている。だからいささか、富一の木仏に心を動かされていた。一方で覚念和尚は怖いし、和尚の権威には逆らえない。

仕方がない。嫌々ながら猪之介の住まいに出かけていって、

「爺さんをかき口説《くど》いて、木仏を取り上げようとしました。爺さんは逆らわなかった。御仏《みほとけ》の姿を映した薪ざっぽうを、神妙に差し出しましてな。こう言った」

――半蔵、あんたこれを火にくべようと思っとるだろう。木仏様はお見通しじゃ。けんど、そんなことはできん。木仏様を手にしたら、あんたのその手が上がらなくなるからな。

「事実、そうなったのでござる」

木仏を手にした半蔵は、にわかに脂汗を流して、腕を上げるどころか指を動かすこともできないのだった。

「これで半蔵さんも、すっかり参ってしまいました。まあ、木仏の信者になってしまったということでござるよ」

半蔵は自ら富一の小屋へ登った。その後の富一は、さらにあと二つ、薪のなかに御仏の姿を見出《みいだ》して描いていた。都合三体の木仏を抱いて、半蔵は里へ戻った。

「覚念和尚《おしょう》には内緒で、それを身体の不具合に苦しんでいる者たちに与えて、拝ませてやった。するとどうでしょう」

行然坊は大きく両手を開いて、大きな眼をぐりぐりさせてみせた。

「そうした者たちも、たちまち本復したのでござるよ」

膝《ひざ》の痛みが消えた。歯痛《はいた》が治った。子供のしつこい咳《せき》が止まった。さらには、生まれながらの痣《あざ》が消えたという例まで飛び出してきた。

「木仏様の霊験《れいげん》だという評判が高くなると、最初のうちは横目で見ていた者たちもそわそわし始めました。信心というより、欲でござるな。本当にそんな効き目があるなら、と思うのは、人情じゃ」

三日にあげずに、半蔵は富一の小屋に通うようになった。富一は穏やかな、それこそ本人も仏様になったような顔をして、せっせと木仏を見つけては描き続けていた。

半蔵もまたせっせとそれを持ち帰り、木仏は霊験を示し続けた。

「冬場の山里のことです。身体のどこかにちょっとした不具合がない者を探す方が難しいくらいでござった。それが次から次へと治ってゆくのです。そうそう」

と、行然坊は苦笑する。

「女子《おなご》のなかには、永いこと悩みの種だった黒子《ほくろ》がぽろりととれたと喜んでおる者もおりましたわ」

小さな山里のすべての家に、富一の木仏が行き渡るまで、半月とかからなかった。

「それまで、和尚様はどうしていたんでしょう。まったく気づかずにいらしたとは思えないのですが」

おちかの問いに、行然坊は苦笑いを消すと、頰の強張《こわば》りをほぐそうというかのように、大きな指で顎《あご》をぐりぐりとこすった。

「何やら様子がおかしいと、察してはおったでしょう。しかし、長《おさ》の半蔵さんが里の衆を上手に抑えて、覚念さんの耳に入らぬように気を配っておりましたからな。覚念さんとしても、皆のしっぽをつかみにくかったんじゃなかろうか。こういうことは、その場を押さえられない限り、どうにでも言い訳がききます。それこそ、日ごろの信心の甲斐《かい》あって元気になりました、和尚様のおかげですとでもぬけぬけと言い張れば、覚念さんには突っ込みようがござらん」

合心寺だけは、蚊帳《かや》の外だったのだ。行然坊自身も、猪之介爺《じい》さんとのつながりがなければ、富一の木仏が起こす数々の〈霊験〉を、つぶさに知ることはできなかったろう、という。

「館形の人びとは結束が固く、用心深かった。それは、どんな折にでも」

たとえそれが、里で最大の権威を持つ覚念和尚の意に背くことであっても。

「それに、木仏のにわか信心に染まった連中も、だからといって覚念さんを粗末にしたわけじゃない。和尚さんの威光はそのままで、ただ木仏様のことは内緒、と」

「館形のお寺さんは、代官所と同じだから」

「左様《さよう》でござる。合心寺も大事、木仏様のもたらすご利益《りやく》も大事」

おどけるような口調の行然坊だが、その眼差《まなざ》しはさらに暗くなっていた。

「しかし、まっこと、人の心とは変わりやすいものでござるよ」

木仏のおかげで、人びとの富一に対する憎しみも、雲が晴れるように消え去っていった。

「それどころか、木仏ばかりか、それを見つけて描いている富一本人も仏様だ、直《じか》にお顔を見て拝みたいなんぞと言い出す者まで現れる始末でござった。あれほど憎み、蔑《さげす》んで苛《いじ》めておったのに」

里の者たちの態度が一変しても、富一の殊勝な態度には変わりがなかった。

「あいかわらず骨と皮でしたが、飯が足りて、少しは元気が戻りました。それでも小屋から逃げようとはしない。日々、薪《まき》を撫《な》でさすって、そこに御仏の姿を探しておる」

半蔵の命令で、足枷《あしかせ》も外された。富一が、自分でそこらを歩き回れたら、山の森のなかから、もっと尊い仏様を見つけることができると言い出したからだという。

――館形の里をすべての災厄から守り、ますます富み栄えさせてくださる仏様を見つけてみせます。

「この山のどこかに、そういう御仏がござらっしゃる。富一には、その御仏が呼びかけるお声が聞こえるというのですよ」

こうして富一は、毎日陽のあるあいだは、雪に覆われた北の山中を徘徊《はいかい》するようになった。それには、見張りのためではなく、彼が道に迷ったり凍えたりすることがないように、供の男がついていった。

そうしたお供の数は、日ごとに増えていった。皆、富一を手伝いたいと、望んで北の山に入るのである。

――この御仏は、そう易々《やすやす》とは見つかりません。どれほど時がかかるか知れません。皆さん、それでもいいんですか。手伝ってくれるんですか。

神妙に問う富一の手を取り肩を貸すようにして、里の人びとは彼に従った。

「ひと月ばかり経つころには、天気のいい日は、留守番役の年寄りと子供を残して、みんな富一について行くようになってしまいました。普段なら、熊と同じようにとろとろと冬ごもりをするはずの山里が、毎日毎日山狩りのような騒ぎじゃ」

こうなると、いくら何でもボロが出た。発端は、合心寺の月番が、自分も山で仏様探しに加わりたいと、勝手に寺を抜け出したことである。それですべてが露見した。

覚念和尚は烈火の如く怒った。

「里の者たちも、さすがにあわてましてな。雁首《がんくび》を揃えて本堂のご本尊の前に居並びまして、平謝りです」

覚念和尚はただ皆を叱り飛ばすだけでなく、それぞれが家に安置している富一の木仏を、すべて合心寺に差し出すようにと厳しく命じた。和尚が手ずから焼いて捨ててやるというのである。

「わしは皆の後ろの方で、肝を冷やしながら見ておりました」

肝が冷えたのは、無論、その場でのやりとりが怖《おそ》ろしく緊迫していたからである。が、それだけのせいではなかった。

「しばらく以前から――」

言って、行然坊は額に太い皺《しわ》を刻んだ。

「そう、ちょうど富一の木仏が、里の人びとの信心を集めだしたころでござろうか。わしの耳には、奇妙な物音が聞こえるようになっておりましてなあ」

夜半、里が寝静まると、どこからともなく聞こえてくる。

「最初のうちは、山里の冬に慣れぬわしの耳が、風の音を聞き違えておるのだろうと思っておりました。しかし、たびたび耳に入るうちに、どうにもそうではなさそうに思えてきた」

お勝が目を細め、囁《ささや》くように問うた。「どんな物音でございますの？」

行然坊は、ひたとお勝を見た。彼の声も一段、低くなった。

「小さな笑い声でござる」

里のあちこちで、誰かが笑っている。

「一人、二人と笑っている。あちらかと思って耳を澄ますと、やんでしまう。が、今度は別の方角から聞こえてくる。気のせいだろうと眠ろうとすると、また笑う。たまらず、わしが夜具をはねのけてがばりと起きると、笑い声もぴたりとやむ」

おちかはお勝と顔を見合わせた。

「夜ごとそんなふうだったのですか」

「面妖《めんよう》でしょう」

「おちおち眠っていられなかったのではありませんか」

「それがな」と、行然坊は顎を捻《ひね》る。「富一が〈もっと尊い御仏《みほとけ》を探す〉と言い出して、それに里の衆がみんなしてついて行くようになると、件《くだん》の笑い声もやんだのです。静まり返った雪の夜でも、まったく聞こえなくなりました」

だから、やっぱり気のせいだったのだろうと思っていたのだが――

「その怪しい笑い声が、そのとき、再び聞こえておったのです」

覚念和尚《おしょう》に呼び出され、里の衆は赤子まで合心寺に集まっている。

「ですから里の家はすべて空っぽでござる。無人のはずじゃ。その家々から、つまり合心寺の外から、件の笑い声が蘇《よみがえ》ってまた聞こえてきたのですよ」

小さくひそひそと、しかし、うふふ、おほほ、あははと、大勢で笑う声である。けっして行然坊の耳の迷いではない。

「もうひとつ面妖なのは、それがどうやら、わし一人にしか聞こえていないらしいということでござった」

聞こえていれば真っ先に何か言いそうなはずの覚念和尚も、長の半蔵も、半蔵のすぐ後ろに座して頭を下げている猪之介爺さんも、知らん顔だ。

空っぽの家々で、誰が笑っている？

なぜ、誰も気づかない？

「その日は好天で、雪は積もっていても、陽射しは温《ぬる》いほどでしたのに、わしは冷や汗をかいていました。和尚さんの説教は延々と続いて、それでもようやく気が済んだのか、ではこれから皆で家にとって返し、富一の木仏を取ってこい、と切り上げたとき」

床に額をこすりつけていた猪之介が、出し抜けに身を起こし、きっとばかりに和尚を睨《にら》みつけると、

「あんたは、本当にわっしらの木仏様を焼き捨てるというのか」

行然坊の知っている爺《じい》さんとは別人のように、凄《すご》みのある声を放った。

「あんたと呼ばれて、覚念さんもとっさに息を呑《の》んでしまった。すると爺さんは仁王立ちになりましてな」

和尚に指を突きつけ、大音声で言った。

「仏罰があたるぞ!」

そうだ、仏罰があたるぞ。一人の男が唱和し、立ち上がった。仏罰があたるよと、女が叫んでそれに続いた。次から次へと、糸に引かれるように里の衆は立ち上がり、覚念和尚に指を突きつけて、声を合わせて叫び始めた。

「仏敵じゃ! ここにおるのは仏敵じゃ!」

人びとは覚念和尚を取り囲み、その輪をじりじりと狭めていった。

行然坊はうなだれる。「お恥ずかしい話、わしは腰が抜けてしまいました」

割って入って宥《なだ》めるどころの騒ぎではない。腑抜《ふぬ》けのように座り込んでいた。

「覚念さんも気圧《けお》されましてな。それでもさすがは里の権威者じゃ。迫ってくる里の衆の前で手をあげて、黙れ、痴《し》れ者《もの》どもめ! と一喝したところで」

突然、気を失ってどうっと倒れた。

「あまりのことに、逆上《のぼ》せたのでしょう」

里の人びとはわっとばかりに和尚に群がった。一瞬、彼らがよってたかって覚念和尚を袋叩《だた》きにするのではないかと思った行然坊だが、

「それは早合点《はやがてん》でござった。皆は和尚を助け起こして、大変だ大変だと、介抱にかかったのでござる」

だが、それから後はやっぱり面妖だった。

「今度は半蔵さんが皆に、木仏様を持って来い、みんなの木仏様を集めて、和尚様を治していただくんだと命じたのです」

人びとは騒然と、しかし整然と動き出した。行然坊はただ、口を開けて見守るばかりだった。

「それでもひとつ、気がつきました」

猪之介爺さんが叫んだ瞬間に、あのおかしな笑い声がぴたりとやんだことに。

昏倒《こんとう》したままの覚念和尚は、本堂の本尊の真ん前、いつも座して読経していた場所に寝かしつけられた。そのまわりを、家々から集められた富一の木仏が、ぐるりと取り囲んでゆく。足早に出入りし立ち働く人びとは、用のあるときこそ互いに口をきくが、あとは、ひたすらに念仏を唱えていた。

「誰も、わしには目もくれませんでした」

行然坊は本堂から逃げ出した。とりあえずは寺の裏手の藪《やぶ》に潜んで、人びとの動きを見張ることにした。

「半蔵さんはもちろん、猪之介爺さんも皆の頭《かしら》のようになって、ああせいこうせいと仕切っておりました。祭りのような賑《にぎ》やかさでござった」

そのうちに人びとは、合心寺の本尊が邪魔だというので、それを動かそうとし始めた。本堂から追い出そうというのである。

「これは、いかものだ。木仏様と同じ場所に置くことはできぬ、というのです」

こちらは木仏ではないし、大きさも人の丈に余る。そう易々《やすやす》とは動かせない。するとと人びとは晒木綿《さらしもめん》を持ち寄って、それを使って本尊を覆い隠してしまった。さらには経箱を開け、中身を勝手に持ち出し、どうするかと思えば本堂の外で焚《た》き火を始めた。覚念和尚の袈裟《けさ》も、その火のなかに放り込まれた。本堂の飾り物も供物の類《たぐい》も、どんどん燃やされてしまう。

「口を半開きに、真っ白な顔で気絶したままの覚念さんの前で、皆でそんなことに熱中しておるのです」

怯《おび》えてすくんで藪に潜んでいるうちに、陽が暮れてきた。

「わしはこそこそと自分の寝所に戻り、身の回りのものと、猪之介爺さんの鉄砲を持ち出しました。庫裏では女たちが炊き出しを始めたので、その目を盗んで握り飯をくすねたりしましてな」

行然坊は合心寺の床下に隠れた。頭の上では人びとの足音と、寺のなかのものが壊されたり剝《は》がされたりする物音と、絶え間ない念仏の声が続いていた。

「寒さのせいではなく、わしは歯の根も合わぬほどがたがた震えておりました。床下に引っ張り込んだ筵《むしろ》をかぶり、両手で耳を押さえて目をつぶり、何とか皆が正気に戻ってくれぬものかと」

巨体の偽坊主は、そこで恥ずかしそうに笑ってみせた。

「このわしも、心の内で必死に念仏を唱えておりました」

夜が来た。折しも満月であった。月明かりの下でも里の人びとの狂騒は続いた。気が済むまで寺のなかを片付けてしまうと、本堂に集まって、賑やかに食べたり飲んだりしているらしかった。念仏をやめて互いにやりとりをするようになったが、その声は無闇に明るく、何かといえば木仏様木仏様と、歌うように繰り返していた。

その下で、行然坊は身を縮めていた。

「もう覚念和尚はいかんかもしれん。あのまま死んでしまったかもしれん。わしもどうなるかわからない。朝になったら山を下りよう。しかし下りられるだろうか」

震えながらぐるぐると考え、ときどき行然坊自身もふうっと気が遠くなったりしているうちに、夜が更けた。

「足音も、人びとの声も聞こえなくなりました。やっと寝静まったかと思いましてな。わしは床下から這《は》い出しました」

月光が一面の雪に照り映えて、それだけでも真昼のように明るいのに、本堂には無数の蠟燭《ろうそく》が灯《とも》されていた。

「そっと覗《のぞ》き込んでみますと、覚念和尚は床に仰向《あおむ》けになったままでした。その足元で、半蔵さんと猪之介爺さんと、あと数人の男どもが居眠りをしておった。ほかの人びとは家に引き揚げたのでしょう。庫裏の方からも、物音はしませんでした」

息をひそめ、足音を忍ばせて、行然坊は本堂の隅を這っていった。覚念和尚の顔を見て、息をしているかどうかだけでも確かめたい。横目で居眠りする男たちを窺《うかが》いつつ、そろりそろりと進んでいった。

「覚念さんの床のまわりには、木仏どもが鎮座しておりました」

それが怖《おそ》ろしくて、行然坊はまともに目をやることができなかった。

「そのとき、聞こえました」

くすくす。

「わしはぴたりと止まりました。すると、また聞こえた」

くすくす。うふふ。

「あの笑い声でござる」

行然坊は目をこすり、耳の穴に指を突っ込んでみた。信じられなかったからだ。

「誰が——何が笑っておるのか、そのときようやく、わかったからでござる」

富一の木仏どもだ。覚念和尚《おしょう》を取り囲むように置かれた、木仏どもが笑っているのだった。

「薪《まき》ざっぽうの筋目と皮に、墨で描いただけの仏の顔でござる。しかし、それが確かに目を開き、口を開けて笑っておった」

くすくす。うふふ。あはは。

「ひとつが笑い、その隣が笑う。またその隣が笑う。四つん這いになったまま凍りついているわしの目の前で、木仏どもは笑い始める。その声がどんどん大きくなる」

二十体を超える木仏たちが、ついには声を揃えて笑うようになったとき、今度は半蔵が笑い始めた。猪之介爺さんも笑っている。

「それがおかしいのです。皆、身体は眠ったままなのですよ。居眠りの恰好《かっこう》のまま、顔だけ笑みを貼りつけたように笑いこけておるのです」

行然坊は、一歩も這い進むことができなくなった。木仏どもと男たちの笑い声が、本堂の高い天井に響き渡る。

「わしは立ち上がって逃げ出しました」

縁先から飛び降りて、床下に半身を突っ込んで大事な荷物を取り出すと、走って山門をくぐった。ところが、笑い声を振り切ることができない。走って合心寺から遠ざかっても、むしろ笑い声は大きくなる。

「里の家々でも、人びとが笑っていたのでござる」

女も子供も、年寄りも。

「きっと猪之介爺《じい》さんたちと同じように、眠りながら顔だけ笑っているのだ。そう思うと、わしはもう怖ろしくて怖ろしくて、確かめる気にもならなんだ」

月光に青白く輝く雪の山里で、恐怖に震えているのは行然坊、ただ一人。

「今のわしでしたなら」と、大男の偽坊主は頭を掻《か》いた。「雲を霞《かすみ》と、後ろを振り返らずに逃げ出していたでしょう。しかしあのころのわしは、分別がなかった。その分、勇気はあった。まあ、蛮勇でありましたが」

それに行然坊の手には、猪之介爺さんの鉄砲があった。

「このまま一人で逃げ出せば、里はどうなってしまうかわからない。そもそもの事の起こりは、富一だ。富一の木仏が、この災いの元凶だ。わしはそう思いました」

ならば、富一を退治せねばならん。

「恩を受けたこの里を見捨てるわけにはいかん。若造なりに、男気もあったのでしょうな。わしは、富一に会おうと思いました。いや、退治すると言えば威勢がいいが、ともかく彼奴《きやつ》に会って鉄砲を突きつけて脅せば、木仏を使って里の衆をたぶらかすのをやめさせられる——ぐらいの目論見《もくろみ》しかござらんかった」

満月が行然坊に味方してくれた。凍る冬の山で、道に迷うこともなく、富一の小屋までたどり着いた。

「小屋の戸が、開けっ放しになっておりました」

へっぴり腰で鉄砲を構え、覗き込んでみると、囲炉裏《いろり》に火が燃えている。だが富一の姿はない。囲炉裏端には薪が転がり、窓が外れて月明かりが差し込んでいる。

——彼奴め、逃げたのか。

行然坊が踵《きびす》を返して息をついたとき、背後から声が聞こえてきた。

「おまえ、何しに来た」

行然坊は鉄砲を振り回すようにして振り返った。誰もいない。枯れ枝に雪を載せた木々が、ただしんと立ち並んでいるばかりである。

「やい偽坊主、おまえはおれの木仏を拝まんのか？」

富一だ。行然坊の喉《のど》がごくりと鳴った。

「富一、どこにいる」

出てこいと、行然坊は声をあげた。下っ腹に力を入れたつもりだが、裏返って甲高い声が飛び出した。

富一はげぇらげぇらと笑った。

「おれが怖いか、偽坊主」

今度はさっきとは別の方角から声が聞こえてきた。行然坊はまた鉄砲を振り回した。

「そんなもの、おれには効き目がないぞ」

ほうら、ここだ。また違う方角から声がする。富一は、木々のあいだを素早く動き回っているのだ。

「おまえ、里の衆に何をした？　おまえの木仏こそ、いかものだ。里の皆が正気を失ってしまったぞ！」

精一杯の怒気を込め、行然坊は呼ばわった。富一はそれに、嘲笑《あざわら》うように応じた。

「おうさ。ざまをみろ」

その瞬間に、行然坊は確信した。ああやっぱり、これはすべて富一の仕返しなのだ。

「女房と赤子を殺されて、おまえが怒るのは当然だ。けども、何の罪もない女子供までたぶらかすのはやめろ。里の衆に仕返しをしたところで、今さらおはつも赤子も生き返りはしないんだ！」

「そんなことは百も承知だあ！」

叫んで、富一がまた動いた。今度は気配だけでなく、その動きが行然坊にも見えた。木の枝がざっと鳴って、雪が落ちたからだ。信じがたいことだが、富一は猿《ましら》のように、木々の枝から枝へ飛び移っているのだ。

「おはつも赤ん坊も戻らねえ。だから里の連中も同じようにしてやるんだ」

見てみろ、偽坊主。富一は勝ち誇ったように笑った。

「里を見おろしてみろ。あれはもうおれの里だ」

小屋のあるところからは、晴れてさえいれば、館形の里を見おろすことができる。

行然坊は言われるままに、斜面の縁まで進んで夜の闇のなかに目をやった。

満月と星明かりの下、静かに眠っているはずの里の家々に、明かりが点《つ》いている。

それは冴《さ》え冴《ざ》えと美しい光景であるはずだった。なのに、どこかが違っていた。

雲もなく、霧もない。これだけ夜気が澄んでいるならば、家の外に立てかけてある手押し車まで見えるはずである。物干し竿《ざお》まで見分けられるはずである。

なのに、おかしい。里の姿はぼんやりと霞《かす》んで、ただ明かりばかりが輝いている。ちょうど、雨の前に月のまわりに暈《かさ》がかかるように、館形の里は、雲でもなく霧でもないどんよりとしたものにすっぽりと覆われて、そのなかに沈み込んでいるのだった。

合心寺も、また然《しか》り。

あの暈は、富一の怒りだ。富一の恨みだ。それが見える。確かに見える。

行然坊は鉄砲を持った手をおろした。

「こんなことはやめろ。何《なん》にもならない」

ほとんど頼むように、行然坊は呻《うめ》いた。顔を上げ、小屋のまわりの木立を見回した。

「確かにおれは偽坊主だ。だがおまえはどうなんだ？　初めて薪ざっぽうに御仏《みほとけ》の姿を見出《みいだ》したときには、どうだったんだ？　おまえだって、最初から恨みや怒りでいっぱいだったわけじゃあるまい。おはつと赤子のために、一度は御仏にすがろうと思ったんじゃないのか？」

夜の底、雪をかぶった木立は答えない。

「なあ、富一よ！」

月を仰ぎ、真っ白な息を吐き出しながら、行然坊は深夜の凍える山の森に向かって叫んだ。

「御仏の慈悲を信じてくれ！　おまえが見つけた御仏は、今もおまえのなかにおる」

そのとき、夜気が大きく揺らいだ。たじろぐ行然坊の目の前で、何か真っ黒なものが素早く空を横切り、押し込め小屋の板葺《ぶ》きの屋根の上へ飛び降りてきた。はずみで、屋根の丸石がごろごろと転がり落ちた。

それが富一だった。月の光が、その姿を露《あら》わにした。

おお、人ではない。いつからこんなふうになったのだ？　髪は乱れ、身体は痩《や》せこけ、肌は燻《いぶ》されたように真っ黒で、下帯ひとつしか付けていない。背は丸まり、肩や肘《ひじ》の骨は飛び出し、肋《あばら》が浮き出て凄《すさ》まじい。

ただ二つの眼《まなこ》だけが、爛々《らんらん》と輝いている。その目で行然坊を見据えると、耳まで張り裂けんばかりにくわぁっと口を開いて、かつて富一だったその異形《いぎょう》のものは叫んだ。

「この世に、仏などおらんわ！」

絶叫と哄笑《こうしょう》と共にそれは行然坊に飛びかかってきた。行然坊がとっさに持ち上げた鉄砲は、軽々とはじき飛ばされた。行然坊は仰向《あおむ》けに押し倒され、獣のような臭く荒い息を、顔に感じた。

異形のものはその脚で雪を蹴《け》ると、高々と舞い上がって木立のなかに飛び込んだ。

行然坊はもがくようにして身を起こし、それを目で追った。ざざっ、ざざっと遠ざかってゆく。山を下りてゆくのだ。何という速さだろう！

「どうすることもできず、わしはただ雪のなかに転がっておりました。するとやがて」

はるか下の里で、鉄砲の音がした。一発、二発。続いて、人びとが喚《わめ》き合う声も聞こえてきた。物を打ち壊すような剣呑《けんのん》な音も、雪で覆われた山の斜面をのぼってくる。

雪の上を這《は》い、火縄に火を点ける間もなく、何の役にも立たなかった鉄砲を杖《つえ》代わりに、行然坊はようやっと立ち上がった。

合心寺から火が出ていた。

声を呑《の》んで見つめるうちに、里のあちこちからもぱっと火の手があがった。パンパンと爆《は》ぜる音が続いた。悲鳴も聞こえた。

人びとが猛《たけ》り、我を失って寺や家に火をかけ、争い合っている。眠りながら笑っていた人びとは、今度はどうしたというのか。さては変わり果てた富一の正体を目の当たりにして、にわかに恐怖にかられたのか。それとも異形の富一が、皆を操って互いに争わせているのか。

どちらも怖《おそ》ろしい。だが行然坊は思った。せめて皆が富一に恐怖し、正気を取り戻して、人ではなくなった富一を狩ろうと、あるいは富一から逃げようとして騒いでいるのであってほしい。あれに操られ、殺し合いを始めたのだとしたら、救いようも救われようもないではないか。

目を凝らせばあれは、逃げまどう人影だ。それを追う人影もある。やめろ、やめろと行然坊は唸《うな》った。くちびるがわななき、声が出なかった。

景色が霞んでゆく。どんよりとしてよく見えない。どんどん見えなくなっていく。富一の恨みの暈が、里を覆い尽くす。そして皆を狂乱させてゆく。

耳元で風が鳴る。おかしい。今夜は風などなかったはずだ。

風の音ではない。声だ。出し抜けにどやしつけられたように、行然坊は悟った。

笑い声だ。富一の声だ。富一が操る木仏たちの声だ。

笑っている。笑いながら吼《ほ》えたてている。

富一と、富一の木仏の叫びだ。

行然坊は見た。里を覆う暗い暈と、広がってゆく火の海が生み出す煙が入り混じり、立ちのぼってゆくそのただなかに、大きな眼《まなこ》を、鼻を、口を。

さっきの富一の顔だ。笑う木仏どもの顔だ。哄笑だ。雄叫《おたけ》びだ。

ざまをみろ。この世に仏などおらん。

――皆を、助けなければ。

一歩踏み出して、ふらりと目が回り、行然坊は前のめりに倒れた。

そのまま真っ暗な闇に呑み込まれ、あとのことはわからなくなった。

大男の偽坊主は口をつぐむと、首にぶらさげた大念珠を、そっと指先でつまぐった。

おちかもお勝も黙っていた。何を何からどう尋ねていいものか、わからなかった。

「翌日、陽がかなり昇ってから、猪之介爺《じい》さんの倅《せがれ》が、わしを見つけてくれました」

行然坊は凍え死にしかけていた。危ういところだった。

「おまけに、あのときはまったく気づきませんでしたが、わしの胸には獣の爪で抉《えぐ》られたような傷がついておりました。目が回って倒れたのは、そこから血が流れ出ていたからなのです」

富一につけられた傷だった。

「合心寺は焼け落ち、里の家々も半分がた焼けておりました」

覚念和尚《おしょう》と半蔵は死んだ。猪之介爺さんも死んでしまった。怪我人は数知れず、子供らは怯《おび》えて口もきかなくなっていた。

「夜が明けて騒動が収まると、皆、自分たちが何をどうしていたのか、なぜ里がこんな有様《ありさま》なのか、いったい何が起こったのか、誰も何もわからなくなっておりました」

猪之介爺さんの倅が行然坊を見つけてくれたのは、まったくの幸運だった。行然坊のことなど、里の衆の頭からは消し飛んでいた。ただ火事の最中に、火に追われて山に逃げ込んだ者が凍えて倒れていないかと、探しにやって来たのだった。

「一夜明けて、何もかもめちゃくちゃでしたが、人びとの心には、そのくらいの分別が戻っておったということでござるよ」

木仏どもは、合心寺と共に焼けた。一体も残っていなかった。

「富一も消えてしまいました」

彼のあの異形の姿を目にしたのは、行然坊だけであったらしい。里の人びとは、誰も見ていなかったし、覚えていなかった。

ただ、火事のあいだじゅう、何かこう、人とは思われぬような野太い声が、大笑いしているのを聞いたような気がする——という者が、幾人かいただけである。

「家を失くし、そのまま館形に留《とど》まることができない人びとが、山を下りるときに、わしも連れて行ってくれました」

いちばん近くの里で、またそこの寺の厄介になり、行然坊は傷を癒《い》やした。その寺も念仏寺だったが、住職は若く、三十路《みそじ》にも至っていなかったろう。行然坊の素性を疑うふうもなく、親切に遇してくれた。

「というより、捨て置くことができぬほど、そのときのわしは茫然《ぼうぜん》自失、魂を抜かれたような有様になっておったのでありましょうな」

逗留《とうりゅう》を続け、ようよう雪が溶けるころになって、己の心のわだかまりを解くために、行然坊はその若い住職に、経緯《いきさつ》を語った。

――大変な目に遭われましたな。

住職は行然坊を労《いたわ》り、館形のその後を教えてくれた。

――火事を逃れた者たちも、あの里を離れるそうです。山にも川にも一向に春の兆しが見えず、雪は固く凍りついて、夜になると北の山から不穏な風が吹き下ろす。もう、人が住める場所ではないと。

あれはもうおれの里だと、富一は言った。その言葉に嘘はなかった。

館形は、富一のものになった。

「ですから、以来、わしは一度もあの地に近づいておりません」

富一は今も、館形にいる。きっといる。吼えたて、人の業《ごう》を嘲笑《あざわら》い、漆黒の異形の姿のまま、あの山を、あの森を、思うさま駆け回っているのだ。

「そして今も、あの怒りは消えておらんのです」

お勝がゆっくりと、何かを受け止めたかのようにうなずいた。

急に照れたようになり、行然坊は茶のお代わりを催促した。

「いやはや、昔語りというのは難しいものですな。ないことを語る騙《かた》りの方が、ずっと易しい」

おちかとお勝は、一緒に笑った。

「騙りが易しいのは、己は信じておらんことを、言葉だけつるつると吐いて、他人《ひと》に信じさせようとするからじゃ。真実《ほんとう》のことを語るのが難しいのは、己でも信じ難いことを、ただありのままに伝えようとするからでござろうな」

喉《のど》を鳴らして新しい茶を飲み干すと、行然坊は分厚い瞼《まぶた》をしばたたいた。

「館形での経験は面妖《めんよう》なものでしたが」

悪いことばかりではなかった、という。

「ひとつには、わしはあれ以来、おかしな暈《かさ》を見ることができるようになりました。あの夜、里を覆っていたような暈ですな」

誰かの悪心、何かの凶事の前触れ。そんなものが暈となって目に見える。

「ですからその、こちら様のことも、わしは真面目に案じているのでござる。いやいや、脅かすつもりではござらんが」

　さらにもうひとつと、太い指を立てる。

「根無し草のわしの旅に、あてができました。目的と申しましょうか」

　そう言って、己の胸の内を見つめるように、行然坊は目を伏せた。

「最初に白状しましたが、昔のわしは芯《しん》からの偽坊主。御仏《みほとけ》の教えなど信じておりませなんだ。しかし、富一のことがあってから、再び立ち戻った風来の暮らしのなかで、考えるようになりました」

　本当に、この世に仏はおらんのだろうか。

「富一のような者を、館形で起きたような不幸で悲しい過ちを、それを犯す我らの愚を哀れみ、救ってくださる御仏は、どこにもおられんのだろうか」

　あのとき、館形にはいなかった。

「それでもわしがこうして僧形に身をやつし、見よう見まねで経を読みつつ旅を行けば、拝んでくれる人がおる。行く先々に寺があり、そこには御仏の像があり、多くの人びとが手を合わせておる」

　だから行然坊は思った。これまでわしが会えなかっただけで、富一が、館形の衆が会えなかっただけで、やっぱり御仏は、どこかにおわすのではなかろうか。

「そうだ、わしは御仏をお探ししよう」

御仏よ、何処《いずこ》におわしますか。

「探して探して、どこまでも行こう。そしていつか、御仏のお声を聞けたなら」

ここにおるぞ、行然坊。

「館形を訪ねよう。そして富一に教えてやろう」

御仏はおわすぞ。諦《あきら》めるな、と。


その日の三島屋の夕餉《ゆうげ》では、まずおしまの一人舞台があった。件《くだん》のいたずら三人組をどのようにこき使い、彼らとどのように渡り合ったか、給仕の傍ら器用に身振り手振りを交えて語って、伊兵衛とお民を大笑いさせたのだ。

「でもねえ、何だかんだ言っても、憎めない子供たちでございますよ」

そう締めくくっておしまが引き揚げ、おちかは叔父《おじ》夫婦に行然坊の話を語った。

「おしまにさんざん笑わされて、食べたご飯が戻ってきそうになったけど」

お民は言って、胸を撫《な》でた。

「こちらのお話は、戻ってきたご飯が喉につっかえてしまいそうだわ」

珍しく、伊兵衛はすぐには何も言わなかった。しばらくのあいだしみじみと考え込んでから、急にふっと目元を緩ませて、おちかに訊《き》いた。

「行然坊さんは、館形を後にして旅を続けながら、偽坊主稼業もずうっと続けていたわけだよね」

「そうですけど、今はやめています」

かばうようなつもりで、おちかは急いで言った。伊兵衛は笑った。

「責めようというんじゃないんだよ。むしろ感心してるんだ」

「感心？」

「うん。坊さんを騙って世渡りしていれば、本物の仏様が怒っておでましになるかもしれない。行然坊さんは、そういう腹だったんじゃないのかねえ」

こんなわしを、御仏はお叱りにならんのかな。今度はお叱りにならんのかな。次はどうかな。いつになったらお姿を顕《あらわ》して、わしを叱ってくださるのかな。

「ああ……なるほど」

「でも、騙りは騙りですよ」

お民はばっさりと斬り捨てる。

「あなたも存外、人が好《い》いわ。そんな解釈をしてあげるなんてね」

「存外とは心外だな。私はもともと、人が好いんだ」

お民はからかうような横目になった。「よいよいのよいじゃございませんの？」

「それより叔父さん、叔母《おば》さん」おちかは急いで割って入った。「行然坊さんが見たっていう、うちの屋根にかかっているおかしな暈のことですが」

「そりゃ気になるね」

伊兵衛はすぐさま真顔に戻った。

「戸締まりと火の用心を怠らんよう、皆によくよく言いつけよう」

「いつも気をつけていますよ」お民はぴしりと言い返した。「嫌だわ、すっかり真に受けちまって……。あなたもおちかも大丈夫かしら。おちかはまあ、ねえ、信じ込んじまう気持ちがわからないわけじゃあないけど」

お民の横目がこっちに向いたので、おちかは顎《あご》を引いた。

「あら、どういうことです？」

「だって行然坊さんとやらは、先だって黒白の間に来た手習所の若先生の紹介なんでしょ。昵懇《じっこん》の間柄で、行然坊さんは若先生を敬っているんでしょう」

「そうらしいですけど」

そういえば、そこにはどんな成り行きがあったのだろう。

「だからあんた、行然坊さんがうさん臭くったって、信じてあげたいと思っちゃうんだわねえ」

どういうことですと、おちかはもういっぺん問い返した。お民はうふふんと笑った。

「そんな野暮《やぼ》なことは申せませんよ」

「あのね、叔母さん」

「あたしは、青野の若先生にお目もじしておりませんからね。人となりを存じませんから、存外にも心外にも案外にも、どんなお方なのかしらねえと推し量るばっかり」

「おしまさんから何か聞いたのね」

「青びょうたんだって聞きました。よほど出来物の青びょうたんなんだろうね」

言葉つきでは苛《いじ》めているようだが、お民の目は嬉《うれ》しげに輝いていて、何だか機嫌がいいのである。

おちかは台所へ逃げ出した。竈《かまど》の煙抜きから差し込む月明かりの眩《まぶ》しさに、思わず戸を開けて仰いでみると、満月だ。この話の締めくくりにふさわしい、と思った。

変調百物語事続

さてその後の三島屋《みしまや》だが、何がどうということもなかった。一日に畳のひと目ずつ陽が詰まってゆくなかで、忙しさにも楽しさにも、大方は変わりない。

ただ、〈大方〉と断るには、いくつか理由《わけ》があった。まず、いたずら三人組が、よ
り頻繁に顔を出すようになった。おちかのもとに来るだけでなく、そこらにいるのをふっと見かける分まで合わせれば、ほとんど毎日だ。八百濃《やおのう》へ来たのかもしれないが、だとしたらなぜあんなところにいるんだろう、ということもある。天水桶《てんすいおけ》の陰にしゃがんだり、木戸の脇に張りついていたり、いろいろだ。必ずしも三人揃っておらず、バラバラにいるのも気になった。

さらに、行然坊《ぎょうねんぼう》の訪問後、青野利一郎《あおのりいちろう》の姿も、近所で二度見かけた。二度ともおちかには気づかず、どこかへ急いでいるようで、足早に通り過ぎてしまった。だから三島屋とはかかわりないのだろう。ないのだろうが、理由もなくどきりとしてしまった。

そう、理由などない。お民にからかわれたせいなんかじゃない。

もうひとつさらに、何だか八十助《やそすけ》の様子がおかしい。ときどき姿が見えなくなる。外出の折は、こんな用事でどこどこへ出かけていつごろ帰ると、必ず言い置いて行く人なのに、黙って消える。新太《しんた》に訊《き》いても、存じませんと不思議がっている。目ざといおしまも訝《いぶか》っていて、

「番頭さん、まさかこれでもできたんじゃないでしょうねえ」

と、小指を立ててみせた。まさかとおちかは笑ったが、そう言い切ってしまうのもいけないと、後になって思い直した。

さらにさらに、伊兵衛《いへえ》もおかしい。行然坊の話から十日経っても、黒白の間《こくびゃくのま》へ、次の語り手を招こうとしないのだ。いつもなら、とっくに言い出していい頃合だから、おちかの方から水を向けてみた。

「次はどうしましょう。灯庵《とうあん》さんは何か言ってきましたか」

するとと、うんとかああとか生返事を繰り返した挙げ句、「近々、私があの座敷を使いたいから、怪談は少し休もうかね」

変わり百物語を始めてからこっち、伊兵衛が碁盤を囲むために黒白の間を使ったことはない。今さらどうしたというのだろう。百物語を休むというのも、どういう風の吹き回しなのか。

へんてこだと思いながら、掃除をする。おかしいわと思いながら、煮炊きをする。

そして、へんてこよね、おかしくない？ とおちかが問えば、いつもなら真面目に応じてくれるはずのお勝《かつ》が、

「お嬢さん、考えすぎでございますよ」

なんて笑って、取り合ってくれないのだ。

ついにおちかは、襷《たすき》を外し手を洗い、口を漱《すす》いで襟元を整え、神社にお参りするような謹厳な面持ちで通りへ出ていって、三島屋を正面から仰いでみた。行然坊の言う〈おかしな暈《かさ》〉が、いよいよおちかの目にも見えるかもしれないと恃《たの》んだのだ。

そんな都合のいいことはなかった。乾いた地面をからりからりと転がってきた枯れ落ち葉が、足の甲にくっついただけだった。

しかし、まさにその夜——

新月だった。夕暮れ時から空に雲がかかったせいで、星も見えない。雨戸を閉《た》てるとき、おしまとお勝と、闇夜は月夜より冷えるねと言い合って、おちかは床に就いた。

そのせいか、妙な夢を見た。

おちかは小高い山の斜面に立っている。あたりは一面の雪景色だ。まわりを囲む森の木立も、白々と凍って輝いている。

空に月はない。夜空は真っ暗だ。ではこの明かりはどこから来るのだろう。それに、ここはどこだろう。

――館形《たてなり》だ。

話で聞いただけなのに、なぜかおちかはそれを知っている。見おろせば、里の家々の屋根が見える。手押し車が見える。物干し場が見える。あの立派な山門と伽藍《がらん》は、きっと合心寺《ごうしんじ》に違いない。そう思ったら、鐘の音が響いてきた。

――ああ、平穏なころの館形だ。

なんて美しいのだろう。夜の底で静かな眠りについている。何の恐れもなく、安らかに夢を見ている。夢のなかのおちかは、微笑んでその景色を眺めている。

――御仏《みほとけ》のご加護に照らされて、これほど明るいのでござるよ。

彼方《かなた》からの声に、おちかは夜空を仰ぐ。すると、満月のようなまん丸で大きなものが、そこにぽっかりと浮かんでいる。

行然坊の笑顔である。

そんな莫迦《ばか》な、と思った途端に夢から醒《さ》めた。はっと目を開き、息をついて、それから思わずふき出してしまった。なんておかしな夢なのかしら。

そのとき。

どこかで物音がした。かたり。かすかだが、人が動いたか、何かを動かしたような音である。

おちかは横になったまま耳を澄ました。

ごとん。また聞こえた。

起き上がろうとしたとき、頭の上で音がした。軒の上？　こんな夜中に？

足音だ。誰かが軒の上を歩いている。

おちかは跳ね起きた。それとほとんど同時に、おちかの寝間よりずっと北側、ちょうど厠《かわや》のあたりで、人の声が起こった。

「おい、こら！」

だだだっと、軒の上の足音が走った。走って遠ざかってゆく。おちかは寝間の暗がりに手探りし、明かりを点《つ》けるより雨戸を開けるのが先だと思い立ち、雨戸に取りついた途端に戸外から、

「そこだそこだ！　おい待て！　御用だ！」

脅すような野太い男の声が聞こえてきて、そのまま動けなくなってしまった。御用だ？　御用だって、誰を？

「お嬢さん！」

ばっと唐紙を開け放ち、お勝が寝間に飛び込んできた。よほど前から起きていたのか、浴衣《ゆかた》の上に袖無《そでな》しの綿入れを着て、目はしっかりと開いている。暗がりに迷うふうもなく、まっしぐらにおちかに飛びかかってくると、

「こちらへ！」

抱くようにして廊下へ引っ張り出した。見れば廊下の先には伊兵衛とお民《たみ》がいる。手燭《てしょく》を掲げ、身をかがめていた。

「こっちへおいで、おちか」

お民が両手を広げて抱きついてきた。

「お勝、皆を頼んだぞ！」

勇ましく言い放ったかと思うと、伊兵衛は廊下を勝手口の方へ駆け出した。その先で、八十助の叫び声があがった。

「いけません、旦那《だんな》様いけません！」

「止めるな、私の店だ！」

どかんと雨戸を蹴《け》る音がした。それで風が通り、表の音が一気に押し寄せてきた。人が入り乱れ、怒鳴り合い争い合っている。おちかは夢の続きを見ているのかと思った。平穏な館形ではなく、騒乱の館形だ。

「こいつめ、神妙にしやがれ！」

聞いたことのない男の声が飛び、どしんと音がして、誰かがぎゃっと喚《わめ》いた。

「あと一人じゃ！」

これは行然坊の声じゃないか。

「若先生、そっちへ逃げおったぞ！」

若先生？　何で館形に青野利一郎がいるのだ？　あの二人は館形で出会ったのか？

「ちっとも怖いことはございませんよ」

気がつけばおちかは叔父叔母《おじおば》の寝所にいて、お民に抱かれ、お勝がしっかりと手を握ってくれている。夢ではない。

「じっとしていれば、押し込みは、皆様がお縄にしてくださいますからね」

お勝の目は満月のように冴《さ》えている。

「次の新月の夜が危ないと、若先生が先読みしておられましたの。それで、皆様で待ち伏せを」

「皆様って？」

外で魂消《たまげ》るような叫び声がした。

「そらそら、御用だ御用だ！」

さっきも聞こえた男の声が、朗々と呼ばわった。また、どんと雨戸が倒れた。

「ざまあみろ、一人残らず掬《すく》い捕ってやったわ、この季節外れの金魚めがぁ！」

がっはっはと、行然坊の声が笑う。

「金魚にしては目つきが悪い」

誰かがそう返した。廊下を軽く、駆けるようにして足音が近づいてくる。そして、

「ごめん」とひと言。寝所の唐紙が開く。

襷がけをして袴《はかま》の股立《ももだ》ちを取り、裸足《はだし》が土で汚れてはいるが――

「皆さん、ご無事ですね？」

青野利一郎であった。


三島屋は、目をつけられていたのである。

〈金魚の安《やす》〉という通り名で知られる頭目をいただく、押し込みの一味に。

この連中は、数年前に市中で商家を狙った押し込みをいくつか働き、火盗改《かとうあらため》に追われるようになった。その後、追及を逃れるために江戸からは立ち退いたらしく、行方がまったくつかめなくなって、

「旦那方も歯がみしておられたんですが、今年の春先に、よく似た手口の押し込みが、川越宿《かわごえじゅく》の方で起こりましてね。おやおや、と眉毛《まゆげ》を吊《つ》り上げているところへ、つい先月、安が牛込《うしごめ》にいる馴染《なじ》みの女のところへ立ち回ったという消息があったもんですから、彼奴《きやつ》め、そろそろ水道の水が恋しくなって、舞い戻ってくる頃合だろうと睨《にら》んでおりました」

そう語るのは、鼻の脇の大きな黒子《ほくろ》が目立つ、四十がらみの小男である。小柄だが、立ち居振る舞いを見ているだけで、その身体の鋼のように鍛えられていることがよくわかる。こちらの通り名は〈紅半纏《べにはんてん》の半吉《はんきち》〉という岡っ引きであった。

十手に朱房《しゅぶさ》を付けているが、別段、赤い半纏を着込んでいるわけではない。通り名の由来は、彼の故郷である讃岐《さぬき》のさる町では、お上《かみ》の御用を務める者は皆、紅半纏を身につける決まりがあることだそうだ。

「そんなところへ、若先生から、こちらさんにおかしな客があったと伺いましてね。百物語を聞かせるといって上がり込んだのに、実のある話はひとつもせずに、お店《たな》のことや奥のことを、あれこれ探っていたっていうじゃありませんか」

あれが先手だったというのである。

「押し込みに先立って、その場その場でうまいこと下見役を入れるのが、安のやり口なんですよ。それであたしも、すわ、と思ったわけでござんす」

夜が明けて、押し込みの一味は大番屋に引っ立てられ、何事もなかったかのように落ち着いた後である。さすがに、いつもより店を開けるのが少し遅くなりそうだし、みんな寝が足りなくてあくびがちになるだろうけれど、三島屋は無事だった。

「それで皆さん、いつごろからうちを見張っていてくださいましたの？」

三島屋の客間、伊兵衛とお民とおちかの三人で、半吉と行然坊と、青野利一郎と向き合っている。行然坊がさっきから首の大念珠を気にしているのは、昨夜の立ち回りの最中に、賊の一人にこれを千切られてしまったので、珠を集めて紐《ひも》を通し、作り直したからである。掛け心地が違うらしい。

お民の問いかけには、行然坊が答えた。

「わしがこちらをお訪ねした日の夜からでございます」

件《くだん》の暈《かさ》を見たからだ、という。

「もっとも、親分はわしの眼力を信用したわけじゃない。若先生のご注進が効いておった」

いいえと、青野利一郎は言った。「半吉さんにおかしな客のことを告げたのは、私ではないのですよ。あれは」

おちかは察して、先回りした。「金《きん》ちゃんと捨《すて》ちゃんとよっちゃんでしょう」

「ご明察です」若先生は肩をすぼめた。「あれ以来、お世話をおかけしているそうで、まったく申し訳ありません」

あの子たち、誰に聞いたのかしら。新どんかしら。おちかは笑ってしまって、さらに言った。「あの子たちも、うちの様子を見張る手伝いをしてくれていたんじゃありませんか。このごろ、妙によく見かけました。近所にいるのに、うちには寄らずに天《てん》水桶《すいおけ》の陰に隠れていたりして」

「そんなことをしてたんですかね」

半吉親分は愉快そうだが、若先生は穴があったら入りたそうだ。

「それじゃ見張りも何もあったもんじゃない。かえって目立っていたんですね」

「どっちにしろ、あたしら、賊が来るのは新月の真夜中と踏んでおりましたからね。あの子らが危ない目に遭う気遣いはありませんでした。しかし、おいらたちも手伝うと言い張ってきかなかったもんで」

これから菊川町《きくかわちょう》に戻れば、何でおいらたちも捕り物に混ぜてくれなかったんだと、ぶうぶう言われることでしょうと、黒子の半吉親分は笑うのだった。

「あの、もしかして」

おちかが問う前に、若先生はうなずいた。「そうです。半吉さんは直太郎《なおたろう》の父親の与平《よへい》さんと懇意で、紫陽花《あじさい》屋敷の件でも力を貸してくれたのです」

私と与平さんは碁会所仲間でしたと半吉が言うと、伊兵衛は喜んだ。

「おや、親分は碁をなさるんですか！」

「嗜《たしな》む程度でござんすが」

「それなら今度、ぜひ一局囲みましょう」

「あなたったら、そんな話は後にしてくださいよ」

お民はまだまだ捕り物話の方が聞き足りないらしい。

「うちに百物語をしに来た男も、金魚の安の手下だったんでしょうか」

「いや、あれは金で雇われただけの駒でしょう。あいつも一味だったなら、手練《てだ》れの灯庵さんの鼻が、何かしら剣呑《けんのん》なものを嗅《か》ぎつけたでしょうからな」

「でも灯庵さん、駄目ねえ」

小鬼の首をとったぐらいの顔つきで、お民は言った。「今度、埋め合わせをしてもらいましょう」

半吉の勘は、金魚の安が三島屋に迫っていると知らせていたが、お上の旦那《だんな》方を動かすには、勘だけでは足りない。

「安には、彼奴に従う手下が四、五人はいるはずで、そうなると都合六人は相手にすることになります。あたしの小者を使うにしても、ちょっと手不足だ」

そこで、行然坊と青野利一郎が助《すけ》っ人《と》に加わったのだ。

「頼まれんでも、わしはそのつもりでおりました」と、行然坊は小鼻をふくらませる。

「あんたがおらんでも、若先生がいてくれれば手は足りたんだ」

六人組のうち、三人は若先生がやっつけたんですよと、半吉は教えてくれた。さっきまで隠れる穴を探しているふうだった青野利一郎は、今度はその穴から飛び出すような勢いで、おちかに弁明した。

「斬ってはおりませんよ。取り押さえただけです。それに、安をお縄にしたのは半吉さんです」

さすがはお武家様ですわねえ、なんて、お民はよそいきの声を出して褒めた。おまけにまた横目になっておちかを見る。

あのとき、ご無事ですね、と問いかける青野利一郎の顔を見て、とっさに何を感じたか、おちかは思い出してみようとした。ほっとした。嬉《うれ》しかった。胸がすうっとした。様々な想いが入り乱れていて、うまくひとつを掬《すく》い取ることができない。

で、結局のところ。

——あの着物と袴は何とかしないと、やっぱりよれよれだわ。

と思ったなあと、青びょうたんの若先生の顔を見ながら思ってみるのだった。

「万が一のことがあっちゃいけませんのでね」と、半吉が続ける。「ご主人と番頭さんと、女中のお勝さんには、前もって事情を打ち明けておきました。そのせいで、このところ、番頭さんのふるまいが怪しかったんじゃありませんか」

八十助はたびたび半吉や〈深考塾《じんこうじゅく》〉を訪ねていたそうだ。何もすることはないけれど、じっとしていられなかったのだろう。

「番頭さんは、うちの旦那様は、その場になったら捕り物に加勢しようとなさるだろうから心配だと言っていましたが」

伊兵衛はしゃらっと惚《とぼ》けた。「私はおとなしくしておりましたよ」

行然坊が曝露《ばら》した。「勢い余って庭に転げ落ちておられましたがな」

伊兵衛を除いて、皆が笑った。

「叔父《おじ》さん、事情を知っていたから、新しいお客様を呼ばずにいたのね」

「うむ。けりが付くまでは、そんな気分になれなかったんだよ」と、伊兵衛はうなじを掻《か》く。「それにしても、私よりはるかに強者《つわもの》が、うちにはいたね」

おしまだという。

「あれは何《なん》にも気づかず、お勝が起こしに行くまで寝ておったんだ」

本人はいたく恥じ入っている。ついでに言うなら、新太は八十助に、押し入れに押し込められていた。お店の一大事だったのにと、さっきは若先生の袖《そで》にすがって大泣きしたらしい。

「本当に一大事でしたのに、皆様のおかげで、こうして無事に済みました。ありがとうございます」

お民が畳に手をつき、顔を上げると、行然坊に笑いかけた。

「これも仏様のご加護でございましょうね」

行然坊は大きな顔で笑い返し、しかしゆっくりとかぶりを振ってみせた。

「お内儀《ないぎ》、これは御仏《みほとけ》の業《わざ》ではござらん」

人の世の縁《えにし》の妙でござる――と言った。

「縁の妙」

思わず、お民とおちかの声が揃った。行然坊は快笑すると、いきなり傍らの青野利一郎の薄い肩をばちんと張った。ほとんど張り倒してしまいそうな勢いである。

「この青びょうたんはですな！」

「いったい何を」

肩を押さえて驚くところを、今度は襟元をむんずとつかんで、おちかの方にぐいっと寄せて、

「おちか殿には大きな借りができた。この痩《や》せ腕でもお役に立つ折があるならば、そのときはきっとお返し申し上げねば、なんぞと申しておったのですよ」

これでも不影流《ふえいりゅう》免許皆伝じゃ！　行然坊は、己のことのように得意げに呼ばわりながら、若先生の襟元をつかんだまま、ぐらぐらぐらと揺さぶった。びりっと小さな音がした。

「あら、着物が」と、お民が驚く。

おちかも、あっと思っていた。腑《ふ》に落ちたのだ。わかったのだ。あの日、直太郎のその後を知らせに来て、青野利一郎が言いかけて言い切らずに去った言葉が。

（おちか殿、もしも今後——）

何か困ったことがあったなら、危急の折があったなら、自分を頼ってくれ。力になろう。あれは、そう言いたかったのだ。

だけれど、さらりとそんなことを口にできるような人ではないのだ、この人は。

「ひゃ、百物語の聞き集めのようなことをしていると」

こっぴどく揺さぶられて、若先生は目を回しかけている。

「どんな輩《やから》が近づくか知れませんからね」

伊兵衛とお民は大きくうなずき、顔を見合わせてから、お民が言った。

「本当に、何があるかわかりません。でも、これで一段と心強くなりました。皆様、これからもわたくしどもとよしなにお願いいたします」

「あいわかった！」行然坊が張り切る。

「あんたは勘定外だよ、偽坊主」と、半吉が突っ込む。

「わしは偽坊主ではござらん。改心した偽坊主じゃ！」

また一同で笑い合い、おちかはつと、青野利一郎と目を合わせた。若先生はまだ気恥ずかしそうで、でもその目には、確かにおちかが頼れるものが宿っていた。

その日の午《ひる》をまわったころ、いたずら三人組が三島屋にやって来た。馳《は》せ参じるというか飛んでくるというか、ともかくえらい勢いで、来るなりてんでに餌をせがむ雛《ひな》のように昨夜の顚末《てんまつ》を聞きたがる。おちかは、押し込めにされていた新太も呼んでやって、見たことは見たままに、聞いただけのことも見てきたように、伊兵衛が庭に転がり落ちたこともおしまが寝ていたことも抜かさずに、話して聞かせた。

「おいらたちも捕り物をしたかったなあ」

「危なくなんかねえよな」

「半吉親分、わかってねえんだよ」

騒いでいるところに、お勝が饅頭《まんじゅう》を大盛りにした鉢を運んできた。

「密偵さんたち、お駄賃ですよ」

新どんもお食べなさい、という。

「食べたら、押し入れの唐紙に継ぎをあてるんですよ。蹴破《けやぶ》ろうとしたんですってね」

そりゃあ、お店《たな》の一大事ですものね。

「あんたたち、今日は手習いが早く終わったの？」

三人組は饅頭を頬張りながら首を振る。

「勝手に抜け出してきたんだ」

「だって若先生」

「居眠りしてるからさあ」

お勝があんまり面白そうに笑うので、しかも「どんな恰好《かっこう》で居眠りなさっているの？」と尋ね、三人組がまた上手に真似をするので、おちかはうつむいてしまった。

「金魚の安って、堅気のころには金魚売りだったんだって」

「背中に出目金の彫り物があるんだって」

三人組はよく知っている。

「おいらたちも、いつか彫り物をしようか」

「あら、およしなさいな」

お勝は諫《いさ》めて、でも微笑んだ。

「けど、いちばん強いものを彫りたいなら、あたしはいいものを知ってますよ」

「何さ？」

「おしまさん」

鬼女《おにおんな》だあ！


三島屋が危うく押し込みの難を免れたことは、たちまち評判になった。見舞いの客も来るし、ただの客も来るし、物見高い客も来る。越後屋《えちごや》からも使いが来て、無事と聞いて胸を撫《な》で下ろしてはいるけれど、おたかも清太郎もおちかに会いたがっているという。近々お伺いしますと伝言を託して、使いを見送るそのついでに、おちかはまた三島屋の正面まで出てみた。

行然坊は、この屋根にかかっていた怪しい暈《かさ》はすっかり消えたと言っていた。

「口入屋の灯庵という人は確かに騙《だま》されたのでしょうが、下見の男をこちらに寄越したのが、三島屋さんの商売敵だということは間違いないのでしょう。つまり、結果としてそこが賊を手引きしたことになる」

お店が流行《はや》れば、恨みを買う。人の幸せは、他人の妬《ねた》みを引き寄せる。

「お勝殿は頼もしく、僭越《せんえつ》ながらわしらもおりますが、しかし、ご用心くだされ」

なぜならばと、そのときは涼しいような真顔になって、行然坊はおちかに言った。

「おちか殿、あなたのお心のなかにも暈がある。容易に晴れず、またあなたも容易に晴らすことを望んでおられぬ暈がな」

何の打ち明け話を聞いたわけでもないのに、かの偽坊主は、そう言った。

心の暈は、闇から生まれ、闇を招く。

あたしのなかには、そんな暈がかかっている。まだきっと、ずっとかかっている。

いつかそれがきれいに晴れるまで、それを望めるようになるときまで――

おちかの百物語は続いてゆく。


（了）

解説

千街晶之

黒白の間《こくびゃくのま》――江戸は神田三島町にある袋物屋「三島屋」の、裏庭に面した座敷の呼び名である。一代で三島屋を築いた主《あるじ》の伊兵衛が碁敵《ごがたき》を招くためのその部屋は、今は伊兵衛の姪《めい》・おちかが訪問客の語る怪談を聞く「変わり百物語」のためにも使われている。

宮部みゆきの『おそろし　三島屋変調百物語事始』(二〇〇八年)は、そのような基本設定のもと、五つのエピソードによって構成された連作時代怪談集だった。本所七不思議をモチーフにした『本所深川ふしぎ草紙』(一九九一年)、常人には聞こえない声が聞こえ、見えないものが見えてしまう不思議な能力を持つ娘が主人公の「霊験お初捕物控」シリーズ、亡者たちが住みついた家が舞台の『あかんべえ』(二〇〇二年)など、数多くの秀逸な時代怪談を発表してきた著者だが、『おそろし』は百物語スタイルを借りつつ、そこに独自のアレンジを加えた点に特色がある。百物語とは日本の伝統的な怪談会の形式であり、本来は数人で集って百本の蠟燭《ろうそく》を立て(他のもので代用することもある)、順繰りに怪談を語り、一話ごとに一本ずつ蠟燭を消してゆくというものだ。百話目を語り終えると本物の怪が現れるとされるため、九十九話でお開きにする場合もある。ひいては、百(あるいは九十九)の怪談を集成した書物に百物語のタイトルを冠することも多い。だが『おそろし』の場合、客はひとりずつ三島屋を訪れ、怪談の聞き手は基本的におちかだけである――つまり一対一の百物語であるという点が風変わりなのだ。

そんな「変調百物語」の第二弾として刊行されたのが、全四話から成る本書『あんじゅう　三島屋変調百物語事続』(二〇〇九年一月一日から二〇一〇年一月三十一日まで《読売新聞》に連載、二〇一〇年七月に中央公論新社から刊行。二〇一二年二月には新人物ノベルス版が刊行)である。基本設定については本書の「序」にまとめられているので、シリーズものとはいえ、本書を先に読んでも差し支えないようになっている。

「序」にあるように、おちかが叔父《おじ》の伊兵衛が営む三島屋に身を寄せるようになったきっかけは、実家の旅籠《はたご》にいた頃に目の当たりにした惨劇だった。その衝撃と、そんな事態を招いてしまった罪の意識で、おちかは他人に対し心を閉ざすようになってしまったのだ。そんな彼女のことを心配する伊兵衛が思いついたのは、黒白の間で訪問客の語る怪談による一種のセラピーだった。

セラピーとしての百物語――という発想は極めて独創的だが、実は百物語の伝統を大きく外れているわけではない。というのも、怪談研究の第一人者・東雅夫の労作『百物語の百怪』（二〇〇一年）によると、「百物語とは本来、武家の子弟の徳育の一環として発展した一面があった」のであり、実際、江戸期の百物語には、身分の低い家臣から百物語を語り聞かせられて育った若君が、成長して国主となった後、それらの物語によって自分が豪胆と臆病《おくびょう》、恥と誉れを弁《わきま》えることが出来た恩返しとして家臣を側近に取り立てたエピソードがあるという。また、百物語を終えた時に現れた怪異によって富を授けられたエピソードも記されているのだ。つまり江戸期のひとびとにとって、百物語の目的とは恐怖を味わうための酔狂な道楽に限定されていたわけではなく、精神的鍛練や招福の霊験を期待するものでもあったわけである。

その伝統を考え合わせるならば、百物語によっておちかの心を癒《いや》そうという伊兵衛の発想は、フィクションの設定として独創的ではあっても、必ずしも当時の百物語として異端とは言えないのではないか。また、この百物語によって精神的にプラスの影響を受けるのはおちかばかりではない。前作で怪異の虜《とりこ》となり、病に臥《ふ》していた越後屋のおたかは、本書ではすっかり元気になって、おちかと姉妹のように仲良くなっている。前作の第一話「曼珠沙華《まんじゅしゃげ》」の藤吉は、おちかに自らの体験を語ることで、長年抱え込んでいた罪と向き合い、ようやく自分を許せるようになった。怪談を聞くことがおちかのセラピーになっているのと同様、訪問客たちも、怪異を経験し、また他者に語ることによって、何らかのプラスの影響を受けたわけである。

百物語ならではの面白さとは、多種多様な体験と語り口を持つ複数の話者が集うことで、単独の話者による怪談が陥る可能性がある単調さを免れ得る点にある。このシリーズの場合、毎回異なる人物がそれぞれの怪異譚《たん》を持ち寄るという設定によってヴァラエティ豊かな物語となっており、特に本書の場合、奇数話ではほのぼのした味わいを漂わせ、偶数話では怖さを強調することでめりはりをつけている。第一話「逃げ水」には女の子の姿をした神様〈お旱《ひでり》さん〉が登場するが、人間たちの裏切りに憤りつつも、約束を守ってくれた平太少年との信義は重んじるその姿が健気《けなげ》である。第三話「暗獣《あんじゅう》」は、前作の第三話「凶宅」および第五話「家鳴《いえな》り」と同様に空き屋敷が絡んでくる物語である。だが、「凶宅」「家鳴り」の安藤坂の屋敷に潜んでいた怪異のおぞましさに対し、「暗獣」に登場する〈くろすけ〉のなんと愛らしく、そして切ないことか。

一方、第二話「藪《やぶ》から千本」と第四話「吼《ほ》える仏」は、ダークな印象が強い物語だ。「藪から千本」は、死者の執念深い呪いに悩まされる一族の物語から、京極夏彦の小説さながらに呪いの本質そのものを分析してみせるミステリ色の濃い一篇だし、「吼える仏」は、因習に囚《とら》われた隠れ里の人間関係が、ある不可解な現象による力の逆転によって破綻《はたん》を来すまでを、凄《すさ》まじい迫力で描ききった濃密な物語である。

しかし、明暗両系統の物語は断絶しているわけではなく、互いに関連している部分も認められる。例えば「逃げ水」における、それまで崇敬していた神を何だかんだと理屈をつけて見捨ててしまう村人たちの身勝手さと、「吼える仏」の隠れ里の住人たちが狂気と破滅に陥る過程は、神仏をも利用して憚《はばか》らない人間のエゴという点で共通している。本書において明と暗は、互いに隣接し、反転し、侵犯し合い、見ようによっては同じものである場合さえある。同様に、善と悪、真実と虚偽、現実と非現実も目まぐるしく攻守ところを変えてゆく。人間の心という、摩訶《まか》不思議な碁盤の上で。

『おそろし』で黒白の間で客を迎えるようおちかに伝えた時、伊兵衛は「私と碁敵の場合は、まさに勝負の黒白を争ったわけだけれど、おまえの場合は、そうだな、この世に起こる物事の白と黒とを並べて見るという意味合いになろうかね。必ずしも白が白、黒が黒ではなく、見方を変えれば色も変わり、間《はざま》の色もあるという」「何が白で何が黒かということは、実はとても曖昧《あいまい》なのだよ」と言い聞かせる。ただ単に過去の思い出から立ち直らせるだけならば、前作で完結していたとしても問題はない。伊兵衛がそれでは足りないと見たわけは、おちかが成長するには、出来るだけ大勢の人間と触れ合い、この世の黒白のありようを知悉《ちしつ》することが必要だと考えたからだろう。

このシリーズでは、新たに登場した人物がレギュラー化し、おちかを取り巻く人間はどんどん増えてゆく。本書の場合は、三島屋の新たな奉公人となったお勝、塾の若先生・青野利一郎、彼の教え子である金太・捨松・良介、偽坊主の行然坊《ぎょうねんぼう》らが新たに参入してきたが、このシリーズがおちかの成長物語であることを思えば、彼女を取り巻く登場人物が増えるのは必然でもあるのだ。

ここで筆者は、怪談集『あやし』（二〇〇〇年）の一篇「安達家の鬼」を想起する。この作品の語り手である嫁に、生涯を鬼とともに過ごしてきた義母は次のように言い聞かせるのだ——「人は当たり前に生きていれば、少しは人に仇《あだ》をなしたり、傷つけたり、嫌な思い出をこしらえたりするものさ。だからふつうは、多少なりとも〝鬼〟を見たり感じたりするものなんだ。だけどおまえにはそれがない。ということは、おまえは余りにもひとりきりで閉ざされた暮らしをしてきて、まだ〝人〟として生きていなかったということなのだよね」「この家で、泣いたり笑ったり怒ったり、意地悪をしたり悪いことをしたり親切をしたりして暮らしてごらん。そのうちおまえにも〝鬼〟が感じられるようになる。ただ、それが恐ろしい姿を成さないように、それだけは気をつけてね」と。

この言葉は、「暗獣」に登場する武家の隠居・加登《かど》新左衛門が〈くろすけ〉と日々を過ごした経験によって、俗世と距離をおいて学問に集中しようとした今までの態度を反省し、世間に交じり人情に触れる生き方を選んだことを想起させる。いや彼だけではない、おちかもまた、多くの人間と触れ合うことで、善と悪を、この世とあの世の黒白を、更に自分自身の本当の強さと弱さをも見分けるようになるのだろう。レギュラー・キャラクターが増えてゆくことが必然だというのは、そういう意味である。

そして「安達家の鬼」の義母が言うように、そうやって生きていくうちに誰もが〝鬼〟と無縁ではいられなくなる。当然、おちかも例外ではない。恐らくこのシリーズを通して、おちかは自分の心の〝鬼〟とは何かを探り、最後には正面から向き合うに違いない。百話目を語り終えると怪が現れるという百物語のスタイルを借りている以上、それもまた必然的な展開であると見るべきだろう。それにしても、前作と本書を合わせてもまだ九話。完結まであと九十一話も残されているわけで、このシリーズの壮大な構想と今後の展開には大きな期待を寄せざるを得ないのである。

〈書誌〉
連載　「読売新聞」二〇〇九年一月一日〜
　　　二〇一〇年一月三十一日
単行本　二〇一〇年七月、中央公論新社刊
ノベルス　二〇一二年二月、新人物往来社刊

あんじゅう

三島屋《みしまや》変調百物語事続《へんちょうひゃくものがたりことのつづき》

宮部《みやべ》みゆき

角川文庫 17958

平成二十五年六月二十日　初版発行

発行者―井上伸一郎
発行所―株式会社角川書店
東京都千代田区富士見二―十三―三
電話・編集（〇三）三二三八―八五五五
〒一〇二―八〇七八

発売元―株式会社角川グループホールディングス
東京都千代田区富士見二―十三―三
電話・営業（〇三）三二三八―八五二一
〒一〇二―八一七七
http://www.kadokawa.co.jp

印刷所―廣済堂　製本所―廣済堂

装幀者―杉浦康平

み 28-52　ISBN978-4-04-100822-5　C0193

角川文庫発刊に際して

角川源義

第二次世界大戦の敗北は、軍事力の敗北であった以上に、私たちの若い文化力の敗退であった。私たちの文化が戦争に対して如何に無力であり、単なるあだ花に過ぎなかったかを、私たちは身を以て体験し痛感した。西洋近代文化の摂取にとって、明治以後八十年の歳月は決して短かすぎたとは言えない。にもかかわらず、近代文化の伝統を確立し、自由な批判と柔軟な良識に富む文化層として自らを形成することに私たちは失敗して来た。そしてこれは、各層への文化の普及滲透を任務とする出版人の責任でもあった。

一九四五年以来、私たちは再び振出しに戻り、第一歩から踏み出すことを余儀なくされた。これは大きな不幸ではあるが、反面、これまでの混沌・未熟・歪曲の中にあった我が国の文化に秩序と確たる基礎を齎らすためには絶好の機会でもある。角川書店は、このような祖国の文化的危機にあたり、微力をも顧みず再建の礎石たるべき抱負と決意とをもって出発したが、ここに創立以来の念願を果すべく角川文庫を発刊する。これまで刊行されたあらゆる全集叢書文庫類の長所と短所とを検討し、古今東西の不朽の典籍を、良心的編集のもとに、廉価に、そして書架にふさわしい美本として、多くのひとびとに提供しようとする。しかし私たちは徒らに百科全書的な知識のジレッタントを作ることを目的とせず、あくまで祖国の文化に秩序と再建への道を示し、この文庫を角川書店の栄ある事業として、今後永久に継続発展せしめ、学芸と教養との殿堂として大成せんことを期したい。多くの読書子の愛情ある忠言と支持とによって、この希望と抱負とを完遂せしめられんことを願う。

一九四九年五月三日

角川文庫ベストセラー

今夜は眠れない　宮部みゆき

中学一年でサッカー部の僕、両親は結婚15年目、ごく普通の平和な我が家に、謎の人物が5億もの財産を母さんに遺贈したことで、生活が一変。家族の絆を取り戻すため、僕は親友の島崎と、真相究明に乗り出す。

夢にも思わない　宮部みゆき

秋の夜、下町の庭園での虫聞きの会で殺人事件が。殺されたのは僕の同級生のクドウさんの従妹だった。被害者への無責任な噂もあとをたたず、クドウさんも沈みがち。僕は親友の島崎と真相究明に乗り出した。

あやし　宮部みゆき

木綿問屋の大黒屋の跡取り、藤一郎に縁談が持ち上がったが、女中のおはるのお腹にその子供がいることが判明する。店を出されたおはるを、藤一郎の遣いで訪ねた小僧が見たものは……江戸のふしぎ噺9編。

ブレイブ・ストーリー(上)(中)(下)　宮部みゆき

亘はテレビゲームが大好きな普通の小学5年生。不意に持ち上がった両親の離婚話に、ワタルはこれまでの平穏な毎日を取り戻し、運命を変えるため、幻界〈ヴィジョン〉へと旅立つ。感動の長編ファンタジー！

空の中　有川　浩

200X年、謎の航空機事故が相次ぎ、メーカーの担当者と生き残ったパイロットは調査のため高空へ飛ぶ。そこで彼らが出逢ったのは……？　全ての本読みが心躍らせる超弩級エンタテインメント。

角川文庫ベストセラー

海の底
有川　浩

四月。桜祭りでわく米軍横須賀基地を赤い巨大な甲殻類が襲った！　次々と人が食われる中、潜水艦へ逃げ込んだ自衛官と少年少女の運命は⁉　ジャンルの垣根を飛び越えたスーパーエンタテインメント！

塩の街
有川　浩

「世界とか、救ってみたくない？」。塩が世界を埋め尽くす塩害の時代。崩壊寸前の東京で暮らす男と少女に、そそのかすように囁く者が運命をもたらす。有川浩デビュー作にして、不朽の名作。

クジラの彼
有川　浩

『浮上したら漁火がきれいだったので送ります』。それが2ヶ月ぶりのメールだった。彼女が出会った彼は潜水艦（クジラ）乗り。ふたりの恋の前には、いつも大きな海が横たわる――制服ラブコメ短編集。

図書館戦争
図書館戦争シリーズ①
有川　浩

２０１９年。公序良俗を乱し人権を侵害する表現を取り締まる『メディア良化法』の成立から30年。日本はメディア良化委員会と図書隊が抗争を繰り広げていた。笠原郁は、図書特殊部隊に配属されるが……。

天使の牙（上）（下）
大沢在昌

新型麻薬の元締め〈クライン〉の独裁者の愛人はつみが警察に保護を求めてきた。護衛を任された女刑事・明日香ははつみと接触するが、銃撃を受け瀕死の重体に。そのとき奇跡は二人を〝アスカ〟に変えた！

角川文庫ベストセラー

天使の爪（上）（下）　大沢在昌

麻薬密売組織「クライン」のボス、君国の愛人の体に脳を移植された女刑事・アスカ。かつて刑事として活躍した過去を捨て、麻薬取締官として活躍するアスカの前に、もう一人の脳移植者が敵として立ちはだかる。

秋に墓標を（上）（下）　大沢在昌

都会のしがらみから離れ、海辺の街で愛犬と静かな生活を送っていた松原龍。ある日、龍は浜辺で一人の見知らぬ女と出会う。しかしこの出会いが、龍の静かな生活を激変させた……！

魔物（上）（下）　大沢在昌

麻薬取締官・大塚はロシアマフィアと地元やくざとの麻薬取引の現場を押さえるが、運び屋のロシア人は重傷を負いながらも警官数名を素手で殺害し逃走。その超人的な力にはどんな秘密が隠されているのか？

サウスバウンド（上）（下）　奥田英朗

小学6年生の二郎にとって、悩みの種は父の一郎だ。自称作家というが、仕事もしないでいつも家にいる。ふとしたことから父が警察にマークされていることを知り、二郎は普通じゃない家族の秘密に気づく……。

オリンピックの身代金（上）（下）　奥田英朗

昭和39年夏、オリンピック開催を目前に控えて沸きかえる東京で相次ぐ爆破事件。警察と国家の威信をかけた捜査が極秘のうちに進められる。圧倒的スケールで描く犯罪サスペンス大作！　吉川英治文学賞受賞作。

角川文庫ベストセラー

角川文庫ベストセラー

覘き小平次　京極夏彦

幽霊役者の木幡小平次、女房お塚、そして二人の周りでうごめく者たちの、愛憎、欲望、悲嘆、執着……人間たちの哀しい愛の華が咲き誇る、これぞ文芸の極み。第16回山本周五郎賞受賞作!!

豆腐小僧その他　京極夏彦

豆腐小僧とは、かつて江戸で大流行した間抜けな妖怪。この小僧が現代に現れての活躍を描いた小説「豆富小僧」と、京極氏によるオリジナル台本「狂言 豆腐小僧」「狂言新・死に神」などを収録した貴重な作品集。

文庫版 豆腐小僧双六道中ふりだし　京極夏彦

豆腐を載せた盆を持ち、ただ立ちつくすだけの妖怪「豆腐小僧」。豆腐を落としたとき、ただの小僧になるのか、はたまた消えてしまうのか。「消えたくない」という強い思いを胸に旅に出た小僧が出会ったのは!?

対談集 妖怪大談義　京極夏彦

学者、小説家、漫画家などなどと妖しいことにまつわる様々を、いろんな視点で語り合う。間口は広く、敷居は低く、奥が深い、怪異と妖怪の世界に対するあふれんばかりの思いが込められた、充実の一冊!

文庫版 妖怪の理 妖怪の檻　京極夏彦

知っているようで、何だかよくわからない存在、妖怪。それはいつ、どうやってこの世に現れたのだろう。妖怪について深く愉しく考察し、ついに辿り着いた答えとは。全ての妖怪好きに贈る、画期的妖怪解体新書。